Das Sommerhaus des Glücks

Jill Barnett
Catherine

Seite 5

Debbie Macomber
Beth

Seite 173

Susan Wiggs
Rosie

Seite 287

MIRA® TASCHENBUCH
Band 26119

1. Auflage: April 2018
Copyright © 2018 by MIRA Taschenbuch
in der HarperCollins Germany GmbH

Deutsche Erstausgabe
Copyright für die deutsche Ausgabe by MIRA Taschenbuch
in der HarperCollins Germany GmbH, Hamburg
© 1998 by Jill Barnett
Originaltitel: »Old Things«
erschienen bei: MIRA Books, Toronto

Deutsche Erstausgabe
Copyright für die deutsche Ausgabe by MIRA Taschenbuch
in der HarperCollins Germany GmbH, Hamburg
© 1998 by Debbie Macomber
Originaltitel: »Private Paradise«
erschienen bei: MIRA Books, Toronto

Neuausgabe im MIRA Taschenbuch
Copyright © 2014 für die deutsche Ausgabe by MIRA Taschenbuch
© 1998 by Susan Wiggs
Originaltitel: »Island Time«
erschienen bei: MIRA Books, Toronto

Published by arrangement with
Harlequin Enterprises, Toronto

Umschlaggestaltung: büropecher, Köln
Umschlagabbildung: Hayk_Shalunts, Gayvoronskaya_Yana / shutterstock,
Jim Foley / Getty Images
Redaktion: Maya Gause
Satz: GGP Media GmbH, Pößneck
Printed in Germany
Dieses Buch wurde auf FSC®-zertifiziertem Papier gedruckt.
ISBN 978-3-95649-794-0

www.mira-taschenbuch.de

Werden Sie Fan von MIRA Taschenbuch auf Facebook!

Jill Barnett

Catherine

Roman

Aus dem Amerikanischen von
Sarah Heidelberger

Vorwort

Liebe Leserinnen,

haben Sie schon mal einen Ort besucht, an dem Sie noch nie zuvor waren, und haben sich trotzdem sofort zu Hause gefühlt? So ging es mir, als ich zum ersten Mal in den Pazifischen Nordwesten der USA gekommen bin. Es kommt mir gar nicht so lange her vor, dass ich von einer Fähre stieg und ein Paradies entdeckte.

Einige Monate später hatte ich ein Haus mit Blick auf einen entzückenden Hafen gekauft, über dem die Adler kreisen und durch den Segelboote gleiten – ein Ort der Ruhe und des Friedens. Ich stamme zwar von der Westküste, doch mein kleines Stückchen dieser wundervollen Insel ist der schönste Ort, an dem ich jemals gelebt habe.

Über eine Gegend zu schreiben, die mein Herz so durch und durch erobert hat, war für mich etwas ganz Besonderes. Oh, es ist nicht die erste Insel, über die ich schreibe. Vier meiner Bücher spielen auf welchen, und ich habe immer schon gewitzelt, dass ich in einem vergangenen Leben einmal eine Insel gewesen sein muss. Aber das hier ist mein erster Roman, der in der Gegenwart spielt, und zwar an einem Ort, an dem ich lebe.

Ich freue mich sehr über die Möglichkeit, für einen Sammelband mit zwei fabelhaften und talentierten Autorinnen aus dem Nordwesten schreiben zu dürfen, die ich inzwischen beide als gute Freundinnen bezeichnen darf. Susan und

Debbie haben mich hier mit offenen Armen willkommen geheißen.

Ich hoffe, dass Sie beim Lesen dieser Geschichten ein wenig von dem miterleben können, was wir hier jeden Tag zu sehen bekommen: Bäume, so üppig und groß, dass sie die Sonne verdecken, Wasser, so still, dass man sich kaum zu atmen traut, und Sonnenaufgänge, so perfekt, dass man glaubt, sie nur geträumt zu haben.

Viel Spaß!
Jill Barnett

1. Kapitel

San Francisco, 1997

Im vergangenen Winter hatte Catherine Wardwell Winslow ein einwöchiges Zeitmanagementseminar besucht, bei dem ihr ein paar Experten von einer großen Bühne herab erklärten, der Mittwoch sei der behäbigste Tag der Arbeitswoche.

Sie hatten gelogen.

Catherine stützte das Kinn in die Hand und starrte ihr Telefon an. Es war Mittwoch, noch nicht mal neun Uhr früh, und trotzdem blinkten vier der fünf Telefonleitungen bereits wie verrückt. Sie wusste nicht, welchen Anruf sie zuerst annehmen sollte. Also nahm sie gar keinen an.

Ihr Leben wäre so viel leichter, wenn sie einer von diesen Zeichentrickrobotern wäre, einer mit Augen, die an Münzschlitze erinnerten, und Kugelnase und spindeldürren Metallarmen und Metallbeinen, die bei jeder Bewegung einknickten. So wie der Haushaltsroboter Rosie in *Die Jetsons*.

Catherine befand sich jedoch nicht in einem futuristischen Haus, das aussah wie die Space Needle in Seattle, sondern saß in ihrem Büro in San Francisco im dritten Stock eines renovierten Altbaus im viktorianischen Stil. Das Gebäude war nur eines von vielen bonbonfarbenen Giebelhäusern in der steilen, engen Straße, in der inzwischen vornehmlich Zahnarztpraxen und Büros für Anwälte und andere Gutverdiener zu finden waren.

Nun gab auch noch die letzte Telefonleitung ein Übelkeit

erregendes Brummen von sich und begann dann, wie die anderen zu blinken. Catherine stöhnte, schloss die Augen, als würde die Welt einfach verschwinden, wenn sie nur nicht hinsah, und ließ ihrer Fantasie freien Lauf. Vor ihrem inneren Auge sah sie sich als Roboter-Catherine auf Rollenfüßen, die aussahen wie Messingsofabeine, in ihrem Büro herumfahren. Mit ihren klauenartigen Händen, die an die Greifarme eines Spielzeugautomaten erinnerten, klemmte sie sich Aktenordner unter die Arme, rollte hektisch durch ihr chaotisches Büro, schnappte sich Mappen und Berichte, fügte Kostenabrechnungen und Hefter hinzu.

Je mehr Unterlagen sie bearbeitete, desto höher wurden die Stapel auf ihrem Tisch jedoch. Also rollte sie noch schneller herum, von hier nach dort, von dort nach hier. Hektik. Hektik. Hektik.

Das Telefon auf ihrem Schreibtisch verwandelte sich in ein altmodisches schwarzes Schaltbrett voller kleiner goldglühender Punkte, die blinkten und summten und nur dann aufhörten, wenn Catherine eins von Hunderten schwarzer spinnenähnlicher Kabel hineinsteckte. Aber egal, wie schnell sie stöpselte, die Telefonleitungen blinkten weiter wie Warnleuchten an einem Bahnübergang.

Warnung, Überlastung! Achtung! Achtung!

Und dann …

BUMM!

Mit einem Schlag explodierte Roboter-Catherine zu einer Wolke herumfliegender Schrauben, Muttern und Sprungfedern.

»Alles in Ordnung mit dir?«

Catherine fuhr erschrocken in ihrem Bürostuhl zusammen und blinzelte. Myrtle Martin, seit fünfzehn Jahren ihre Sekretärin, stand in der Tür und starrte sie an.

»Alles bestens.« Beschämt blickte Catherine zu Boden, dann breitete sie betont geschäftig ein paar Unterlagen auf ihrem Tisch aus.

Myrtle musterte ostentativ erst Catherines Tisch, danach die blinkenden Telefonleitungen. »Du gehst nicht ans Telefon.«

»Ich weiß.« Catherine verbrachte übertrieben viel Zeit damit, einen ohnehin schon ordentlichen Stapel Hefter zurechtzuklopfen. Sie fühlte sich, als wäre sie tatsächlich gerade explodiert und als wären die Schrauben und Muttern, die sie zusammengehalten hatten, dabei so großräumig verteilt worden, dass sie bis zum Sankt-Nimmerleins-Tag würde suchen müssen, um sie alle aufzuklauben.

»Was machst du denn da?«

»Meine Schrauben und Muttern suchen«, murmelte Catherine.

»Die kommen mir seit deiner Scheidung allerdings auch ein bisschen locker vor. Und das ist acht Jahre her, Catherine. Wird Zeit, dass jemand sie mal wieder nachzieht«, erwiderte Myrtle gnadenlos, schloss die Verbindungstür und lehnte sich dagegen.

Catherine schüttelte den Kopf und musste ein Lächeln unterdrücken. Dann schnappte sie sich einen Stapel Unterlagen und stippte sie so oft gegen die Tischplatte, bis die Kanten eine ordentliche Fläche ergaben.

Myrtle starrte sie nach wie vor an.

Catherine blickte auf und versuchte, dabei ruhig, gelassen und auch ansonsten wie die personifizierte Herrin der Lage zu wirken.

Ihre Sekretärin stand einfach nur da, den Rücken kerzengerade gegen den Türknauf gepresst und einen wissenden Ausdruck auf dem Gesicht.

Es war unmöglich, sie zu ignorieren. Vollkommen unmöglich. Weil Myrtle Martin nämlich eine neue Haarfarbe hatte. Orange. Kreischendes Orange, um genau zu sein.

Catherine war nicht bewusst gewesen, dass es Haarfarben gab, deren Anblick Augenschmerzen verursachen konnten. Einen kurzen Moment lang verspürte sie ernsthaft den Drang, ihre Sonnenbrille zu zücken.

Im Januar hatte Myrtle sich das Haar tintenschwarz gefärbt, sich einen Schönheitsfleck auf die Wange gepinselt und sich dicke, gebogene Augenbrauen à la *Die Nacht des Leguan* gemalt. Dazu hatte sie Outfits mit Animalprint und riesigen Strassschmuck getragen. Zu der Zeit war sie mit einem Waliser namens Richard zusammen gewesen.

Myrtle kam mit einem ihrer »Du-brauchst-mich-jetzt-damit-ich-dir-ganz-genau-erkläre-was-gut-für-dich-ist«-Blicken auf sie zu. Sie hatte nur zwei Wochen freigehabt, doch das Büro sah aus, als wäre sie ein Jahr lang fort gewesen.

Catherine wappnete sich innerlich für eine Standpauke, aber stattdessen stemmte Myrtle nur ihre Hüfte gegen die Tischkante, hob den Hörer ab und drückte auf eine Reihe von Knöpfen. »Ms. Winslow ist heute leider nicht zu sprechen.«

Puff! Und weg war Leitung eins.

»Ms. Winslow befindet sich in einem Meeting und darf nicht gestört werden.«

Leitung zwei: weg.

»Ms. Winslow ruft Sie so bald wie möglich zurück.«

Leitung drei: weg.

Leitung vier widerfuhr dieselbe Behandlung.

Myrtle drückte auf Leitung fünf. »Ja? M-hm, richtig. Wer? Oh, hallo! Ja, mir geht es blendend. M-hm. M-hm … ja, ich hab es gestern Abend gefärbt.« Sie lächelte und tätschelte ihre Hochsteckbanane. »Flambeaux-Rot. Ja, sehr leuchtend. Mir gefallen kräftige Farben auch. Catherine? Ja, sie sitzt gleich neben mir.« Myrtle warf ihr einen langen, musternden Blick zu. »Einen Hosenanzug natürlich. In Schwarz«, fügte sie hinzu, als würde sie eine Kakerlake beschreiben.

Catherine blickte auf ihren taillierten schwarzen Hosenanzug hinab und runzelte die Stirn. Sie mochte ihr Outfit. Es passte zu ihrer Stimmung.

»Was sie macht?« Myrtle warf ihr ein fieses kleines Lächeln zu. »Sie werden es nicht glauben, aber Ihre Tochter ist gerade auf der Suche nach Mutte…«

Catherine riss Myrtle das Telefon aus der Hand und bedachte sie mit einem giftigen Blick.

Myrtle zeigte sich allerdings völlig unbeeindruckt und ließ sich auf den Stuhl gegenüber sinken, von wo aus sie die Unterlagen auf Catherines Schreibtisch sortierte.

»Hi, Mom. Myrtle hat sich nur einen Spaß erlaubt. Nein, alles in Ordnung, ich bin nur ein wenig erschöpft. Hm? … Mandeln? Wieso sollte ich denn Mandeln brauchen?«

Catherine verstummte und lauschte ihrer Mutter, weil sie nun einmal ihre Mutter war und es Dinge im Leben gibt, die sich nie ändern. Schließlich atmete sie tief durch und sagte: »Ich weiß, dass Mandeln gut für die Konzentrationsfähigkeit sind.« Dann hielt sie das Mundstück des Hörers zu und simulierte ein Kopfschussszenario für Myrtle, während sie sich von ihrer Mutter die weiteren Vorzüge des neusten Wundermittels ihrer Wahl aufzählen ließ.

Fünf Minuten später – ihr Blick war schon glasig, und sie kannte nun die vollständige Geschichte der Mandel als Nutzpflanze – sagte sie: »Aber natürlich habe ich zugehört, Mom. Ich habe jedes einzelne Detail mitbekommen.« Dann holte sie tief Luft und sprach hastig, um ein paar Worte in den

Redefluss ihrer Mutter einschieben zu können: »Also, ich muss jetzt los. Ich wünsch dir eine gute Reise. Nein danke, ich brauche keine Rauchmandeln.«

Sie verzog das Gesicht und massierte sich die pochende Stirn. »Ja, ich erinnere mich, wie gern Dad die mochte. Ich hab dich auch lieb. Und ich verspreche, dran zu denken, den Mädels zu erzählen, wie gesund Mandeln sind.« Sie hielt inne, dann fügte sie in weicherem Tonfall hinzu: »Ja, ich muss auch immer weinen, wenn ich an Mandeln denke, Mom.«

Sie seufzte. »Du brauchst dir keine Sorgen zu machen. Inzwischen verteilen sie im Flugzeug Salzbrezeln.« Sie brach ab und verlagerte ihre Massage auf den Nasenrücken. »Ich weiß auch nicht, wieso.« Den Blick auf ihre Schreibunterlage gerichtet, fuhr sie fort: »Ich weiß, dass Dad Salzbrezeln gehasst hat … Nein!« Sie fuhr in ihrem Stuhl hoch. »Nein, nicht den Flug canceln!« Panisch suchte sie Myrtles Blick und strich sich hektisch durchs Haar, dann fügte sie ruhiger hinzu: »Bitte, Mom. Du musst diese Reise machen. Das wird dir guttun.«

Es folgte eine Pause, die sich schier endlos in die Länge zog. Catherine saß mucksmäuschenstill da und lauschte mit angehaltenem Atem der Stille am anderen Ende der Leitung. Doch endlich stimmte ihre Mutter zu.

Catherine atmete aus und sank wieder auf ihrem Stuhl zusammen.

»Ja, es wäre wirklich ganz schön kompliziert, den Flug jetzt noch zu canceln. Amüsier dich gut. Die Mädchen werden dich auch vermissen. Tschüss, Mom!« Sie legte auf und versuchte, Myrtle mit einem bitterbösen Blick zu grillen.

Ihre Sekretärin beugte sich nur vor und klatschte ein paar Geldscheine auf den Tisch. »Ich wette zehn Dollar darauf, dass hier eine Kiste Mandeln eintrudelt, ehe die Woche vorbei ist.«

Catherine zog ihre Schreibtischschublade auf und warf eine Banknote neben Myrtles. »Zwanzig, dass sie schon morgen früh ankommt.« Sie verstummte kurz, dann fügte sie spitz hinzu: »Etwa um dieselbe Zeit, zu der du dein Kündigungsschreiben auf dem Tisch hast.«

»Du? Mich feuern?« Myrtle winkte mit einem müden Lächeln ab. »Jeder sonst würde dich doch zu Tode langweilen. Und außerdem brauchst du mich.«

»Ich brauchte auch heftige Wehen, um meine Kinder zur Welt zu bringen.«

Myrtle brach in schallendes Gelächter aus.

Eine Kündigung war eine lächerliche Drohung, weil sie beide wussten, dass Catherine ohne ihre Sekretärin vollkommen hilflos war. Das zugemüllte Büro war der beste Beweis dafür.

Mit den Jahren hatte sich aus ihrer Geschäftsbeziehung eine Freundschaft entwickelt. Catherines Töchter nannten Myrtle Martin »Tante Martin«. Es war Myrtle Martin gewesen, die sie in den Monaten, nachdem ihr Mann Tom sie sitzenlassen hatte, an jedem einzelnen schrecklichen Tag zum Lachen gebracht hatte. Und er hatte nicht nur sie im Stich gelassen, sondern, was noch viel herzzerreißender war, auch seine kleinen Töchter. Weil sie ihm das Leben zu kompliziert machten. Myrtle war die Erste gewesen, die sie anrief, als ihr Exmann zwei Jahre nach der Scheidung starb, und auch, als vor sechs Monaten ihr Vater überraschend bei einem Unfall ums Leben gekommen war.

Während sich Myrtle daranmachte, das Büro aufzuräumen und die Unterlagen zu sortieren, stieß sich Catherine vom Tisch ab und stand auf, um in das kleine Bad zu gehen, wo sie den alten Inhalt einer Kaffeetasse wegkippte und sich mit den Händen auf den Waschbeckenrand stützte. Sie beugte sich zum Spiegel vor und fragte sich, ob es wirklich ihr Gesicht war, das ihr da entgegenblickte.

Sie sah aus wie ihre Mutter. Und ihre Großmutter. Blondes Haar, braune Augen, genauso wie die beiden, nur dass auf ihrer Nase ein paar Sommersprossen prangten, die nie wieder verblasst waren, obwohl ihre Haut seit Jahren keinen ernstzunehmenden Sonnenkontakt mehr gehabt hatte. Sie waren einfach geblieben, als Erinnerung an einen Sommer, in dem sie sich einen schlimmen Sonnenbrand geholt hatte.

Sie hörte Myrtle im Büro vor sich hin murmeln und trat in die Tür. »Redest du mit mir?«

»Ja.« Myrtle warf ihr einen Blick über die Schulter zu. »Ich sagte gerade, eigentlich bist *du* diejenige, die eine Auszeit auf den griechischen Inseln braucht.«

Catherine schloss die Toilettentür und durchquerte das Büro. »Was ich wirklich brauche, ist eine effiziente Urlaubsvertretung für dich.« Sie setzte sich.

Myrtle drehte sich zu ihr um. »Zumindest *mache* ich Urlaub.«

»Ich mache auch Urlaub.«

»Wann?«

Catherine hob das Kinn. »Ich bin mit den Mädchen nach Disneyland gefahren!«

»Da waren sie zwei und sechs.«

Inzwischen waren Catherines Töchter elf und fünfzehn. »Und in New Orleans war ich auch, weißt du noch?«

»Ja, weiß ich noch.«

»Super.«

»Zu der Zeit war Reagan Präsident.«

»So ein Quatsch.«

»Na ja …« Myrtle winkte dramatisch ab und pfefferte eine Schublade des Aktenschranks zu. »Dann war es eben Bush.

Jedenfalls erinnere ich mich, dass es einer von den guten alten Republikanerjungs war.«

Catherine musterte die Papierstapel auf ihrem Tisch. Sie hatte so viel zu tun. »Ich kann jetzt nicht einfach wegfahren …« Das letzte Wort ließ sie im Raum verklingen, weil sie feststellte, dass Myrtle lautlos mitsprach.

Halb überrascht, halb beschämt sah Catherine ihre Assistentin an. Sie konnte ihre ewigen Ausflüchte, die ewig gleichen Ausreden, ja selbst nicht mehr hören.

Für einen kurzen Moment schloss sie die Augen. Sie fühlte sich, als hätte jemand einen riesigen Amboss auf sie fallen lassen. Einen, auf dem das Wort »Rabenmutter« stand. Sie barg das Gesicht in den Händen. Noch immer sah sie die Aufregung in Alys und Danas kleinen Gesichtern, als sie zum ersten Mal vor dem Dornröschenschloss gestanden hatten.

Es waren einmal zwei kleine Mädchen, die vor Ehrfurcht erstarrten, wenn sie Goofy, Micky Maus und Co. vor sich sahen. Aber gerade erst letzte Woche hatte Aly ein Poster mit den Hansons über ihr geliebtes Die-Schöne-und-das-Biest-Plakat gekleistert, und Dana war nach einer Übernachtungsparty bei einer Freundin mit ihrem dritten Loch oben in einer ihrer Ohrmuscheln nach Hause gekommen.

Catherine ließ sich gegen die Stuhllehne sinken und suchte Myrtles Blick. »Ist das wirklich schon so lange her?«

»Ein paar Jahre sind das allerdings, seit du zuletzt mit Aly und Dana verreist bist.«

Seitdem waren die Mädchen jedes Mal nur mit den Großeltern im Urlaub gewesen und hier und da auch mal eine Woche im Sommerlager. Die vertrauten Alleinerziehende-und-berufstätige-Mutter-Schuldgefühle trafen Catherine wie ein Faustschlag.

Es hatte immer so wunderbar geklungen, wenn ihre Eltern die Mädchen an irgendeinen aufregenden Ort mitnahmen. Und zufälligerweise fielen diese Reisen stets ausgerechnet auf die Termine, zu denen sie wichtige Präsentationen hatte. Rückblickend kam sie sich nun fürchterlich egoistisch vor.

In ihrer Kindheit und Jugend waren ihre Eltern fast jeden Sommer mit ihr nach Washington gefahren, in eine wunderbare, schindelverkleidete Villa im viktorianischen Stil auf einer kleinen Insel der San Juans. Die Sommer waren unbeschwert und frei gewesen, eine vergangene Zeit, in der die Luft sauber war und der Himmel blau und sie vom klagenden Geschrei der Möwen oder dem weichen Prasseln von Regen auf dem Dach geweckt wurde. Ein Ort, an dem der Sonnenaufgang und der Mond am Himmel die einzige Zeit vorgaben, an die sich jemand hielt.

Auf Spruce Island hatte sie mit sieben Jahren die Namen aller Sterne und Sternenkonstellationen erlernt, weil es dort keinen Fernseher gab, über den man ihr einreden konnte, dass die wirklich wichtigen Sternchen menschlich waren und in Hollywood lebten.

In einer dunklen Sommernacht am Meeresufer hatte sie ihren ersten Marshmallow geröstet und im flackernden Schein des goldenen Strandfeuers ihre erste Geistergeschichte gehört. Und auf eben dieser Insel hatte sie an einem kühlen Morgen, wie er in dieser Gegend häufiger vorkam, ihren ersten Fisch gefangen – einen fünfzehn Zentimeter langen Wels, den ihr Vater entgegen den Spielregeln ausnahmsweise einmal nicht zurück ins Wasser warf.

Hier hatte sie das Schwimmen gelernt, das Segeln und auch das Küssen. Denn es war während eines melancholisch-schönen Sommers in den Sechzigerjahren gewesen – damals,

als sie Yardley-Seife benutzte, sich wie Jean Shrimpton kleidete und ihr langes Haar mit dem Glätteisen bearbeitete –, als sie die Liebe kennenlernte.

Mit Michael.

Wehmut, die häufig mit dem Gedanken an Dinge, die hätten sein können, einhergeht, überkam sie. Das Bild von ihm, das sie vor ihrem inneren Auge heraufbeschwor, weckte gemischte Gefühle bei ihr, und sie fragte sich, ob er wirklich so groß, so ernsthaft gewesen war, wie sie ihn in Erinnerung hatte.

Michael Packard war zwanzig gewesen und hatte auf die siebzehnjährige Spätzünderin, die schon mit elf in ihn verknallt gewesen war, unglaublich reif und geheimnisvoll gewirkt.

Mit seinen zwanzig Jahren hatte er damals bereits die Stärke und Sanftheit eines Mannes besessen, Eigenschaften, die sie von ihrem Vater kannte, aber von keinem der jungen Männer in ihrem Umfeld. Die Jungen in ihrer Heimatstadt interessierten sich nur für schnelle Autos und Mädchen, die leicht zu haben waren. Sie tranken Colt-45-Starkbier, hatten Marlboro-Päckchen in der Tasche ihrer kurzärmligen Karohemden und cruisten in polierten Schlitten mit lautem Motor und breiten Reifen durch die Straßen.

Michael war anders als diese Jungen. Auch heute noch, rund dreißig Jahre später, konnte sie sich an vieles an ihm erinnern: wie seine Stimme klang, wenn er ihren Namen sagte, an seine langen, gebräunten Beine, ausgestreckt in der kleinen Schaluppe, mit der sie in eine abgelegene Bucht gesegelt waren. An seine wunderbaren Hände und wie sie den Anker hochwuchteten, ihre Initialen in ein Stück Holz schnitzten und mit derselben Selbstverständlichkeit eine Träne von ihrer Wange wischten.

In jenem Juni hatte sie sich Hals über Kopf in ihn verliebt – in diesen dunkelhaarigen jungen Mann mit der tiefen, ruhigen Stimme, die klang, als entspränge sie seiner Seele. Er hatte die Augen eines Dichters, Augen, wie sie sie von Schwarzweißfotos von Laurence Ferlinghetti und Bob Dylan kannte, Augen, die einem direkt ins Herz blickten, besonders wenn man erst siebzehn war. Seine hungrigen Blicke ließen ihr verträumtes junges Herz dahinschmelzen wie die Kokosbutter, die sie auf ihrer sonnengebräunten Haut verteilten. Und er gab ihr lange, verzehrende Küsse, die wohl selbst den Nebel über dem Puget Sound zum Verdampfen gebracht hätten.

»Du liebes Lieschen, woran denkst *du* denn gerade?«

Catherine setzte sich aufrecht hin und sah Myrtle erschrocken an. »An nichts Besonderes. Wieso?«

»Weil du ausgesehen hast, als würdest du dir ein Schäferstündchen mit George Clooney ausmalen.«

Catherine lachte auf und schüttelte den Kopf. »Ich habe mich nur an einen lang, lang zurückliegenden Sommer erinnert.«

»Muss ein ziemlich heißer Sommer gewesen sein.«

Heiß war er allerdings gewesen, so heiß, dass er all ihre jugendlichen Träume zu einem Häufchen Asche verbrannt hatte. Sie blickte auf und warf Myrtle einen schiefen Blick zu. »So heiß kann er nicht gewesen sein. Ich war schließlich erst siebzehn.«

Myrtle zählte ungerührt an den Fingern ab: »Lolita, Kleopatra …«

»Und inzwischen bin ich siebenundvierzig«, schnitt Catherine ihr das Wort ab, weil sie nicht weiter über längst Vergangenes reden wollte. Besser, sie schloss all das wieder weg in einen geheimen Teil ihres Herzens, den Ort, an dem ihre Tagträume begannen und genügend Was-wäre-Wenns für ein ganzes Leben verborgen lagen.

»Ich bin fünfundfünfzig«, sagte Myrtle. »Und lasse ich mich davon aufhalten?«

»Dich kann nichts aufhalten.«

»Ich weiß.« Myrtle grinste.

»Es ist einfach zu harte Arbeit, einen Partner zu suchen und eine neue Beziehung aufzubauen. Für so was habe ich keine Zeit, besonders jetzt nicht, wo die wichtigste Präsentation meiner Karriere nur einen Monat entfernt ist.«

»Letni Corporation?«

Catherine nickte.

»Ich dachte, die wollen sich erst im September ernsthaft Gedanken machen.«

»Dachte ich auch, aber kurz bevor du reingekommen bist, haben sie mich angerufen. Sie haben die Präsentation auf den ersten Dienstag im Juli vorverlegt.«

Nun schien es Myrtle ausnahmsweise doch einmal die Sprache verschlagen zu haben. Ihre Sekretärin wirkte genauso verblüfft, wie sie es gewesen war, nachdem sie am Morgen mit Letni gesprochen hatte.

Catherine musste ein Lächeln unterdrücken, als sie sagte: »John Turner ist gefeuert worden.«

Myrtle unterdrückte ihr Lächeln nicht, es war eins von der gemeinen Sorte, das Lächeln einer Katze, die schon längst weiß, dass die Maus ausgespielt hat.

»Ohne Turner haben wir endlich mal eine echte Chance, Westlake zu schlagen.« Catherine hörte sich die eigene Aufregung an. »Ein Großkunde wie Letni ist unsere Chance. Das ist der Moment, auf den wir immer gewartet haben!«

Letni, der weltweit größte Computerchiphersteller, wollte aus dem steuerlich unvorteilhaften Kalifornien in zwei neue

Bundesstaaten expandieren: Washington und Arizona. Im Rahmen des Zehn-Jahres-Plans des Unternehmens würden Tausende Angestellte umziehen müssen.

Catherines Herz klopfte ein wenig schneller bei dem Gedanken, dass sie diesen Auftrag vielleicht tatsächlich ergattern konnte. »Die Umsiedlungen alleine würden schon reichen, damit wir zehn Jahre lang schwarze Zahlen schreiben.«

Das Telefon auf ihrem Schreibtisch begann zu summen und gelb zu blinken.

Myrtles und Catherines Blick schossen unisono zu dem Gerät.

Innerhalb weniger Sekunden leuchteten vier weitere Lämpchen.

Catherine schloss die Augen und lehnte sich frustriert seufzend zurück.

Myrtle öffnete die Tür zum Vorzimmer. »Ich kümmere mich um die Anrufer. Und den Rest des Tages stelle ich nur dringende Gespräche durch, versprochen.«

Catherine warf ihr ein schwaches Lächeln zu, dann fiel die Tür ins Schloss, und sie saß alleine da und fühlte sich verloren, verwirrt und zerstreut, weil sie einfach nicht wusste, wo sie anfangen sollte. Nach einigen Sekunden, in denen das einzige Geräusch das Ticken der Wanduhr war, schnappte sie sich einen Stapel mit Rechercheergebnissen, setzte ihre Zweistärkenbrille auf und klappte den ersten Ordner auf.

Die Worte verschwammen, und ein attraktives Gesicht aus ihrer Jugend blitzte vor ihrem inneren Auge auf. Ehe sie zu lesen begann, fragte Catherine sich einen seltenen, zarten Moment lang, was wohl aus Michael Packard geworden sein mochte.

2. Kapitel

Er stand am Ende eines langen Bootsstegs. Die Brise, die vom Wasser heranwehte, zerzauste ihm das Haar, so wie es schon vor dreißig Jahren gewesen war. Er war jetzt fünfzig, und sein Haar war zwar noch dunkel, aber über den Schläfen, den Ohren und der Stirn zeigten sich die ersten grauen Strähnen. Und jedes einzelne dieser grauen Haare hatte er sich in den vergangenen zwei Jahrzehnten mit Millionen internationaler Flugmeilen verdient.

Seine Augen waren eisblau, und alle, die im Lauf der Jahre den Fehler gemacht hatten, ihm in die Quere zu kommen, hatten schnell feststellen müssen, dass hinter diesen Augen ein scharfer und kühl kalkulierender Verstand lauerte – der Verstand und die Kälte eines Mannes, der anderen mit einem einzigen harten Blick den ihnen gebührenden Platz zuweisen konnte.

Tief in den Winkeln dieser kühlen Augen lagen versteckt Lachfältchen, die seine wenigen engen Freunde häufig zu sehen bekamen. Eben diese Fältchen bewiesen all jenen, die ihm zum ersten Mal die Hand schüttelten, dass er gelebt hatte, und zwar lange genug, um genau zu wissen, wie er an das kam, was er wollte.

Sein Gang war entspannt und locker, der Gang von jemandem, der sich wohlfühlte mit der Macht, über die er verfügte. Hin und wieder knarrten die alten Bohlen, als wolle das Holz gegen Michaels Schritte protestieren. Er war auf dem Weg zum Bootshaus, das am Ende des Stegs stand und noch grauer und verwitterter war als er.

Das Bootshaus stand schon lange Zeit. Es war bereits dort, als er zum ersten Mal einen Fuß auf Spruce Island setzte. Damals war er dreizehn gewesen, verwaist und wütend auf eine Welt, in der Eltern am Morgen mit ihrem Sohn am Frühstückstisch sitzen und am Abend desselben Tages bei einem Autounfall ums Leben kommen konnten.

An seinem ersten Tag auf der Insel war er, aufgebracht und voll vorgespieltem Selbstbewusstsein, an dem alten Bootshaus vorbeimarschiert auf dem Weg zu einem Großvater, über den er seine Eltern in der Vergangenheit nur äußerst selten hatte reden hören.

Mit seinen dreizehn Jahren hielt er die Insel für ein hinterwäldlerisches Nichts am Arm der Welt. Sein Großvater war für ihn ein Fremder, der an einem fremden Ort lebte, jemand, der ihn nicht kannte, nun aber plötzlich die Macht über sein Leben hatte. Die Insel kam ihm vor wie Alcatraz. Er hatte Angst gehabt.

Heute, wie er hier auf dem Steg stand, war er älter und weiser. Ein wenig erschöpft vom Leben. Die Empfindungen aus seiner Jugend waren verschwunden, waren einem Gefühl für die Freiheit gewichen, die die Insel bot. Er erkannte, wie besonders dieser Ort war, der niemals von kalten Freeways seziert worden war.

Die Insel war üppig und grün, umgeben von glasklarem, silbrigem Wasser anstelle silbern verglaster Wolkenkratzer. Fichten, Zedern, Ahorn und Douglastannen tupften die zerklüfteten Felsrücken, die sich in der Inselmitte erhoben, und die nackten Klippen und schmalen Buchten, in denen sich Vögel durch die klare Luft schwangen.

Einen Augenblick lang stand er reglos da und starrte hinauf in den klirrend blauen Himmel über Cutters Cove, wo ein großer, dunkler Vogel seine Kreise zog. Überrascht sah er genauer hin. Das Tier hatte einen majestätischen weißen Kopf. Michael schirmte mit einer Hand seine Augen vor der Sonne ab und beobachtete den Flug des Adlers.

Als der Vogel außer Sicht war, schob er die Hände in die Hosentaschen zurück und sog tief die kalte, feuchte Luft des frühen Vormittags ein. Auf Spruce Island relativierten sich seine Sorgen, ein Gefühl, das ihn ein wenig demütig werden ließ und ihm seltsam willkommen war.

Er hatte keine Ahnung, wie lange er dagestanden hatte, und es spielte auch keine Rolle, weil es keinen Flieger gab, den er erwischen musste. Kein Meeting, bei dem er erwartet wurde. Keine Aktionäre, die er zu besänftigen hatte. Keinen Deal, bei dem es ums Ganze ging. Hier konnte er einfach nur … sein.

Als er sich schließlich wieder bewegte, tat er es langsam und mit Bedacht. Er öffnete die Tür zum Bootshaus, die mit ihrem lauten Quietschen die schwarzen Krähen vertrieb, die auf dem alten Schindeldach kauerten. Er duckte sich und trat ein.

Die Sonne stahl sich durch die Scheiben der grob gearbeiteten, mit den Jahren verwitterten Fenster und warf Streifen aus milchigem Licht in einem Karomuster auf den Boden, das an ein riesiges Schaltbrett erinnerte. Dichte Spinnweben wiegten sich in den Sonnenstrahlen. Er roch den metallischen, nassen Duft der Algen, die sich hier in der Gegend sofort auf Holz festsetzten.

Michael stieg über einige Teakholzpaddel und warf eine abgenutzte orangefarbene Rettungsweste beiseite, die Wasser, Luft und die Jahreszeiten hart wie Beton hatten werden lassen. Ein paar Schritte weiter, und er strich mit der Hand über die alten Bretter entlang der Fenster. Vorgebeugt und mit zusammengekniffenen Augen musterte er die Holzverkleidung. Er hatte seine Brille zusammen mit seinem Handy, dem elektronischen Kalender und seiner Aktentasche in der Hütte gelassen.

Mit einer Vorsicht, die seine Geschäftspartner ihm wohl niemals zugetraut hätten, streichelte er die alten Zedernholzbretter.

Und doch bewegte er seine Hände nur ganz sachte, genauso wie er vor fast dreißig Jahren ihre Tränen fortgewischt hatte. Auf einmal hielt er inne, die Finger wie erstarrt über einer zersplitterten Stelle. Dort, auf den Brettern, stand in zackigen Lettern: MP+CW.

Sommer 1960

Bei ihrer ersten Begegnung war er vierzehn und sie elf. Er hatte eine Erledigung für seinen Großvater zu machen und lief den Kiesweg von der Hütte seines Großvaters aus durch den Wald bis zum alten Sommerhaus.

Sie hing kopfüber von einer großen Fichte, die knochigen Knie über einen dicken, niedrig wachsenden Ast gelegt, und schwang vor und zurück, sodass ihre langen blonden Zöpfe herumbaumelten wie Tarzans Lianen. Dabei summte sie »Alley Oop« und machte die größte pinkfarbene Kaugummiblase, die er jemals gesehen hatte.

Er hatte nicht gewusst, dass man gleichzeitig summen und Kaugummiblasen machen konnte. Als er an ihr vorbeilief, platzte die Blase mit einem lauten Plopp.

»Wer bist du?« Sie schwang sich hoch und stützte sich mit den Armen auf dem Ast ab, sodass eins ihrer Beine rittlings über den Ast hing und das andere hinten herabbaumelte, und beäugte ihn von oben.

Fichtennadeln und Blütenstaub rieselten auf ihn herab. Er

sah sie genervt an und rieb sich über Gesicht und Kopf. Auf Höhe seiner Nase hing ein Paar roter Leinenschuhe ohne Schnürsenkel. Auf den abgewetzten Gummispitzen stand das Wort *Keds*. Sein Blick glitt ihre sommersprossigen, schlaksigen Beine und die aufgeschürften Knie hinauf bis zu ihrem kleinen Gesicht mit der empörten Miene, das an das einer Trollpuppe erinnerte.

»Ich hab gefragt, wer du bist«, wiederholte sie, als wäre sie die Inselkönigin.

»Ich suche einen Mr. Wardwell.«

»Oh.« Sie machte noch eine Kaugummiblase, sog sie ein Stückchen ein und ließ sie schließlich auf unerträglich nervige Art platzen.

Dann fragte sie: »Was willst du denn von ihm?«

»Geht dich nichts an, du Zwerg.« Michael kehrte ihr den Rücken zu und folgte dem Kiesweg, der auf die alte Villa zuführte.

Sie sprang vom Baum und tauchte neben ihm auf. »Ich heiße nicht Zwerg, sondern Catherine.«

Er brummte irgendeine Antwort und lief weiter.

»Hey! Wie heißt du denn?«, rief sie ihm hinterher.

»Für dich Mr. Packard«, erwiderte er, um sie zu ärgern.

»Du bist nicht Mr. Packard«, sagte sie und hüpfte neben ihm her. »Mr. Packard ist älter und größer, und er hat graue Haare und einen Hund namens King Crab.«

Michael ignorierte sie.

»Und er ist nicht so ein Muffel wie du.«

Er blieb stehen und sah sie an.

Ihre Miene forderte ihn heraus, bloß weiter zu versuchen, sie zu ignorieren.

»Das ist mein Großvater«, erklärte er ihr und setzte sich wieder in Bewegung.

Sie hielt Schritt und sagte nichts mehr, aber er konnte spüren, wie sie ihn musterte. Also sah er sie sich noch einmal genauer an. Ihm fiel nichts Besonderes an ihr auf, nur ein ausdrucksstarkes Gesicht mit skeptischen braunen Augen in der Farbe von Dunkelbier.

Sie hatten nun den schmalsten Abschnitt des Klippenpfads erreicht, der an dieser Stelle parallel am Wasser entlangführte. Er wurde langsamer. »He, Zwerg, sei vorsichtig.« Er packte sie am Arm. »Hier geht es ganz schön steil nach unten. Wenn du die Klippen runterfällst, landest du im Wasser. Und das ist ganz schön kalt.«

Stirnrunzelnd musterte sie seine Hand, die um ihren Arm lag. Dann wand sie sich mit einem Ausdruck sturen Unabhängigkeitsdrangs aus seinem Griff und sah zu ihm hoch. Eine gefühlte Ewigkeit lang starrte sie ihn nur an.

»Wir kommen jeden Sommer her. Aber dich hab ich hier noch nie gesehen.«

Er hatte nicht vor, irgendeinem kleinen Mädchen zu erzählen, warum es ihn hierher verschlagen hatte, doch sie wollte einfach nicht die Klappe halten.

»Also, wo kommst du her?«

»Der Storch hat mich durch den Schornstein fallen lassen.«

»Sehr witzig.« Fast unhörbar schob sie nach: »Blödian.«

Beinahe hätte sie ihn damit zum Lachen gebracht.

Als er nichts erwiderte, sagte sie piepsig: »Nur damit du's weißt, ich bin kein Baby mehr.«

Er schnaubte und lief weiter.

»Ich weiß alle möglichen Sachen, zum Beispiel warum das Meer blau ist.«

Er ignorierte sie.

»Und wieso Flugzeuge fliegen können und warum Motoren Öl brauchen …« Sie verstummte, als würde sie darauf warten, dass er sie aufforderte, ihr Wissen unter Beweis zu stellen.

Als er noch immer schwieg, verkündete sie: »Und ich weiß alles über Sex.«

Er blieb stehen und sah auf sie hinunter. Und dann musste er lachen, diesmal wirklich. Laut und lange, weil sie so fürchterlich albern war.

Sie stemmte die Fäuste in ihre jungenhaften Hüften, hob das Kinn und sagte: »Ist aber so.«

Doch er schüttelte nur den Kopf und ging weiter den Pfad entlang. Er konnte hören, wie sie hinter ihm herlief.

»Na los! Frag mich was.«

»Nein.«

»Aber ich weiß …« Und dann gab sie einen lauten Schrei von sich.

Michael fuhr herum.

Eben stand sie noch schwankend auf der Klippenkante, doch ehe er nach ihr greifen konnte, purzelte sie auch schon den Hang hinunter aufs Wasser zu, wobei sie brüllte wie am Spieß.

Er lief ihr fluchend hinterher, rutschte, die Füße voran, die steile Böschung hinab.

Sie schrie weiter und weiter, bis sie am Fuß der Klippe ins Wasser fiel. Steine, Erde und Schlamm rollten wie eine kleine Lawine vor ihm nach unten. Die ganze Zeit über suchte er die spiegelglatte Wasseroberfläche ab, wartete, dass ihr albernes kleines Köpfchen wieder auftauchte.

Doch da war nichts.

Er wurde panisch und legte die restliche Strecke mit einem halben Kopfsprung zurück. Keinen Meter von der Stelle entfernt, an der sie untergegangen war, landete er im Wasser und tauchte nach ihr.

Das Wasser war hier tief und eiskalt. Das Mädchen war hysterisch, trat um sich und ruderte mit den Armen wie jemand, der nicht schwimmen kann.

Er klemmte sich ihren zuckenden, mageren Körper unter den Arm und stieß sich vom Seegrund ab. Sie hörte auf, um sich zu treten, und umschloss mit ihren kleinen Händen fest seinen Unterarm, während sie gemeinsam emporglitten.

Ihr Kopf durchbrach die Wasseroberfläche, und er merkte, dass sie nach Luft schnappte. Er schwamm durchs Wasser und zog sie mit sich in Richtung des steinigen Uferstreifens. Dort kroch er an Land, den schlaffen Körper des Mädchens im Schlepptau.

Als sie sicher den Kiesstrand erreicht hatten, kam wieder Spannung in ihre Gliedmaßen, und sie rollte sich von ihm weg. Dann lag sie einfach nur da, das Gesicht in eine ihrer Armbeugen gedrückt. Ihr Rücken hob und senkte sich mit jedem schweren Atemzug. Als sie zu husten begann, wusste er, dass er keine Angst mehr um sie zu haben brauchte.

Er setzte sich auf, stützte die Arme auf die Knie und beobachtete das Mädchen. Nach einer Minute sah er ein braunes Auge unter einem knochigen Ellbogen hervorspähen. Er schüttelte den Kopf und warf ihr einen strengen Blick zu. »Du musst aufpassen, wo du hinläufst, Zwerg.«

Sie wühlte ihr Gesicht noch tiefer in ihre Armbeuge und murmelte etwas vor sich hin.

»Was hast du gesagt?«

Sie sah ihn vorwurfsvoll an. »Ich habe gesagt, dass ich absichtlich gestürzt bin.« Sie schob das Kinn vor wie das Muli, das er einmal gesehen hatte. »Ich wollte wissen, wie kalt das Wasser ist.«

Sie wussten beide, dass das gelogen war.

Sie war einfach nur zu stolz, um zuzugeben, dass sie ausgerutscht und ins Wasser gefallen war.

Er stand auf und begegnete ihrem herausfordernden, trotzigen Blick. Er hätte sie bloßstellen können, doch er ließ es bleiben. Stolz war etwas, das er nachvollziehen konnte. Also wandte er ihr den Rücken zu und lief auf die kleine Bucht direkt hinter dem Kiesstrand zu.

Hinter sich hörte er sie murmeln, sie sei ja wohl nicht irgend so ein dummer kleiner Zwerg, sondern Catherine Wardwell, die alles über Sex wisse.

Er blieb stehen und drehte sich noch einmal zu ihr um. »Hey, Zwerg.«

Inzwischen war sie aufgestanden und funkelte ihn an.

»Wenn ich du wäre, würde ich aufhören zu versuchen, alles über Sex zu lernen, und erst mal herausfinden, wie man schwimmt.«

3. Kapitel

Sommer 1963

Die Wardwells kehrten nach Spruce Island zurück. In den vergangenen drei Jahren waren sie jeden Juni wieder hergekommen, und Jahr für Jahr hatte Catherine Wardwell den Großteil des Monats damit verbracht, ihm auf den Wecker zu gehen. Sie hatte die nervtötende Angewohnheit, stets im denkbar schlechtesten Augenblick aufzukreuzen, beispielsweise als er heimlich im Wald das Bier trank, das er in einem der Boote seines Großvaters gefunden hatte, nachdem eine Gruppe von Sportanglern damit hinausgefahren war. Oder als er mit einem Mädchen namens Kristy hinter dem alten Brunnenhaus bei der kleinen Bucht herumgeturtelt hatte, in der ihre Eltern mit ihrem Schiff vor Anker lagen.

Nun war wieder Juni, und wie schon Dylan gesungen hatte, änderten sich die Zeiten. Die Coca Cola Company war auf ein neues Verpackungsmodell umgestiegen, von Flaschen zu Aluminiumdosen. Die Beach Boys eroberten den ersten Platz der Popcharts, und im Kino liefen *Dr. Seltsam oder: Wie ich lernte, die Bombe zu lieben* und *My Fair Lady*. Aber für Michael war der Juni der Höllenmonat. Denn es war Catherine Wardwells Monat.

Sie war jetzt vierzehn, und sie benutzte etwas als Lippenstift, das sich »Erace« nannte. Es ließ sie zu blass erscheinen. Die Haare trug sie kurz geschnitten wie ein Titelmädchen der *Seventeen*. Sie sah plump und unbeholfen und lächerlich aus, weil sie so verzweifelt versuchte, älter zu wirken, als sie war.

Er erklärte ihr, sie trage zu viel Make-up und sähe aus wie eine Leiche.

Sie erwiderte, nur Streber würden ihre Oxford-Hemden so hoch hinauf zuknöpfen wie er.

Schon kurz nach ihrer Ankunft hatte sie ihn wieder so weit, dass er ihr am liebsten den Hals umgedreht hätte. In der ersten Juniwoche wachte er eines Morgens auf und erwischte sie dabei, wie sie ihn durchs Hüttenfenster beobachtete. Er schlüpfte nach draußen und spritzte sie mit dem Wasserschlauch nass.

In der zweiten Woche klaute sie ihm eine Packung Zigaretten und brach sie alle in der Mitte durch. Er rauchte nicht einmal sonderlich gerne und trug sie nur mit sich herum, um cool zu wirken. Aber um Catherine zu ärgern, rauchte er alle Zigarettenstummel auf und blies ihr dabei den Rauch ins Gesicht. Sie war dermaßen störrisch, dass sie trotzdem die ganze Zeit über bei ihm stehen blieb und sich weigerte davonzulaufen.

Der schlimmste Zwischenfall ereignete sich jedoch an dem Nachmittag, an dem er einen Brief fand, den sein Vater am Tag seiner Geburt an seinen Großvater geschrieben hatte. Einen Brief, der nur so strotzte vor Vaterstolz und großen Träumen, Dingen, die Michael an die Familie erinnerten, die er verloren hatte.

Niemand hatte ihn je weinen sehen. Sein Stolz verbot ihm, seinen Schmerz zu zeigen.

Aber *sie* sah ihn an diesem Tag weinen, als er mit seinen siebzehn Jahren auf einem Felsen in einem verlassenen Teil der Insel saß. Er glaubte sich allein, wie er dort hockte und zwischen seine Knie schluchzte.

Sie kam zu ihm und schnappte sich einfach den Brief.

Er fluchte und versuchte, ihn ihr wieder wegzunehmen, seine Augen waren jedoch tränennass, und er sah nur verschwommen.

Hastig stopfte sich Catherine den Brief in den BH und lief davon.

Er hatte nicht die Kraft, ihr hinterherzulaufen. Also starrte er in die Ferne und bemühte sich dabei, sich das Gesicht seines Vaters vorzustellen. Doch alles, was er vor seinem inneren Auge erkennen konnte, war der Schatten eines großen, schlanken Mannes.

Nach ein paar Minuten kam sie zurück. An ihren langsamen Schritten und ihrer ernsten Miene erkannte er, dass sie den Brief gelesen haben musste.

Sie setzte sich neben ihn und hielt ihm den zerknitterten Bogen Papier hin.

Er würdigte den Brief keines Blickes. Würdigte *sie* keines Blickes. Er wollte einfach nur seine Ruhe haben.

Sie begann, das Papier auf einem Stein zu glätten, ein müder Versuch, es wieder in den Zustand zu bringen, in dem es sich einmal befunden hatte.

Ihr Vorhaben war so sinnlos, so dumm. Als würde es ihm weniger wehtun, seinen Dad verloren zu haben, wenn der Brief nicht mehr zerknittert war.

Nach einer Weile hörte sie auf und schwieg. Beklommene, angespannte Sekunden vergingen, schienen eine Ewigkeit zu dauern. Es war einer dieser Augenblicke, in denen man fortlaufen und sich vor allem und jedem verstecken will.

Aber sie saß einfach neben ihm, so nah, dass er dort, wo sich ihre Schultern fast berührten, ihre Wärme spüren konnte. Sie faltete die Hände in ihrem Schoß und ließ den Kopf hängen. Und dann tat sie etwas, das er niemals von ihr erwartet hätte.

Sie weinte mit ihm.

Zum ersten Mal seit 1963 waren die Wardwells wieder auf die Insel gekommen. Am selben Tag, an dem er seinen Einberufungsbescheid erhielt.

Sehr geehrter Mister Packard,
der Präsident der Vereinigten Staaten von Amerika
grüßt Sie ...

Es bestand keinerlei Zweifel, dass dieser Brief seine Zukunft verändern würde. Zeitungen und Fernsehsendungen waren voller Proteste und Debatten, in denen sich Aktivisten gegen den Krieg äußerten und erklärten, die Einberufungen seien archaisch und unfair. Bier dürfe man zwar nicht kaufen, für sein Land sterben jedoch schon. Man dürfe den Präsidenten der Vereinigten Staaten von Amerika zwar nicht wählen, müsse aber auf seinen Befehl töten.

Manche, die diesen Brief bekommen hatten, waren in den Krieg gezogen, andere nach Kanada geflohen. Er hatte die Benachrichtigung einfach nur gelesen und sie beiseitegelegt. Er wusste nicht, was er davon halten sollte. Der Krieg schien ihm so weit entfernt, viel weiter als Vietnam. Er ging zum Arbeiten in den Wald, um nicht darüber nachdenken zu müssen.

Er hatte gar nicht gewusst, dass die Wardwells dieses Jahr kommen würden.

Drei Jahre lang waren sie nicht da gewesen, deswegen gab es keinen Grund, sie in diesem Sommer zu erwarten. Als er sah, wie Catherine das alte Haus verließ und den Strand entlang zum Steg lief, war der Einberufungsbescheid mit einem Mal vergessen.

Michael stand verborgen in einem Wäldchen aus Zedern und Ahornbäumen, die die kleine Bucht umgaben, und schnitt die Äste von einem Baum, der im Winter umgestürzt war, als er die Haustür in den Angeln quietschen und dann zufallen hörte. Er warf einen kurzen Blick in Richtung der alten viktorianischen Villa. Eine junge Frau in einem leuchtend rosafarbenen Bikini kam die Verandatreppe herunter und lief über den Rasen vor dem Haus.

Er lehnte sich an einen Baumstamm und beobachtete sie. Ihre Figur ließ jedes Mädchen von Seite drei blass aussehen.

Und dann erkannte er ihr Gesicht.

Verschwunden war er, der plumpe, unbeholfene Backfisch, der zu viel Make-up trug und ihn auf Schritt und Tritt verfolgte. Sie war bestimmt zehn Zentimeter gewachsen, und ihre Kurven verschlugen ihm die Sprache. Er musste an ein Poster denken, das er in Seattle gesehen hatte. Es zeigte eine klitschnasse Ursula Andress in einem ebenfalls klitschnassen hautfarbenen Bikini, das Haar aus dem Gesicht gekämmt, deren höllisch heißer Körper garantiert so manchem Mann schlaflose Nächte bescherte.

Ungläubig schüttelte er den Kopf. Die magere kleine Catherine Wardwell – die Plage, die alles über Sex wusste, die ihn durchs Fenster ausspioniert und ihn weinen gesehen hatte – stellte sexy Ursula mit links in den Schatten.

Er spürte etwas Lebendiges, Sinnliches in seiner Körpermitte auflodern. Die Axt glitt ihm aus der Hand und landete mit einem dumpfen Schlag auf dem Boden. Unter leisem Fluchen verlagerte er sein Gewicht.

Er konnte einfach nicht anders, als sie anzustarren, und wollte es auch gar nicht.

Ihr Haar war heller, länger und glatter als früher. Es wippte auf ihren Schultern, während sie bis zum Ende des Stegs lief, wo ein rotblaues Handtuch mit Nautikmuster lag, daneben ein Transistorradio mit einer Silberantenne, aus dem ein Song von Lovin' Spoonful schepperte.

Michael ließ sich wieder gegen den Baum sinken und verschränkte die Arme. Dann stieß er leise pfeifend die Luft aus, erstaunt, dass es wirklich Mädchen gab, die so gebaut waren.

Sie beugte sich vor und warf etwas auf das Handtuch.

Er stöhnte auf und schloss die Augen. Die Musik schwebte durch die Bucht und trug denselben Rhythmus zu ihm, in dem sein Herz pochte. Er öffnete die Augen, weil er sich nicht länger verstecken konnte. Er musste sie von Nahem sehen, unbedingt.

Sie stand am Rand des Stegs, die Zehen ragten darüber hinaus, ihre Haltung steif und aufrecht, die Arme in die Höhe gestreckt, und bereitete sich auf einen Kopfsprung vor.

Michael stieß sich vom Baumstamm ab und ging auf sie zu. Die Dinge hatten sich geändert. Nun war er es, der ihr hinterherlief.

Sie drückte sich ab.

Als sie ins Wasser glitt, verschlug es ihm den Atem, und er hielt die Luft an, als befände er sich mit ihr dort unten. Er lief schneller, das Dock entlang und aufs Wasser zu. Aber als er das Handtuch erreichte, hielt er inne, stand einfach da und starrte auf die Ringe, die sie auf der Wasseroberfläche hinterlassen hatte, während die Musik aus dem Radio durch die Bucht plärrte.

Ihr Kopf brach durch die Wasseroberfläche, geschmeidig, golden und nass. Er beugte sich vor und stellte das Radio leiser, dann richtete er sich wieder auf und wartete, bis sie sich im Wasser zu ihm umgedreht hatte.

Als sie ihn sah, erstarrte sie augenblicklich. »Michael?«

Ihre Stimme klang älter, kehliger. Sie beschwor Gedanken

an Dinge wie weiche, glatte Haut in ihm herauf. An heiße, leidenschaftliche Küsse. An Präser.

Er machte zwei Schritte auf den Stegrand zu, eine Hand auf seinen Schenkel gestützt kauerte er sich hin. Dann musterte er Catherine schweigend, genoss ihren Anblick. Die Luft schien heißer und dicker zu werden, fühlte sich schwer an.

Sie schwamm auf ihn zu.

Er hielt ihr eine Hand hin. »Hi, Zwerg.«

Sie legte ihre Hand in seine, und er richtete sich auf, zog sie mit sich nach oben und beobachtete dabei, wie das Wasser ihre Gliedmaßen hinabbrann.

Sie stand ganz nah bei ihm, so nahe, dass er sich einfach nur nach vorne hätte lehnen müssen, damit ihre Körper aneinanderstießen, Brust an Brust, Hüfte an Hüfte, Lippen an Lippen. Er hatte eine seltsame, alberne Vision davon, wie sie einander berührten und wie um sie herum plötzlich Dampf in die Luft stieg.

Sie war über eins fünfundsiebzig groß. Kein kleiner Zwerg mehr. Doch das machte ihm nichts aus, weil sie immer noch zu ihm und seinen eins neunzig hochschauen musste.

Sie löste ihre Hand aus seinem Griff, drehte sich um und schnappte sich das Handtuch. Unbeholfen versuchte sie so zu tun, als würde sie sich abtrocknen, aber es war klar, dass sie sich nur dahinter verstecken wollte.

Reglos stand er da, beobachtete sie einfach nur. Er sagte nichts, bis sie schließlich zu ihm hochsah. Er warf ihr einen langen Blick zu, an dem es nichts falsch zu verstehen gab.

Sie begriff. Ihr Gesicht lief rot an, und sie blickte schnell zu Boden und rubbelte ihre Beine ab wie verrückt, weswegen ihr das Grinsen entging, das er nur mit Mühe unterdrücken konnte. Dann richtete sie sich wieder auf, das Handtuch um den Körper geschlungen. Sie hob das Kinn ein wenig, trotzig und herausfordernd, ganz die Catherine, die er in Erinnerung hatte.

Ein Augenblick verging, eine Minute, vielleicht zwei. Keiner von ihnen sagte einen Ton. Sie standen einfach nur wortlos auf dem Steg und musterten einander in der warmen, wankelmütigen Sommersonne. Er kam sich vor wie ein Verdurstender vor einem eiskalten Bier, das er nicht trinken durfte.

Catherine erwiderte seinen Blick, dann flüsterte sie mit dieser rauen, erwachsenen Stimme seinen Namen, und er hatte das Gefühl, sie würde ihn von Kopf bis Fuß durchdringen.

»Michael.«

Einfach nur *Michael*.

Und damit war er verloren.

Danach schien die Zeit nur so dahinzurasen. An den Tagen, an denen der Sprühregen vom Himmel kam, der die Insel manchmal einhüllte, gingen sie zusammen am Strand spazieren, ohne sich vom düsteren Wetter ablenken zu lassen. Mit jedem Tag, an dem der Sommer den Nordwesten ein wenig mehr eroberte, ging die Sonne später unter, und sie verliebten sich ein wenig mehr ineinander.

Sie schwammen dort, wo das Wasser flach und warm genug war, um angenehm zu sein, durch die kleine Bucht. Er brachte ihr das Segeln bei. Als der erste starke Sommerregen niederging, ankerten sie und suchten Schutz in der kleinen Kabine des Segelboots, lachten über das verrückte Wetter und aßen Sandwiches mit Eiersalat und Kartoffelchips mit Barbecuegeschmack, die Catherine mitgebracht hatte.

Der Geschmack von Salz und Grillgewürz lag auf ihren Lippen. Noch Jahre später konnte er keine Kartoffelchips mit Barbecuegeschmack essen, ohne an jenen Tag zu denken, an dem die zwei mal zwei Meter große Kabine des Segelboots schnell zu klein wurde für das, was sie darin vorhatten, das, was sie so sehr wollten, dass sie schließlich an einer alten Boje festmachten, um den ganzen Nachmittag lang knutschen zu können.

Von diesem Tag an betete Michael jedes Mal, wenn sie mit dem Boot hinausfuhren, heimlich um Regen. Am Ende verbrachten sie die Nachmittage aber so oder so in der Bootskabine, in der es zunehmend schwül und heftig zuging, sodass der kleine Spiegel über der harten Koje beschlug und sie beide die Schallupe mit geschwollenen Lippen und vor Verlangen pochenden Körpern wieder verließen.

In diesem Monat lernte Michael, was es bedeutete, eine Frau wirklich zu wollen. Er lernte die dunkle Seite von Sex kennen: die Schuldgefühle, den verbotenen Hunger, die eine junge Liebe mit sich brachte. Nachts lag er wach, so hart vom bloßen Gedanken an sie, dass er kein Auge zubekam. Und wenn sie ihn mit diesem besonderen Blick ansah, als würde er die Antworten auf alle Fragen des Lebens wissen, fühlte er sich lebendig und stark, glaubte, ihr die ganze Welt zu Füßen legen zu können. Er lernte, dass neben dem Mädchen, das man liebte, alles andere seine Bedeutung verlor, solange man jung war.

Eines Tages ölte er die Angeln der alten Fliegengittertür der Villa, nur weil er dadurch einen Grund hatte, in Catherines Nähe zu sein. In der darauffolgenden Nacht schlüpfte sie zum ersten Mal aus dem alten Haus und traf sich im Wald mit ihm, wo er sie gegen einen Baum drückte und sie küsste, als würde es kein Morgen geben, ihren Büstenhalter öffnete und sich zum ersten Mal vortastete.

Er brauchte Catherine nur zu berühren, und sie standen

beide in Flammen. Aber sie liebkosten und küssten einander nicht nur, ließen nicht nur die Spiegel beschlagen. Manchmal saßen sie auch einfach nur im Schutz der alten Findlinge bei der kleinen Bucht und beobachteten, wie die Nacht an ihnen vorbeizog.

Und sie redeten. Über ihren Heimatort. Über den Krieg. Über die Gedichte, die ihr gefielen. Über die Musik, die ihm gefiel. Darüber, dass Bob Dylan und Paul Simon sowohl Dichter als auch Musiker waren. Sie unterhielten sich über Leben und Tod und ihre Träume.

Sie brachte ihm die Namen der Sterne bei, weil sie sagte, wenn er sie berührte und küsste, würde sie sich immer fühlen, als trage er sie zu eben diesen Sternen empor.

Es war ihm egal, dass sie siebzehn war und er fast zwanzig. Es war ihm egal, dass die Welt ihn für einen Mann hielt, der alt genug war, um in den Krieg zu ziehen, während sie noch ein Jahr Highschool vor sich hatte und minderjährig war.

Es war ihm egal, weil in dem Moment, in dem er Catherine Wardwell küsste, nichts anderes auf dieser gottverdammten, durchgedrehten Welt mehr zählte. Bis zu der Nacht, in der sie nicht mehr aufhören konnten und bis zum Letzten gingen, der Nacht, in der er ihre Initialen ins Holz schnitzte.

Der Nacht, in der ihr Vater sie im Bootshaus erwischte.

4. Kapitel

San Francisco, 1997

Catherine nahm ihre Brille ab und ließ sich im Stuhl zurücksinken. Sie starrte auf den rosafarbenen viktorianischen Altbau gegenüber von ihrem Büro. Es war vier Uhr nachmittags, und etwa alle zehn Minuten war ein dringender Anruf reingekommen.

Sie massierte sich den Nasenrücken und stellte fest, dass sie Sternchen sah. Als sich das Bild vor ihren Augen wieder klärte, fiel ihr Blick auf die Schar silbergerahmter Fotos auf ihrem Schreibtisch, aus denen ihr ihre Töchter Alyson und Dana fröhlich entgegengrinsten.

In einem Rahmen, dessen Ecken mit zierlichen Ballettschuhen dekoriert waren, befand sich eine Aufnahme von ihrer älteren Tochter Dana in einem rosa Tutu, das blonde Haar streng aus dem herzförmigen kleinen Gesicht gekämmt. Als das Foto aufgenommen wurde, war Dana sechs gewesen und hatte gerade keine Schneidezähne gehabt. Ihr Zahnfleischlächeln wirkte fast schon zu groß für ihr Gesicht. Auf der Aufnahme daneben saß sie auf dem Schoß des Weihnachtsmanns und sah ihn bewundernd von unten an. Das letzte Foto von ihr war erst vor einigen Monaten auf einer Schulparty entstanden.

Catherine wendete sich Alysons Bildern zu. Da war das Foto aus der zweiten Klasse, geschossen am Tag, nachdem sie versucht hatte, sich selbst einen Pony zu schneiden. Aly sah aus, als hätte sie eine Auseinandersetzung mit einem Rasenmäher gehabt. Beim Anblick dieses Fotos musste Catherine jedes Mal lachen.

Es gab keine Aufnahme von Aly auf dem Schoß des Weihnachtsmanns. Ihr waren Tiere immer schon lieber gewesen als Menschen. Der Disneyfilm *Robin Hood* hatte ihr besser gefallen als *Dornröschen*, und der Weihnachtsmann war ihr suspekt, seit sie mit drei Jahren im Kindergarten von den älteren Kindern erfahren hatte, dass es den Weihnachtsmann überhaupt nicht gab. Von da an hatte er für sie jede Bedeutung verloren.

Der Osterhase war jedoch ein anderes Thema. Über den Osterhasen hatten die älteren Kinder nämlich nichts gesagt. Und deswegen gab es statt eines Fotos vom Weihnachtsmann ein Bild von Aly auf dem plüschigen Schoß des Osterhasen. Die Hände um seine rosa Kuschelwangen gelegt, hatte sie ihn gelöchert, wie er es schaffte, in nur einer Nacht alle Häuser auf der Welt abzuklappern und überall Eier zu verstecken. Eine typische Aly-Frage – die Art Frage, auf die es keine guten Antworten gab.

Catherines Blick glitt zu dem unordentlichen Aktenstapel auf ihrem Schreibtisch, dann wieder zurück zu den Bildern ihrer lächelnden Töchter. Sie nahm den Hörer ab und ließ sich mit dem Fremdenverkehrsbüro von Seattle verbinden.

Eine Viertelstunde später hatte sie das altmodische viktorianische Haus in der kleinen Bucht auf der abgelegenen San-Juan-Insel gebucht, in dem sie so viele Sommer ihrer Kindheit und Jugend verbracht hatte.

Diesen Juni, das schwor sie sich, würden ihre Töchter völlig anders verbringen als in den vergangenen Jahren.

Und tatsächlich kam alles ganz anders. Die Mädchen wollten nämlich nicht mit.

Dana musste eine kostenlose Karte für ein Rockkonzert im Vergnügungspark Great America ablehnen, und Aly würde eine Geburtstagsfeier auf der Uferpromenade in Santa Cruz verpassen. Zumindest Aly akzeptierte Catherines Entscheidung, auf die Insel zu fahren, schließlich, vor allem weil Catherine sie mit dem Versprechen bestach, sie dürfe ihren Kater Harold mitnehmen. Die fünfzehnjährige Dana aber benahm sich nach wie vor, als hätte sich die ganze Welt gegen sie verschworen. Kein Angebot zeigte auch nur die geringste Wirkung. Gäbe es Schmollen als Schulfach, wäre Dana Klassenbeste.

Es war jetzt schon über eine Stunde her, dass sie in Orcas von der Fähre gestiegen waren, Vorräte eingekauft und sie auf das Boot von Blakely Charters geschleppt hatten, das die Insel bis Januar, wenn der tägliche Fährenverkehr nach Spruce Island einsetzen sollte, zweimal die Woche anfuhr. Sonntags und donnerstags. Abgesehen von Wasserflugzeugen war ein Boot die einzige Möglichkeit, die abgelegeneren Regionen der San Juans zu erreichen.

Es war spät, und die Sonne trat bereits ihren Weg hinter den Horizont an. Sie färbte die Wattewölkchen am westlichen Himmel golden, lila und rot ein. Catherine beugte sich über den Bug und zeigte auf das leuchtende Farbspiel. »Mädels, schnell! Seht euch nur den Himmel an.«

Sie hatte ganz vergessen, wie atemberaubend die Sonnenuntergänge hier waren. Die Farben. Die unverfälschte Schönheit der Natur. Wer dieses Fleckchen Erde einmal besucht hatte, konnte wohl gar nicht anders, als an die unfehlbare Hand Gottes zu glauben.

Catherine drehte sich zu ihren schweigenden Töchtern um, weil sie beobachten wollte, wie die Mädchen auf ihren ersten Sonnenuntergang im Sommer des Pazifischen Nordwestens reagierten. Der Anblick der beiden war jedoch alles andere als ermutigend.

Dana saß mit dem Rücken zu ihr da und starrte so trübsinnig aufs Wasser hinaus, als wäre sie eine Gefangene auf dem Weg in den Todestrakt. Auf ihrem Schoß lag aufgeschlagen eine Ausgabe von Stephen Kings *The Green Mile*. Ohne Catherine auch nur eines Blickes zu würdigen, blinzelte sie und steckte die Nase zurück in ihr Buch.

Danas Geschmolle verletzte Catherine. Aber da sie sich nicht anmerken lassen wollte, dass ihre Tochter es schaffte, ihr an die Nieren zu gehen, sah sie hastig weg. Aly hatte sich ihre Kopfhörer aufgesetzt und wippte zu einem Lied mit dem Kopf, das so laut war, dass es sogar durch die Ohrstöpsel dröhnte.

Catherine beugte sich vor, griff nach der leeren CD-Hülle und las den Namen.

Alanis Morissette.

Auf einmal kam sie sich uralt vor. Sie hasste diese Art von Musik. Aber dann musste sie daran denken, wie sehr ihr Vater Bob Dylan verabscheut hatte. Also stellte sie sich die Frage, die sie sich immer stellte, wenn sie ein Problem mit den Mädchen hatte.

Wird es in fünf Jahren noch eine Rolle spielen?

Danas Geschmolle nicht, und Aly würde bis dahin hoffentlich irgendeine andere angesagte Sängerin zu ihrem Idol erklärt haben – falls sie inzwischen nicht taub geworden war.

Die Generationenkluft zwischen ihren Töchtern und ihr fühlte sich so breit wie der Grand Canyon an. Eines wusste Catherine allerdings mit Sicherheit: Auch in fünf Jahren noch würde ihre Beziehung zu den Kindern eine Rolle spielen.

Sie wollte ihre kleinen Mädchen zurück, nicht diese beiden jungen Leute hier, die sie überhaupt nicht mehr zu kennen glaubte. Sie sehnte sich verzweifelt nach den wenigen Erinnerungen, die sie in diesem Monat würden sammeln können, Erinnerungen an etwas Besonderes, auf das die zwei zurückblicken konnten, genauso wie sie heute auf die Insel und jene Sommer ihrer Kindheit zurückblickte.

Sie betrachtete diese Reise als Neuanfang. Sie musste, nein, wollte wieder mehr Mutter als Arbeitstier werden.

Kurzentschlossen beugte sich Catherine vor und schnappte Dana das Buch aus der Hand. »Das kannst du später auch noch lesen.« Sie schob es in ihren Matchbeutel, dann drückte sie auf die Stopptaste von Alys CD-Player und signalisierte ihr, die Kopfhörer abzunehmen.

Die Mädchen starrten sie überrascht an.

Catherine deutete geradeaus. »Da vorne liegt Spruce Island«, erklärte sie im typischen Tonfall einer Mutter, die die volle Aufmerksamkeit ihrer Kinder fordert, und zwar dalli.

Vor dem Horizont zeichnete sich die Insel als kamelhockerformige Anhäufung von Felsen, Bäumen und einer unberührten Küste ab, die immer größer wurde, je näher sie kamen.

»Als ich in eurem Alter war, habe ich diese Insel geliebt. Von dort stammen meine schönsten Erinnerungen, und es ist mir wichtig, dass wir Zeit miteinander verbringen, damit ihr versteht, was für ein wunderbarer Ort Spruce Island ist.«

Die Mädchen musterten sie einen Moment lang stumm, dann drehten sie sich wie auf Kommando zur Insel um.

»Aber da sind ja gar keine Häuser drauf«, sagte Dana in einem Tonfall, der keinen Zweifel daran ließ, dass der Weltuntergang nahte.

»Es gibt ein paar Sommerhäuser, einige Hütten und ein Dorf auf der anderen Inselseite. Von hier aus kann man allerdings nichts davon sehen. Dieser Teil ist isolierter. Die Insel war immer schon ein Ort, an den sich die Menschen zurückziehen, um wirklich zur Ruhe zu kommen.« Sie hielt inne, dann fügte sie hinzu: »So wie wir.«

Die Mädchen sahen sie an, als würde sie Chinesisch sprechen.

»Die ersten Häuser waren Sommerhäuser, die Ende des 19. Jahrhunderts errichtet wurden. Die Hügel sind Teil eines Nationalparks, und es gibt eine Menge Wanderwege.«

Dana musterte sie stirnrunzelnd. »Aber du *hasst* wandern. Du hast mal gesagt, dass du eher Glasscherben schluckst, als irgendeinen Berg hochzustiefeln.«

»Genau!«, bestätigte Aly. »Du meintest, schlaue Leute überlassen das Bergsteigen den Ziegen.«

Zumindest um ihr Gedächtnis würde sich Catherine wohl niemals Sorgen machen müssen. Schließlich erinnerten ihre Töchter sie regelmäßig an jede Kleinigkeit, die sie jemals von sich gegeben hatte.

»Na gut, vergesst die Sache mit dem Wandern. Wie gesagt, liegt das Haus in einer kleinen Bucht auf der Westseite der Insel. Es hat einen eigenen Steg samt Anlegestelle. Der Mann von der Buchungsagentur hat erzählt, dass die Besitzer immer noch ein Segelboot haben, das wir gerne benutzen dürfen. Und Fahrräder gibt es wohl auch. Als wir früher herkamen, wohnte in einer der Hütten in der Nachbarbucht ein Handwerker. Dort gab es einen kleinen Hafen, in dem Schiffe vom Festland anlegen konnten. Ansonsten ist die Insel ziemlich isoliert.«

Zwanzig Minuten später standen sie am Ende eines grauen, verwitterten Docks, ihre Taschen und Einkaufstüten gestapelt wie Bausteine. Harold maunzte in seinem Transportkorb vor sich hin. Vor ihnen lag nichts außer silbern schimmerndem Wasser. Catherine sah dem Boot hinterher, das in einem weiten Bogen wendete und sich auf den Rückweg zum Festland machte.

Als sie sich umsah, bekam sie es einen kurzen Augenblick mit der Angst zu tun. Die Insel war einsam, und sie waren drei Frauen ganz auf sich gestellt.

Sie schirmte die Augen mit einer Hand ab und ließ ihren Blick über die Insel gleiten. Das große Haus war teilweise hinter Zedern und Ahornbäumen verborgen, aber sie konnte die scharfkantigen Umrisse des Daches ausmachen. Die alten Schindeln schimmerten grün vor Moos und Algen, die in dem feuchten Klima der Inseln nach und nach alles überzogen.

Sie atmete tief durch, bückte sich, hob einen Matchsack und zwei Plastiktüten mit Einkäufen auf und marschierte tapfer den Steg entlang dem steinigen Strand entgegen. Über die Schulter rief sie den Mädchen zu: »Los, schnappt euch ein bisschen Gepäck, und auf geht's. Es wird schon dunkel!«

5. Kapitel

Leider war es nicht dunkel genug.

Nicht dunkel genug, um zu verbergen, was Zeit und Wetter dem alten Haus angetan hatten. Es war immer noch gelb und hatte nach wie vor dieselben weißen Zierstreifen. Catherine ging auf das Gebäude zu, und je näher sie kam, desto mehr bestätigte sich ihr Verdacht, dass es nur deshalb genauso aussah wie früher, weil es seit 1966 nicht mehr gestrichen worden war. Die Farbe mochte gut und gerne dreißig Jahre alt sein.

Hinter ihr knirschten Danas Schritte über den Kies. Eine Sekunde später hörte sie ein Japsen.

»Mo-om!«, sagte Dana im Nörgelton.

»Was?«, schnappte Catherine und fuhr herum. Sie war gerade nicht bereit für eine Auseinandersetzung.

»Was sind das für Dinger?«

Dana war stehen geblieben und zeigte auf den Boden, wobei sie das Gesicht zu einer Fratze des Entsetzens verzog. Neben ihr drückte sich Aly den Transportkorb mit Harold an die Brust, wie man ein Kind an sich drücken würde, das gerade knapp mit dem Leben davongekommen ist.

Catherine sah nach unten. »Das sind Nacktschnecken.«

»Igitt, die sind ja widerlich!« Die Mädchen schauderten und wichen zurück.

»Oh Gott, ich bin auf eine draufgetreten!« Dana ließ ihren Rucksack fallen und sprang quietschend durch die Gegend.

So viel Leben hatte sie nicht mehr gezeigt, seit Catherine

den Mädchen von der Reise erzählt hatte und Dana eine ausgereifte »Mom-du-ruinierst-mein-Leben«-Vorstellung dargebracht hatte.

»Mach sie weg! Mach sie weg!«

»Jetzt hör schon auf, hier durch die Gegend zu trampeln. Sonst trittst du gleich auf die Nächste.«

Dana erstarrte.

»Wisch dir den Schuh einfach im Gras ab.«

Dana stöhnte, dann humpelte sie zu einem nassen Grasbüschel hinüber und streifte mit großem Tamtam ihre Schuhsohle daran ab.

Aly hatte die Transportkiste hochgehoben und musterte argwöhnisch den Boden vor sich. »Suchen die gerade Paarungspartner?«

»Keine Ahnung. Die sind genauso wie die Schnecken bei uns daheim, nur ohne Haus.« Catherine prüfte die Erde, dann stellte sie ihre Taschen ab. Die riesigen Nacktschnecken, die hier überall herumschleimten, sobald Regen fiel, hatte sie vollkommen vergessen.

»Es ist echt grauenhaft hier«, maulte Dana.

»Gar nichts ist grauenhaft. Es ist ländlich und malerisch«, erwiderte Catherine und versuchte locker zu klingen, auch wenn sie sich alles andere als locker fühlte.

Dana schnaubte nur.

»Folgt mir.« Sie hörte, wie die Mädchen hinter ihr tuschelten und wie Harold zu maunzen begann. Eigentlich konnte sie ihnen nicht einmal einen Vorwurf machen, denn inzwischen hatte sie selbst kein sonderlich gutes Gefühl mehr bei der Sache. Sie öffnete die Fliegengittertür und hielt sie mit der Schulter auf, während sie den Umschlag von der Agentur aus der Tasche angelte, den Schlüssel herausnahm und die Haustür aufschloss.

Bitte, dachte sie, bitte lass es drinnen besser aussehen als draußen.

Besser entpuppte sich als relativ.

Das Ritz erwartete sie jedenfalls nicht gerade. Catherine sah sich im Wohnzimmer um. Es war sauber und ordentlich, aber in einer eher fragwürdigen Mischung aus verschiedensten Stilrichtungen eingerichtet. Es gab ein Sofa im spätviktorianischen Stil, das mit einem rotbraunen Stoff mit Westernmuster aus Cowboys zu Pferde, rot-schwarzen Lassos und grünen Hufeisen bezogen war. Darauf lagen verschiedene Zierkissen, eins aus gelbem Vichykaro, eines mit winzigen aufgedruckten Bulldoggen und ein fußballförmiges in Schwarzweiß. Eine Karodecke, in deren Ecke das Emblem der Baseballmannschaft Seattle Mariners gestickt war, hing über der Lehne eines braunen Sessels. Daneben stand ein weißer Stuhl im französischen Landhausstil, der genauso aussah wie der vor der Frisierkommode im Schlafzimmer ihrer Großmutter.

Der Couchtisch bestand aus einem riesigen Holzstück mit verbrannten Rändern, wie man ihn an Souvenirständen am Straßenrand neben Samtmalereiporträts von Elvis finden konnte. In der Mitte des Tisches standen eine Schale aus Regenbaumholz, in der ein silberner Nussknacker lag, und ein Aschenbecher aus Chrom und schwarzem Leder. Die Beistelltischchen waren gar keine Tischchen, sondern kleine Kommoden. Eine war türkis lackiert, die andere kanariengelb. Auf der in Türkis thronte eine weiße Milchglaslampe mit einem Rüschenlampenschirm in Beige. Die einzige andere Lichtquelle im Raum war eine orangefarbene Lavalampe.

»Oh Gott, wer hat *das* denn eingerichtet?«, fragte Dana sichtlich angewidert.

»Dale Evans und Barbara Cartland«, erwiderte Catherine, während sie die Taschen abstellte.

»Wer?«

»Oder vielleicht auch James Bond und die Monkees.«

»James Bond und die Monkees?«, wiederholte Aly. »Ist das eine Rockband aus den guten alten Zeiten?«

»*Hey, hey, we're the mon-kees*«, sang Catherine und galoppierte mit wackelndem Kopf im Pferdchenschritt über den Linoleumboden in der angrenzenden Küche.

Ihre Töchter wechselten einen Blick und verdrehten die Augen. Catherine seufzte. Den Sinn für Humor hatten die Mädchen von ihrem Vater geerbt.

»Ja, die Monkees waren eine Rockband, und wer James Bond ist, wisst ihr ja wahrscheinlich.«

»Ach so, ja klar. Pierce Brosnan, oder?«

»Sean Connery.«

»Der alte Mann? Nee.« Aly schüttelte den Kopf. »Der war doch Indiana Jones' Dad!«

Und wieder einmal kam sich Catherine uralt vor.

Aly ließ die Einkaufstüten auf einen Flickenteppich fallen, warf sich auf das Cowboysofa und schaltete die Lampe ein. »Ich liebe Lavalampen!« Das Kinn in die Hände gestützt, beobachtete sie, wie sich die erste Blase bildete.

Als Catherine ihre jüngere Tochter ansah, überkam sie ein Gefühl von Déjà-vu. Aly trug Schlagjeans, einen breiten schwarzen Gürtel, einen dünnen Rollkragenpullover und sogar ein weißes Haarband und eine Frisur mit Außenwelle.

»Können wir auch eine kaufen, Mom?«

»Eine was denn?«

»Na, eine Lavalampe.«

Catherine hatte Lavalampen schon damals, als sie der neueste Schrei gewesen waren, nicht leiden können. Für sie fielen sie in dieselbe Kategorie wie Wackeldackel und Diätpillen, die einen Gewichtsverlust von zehn Pfund im Schlaf versprachen.

Aly starrte sie durch die bunte Flüssigkeit der Lampe hindurch an.

»Mal sehen.«

»Wo ist der Fernseher?« Dana musterte sie und brachte eine Kaugummiblase zum Platzen.

Jetzt kommt's, dachte Catherine. Sie öffnete den Kühlschrank und fing an, die Einkäufe darin zu verstauen. Als sie den Kopf sicher hinter der offenen Tür versteckt hatte, antwortete sie: »Es gibt keinen Fernseher.«

Es dauerte einige Minuten, bis sie zwischen all den melodramatischen Protesten zu Wort kam. Aly war entsetzt, dass sie *Nick at Night* verpassen würde, und Dana verkündete, dass sie diese Insel aus tiefster Seele hasste und einfach nur nach Hause wollte, wo »alles normal« war. Und zwar noch heute.

»Du musst der Insel eine Chance geben. Und selbst wenn ich bereit wäre, wieder abzureisen – was ich nicht bin –, kommt das nächste Boot erst Donnerstag.«

Catherine durchquerte die Halle und trat an das aus Betonziegeln und Holzbrettern zusammengezimmerte Bücherregal. »Immerhin haben wir eine ganze Wand voller Bücher.« Sie öffnete einen riesigen Glasschrank. »Und schaut mal, hier drinnen. Stapelweise Puzzles und Spiele!«

Dana hob den Blick in Richtung Spiegelschrank. »Oh, Wahnsinn.« Dann klatschte sie wie ein Baby in die Hände. »Malefiz und Mensch ärgere Dich nicht.«

Catherine begutachtete den Schrankinhalt. »Sei nicht so neunmalklug. Hier sind auch Erwachsenenspiele drin. Und Puzzeln macht richtig Spaß. Das haben wir zu Hause früher immer gemacht.« Sie zog die oberste Puzzleschachtel hervor. »Schau mal, hier. Ein Tausend-Teile-Puzzle mit einer Peperonipizza drauf. Pizza mögt ihr doch beide.«

Ali war aufgestanden und spähte neben Catherine in den Schrank. Mit seitlich geneigtem Kopf las sie die Schachtelaufschriften. »Was ist denn das hier? Zweitausend Teile.« Sie warf Catherine einen Blick zu. »Wir haben noch nie ein Puzzle mit so vielen Teilen gemacht. Du schon mal?«

Catherine schüttelte den Kopf.

Aly las den Rest der Aufschrift. »Da steht Classic-Irgendwas-Puzzle-Reihe. Das Wort in der Mitte ist verblasst.«

Catherine lächelte. Das war bestimmt die Art Puzzle mit romantischem Kunstmotiv, die man auf keinen Fall in unter drei Tagen schaffte. »Komm, Aly, hol es mal raus, damit wir es uns genauer ansehen können.«

Aly starrte den Deckel an, von dem ihr eine Reihe kalkweißer Gesichter mit wilden schwarzen Toupierfrisuren entgegengrinste. »Classic Rock: Metal Stars.«

Catherine spürte, wie ihr Lächeln verblasste.

»Cool«, sagte Dana und riss ihrer Schwester die Schachtel aus der Hand. »Das sind Aerosmith und Kiss.« Die beiden Mädchen fetzten zum Sofa, als wären sie auf der Jagd nach Konzertkarten, ließen sich hineinplumpsen und schütteten einen riesigen Haufen winziger Puzzleteile auf den Couchtisch.

Dana warf Catherine einen ungeduldigen Blick zu. »Komm schon, Mom.«

»Erst mal machen wir es uns ein bisschen gemütlich.« Catherine rannte ins untere Schlafzimmer. »Wer als Letztes seine Jogginghose anhat, muss das Abendessen zubereiten!«

Als sie ein paar Minuten später in einer alten Jogginghose ins Wohnzimmer zurückkam, lungerte Dana bereits in ihrem

Flanellschlafanzug und mit Alys schlummerndem Kater auf dem Bauch auf dem Sofa herum.

»Und wo ist Aly?«

Dana zuckte mit den Achseln. »Sie kann ihre Hose nicht finden.«

»Super, dann muss ich nicht kochen.«

Eine Minute später kam Aly die Treppe heruntergerannt. Sie trug weiße Baumwollboxershorts mit aufgedruckten knallroten Kussmündern und ein bauchfreies T-Shirt mit der Aufschrift *Smile and Kiss Me*.

Ihr Blick ging zwischen Dana und Catherine hin und her. »Bin ich etwa die Letzte?«

Sie nickten.

Aly trug es mit Fassung, seufzte einfach nur leise, setzte sich aufs Sofa und nahm ihre Katze auf den Arm. »Ich weiß schon genau, was es zum Abendessen gibt.«

»Was denn?«, fragte Catherine.

Aly wechselte einen heimlichen Blick mit Dana, dann erwiderte sie: »Das wird eine Überraschung.«

Catherine war es vollkommen egal, was Aly servierte, solange die Mädchen nur vorläufig zufrieden waren. Sie würde die Sache hier Schritt für Schritt angehen müssen. Als sie Anstalten machte, sich gegenüber dem Sofa auf den Boden zu setzen, sagte Aly: »Komm, Mom, du kannst hierhin.«

Das Mädchen stand mit dem Kater auf dem Arm vom Sofa auf und ließ sich anmutig auf den Teppich sinken.

»Du willst doch nicht etwa auf dem Fußboden sitzen. Erinnerst du dich noch, wie du neulich nicht mehr richtig hochgekommen bist?«

»Da war ich schließlich den ganzen Tag lang Ski gefahren«, brachte Catherine zu ihrer Verteidigung vor.

Ihre Töchter wechselten einen »Aber-sicher-doch«-Blick.

»Genauso war es!« Catherine ließ sich auf das Dale-Evans-Sofa fallen.

Dana lachte auf, ein erfrischendes Geräusch, und rief dann mit Falsettstimme: »Hilfe! Hilfe! Ich bin hingefallen und komme nicht mehr hoch!«

Aly stieg darauf ein und fügte hinzu: »Das war echt filmreif, Mom.«

»Witzig. Echt witzig.« Catherine versuchte, streng zu gucken, scheiterte aber auf ganzer Linie. Ihre beiden Töchter grinsten sie an, und zum ersten Mal seit Tagen hatte sie Hoffnung, dass ihr Plan vielleicht aufgehen würde. Hier saßen sie zu dritt, unterhielten sich und lachten miteinander. Und die Mädchen ignorierten sie nicht mehr.

»Ich hab ein Eckstück gefunden!«, rief Aly, die sich, den schnurrenden Harold auf dem Schoß, über die Puzzleteile gebeugt hatte. Sie richtete sich auf und reckte triumphierend ihre kleine Stupsnase in die Luft. »Ich hab's zuerst geschafft.«

Damit war der Wettkampf eröffnet, und sie begannen, sich durch die übrigen tausendneunhundertneunundneunzig Puzzleteilchen zu wühlen.

6. Kapitel

Michael hackte draußen Holz, als der Duft von Regen die Luft erfüllte. Das Tageslicht war blass geworden, und Wind kam auf, also ging er hinein. Er hängte seine Jacke an die alte, schmiedeeiserne Garderobe neben den Werkzeuggürtel seines Großvaters, der noch immer stets an genau demselben Haken hing, der seit bald vierzig Jahren sein angestammter Platz war.

Der Großvater war schon lange tot, doch von dem Gürtel hatte sich Michael niemals trennen können. Der schwere Leinenstoff war ausgefranst und das Leder rissig, die Ränder waren ölschwarz. Anfangs hatte er sich eingeredet, er würde den Werkzeuggürtel weiterhin benutzen, weil es sich um gute alte Qualitätsarbeit handelte, wie es sie heute gar nicht mehr gab, mit einer Extraschlaufe für die Taschenlampe und vielen weiteren für Werkzeuge.

Aber verdammt, die Werkzeuggürtel von heute sahen so aus, als wären sie für die Raumfahrt entwickelt, aus NASA-erprobtem Gewebe, das widerstandsfähiger war, als Leinen und Leder es jemals sein konnten.

Die Wahrheit lautete jedoch, dass er den Gürtel aus sentimentalen Gründen behielt. Und er benutzte ihn noch immer. Vielleicht trug er ihn, weil er seine Vergangenheit zurückerobern wollte. Vielleicht war er aber auch nur alt und brauchte etwas aus seiner Jugend, woran er sich festhalten konnte.

Er wandte sich ab. Eigentlich war es ihm vollkommen egal, wieso er das Ding benutzte. Er tat es einfach.

Er durchquerte den Raum und machte Feuer, dann ging er weiter in die Küche, um etwas Suppe aufzuwärmen. Er stand am Herd und aß direkt aus dem Topf, so wie er den Großteil seiner Mahlzeiten zu sich nahm, wenn er alleine zu Hause war und zu faul, um später einen Teller abzuspülen oder sich extra an einen Tisch zu setzen.

Ausnahmen machte er eigentlich nur, wenn ein Football-spiel im Fernsehen lief, dann aß er zwar auch aus dem Topf, aber im Sitzen und vor seinem riesigen Fernseher.

Das Junggesellendasein brachte so seine Marotten mit sich. Er trank Milch und Orangensaft aus dem Tetra Pak, während er, den Arm auf die Tür gestützt, am offenen Kühl-schrank stand. Er stippte seinen Toast ins Marmeladenglas. Er hob seine schmutzigen Socken nicht auf und machte sein Bett nur dann, wenn ihm jemand darin Gesellschaft leistete. Er schraubte die Zahnpastatube meistens nicht zu und drückte sie nicht von hinten, sondern von der Mitte her leer.

Während er das Wohnzimmer durchquerte, um die neu-este Ausgabe der Zeitschrift *Money* zu holen, überlegte er, dass er sich selbst eigentlich recht gut kannte. Er stellte ein Glas Jack Daniel's auf einem kleinen Tischchen ab und setzte sich in einen bequemen alten Sessel vor den noch älteren Ka-min, in dem das Feuer prasselte.

Dann legte er die Füße auf eine abgenutzte Lederotto-mane hoch und entspannte sich – etwas, das ihm in letzter Zeit zunehmend schwerfiel. Irgendwann war ihm die Fähig-keit abhandengekommen, im Flugzeug zu schlafen. Ver-dammt, manchmal gelang es ihm nicht einmal mehr, in Ho-telzimmern zu schlafen, ganz gleich, wie erschöpft er war. Jetzt gerade war er überhaupt nicht müde, und trotzdem wusste er, dass er in diesem alten Sessel problemlos einschlafen würde, sobald er die Augen schloss. Dieses Wissen beruhigte ihn.

Doch er beschloss, lieber seinen Drink zu beenden und ein wenig nachzudenken, als sich in den Schlaf zu flüchten. Er hatte das starke Gefühl, genau dort zu sein, wo er hingehörte, an einem Ort, der besser zu ihm zu passen schien als moderne Büros hinter Glasfassaden oder sein riesiges Haus.

Inzwischen nutzte er eigentlich nur noch drei der Zimmer in seinem weitläufigen Kasten direkt am Wasser. Meistens ging er durch die Garage hinein, weil er sich vorkam, als würde er das Guggenheim betreten, wenn er die Haustür nahm.

Hier war er von alten Dingen umgeben. Und er mochte alte Dinge.

Nachdem er seine Brille aus der Brusttasche des Flanellhemds gezogen und aufgesetzt hatte, begann er, die Zeitschrift zu lesen. In Asien gingen die Märkte nach unten, und die Experten an der Wall Street erwarteten, dass die Nasdaq fallen würde. Irgend so ein Superhirn von Merrill Lynch sagte außerdem voraus, dass die Letni-Aktie in den Keller gehen und der Profit sinken würde.

Michael hörte und las von diesen Gerüchten schon seit über einem Jahr, aber Quartal für Quartal wurde das Unternehmen stärker. Die Zeitschrift war kaum eine Woche alt, und gerade gestern, ehe er das Boot mit Vorräten vollgeladen und hierher auf die Insel geschippert war, hatte Letni die Zahlen für das letzte Quartal vorgelegt.

Sie waren doppelt so hoch, wie er erwartet hatte.

Er lachte leise auf und warf die Zeitschrift in den Kamin, wo sie sich zusammenrollte und so düster wie die Prognosen darin in schwarze Flammen aufging. Er sah zu, wie sie zu Asche zerfiel, dann nahm er sein Glas und hob es spöttisch auf den Idioten, der den Artikel geschrieben hatte.

Sein Trinkspruch bestand aus zwei extrem unhöflichen Worten.

Um acht Uhr abends hatten Catherine und die Mädchen sechs Dosen Limonade, eine Dose Pringles mit Käsegeschmack, eine Schachtel Cracker und zwei Packungen Frischkäse, fünf Äpfel, ein Stück Tillamook-Käse und zwei Becher Ben & Jerry's Wavy Gravy verputzt – Alys Vorstellung von einem gelungenen Abendessen.

»Ein Stück noch, und der Rand ist fertig.« Catherine steckte ihren Löffel in den leeren Eiscremebecher und suchte den Tisch nach einem Teil mit gerader Kante ab.

Dana kaute auf einer Handvoll Rauchmandeln – ein Geschenk von Catherines Mutter – und suchte mit konzentrierter Miene die kleinen Puzzlestücke ab. Sie schien wild entschlossen, das fehlende Teil zu finden.

Nicht so Aly. Sie hatte den Rahmen aufgegeben und setzte das weiß bemalte Gesicht von Gene Simmons zusammen. Auch verkehrt herum konnte Catherine erkennen, dass er auf dem Foto die Zunge herausstreckte.

Auf einmal wünschte sie sich, sie würden ein Bild von Bambi, Klopfer und Blume zusammensetzen. Sie seufzte auf die leise, müde Art, die verrät, dass man gerade begriffen hat, wie schnell einem die Zeit durch die Finger gleitet, dann widmete sie sich wieder dem Puzzle.

Nach kurzem, vergeblichem Suchen kam ihr ein wahrhaft fürchterlicher Gedanke. »Wenn bei diesem Puzzle Teilchen fehlen, bekomme ich einen Schreikrampf.«

Fast im selben Moment entdeckte sie das letzte Randstück.

Ha!

Sie fixierte es, stellte wie beiläufig den leeren Eiscremebecher weg, beugte sich vor und langte blitzschnell über den Tisch, um sich das Puzzlestück zu schnappen.

Im gleichen Augenblick gingen die Lampen aus.

Catherine fiel umgehend wieder ein, dass jedes Mal der Strom ausfiel, wenn ein Unwetter über Spruce Island niederging. Dass ihr Gedächtnis so schnell in Gang kam, war nicht zuletzt dem plötzlichen und vollständigen Inseldunkel zu verdanken.

Straßenbeleuchtung gab es nicht. Nur die Sterne und den Mond und in regnerischen Nächten nicht einmal das.

Was nun in der Dunkelheit vor ihrem inneren Auge auftauchte, war das Bild ihres Vaters, der über den alten Generator hinter der Villa fluchte. Sie wusste noch, dass ihre Mutter immer mit einem Regenschirm in der Hand danebengestanden und ihn ausgeschimpft hatte, weil er fluchte, und dass sie selbst die Taschenlampe gehalten hatte, um ihrem Dad zu leuchten, während er unter weiterem Gefluche am Generator herumschraubte.

Also ging sie bewaffnet mit einer alten Taschenlampe aus Metall und einem riesigen Regenschirm im Mary-Poppins-Format mit den Mädchen nach draußen. Dana war auf Nacktschneckenpatrouille und tastete mit dem Lichtkegel der Taschenlampe immer wieder den Boden ab.

Aly trug den Regenschirm. Catherine stolperte über einen Stein und wäre fast aufs Gesicht gefallen. Sie konnte kaum etwas sehen, weil Dana, ihre nacktschneckenphobische Tochter, mit der Taschenlampe nur vor ihre eigenen Füße leuchtete statt auf den Weg, der zum Nordende des Gartens führte.

Catherine blieb stehen und drehte sich um. »Dana.«

»Was?«

»Würdest du die Taschenlampe bitte nach vorn richten, damit ich nicht hinfalle und mir das Genick breche?«

Dana würdigte sie nicht einmal eines Blickes.

Catherine kauerte sich mit Aly unter dem Regenschirm zusammen und stupste Dana an. »Ich verspreche dir auch, dass die Nacktschnecken nicht plötzlich vom Boden hochspringen und sich an deinem Gesicht festsaugen werden wie das Monster aus *Alien*.«

»Oh Mom!«

Catherine blieb vor einem kleinen, hölzernen Gartenschuppen mit einer Falltür stehen. »Ah, da ist sie ja. Voilà.« Mit einer dramatischen Geste wies sie auf die Tür. »Dies, meine Töchter, ist ein Generator ... glaube ich zumindest. Halt die Taschenlampe hoch, Dana.«

»Funktioniert das Ding?«, fragte Dana und riss den Blick für den Bruchteil einer Sekunde vom Boden los, sah aber sofort wieder nach unten.

»Keine Ahnung. Euren Grandpa hat die Maschine jedenfalls in den Wahnsinn getrieben. Ich bin immer mit ihm mitgekommen und hab die Taschenlampe gehalten, so wie du jetzt, Dana. Hier, Schatz, leuchte hierher. Genau. Ich weiß noch, dass er irgendwann einfach auf das Ding eingedroschen hat, wenn er es nicht zum Laufen brachte. Das hat dermaßen Krach gemacht, dass man es wahrscheinlich sogar am anderen Ende der Insel gehört hat. Er sagte immer, ein Generator ist wie ein Esel. Man muss ihm einen ordentlichen Klaps verpassen, damit er sich in Bewegung setzt.«

Ein paar Minuten später kam Wind auf, und der Regen prasselte so heftig herab, dass er vom Boden hochsprang. Bestimmt fünfmal hatte Catherine die alten Anweisungen schon durchgelesen und befolgt, die in eine Metallplatte am Deckel eingraviert waren, und trotzdem tat sich nichts.

»Wer schreibt diese Dinger bloß?«, beschwerte sie sich. »Garantiert dieselben Leute, die auch an den Anleitungen für Computerprogramme schuld sind!«

Sie nahm Dana die Taschenlampe ab und verpasste dem Generator damit einen ordentlichen Schlag.

Der Motor gab ein halbherziges Stottern von sich, dann starb er wieder ab.

»Oh Mom, fast wäre er losgegangen!« Dana streckte die Hand nach der Taschenlampe aus. »Lass mich mal versuchen.« Sie hämmerte ein paar Mal auf den Generator ein.

Mit lautem Husten, der an einen riesigen Rasenmäher erinnerte, setzte sich der Generator in Gang.

Catherine und die Mädchen jubelten, dann nahm sie Dana die Taschenlampe ab, und sie trotteten zurück in Richtung Veranda. Über ihnen zogen die Wolken rasch über den Himmel und ließen immer wieder den Mond und sein leuchtend silbernes Licht aufschimmern. Der Wind kam in plötzlichen, peitschenden Stößen, riss Aly den Regenschirm aus den Händen und ließ ihn über den Rasen tanzen wie einen nass glänzenden Akrobaten.

Sie rannten ihm hinterher und schrien dabei wild durcheinander: »Ich krieg ihn, ich krieg ihn!« Dana versuchte im selben Moment wie Aly, ihn zu fassen zu bekommen, und die beiden Mädchen fielen in den Dreck, während der Regenschirm von ihren ausgestreckten Händen forttaumelte.

Als Catherine ihre schlammbespritzten Kinder sah, musste sie lachen. »Wer den Regenschirm erwischt, braucht eine Woche lang nicht abzuwaschen!« Und damit rannte sie los, dem Schirm hinterher, und die Mädchen beeilten sich, hinter ihr herzustolpern.

»Das ist gemogelt, Mom! Du hattest Vorsprung!«

»Den brauche ich ja auch, so alt, wie ich bin!«, rief sie über die Schulter, während sie vor ihren Töchtern herrannte.

Die Hatz nach dem Regenschirm wurde zu einem Spiel, denn immer, wenn eine von ihnen die Hand nach ihm ausstreckte, trieb ihn der Wind davon und ließ nichts zurück als atemloses Gelächter. Inzwischen waren sie so patschnass, dass ihnen der Schirm auch nicht mehr geholfen hätte, aber darum ging es überhaupt nicht. Eine von diesen drei sturen, wilden Winslow-Frauen würde es ja wohl schaffen, den verfluchten Regenschirm zu erwischen!

Catherine, triefend nass und johlend, war im Augenblick am dichtesten dran. Sie brach in Triumphgebrüll aus und warf sich auf den Schirm wie eine Rakete.

Im einen Moment stand sie, im nächsten rutschte sie im Matsch aus und schlitterte auf dem Bauch durch das regennasse Gras, musikalisch untermalt vom Gelächter ihrer Töchter, das der vermaledeite Wind durch die Nacht wirbelte.

Dreck spritzte ihr ins Gesicht und in ihr nasses Haar, aber das war ihr egal. So viel Spaß hatte sie nicht mehr gehabt, seit sie zehn Jahre alt gewesen war und ihr Dad eine knallgelbe Bodenwasserrutsche mit nach Hause gebracht hatte, die er an den Wasserschlauch draußen im Garten anschloss.

»Jucheee, gleich hab ich ihn!« Sie lachte und stieß einen Triumphschrei aus, dann rappelte sie sich auf und jagte dem Regenschirm weiter nach, bis sie sich eingestehen musste, dass sie einfach nicht schnell genug laufen konnte, um ihn einzuholen. Also ließ sie sich absichtlich mit ausgestreckten Armen auf den nassen Boden fallen und rutschte dem Schirm auf dem Bauch hinterher.

Bis sie von einem Paar Gummistiefel aufgehalten wurde.

Einem Paar *Männer*gummistiefel.

Einen Moment lang starrte sie die gewaltigen Schuhspitzen an, die halb im Matsch versunken waren, dann hob sie langsam ihren triefenden Kopf und sah auf.

Der Mond stand hinter dem Mann, und so konnte sie nichts weiter erkennen als die Silhouette eines großen Kerls, der den Regenschirm in der Hand hatte und ihr mit einer Taschenlampe ins Gesicht leuchtete.

Sie kniff die Augen zusammen und hob eine Hand, um das blendende Licht abzuwehren.

Wortlos lenkte er den Strahl der Lampe fort von ihr.

Sie sah zu ihm hoch.

Seine Gesichtszüge waren verschwommen, also wischte sie sich Schlamm und Wasser aus dem Gesicht und strich sich das nasse Haar aus den Augen. Um auf Nummer sicher zu gehen, zog sie die Taschenlampe aus ihrer Jacke und richtete den Lichtkegel auf den Mann. Wenn er ihnen etwas antun wollte, konnte sie ihn so hoffentlich blenden und ihm im Zweifelsfall sogar die Lampe über den Schädel ziehen.

Das Licht streifte sein Gesicht. Und auf einmal schien die Zeit stehen zu bleiben und mit ihr der Regen. Der Wind. Ihr Herz. Ihre Atmung.

Die ganze Welt.

Sie starrte ihn an, kam sich vor, als wäre sie gerade in einen ihrer geheimsten Träume versetzt worden. Fassungslos flüsterte sie: »Michael?«

7. Kapitel

Es dauerte einen Augenblick, bis Michael begriff, wen er da vor sich hatte. Dann flammten alle erdenklichen Gefühle gleichzeitig bei ihm auf. Und doch zeigte er keinerlei offensichtliche Reaktion. Dafür hatte er zu viel Zeit in Vietnam verbracht, wo er gelernt hatte, niemals überrascht zu sein, und Nerven aus Stahl entwickelt hatte, die ihm sowohl in seinem Berufsleben als auch privat von Nutzen waren.

Jedenfalls bis heute.

Er hatte dieses Gesicht in den vergangenen dreißig Jahren nur in seiner Erinnerung gesehen.

Sie war von Kopf bis Fuß mit Schlamm bespritzt und triefend nass. Das Haar hing ihr wegen des Regens in dunklen Strähnen ins Gesicht, und ihr Mund stand vor Überraschung offen.

Und dennoch war dieses Gesicht eindeutig Catherines.

»Hi, Zwerg.«

»Oh Gott … Du bist es wirklich!« Sie vergrub den Kopf in der Armbeuge, genauso wie sie es mit elf Jahren getan hatte. Es war, als würde sie immer noch glauben, dass sie peinliche Momente einfach ungeschehen machen konnte, indem sie wegsah.

»Wie lange stehst du da schon?« Sie stöhnte in ihre Armbeuge.

»Jedenfalls lange genug, um mich bestens unterhalten zu fühlen.«

Sie atmete tief durch. »So was hatte ich befürchtet.«

»Wer sind Sie?«

Das nasse, matschgesprenkelte Gesicht eines kleinen Mädchens erschien vor ihm. Es war fast genau dasselbe Gesicht, das er vor langer Zeit einmal kopfüber von einem Baum hatte hängen sehen.

Michael kam sich vor wie in einer Star-Trek-Folge, in der er zu einem einzigartigen und wichtigen Ereignis in seinem Leben zurückgebeamt wurde, damit er eine notwendige Lektion daraus lernen konnte.

Das jüngere der beiden Mädchen sah genauso aus wie Catherine mit elf. Zwerg, der Zweite.

Für einen kurzen Moment – eine Nanosekunde des Bedauerns, für ihn ein vollkommen neues Gefühl – bereute er es, niemals Vater geworden zu sein.

Während er sprachlos und wie festgefroren dastand, rollte sich Catherine auf die Seite und setzte sich auf, die Hände auf die angewinkelten Knie gelegt.

Sie sah die beiden Mädchen an. »Mädels, das ist Michael Packard. Ein alter Freund.«

»Aber hier gibt es doch gar keine anderen Häuser«, sagte die ältere Tochter, nachdem sie suchend über die Baumreihen gespäht hatte.

Sie musterte ihn, als müssten ihm jeden Moment Hörner aus der Stirn wachsen.

»Wo sind Sie hergekommen?«

Er antwortete ihr, suchte dabei jedoch Catherines Blick. »Der Storch hat mich durch den Schornstein fallen lassen.«

Catherine sah ihm halb überrascht, halb amüsiert in die Augen und brach in Gelächter aus.

Also erinnerte sie sich, dass er vor all den Jahren genau dasselbe zu ihr gesagt hatte. Das ältere Mädchen flüsterte währenddessen vor sich hin, er sei ein Spinner, und Michael kam der Gedanke, dass sich zumindest an der Jugend in den letzten drei Jahrzehnten nicht viel verändert hatte.

»Er hat dich nur auf den Arm genommen, Dana«, versicherte Catherine ihrer Tochter.

Michael streckte ihr eine Hand hin. »Komm, ich helf dir hoch.«

Einen Moment lang saß sie da und musterte ihn eingehend. Ihr Blick blieb an seinem Werkzeuggürtel hängen. Er fragte sich, was sie wohl denken mochte.

Rasch senkte sie den Blick, als wolle sie ihre Gedanken verbergen, weil sie ihr peinlich waren. Dann wischte sie sich ihre verschmierten Finger an ihrer noch verschmierteren Hose ab und legte sie in seine.

Er begann, sie auf die Füße zu ziehen.

»Michael ist hier auf der Insel der Handwerker«, erklärte sie ihren Töchtern.

Ihn überkam das plötzliche Bedürfnis, sie loszulassen.

»Genauso wie früher sein Großvater«, fügte sie hinzu, ohne ihn anzusehen.

Ihr Tonfall klang zu fröhlich und aufgekratzt, um echt zu wirken.

Er konnte einfach nicht anders. Er *musste* sie loslassen.

Mit einem lauten Platscher landete sie wieder mit dem Hintern im Schlamm, und ihre Töchter kicherten los.

»Tut mir leid«, zwang er durch zusammengebissene Zähne heraus.

Überrascht sah sie ihn an.

Er zuckte die Achseln. »Ich bin abgerutscht.« Dann streckte er ihr erneut die Hand hin.

»Nein danke, ich komm schon alleine hoch.« Als sie aufstand, tat sie es mit dem Rücken zu ihm, sodass er ihr Gesicht nicht sehen konnte.

Sie hielt ihn für einen Handwerker. Die Enttäuschung darüber war ihr anzusehen gewesen.

Er hätte sie nicht loslassen sollen. Das war albernes und rachsüchtiges Verhalten.

Schnell sah er weg, weil er befürchtete, grinsen zu müssen. Stattdessen holte er tief Luft, schob die Hände in die Hosentaschen, machte eine ernste Miene und drehte sich zu den Mädchen um.

Catherines ältere Tochter beäugte ihn argwöhnisch. Einen kurzen Moment ließ er sie gewähren, dann starrte er zurück.

Sie hielt ihm länger stand als die meisten. Er war sich nicht ganz sicher, worunter er das verbuchen sollte: pubertäre Sturheit oder eine angeborene Charakterstärke, die es zu respektieren galt.

Schließlich senkte sie den Blick und begann, an ihrer Hand herumzuknibbeln.

»Das sind meine Töchter Dana und Aly.«

Er nickte den Mädchen zu. Töchter bedeuteten, dass es auch einen Vater gab, einen Ehemann. Er musterte Catherines Finger. Kein Ring.

Der Regen legte einen Zahn zu, und Wasser donnerte nun wie ein wahrer Sturzbach vom Himmel.

Alle vier sahen sie kurz nach oben, dann sagte Catherine: »Komm, wir gehen ins Haus!« und berührte ihn an der Schulter.

Halb rannte, halb stapfte sie hinter den vorauslaufenden Mädchen her.

Auf der verwitterten Veranda streifte sie ihre nassen Turnschuhe ab. Ihre Töchter pfefferten ihre Schuhe ebenfalls in die nächste Ecke und verschwanden im Hausinneren, während Michael sich auf eine wacklige Bank setzte und seine schlammigen Stiefel auszog.

Catherine wartete, bis er fertig war, und beobachtete ihn, bis er aufstand und sie wieder zu ihm hochsehen musste. Sie öffnete die alte Fliegengittertür, die noch immer genauso in den Angeln quietschte wie früher.

»Schnell, komm rein«, sagte sie etwas atemlos.

Ihre Stimme war nach wie vor zu sexy, um wahr zu sein. Als er Catherine ins Haus gefolgt war und untätig herumstand, während sie ihm seine nasse Jacke abnahm und an einen Haken hängte, fühlte er sich fast ein wenig betäubt.

Sie gingen in ein altmodisch eingerichtetes, großes Wohnzimmer, in dem der rotgoldene Schimmer einer alten Lavalampe für eine warme, gemütliche Atmosphäre sorgte.

Kein Ehemann auf dem Sofa. Keine Männerjacke am Haken, keine Stiefel auf der Veranda. Kein Mann.

Sie machte ein paar Schritte in den Raum, dann blieb sie so abrupt stehen, als wäre sie gegen eine unsichtbare Wand gelaufen.

Er folgte ihrem Blick zum Sofa, das genauso wie der umliegende Boden mit leeren Limodosen, Essensverpackungen und Eiscremebechern übersät war. Auf einem flachen Sofatisch lag ein unfertiges Puzzle.

Catherine fluchte in sich hinein, dann hastete sie zum Tisch und begann, das Chaos zu beseitigen.

»Los, Mädels, jetzt helft mir doch mal«, schimpfte sie, während sie sich wahllos Dosen unter die Arme klemmte. Michael musste sich anstrengen, nicht laut loszulachen.

»Mom, du bringst noch das Puzzle durcheinander!«, sagte das jüngere Mädchen, als Catherine sich bückte, um einen Esslöffel aufzuheben, der auf dem Teppich neben einer großen grauen Katze lag, die tief und fest schlief.

So hektisch, wie Catherine durch die Gegend flitzte und

leere Essensverpackungen zusammensammelte, lag der Schluss nahe, dass sie sich schämte.

Die beiden Mädchen standen vor ihm, nach wie vor klitschnass, und starrten ihn an, als würde er garantiert jeden Moment irgendetwas absolut Merkwürdiges tun, zum Beispiel sich in der Mitte teilen und sich immer weiter verdoppeln.

Am besten, er ging einfach. Am besten, er schnappte sich seinen Werkzeuggürtel, kehrte zurück in seine Hütte und vergaß, dass Catherine jemals hier gewesen war.

Doch stattdessen ließ er sich auf dem Boden nieder und streichelte der Katze den Rücken. »Na, Kleine?«

»Das ist ein Er, und er mag dich.«

Michael sah zu Catherines Tochter Aly auf und nickte. »Du klingst überrascht.«

»Normalerweise lässt er sich von Fremden nicht anfassen. Er heißt Harold.«

Harold rollte sich auf den Rücken und begann, laut zu schnurren.

»Kann ich dir etwas zu trinken anbieten?«, rief Catherine aus der Küche, wo sie den Müll in eine Tüte unter der Spüle stopfte. »Ich habe kein Bier da, aber Softdrinks und Kaffee ohne Ende.«

Michael setzte sich aufs Sofa und verzog vor Schmerz das Gesicht. Er griff zwischen die Kissen hinter sich und zog eine leere Limodose hervor.

Das kleinere der beiden Mädchen kicherte und nahm sie ihm ab. Er zwinkerte ihr kurz zu und sagte zu Catherine: »Ein Kaffee wäre wunderbar.«

Catherine musterte ihre Töchter und sagte: »Geht rauf, und zieht euch schnell die nassen Sachen aus, Mädels. Ihr seid ja eine dreckiger als die andere.«

Dana warf ihm einen misstrauischen Blick zu, als würde sie abschätzen, ob sie ihre Mutter mit ihm allein lassen konnte oder nicht.

Aly stieß ihr den Ellenbogen in die Seite. »Komm, wir gehen.«

Auf dem Weg die Treppe hinauf zankten sie, wer von ihnen beiden mehr Matsch abbekommen hatte.

Auf dem oberen Treppenabsatz spähte Aly über das Geländer und sah nach unten, gerade als Catherine mit einem Tablett in den Händen aus der Küche kam.

»Wir liegen total falsch, Dana.«

Catherine blieb vor dem Couchtisch stehen und sah zu ihrer Tochter hoch, die vergnügt zu ihnen heruntergrinste.

»Mom hat den meisten Schlamm abbekommen!«, sagte Aly, dann lief sie ihrer Schwester hinterher und verschwand.

Michael beobachtete Catherines Gesicht, als sie an sich selbst herabblickte. Ihr Ausdruck war leicht zu lesen.

Wieder war sein erster Gedanke, dass es höflicher wäre, einfach zu gehen. Doch stattdessen stand er auf und nahm Catherine das Tablett ab. »Komm, du solltest dir auch was Trockenes anziehen.«

Sie nickte, und das schlammverklebte Haar fiel ihr ins Gesicht und blieb an ihren Lippen hängen. Sie warf ihm einen fast schon hilflosen Blick zu, dann hob sie das Kinn, als wären ihr die Worte »klitschnass« und »schlammbedeckt« völlig fremd, und verschwand in den Flur.

Catherine Wardwell und ihr sturer Stolz. Also war er ihr durch all die Jahre erhalten geblieben.

Michael sah ihr hinterher, weil sie Catherine war und weil er nicht wegsehen *wollte*, auch wenn es sicher höflicher gewesen wäre, sie nicht zu beobachten.

Bevor sie um die Ecke am Ende des Flurs bog, schaltete sie

das Licht ein, und für einen Moment konnte er den Ausdruck auf ihrem blassen Gesicht erkennen. Sie sah aus, als würde sie sich wünschen, dass sich der Boden auftat und sie verschlang.

Tatsächlich wünschte sich Catherine, dass sich der Boden einfach auftat und sie verschlang. Das Problem war, dass sie so aussah, als hätte er es bereits getan und als hätte er sie wieder ausgespuckt.

Sie stand vor dem Badezimmerspiegel und brachte es kaum über sich, hineinzusehen, ohne vor Scham zusammenzuzucken. Ihr Anblick war deutlich schlimmer als angenommen.

Sie hatte Gras in den Haaren, die ihr an Kopf, Stirn und Ohren klebten. Schlammspritzer und grüne Halme tupften ihre Wangen und ihren Hals. Ihr Pulli war klitschnass und saß wie angeklatscht an ihrem Oberkörper.

Sie machte einen Schritt rückwärts und drehte sich um. Oje, die schlammbedeckte Jogginghose klebte auch, und zwar an ihrem Hintern. Catherine starrte ihre Kehrseite entsetzt an.

Oh, warum nur hatte sie das Steppertraining aufgegeben? Schiete, Schiete, Schiete, Schiete!

Sie schob den Duschvorhang zurück, drehte das Wasser auf und pellte sich die Kleidung vom Leib. Dann stieg sie in die Duschkabine, seifte sich ein, wusch sich die Haare und war bereits drei Minuten später wieder draußen, trocknete sich ab, zog einen Bademantel über, putzte sich länger als nötig die Zähne und raste ins angrenzende Schlafzimmer hinüber.

Dort zog sie sich innerhalb von fünf Minuten sieben Mal um, bis ihr klar wurde, dass ihr BH das Problem war. Sie zog einen anderen an, bei dem sie vorher die Träger um zwei

Zentimeter straffte. Danach saß ihr grünes Sweatshirt schon viel besser.

Sie hüpfte im Zimmer herum und schob ihre Beine in die Jeans, in der sie am längsten wirkten, dann ließ sie sich aufs Bett fallen und zog den Bauch ein, um den Reißverschluss zuzubekommen, sprang wieder auf, zerrte sich den Pulli über den Hintern und rannte zurück ins Badezimmer, wo sie Deo auftrug, sich das nasse Haar kämmte und es mit einer Haarklammer hochsteckte.

Sie klatschte sich etwas Make-up ins Gesicht. Auf Rouge konnte sie verzichten, feuerrot war sie auch so schon. Da sie so nervös war, trug sie vorsorglich noch ein bisschen mehr Deo auf, dann trat sie einen Schritt zurück und begutachtete das Ergebnis im Spiegel.

Früher, als sie jung gewesen waren, hatte er sie anziehend gefunden. Aber was sah er, wenn er sie jetzt betrachtete?

Sie selbst nahm an sich vor allem wahr, wie sich ihr Äußeres veränderte, wie es älter wurde, während sie sich innerlich immer noch jung fühlte. Zu altern war seltsam, es fühlte sich an, als würde sie ein gestreiftes T-Shirt mit einer karierten Hose tragen: Nichts schien zusammenzupassen, weil sie sich innerlich nicht so alt fühlte, wie sie von außen wirkte.

Inzwischen gab es Tage, an denen der Lidschatten in ihren Augenwinkeln beim Auftragen kleine Krümel bildete, sodass sie ihn mit einem Ohrenstäbchen auf ihrer Haut verreiben musste.

Und dann waren da die kleinen, vertikalen Linien entlang ihrer Lippen. Vor Kurzem hatte sie festgestellt, dass ihr alter Lippenstift in diese Fältchen hineinlief, und hatte das Produkt wechseln müssen. Sie benutzte jetzt einen matten Lippenstift, der sich nicht in die Altersfalten ausbreitete, die sich um ihren Mund herum entwickelten.

Sie zog ihre Mundwinkel mit zwei Fingern auseinander. Kollagen? Ein chemisches Peeling?

Nein, das war alles nichts für sie.

Sie stand lange Zeit dort, die Hände auf den Waschbeckenrand gestützt, und zögerte, das Badezimmer zu verlassen. Weil sie Angst davor hatte. Weil sie tief in ihrem Inneren für Michael nach wie vor jung sein wollte.

Sie starrte ihr Spiegelbild an. Dann zerrte sie hektisch ihre BH-Träger aus dem Pulloverausschnitt und straffte sie noch einmal um zwei Zentimeter, beugte sich vor und rückte die Körbchen hin und her, sodass sie voller wirkten. Höher. Jünger?

Sie begutachtete das Ergebnis im Spiegel und zupfte den Pulli wieder zurecht. Schon besser. Hätte sie doch nur ihr Parfüm eingepackt! Sie hob den Arm und schnupperte. Sie roch nach Camay-Seife und dem Babypuderduft des Deos.

Angenehmer, als nach Nacktschnecke zu riechen.

Ihre Hand schloss sich um den Türknauf. Sie atmete tief durch und nahm all ihren Mut zusammen. Dann verließ sie das Badezimmer.

8. Kapitel

Michael spürte es sofort, als sie den Raum betrat. Eigentlich hätte es ihm Angst machen müssen, so stark auf eine andere Person eingespielt zu sein, dass deren bloße Anwesenheit ausreichte, um ihn aus dem Konzept zu bringen. Und bei jedem anderen Menschen hätte er wohl erbittert gegen diesen Effekt angekämpft. Weil es eine Frage der Kontrolle war und er ein Mann, der gerne alles unter Kontrolle hatte.

Mit Catherines Anwesenheit war das allerdings etwas anderes, denn sie fühlte sich nicht bedrohlich an. Nein, sie fühlte sich vielmehr richtig an, als ob die Verbindung zwischen ihnen, der Faden, der sie aneinanderband, einen Bestandteil seines tiefsten Inneren darstellte.

Er musterte sie über den Rand seines Kaffeebechers hinweg. Sie stand in der offenen Tür, gerahmt wie ein lebendig gewordenes Gemälde.

Als junge Frau war sie der reine Wahnsinn gewesen: frisch, groß und schlank. Nun war sie dreißig Jahre älter und nach wie vor schön, aber in ihrem Gesicht lag noch etwas anderes, etwas, das mehr wert war als jugendliche Schönheit.

Sie hatte Charakter.

Er hatte lange genug gelebt, um zu wissen und zu respektieren, wie das Leben nun einmal war. Es furchte einem jedes Erlebnis, jede Erfahrung in Form von kleinen Linien ein, die der Welt sagten: *Ich war hier, ich war dort, habe dies und das getan und mich niemals unterkriegen lassen.*

Catherine war durch all das Leben, das sie hinter sich hatte, nur noch anziehender geworden.

»Hi«, sagte sie und kam langsam ins Wohnzimmer, das auf einmal kleiner und wärmer zu werden schien.

Aly und Dana waren schon etwas früher wieder die Treppe heruntergekommen und hatten mit ihm geplaudert. Nun ja, *Aly* hatte mit ihm geplaudert. Dana saß auf dem Sofa und tat so, als würde sie an dem Puzzle arbeiten, beäugte ihn in Wahrheit aber, als wäre er der Antichrist.

Catherine kam mit demselben langbeinigen Gang zum Sofa, der ihn auch nach all den Jahren noch immer ganz verrückt machte.

Sie goss sich eine Tasse Kaffee ein.

Aly rutschte ans Sofaende und klopfte auf den Platz, der dadurch zwischen ihr und ihm frei geworden war. »Komm, Mom, setz dich hier hin.«

»Nein!«, sagte Dana so plötzlich und heftig, dass Catherine erschrocken hochblickte.

Für einen Augenblick war nichts weiter zu hören als das Prasseln des Regens auf dem Dach. Es war wie eins dieser konstanten, monotonen Warngeräusche, die einen mit angehaltenem Atem ganz genau hinhören lassen, während man auf den großen Knall wartet.

Catherine warf ihm einen kurzen entschuldigenden Blick zu, dann zuckte sie fast unmerklich die Achseln.

Offenbar verhält sich Dana Männern gegenüber normalerweise also nicht so, überlegte er. Speziell er war es, der den Beschützerinstinkt bei Catherines älterer Tochter geweckt hatte, er und nicht irgendein Mann.

Catherine setzte sich neben Dana ans andere Ende des Sofas und suchte seinen Blick. »Vor dem Stromausfall haben wir gepuzzelt.«

Er nickte. »Das sehe ich.«

Sie fragte Dana, die sich über den Tisch gebeugt hatte: »Nach welchem Teil suchst du denn?«

»Steven Tylers Bauchnabel«, sagte sie, ohne aufzublicken.

Catherine warf ihm einen hilflosen Blick zu, als habe sie keine Ahnung, was sie darauf erwidern solle. Michael war klar, dass Dana mit ihrer Äußerung genau diesen Schockeffekt hatte bewirken wollen.

Er hob ein Puzzleteil hoch und reichte es dem Mädchen. »Hier, versuche es mal damit.«

Dana sah erst das Teil, dann ihn an. Schließlich klaubte sie es ihm aus den Fingern.

Es passte.

Er zwinkerte Catherine zu, die dreinschaute, als hätte sie Dana am liebsten stranguliert. Kaum merklich schüttelte er den Kopf. Das war es nicht wert. Catherine musste lernen, das Verhalten ihrer Tochter zu ignorieren. Das würde besser funktionieren, als sich von ihr provozieren zu lassen, denn genau darauf zielte Dana ab, auch wenn es ihr vielleicht nicht bewusst war.

Die Atmosphäre im Wohnzimmer war so angespannt, dass man sie mit zweihundert Pfund Muskelkraft und einer Holzaxt nicht hätte auflockern können.

Nur Aly saß ruhig im Schneidersitz neben ihm. Sie hatte ein riesiges Buch auf dem Schoß und schien überhaupt nicht mitzubekommen, wie sich ihre Schwester aufführte.

Catherine sah sie an und fragte: »Was liest du da?«

»Ein Lexikon.«

»Oh.« Catherine runzelte die Stirn. »Wieso denn das?«

»Ach, ich wollte nur etwas herausfinden.«

»Und was?«

»Alles über diese Nacktschneckendingse.« Sie sah auf und grinste. »Nacktschnecken sind genauso wie du, Mom. Sie haben auch keinen Partner.«

Michael verschluckte sich an seinem Kaffee und gab sich alle Mühe, nicht loszulachen.

Da hatte er also seine Antwort. Es gab keinen Mann.

Catherine saß nur da wie betäubt und sah mit ihrem leuchtend grünen Pulli und ihrem noch leuchtenderen roten Gesicht aus wie die personifizierte Weihnacht.

»Hier steht, dass sie Weichtiere sind.«

Er suchte Catherines Blick und teilte ihr mit, was er schon vorher gedacht hatte: »Sie sieht nicht nur aus wie du in ihrem Alter, sie *ist* auch wie du.«

Catherine seufzte und warf ihm ein mattes Lächeln zu. »Ich weiß.«

Aly klappte stöhnend das Buch zu. »Alle sagen das.« Dann sah sie ihre Mutter an. »Natürlich bist du hübsch, Mom. Aber blöd ist das trotzdem irgendwie, verstehst du?«

»Klar verstehe ich das. Mit elf will man man selbst sein, nicht seine Mutter. Mir ging es damals genauso. Und Dana auch.«

»Und in der Schule wissen alle, dass ich Dana Winslows kleine Schwester bin. Unser Wissenschaftslehrer Mr. Johnson nennt mich sogar manchmal aus Versehen Dana.«

Jetzt blickte Dana ausnahmsweise doch einmal auf. »Und reagierst du drauf?«

»Das muss ich ja wohl. Ansonsten denkt er sicher, dass ich nicht richtig mitmache.« Aly stand auf und trottete zum Bücherregal hinüber.

Wieder senkte sich unangenehme Stille über das Wohnzimmer.

Catherine nippte an ihrem Kaffee. »Nun, sonderlich verändert zu haben scheint sich die Insel ja nicht, stimmt's?« Sie mied seinen Blick.

Das war der Moment, in dem er ihr hätte sagen sollen, dass das nicht stimmte. Dass zumindest er sich verändert hatte. Dass er kein Handwerker war. Er beobachtete sie und ertappte sich dabei, dass er auf ihr Haar starrte. Wenn sie mich jetzt ansieht, dachte er, werde ich ihr die Wahrheit sagen.

Doch sie blickte konzentriert in ihre Kaffeetasse, als würde sie darin nach einem Hinweis suchen, was sie als Nächstes sagen sollte.

Aly ließ sich wieder neben ihm aufs Sofa plumpsen. »Mom sagt, dass man hier total viel unternehmen kann. Angeln und Segeln und solche Sachen.«

Ehe er antworten konnte, fragte Dana: »Haben Sie ein Boot?«

Michael nickte. »Ja.«

Plötzlich wurde die Laune des Mädchens spürbar besser.

»Toll, dann können Sie uns ja zurück zum Festland bringen!«

»Dana!« Nun sah Catherine ihn endlich an. Es war offensichtlich, dass sie vor Scham am liebsten im Boden versunken wäre. »Es tut mir leid. Sie scheint ihre Manieren vergessen zu haben.« Verärgert atmete sie tief durch. »Dana gefällt es hier nicht.«

»Weil man hier überhaupt nichts machen kann.«

Michael beobachtete die Szene ruhig. Er sah von Catherine zu Dana, die ihn scharf musterte. »Der Motor funktioniert nicht richtig.«

Dana warf ihm einen Blick zu, als würde sie ihm kein Wort glauben. »Was stimmt denn nicht damit?«

Catherine stöhnte auf und verbarg kopfschüttelnd das Gesicht in den Händen.

»Die Zündkerzen sind nicht mehr in Ordnung und müssen ersetzt werden«, antwortete er Dana, dann stand er auf. »Ich sollte jetzt gehen.«

Catherine erhob sich ebenfalls und folgte ihm zur Tür, als wolle sie noch etwas sagen, wisse aber nicht, was. Er spürte, dass Dana sie genau beobachtete. Vermutlich hätte sie sich mit vollem Körpereinsatz zwischen sie geschmissen, wenn sie geglaubt hätte, ungeschoren damit davonzukommen.

Er nahm seine Jacke vom Haken und streifte sie über, dann trat er auf die Veranda hinaus, setzte sich auf die Bank und zog seine Stiefel an.

Catherine lehnte mit verschränkten Armen an der Tür und beobachtete ihn. Auf ihren Lippen lag das wehmütige Lächeln, an das er sich noch so gut erinnerte. Die Art Lächeln, die ihn früher immer dazu gebracht hatte, sie zu packen und sie um den Verstand zu küssen.

»Es hat aufgehört zu regnen«, war alles, was sie sagte.

Er erhob sich und ging zwei Schritte auf sie zu, sodass er direkt vor ihr stand. Er sah ihr ins Gesicht. »Ich hab ein Händchen für gutes Timing.«

»Das mit Dana tut mir leid.« Sie ließ die Arme sinken. »Man hat es nicht leicht mit Teenagern.«

Er nickte, dachte daran, dass sie ebenfalls ein Teenager gewesen war, als er sie das letzte Mal gesehen hatte.

So standen sie da, sagten nichts, das auch nur im Entferntesten von Belang war. Es war, als hätten sie beide Angst, ihren Gedanken Ausdruck zu verleihen.

Er sah weg. »Danke für den Kaffee.«

»Jederzeit gerne.«

Danach schwiegen sie eine ganze Weile. Er kam sich vor wie damals mit zwanzig, als er hier auf derselben Veranda gestanden und Catherine so dringend hatte berühren wollen, dass es schmerzte. Aber er hatte gewusst, dass er es nicht konnte, weil direkt hinter dieser Tür ihre Eltern saßen.

Diesmal waren es nicht ihre Eltern, sondern ihre Kinder, die sie beobachteten und vermutlich sogar belauschten.

Also ließ er bleiben, was er so gern tun wollte, drehte sich um und ging die Treppe hinunter und über den Rasen. Er hörte die Fliegengittertür zufallen.

»Michael?«

Er fuhr herum.

Sie stand auf der Veranda, stützte sich mit beiden Händen auf das Holzgeländer und beobachtete ihn.

»Ich habe dir geschrieben. Mehrere Briefe.« Sie sah ihn an, als würde sie auf eine Erklärung warten. Als er nichts erwiderte, fügte sie hinzu: »Aber du hast mir nie geantwortet.«

»Ich habe niemals einen Brief von dir erhalten, Catherine.« Damit drehte er sich erneut um und verschwand zurück in die Wälder.

Ihr Vater brüllte. Sie waren im Bootshaus, halbnackt, die Kleidung zerknittert, das Haar zerzaust, die Lippen rot und geschwollen. Neben ihren Schuhen lag ein entzweigerissenes Präsertütchen.

Es glänzte im Lichtkegel der Taschenlampe von Catherines Vater.

Dann ging das Licht aus. Es war dunkel. So dunkel. Er befand sich in einem Gefängnislager des Vietcong, eingesperrt in eine Kiste zusammen mit zwei anderen Gefangenen. Er konnte sich nicht rühren.

Etwas rüttelte an der Kiste. Öffnete sie. Licht brannte in seinen Augen. Seine Kumpels retteten ihn, schleiften ihn mit sich durch den Dschungel. Los! Los …

Schlagartig wurde Michael wach und fuhr schweißgebadet

im Bett hoch. Er keuchte, als wäre er vor einem Hecken-schützen davongerannt. Verdammt.

Mit feuchten Händen rieb er sich das Gesicht. Sein letzter Vietnamalbtraum war Jahre her.

Als er heute Abend jedoch Catherine gesehen hatte, war alles wieder hochgekommen. Die Szene mit ihrem Vater. Wie Catherine und ihre Mutter von der Insel verschwunden wa-ren. Wie Catherines Vater mit seinem Großvater und mit ihm sprach.

Er durfte sie nicht anrufen. Ihr nicht schreiben. Hatte aus ihrem Leben zu verschwinden. Oder er würde wegen Un-zucht mit einer Minderjährigen ins Gefängnis wandern.

Stattdessen war er nur Tage später zur Navy gegangen und bei den Special Forces gelandet, hatte Laos infiltriert, manch-mal mehrere Wochen am Stück im Mekongdelta patrouil-liert. War in Gefangenschaft geraten, hatte drei Monate in einer dunklen Kiste verbracht.

Er fuhr sich mit der Hand durchs Haar und atmete ein paar Mal tief durch, gestattete sich einen kurzen Moment lang, sich an das Leben zu erinnern, das er weit hinter sich gelassen und an das er eigentlich niemals wieder hatte denken wollen, weil sich das anfühlte wie eine Rückkehr in die Hölle.

Eine Weile saß er einfach da, dann schlug er das feuchte Laken zurück und schlüpfte in seine Jeans. Er zog sich eine Jacke und Schuhe über, schnappte sich eine Taschenlampe und verließ die Hütte.

Der Mond war untergegangen, nun war es draußen dunk-ler als der tiefste Dschungel in seinen Erinnerungen. Es war still, nur ein Hauch von Regen ging nieder, Sprühregen, der an feuchtwarmen Nebel erinnerte.

Er lief zu dem kleinen Dock hinunter, an dem sein Boot vor Anker lag, entfernte die Persenning und kletterte hinauf, nahm die Motorabdeckung ab und leuchtete mit der Taschenlampe in den Motorraum, bis er gefunden hatte, wonach er suchte.

Einige Minuten später war er auf dem Rückweg zur Hütte, in der Hosentasche die Zündkerzen.

In der Hütte ging er direkt zum Kühlschrank, holte eine Tüte Saft heraus und hob sie an seine Lippen. Er trank sie zur Hälfte leer, stellte sie wieder zurück, ohne den Deckel zuzuschrauben, und nahm sich ein mexikanisches Bier.

Dann schnappte er sich etwas zu essen aus dem Küchenschrank, öffnete die Bierflasche und setzte sich im Wohnzimmer vors dahinschwindende Kaminfeuer. Er hob die Flasche an den Mund, nahm einen langen Schluck und stellte sie neben sich auf dem Tisch ab. Auf seiner Zunge lag der kühle Geschmack des Bieres, aber was er wirklich wollte, war ein Sandwich mit Eiersalat.

An seinen Gefühlen und Wünschen konnte er nichts ändern, also tat er das Einzige, was im Augenblick im Bereich des Möglichen lag: Er aß eine ganze verdammte Tüte Kartoffelchips mit Barbecue-Geschmack.

9. Kapitel

Am nächsten Morgen stand Catherine um zehn Uhr früh auf Michaels Hüttenveranda, wippte auf den Füßen vor und zurück und krampfte hinter ihrem Rücken die Hände ineinander, während sie darauf wartete, dass er ihr die Tür öffnete. Als sie drinnen Füße trapsen hörte, fuhr sie sich mit der Zunge über die Lippen, strich sich das Haar aus dem Gesicht und atmete tief durch, ehe er aufmachte.

Sein Blick war wach, aber müde.

»Das Klo ist verstopft, und mit dem Boiler stimmt auch was nicht.«

Er wirkte überrascht, als habe er keine Ahnung, wieso sie hier war. Und er schien nicht sonderlich erfreut, sie zu sehen.

»Ich habe wieder und wieder versucht, den Boiler zum Laufen zu bringen, und wir haben das Klo gepümpelt. Aber es funktioniert beides einfach nicht, egal, was ich mache.«

Er schwieg immer noch.

Ob sie vielleicht zu schnell redete? Ihr Exmann hatte sie häufig dafür gescholten, dass sie redete wie ein Wasserfall, wenn sie nervös war. Und sie *war* nervös. Also neigte sie den Kopf und erklärte langsamer: »Im Haus gibt es kein warmes Wasser, wenn der Boiler nicht funktioniert.«

»Ich weiß, wofür ein Boiler gut ist, Catherine.«

Was für ein Griesgram.

Ohne ein weiteres sarkastisches Wort zu verlieren, nahm er seinen Werkzeuggürtel von einem Haken neben der Tür. Abgesehen von seinem genervten Gesichtsausdruck trug er ein Karohemd und eine Jeans, die an einigen Stellen so abgenutzt war, dass sie nur noch aus weißen Fäden bestand. Vom langen Tragen saß sie wie eine zweite Haut. Michael mochte zwar ein Morgenmuffel sein, aber für fünfzig sah er ziemlich gut aus.

Wie er wohl im Anzug aussehen würde? Catherine hatte eine Schwäche für Männer in Anzügen. Und wenn es sich um einen Smoking handelte, wurden ihr richtiggehend die Knie weich. Verdammt, im Smoking sah vermutlich sogar Bill Gates sexy aus.

Das Leben war einfach nicht gerecht. Sie musste ihre BH-Träger straffen und sich mit einer Kelle Alphahydroxikarbonsäurecremes ins Gesicht spachteln und sich an manchen Tagen aufs Bett legen, damit sie den Reißverschluss ihrer Hosen zubekam. Er dagegen war drei Jahre älter als sie, trug eine alte Jeans und sah trotzdem besser und maskuliner aus als mit zwanzig.

Vor ihrem inneren Auge zog eine Parade attraktiv gealterter Männer vorbei: Sean Connery, Nick Nolte, Robert Redford, James Garner, James Brolin, Michael Packard.

Sie beobachtete, wie er sich den Werkzeuggürtel tief um die Hüften schlang und die Schnalle schloss, so wie Paul Newman in *Butch Cassidy und Sundance Kid* seinen Waffengurt umgelegt hatte.

Die Geste wirkte so männlich, so natürlich – ein Kerl, der seine Gürtelschnalle schloss. Es war sexy und doppeldeutig, und bei dem Anblick wurde ihr Mund ein bisschen trocken.

Michael schob sich ein paar Arbeitshandschuhe in die Gesäßtasche und drehte sich zu ihr um. Hastig blickte Catherine weg.

»Ich gehe den Werkzeugkasten suchen. Dauert nicht lange.« Er schnappte sich einen Schlüssel und ging an ihr vorbei.

Sie nickte, ohne aufzublicken, dann beschloss sie, ihm zu folgen. Sie bezweifelte zwar, dass ihr das Glück hold sein würde und sich im Werkzeugschuppen ein Smoking befand, aber hey, war doch immerhin gut möglich, dass Michael seine Gürtelschnalle noch einmal auf- und zumachen musste!

Mit einem träumerischen Lächeln auf den Lippen lief sie ihm hinterher zu dem kleinen Schuppen, den er bereits aufgeschlossen hatte.

Sie nahm sich vor, drei Ave Maria zu beten, falls er sich beim Suchen nach vorn beugen sollte. Seine Jeans spannte in einer Weise um seine Oberschenkel, die sie tiefe Dankbarkeit gegenüber Levi Strauss empfinden ließ.

Michael ging in der Tür auf ein Knie hinab und begann, im Schuppen herumzukramen. Wäre Catherine nur ein paar Zentimeter zurückgewichen, hätte sie beste Aussichten auf sein Hinterteil gehabt. Die Arbeitshandschuhe hingen ihm aus der Tasche und sahen aus wie Finger, die ihr zuwinkten. Es war fast, als würden sie ihr zurufen: Hey, guck mal, hier!

»Ah, da ist er ja.«

Mit einem abgenutzten, alten roten Werkzeugkasten in der Hand stand er wieder auf. Hastig richtete Catherine den Blick nach oben in den Himmel. Nach einer kurzen Pause sagte sie: »Schöner Tag, keine Wolken.«

Er folgte ihrem Blick, dann runzelte er die Stirn. »Im Radio hieß es, heute soll es regnen.«

Irgendwoher musste der Sonnenschein ja kommen, wenn schon nicht von Morgenmuffel Michael Packard.

Catherine lief vor ihm her den Kiesweg entlang, der sein Grundstück mit ihrem verband. Die Stille, die zwischen ihnen herrschte, trieb sie fast in den Wahnsinn.

Ihr Verstand arbeitete mit einem Tempo von schätzungsweise einem Stundenkilometer. Sie grübelte, was Michael wohl denken mochte, fragte sich, ob sie es wohl schaffen konnten, einen ganzen Tag durchzustehen, ohne die Vergangenheit zu thematisieren.

Ungefähr auf halber Strecke zu ihrem Haus beschloss sie, sich dem Grauen zu stellen. »Ich habe dir fünf Briefe geschrieben.«

»Ich habe nie einen Brief von dir bekommen.«

Sie blieb stehen, fuhr zu ihm herum und stemmte die Hände in die Hüften. Dann sah sie ihm direkt in die Augen. »Willst du damit etwa sagen, dass ich lüge?«

»Nein. Ich will damit nur sagen, dass ich nie einen Brief von dir bekommen habe.«

Schweigend erwiderte er ihren Blick. Seine Züge verhärteten sich.

»Was ich bekommen habe, war das Versprechen deines Vaters, mich wegen Unzucht mit einer Minderjährigen anzuzeigen, sollte ich versuchen, Kontakt zu dir aufzunehmen.«

»Oh Gott, Michael …« Sie ließ sich mit dem Rücken gegen einen Baum sinken und starrte auf den Boden. »Das hat er wirklich getan?«

»Ja.«

»Er war aufgebracht. Ich glaube nicht, dass er dich ins Gefängnis gebracht hätte.«

»Doch, das hätte er, Catherine.«

Die folgende Pause war von unangenehmem Schweigen erfüllt.

Catherine blickte zu ihm hoch. »Dachtest du tatsächlich, nach unserem gemeinsamen Sommer hätte ich einfach davongehen und mich nie wieder bei dir melden können? Kennst du mich wirklich so wenig?«

»Dieselbe Frage könnte ich dir stellen.«

»Wieso denn das?«

»Nun, du wirst ja wohl gedacht haben, dass ich deine Briefe ignoriere.«

»Momentchen mal«, fauchte sie. »Ich war siebzehn Jahre alt!« Sie straffte die Schultern und ging weiter.

Michael stellte den Werkzeugkasten ab, kam ihr hinterher und legte ihr eine Hand auf die Schulter. »Ich weiß. Und ich war zwanzig, gerade zum Wehrdienst eingezogen worden und verliebt in ein siebzehnjähriges Mädchen.«

Sie blieb stehen, drehte sich aber nicht zu ihm um. Also hatte er sie wirklich geliebt, damals, vor all diesen Jahren. Wie oft hatte sie seitdem darüber nachgedacht, ob sie ihm tatsächlich etwas bedeutet hatte oder sich nur wünschte, es sei so gewesen.

Seine Hand lag noch immer auf ihrer Schulter. Sie biss sich auf die Unterlippe, weil sie befürchtete, gleich irgendeine Albernheit zu begehen, wie beispielsweise in Tränen auszubrechen. »Es tut mir leid.« Sie holte tief Luft und drehte sich um.

Er ließ seine Hand sinken.

»Wenn die Zeit vergeht und man nicht versteht, warum etwas passiert ist, fängt man wahrscheinlich automatisch an, sich Ausreden einfallen zu lassen. Man gibt dem anderen die Schuld.« Nun endlich traute sie sich, ihm in die Augen zu sehen. »Ich war verletzt, und ich hatte Angst. Ich habe dir die Schuld an allem gegeben. Als ich nach einer Weile immer noch nichts von dir gehört hatte, dachte ich, dass du mir deine Gefühle nur vorgespielt hast, damit du …« Sie verstummte, weil sie den Rest gar nicht auszusprechen brauchte.

»Damit du mich in dein Höschen lässt?«

»Danke, dass du es so charmant ausdrückst.« Ihr Lachen klang nicht wirklich amüsiert. »Aber du hast recht. Genau das habe ich gedacht.«

Er musterte sie nur wortlos.

Also war sie es, die weitersprach: »Es ist doch irgendwie lächerlich, hier mitten im Wald herumzustehen und über etwas zu streiten, das vor so langer Zeit passiert ist. Wir beide sind andere Menschen geworden. Es ist 1997, nicht 1966.« Sie sah wieder in seine leuchtend blauen Augen und streckte ihm die Hand hin. »Was meinst du? Waffenstillstand?«

Sein Blick senkte sich auf ihre ausgestreckte Hand.

»Freunde«, sagte sie mit Nachdruck.

Als sich einen Augenblick später seine Hand um ihre schloss, glaubte sie, dass ihre Beine gleich nachgeben würden. Auf einmal kam sie sich vor, als wäre sie wieder siebzehn Jahre alt. Sie starrte auf ihre Finger, damit Michael den Ausdruck in ihren Augen nicht bemerkte.

Um irgendwas zu tun, schüttelte sie ihm fest die Hand.

Doch als sie aufblickte, umfasste Michael mit der freien Hand ihren Hinterkopf und zog sie an sich, um sie zu küssen.

Oh Gott ... Sie fühlte sich, als wäre sie aus Knetmasse. Ihre Hand rutschte aus seiner und glitt wie von selbst zu seiner Schulter hoch.

Michael nutzte die Gelegenheit, um sie auch mit der anderen Hand zu packen und sie fest an sich zu ziehen. Es war einer dieser heißen, allesverschlingenden Küsse, wie man sie im Kino sieht, wild und hitzig. Und im nächsten Moment haben die Küsser im Film fast nichts mehr an und treiben es gegen eine Wand gelehnt miteinander.

Seine Hände glitten über ihren Rücken, pressten sie noch härter an seinen festen Körper. Werkzeuge drückten in ihren Bauch. Ein Hammer, eine Taschenlampe, ein Schraubenzieher – eine Menge langer, harter Dinge.

Im einen Moment war seine Zunge in ihrem Mund.

Im nächsten ... ließ dieser Idiot sie einfach los!

Catherine stand schwankend da, sah Sternchen und versuchte verzweifelt, das Gleichgewicht zu halten.

»Freunde.« Er schlug ihr kumpelhaft auf den Rücken, schnappte sich seinen Werkzeugkasten und schlenderte den Weg zu ihrem Haus entlang.

10. Kapitel

Er erschreckte sich fast zu Tode, als sie ihn von hinten packte und ihn rückwärts an einen Baum drückte. Der Werkzeugkasten glitt zu Boden.

»Catherine?«

Eine Hand legte sie flach auf seine Brust, die andere schob sie um seinen Hinterkopf.

»Was machst du denn da, verdammt noch mal?«

Und dann küsste sie ihn, so wie er sie geküsst hatte: hart und ungezügelt.

Er beugte die Knie, verschränkte die Finger unter Catherines Po und hob sie hoch. Sie strich durch sein Haar, packte seinen Kopf, zog ihn zu sich und drängte ihm gierig ihre kleine Zunge in den Mund.

Er stieß sich vom Baum ab, drehte sich um und drückte Catherine gegen den Stamm, fixierte sie mit seinem Körper, sodass seine Hände frei waren und er ihren Pulloverausschnitt beiseiteschieben konnte.

Dann versuchte er, Catherine den BH-Träger über die Schulter zu streifen, aber es wollte ihm einfach nicht gelingen, auch nur einen Finger darunter zu bekommen. Verdammt, das Ding saß so eng, dass man hätte meinen können, es sei aus Eisen.

Also ließ er seine Hände zu ihrer Taille hinab- und unter ihrem Pulli hochgleiten, um ihre Brüste von unten zu umfassen. Catherine keuchte auf, und er stieß mit seiner Zunge in ihren Mund vor.

Gott, was schmeckte sie gut. Was fühlte sie sich gut an! Ihre Nippel wurden unter seinen Fingern hart, und ihre Brüste waren schwer und weich und lagen so unendlich gut in seinen Händen.

Dennoch ließ er sie los, um zu versuchen, den BH-Verschluss an Catherines Rücken zu öffnen.

»Harold!«

Sie erstarrten beide mitten in der Bewegung.

»Ohgottogott, das ist Aly!« Catherine wand sich aus seinen Armen, zerrte ihren Pullover zurecht und atmete so heftig wie eine Ertrinkende. Dann sah sie zu ihm hoch. »Schnell, deine Haare!«

Er beugte sich vor, damit sie ihm mit den Fingern die Frisur richten konnte.

»Haaaa-roooold!«

»Los!«, flüsterte sie und zuppelte weiter an ihrem Pullover herum, obwohl er längst wieder saß wie eine Eins. »Nimm deinen Werkzeugkoffer.«

Als Aly ein paar Sekunden später den Weg entlangkam, gingen Michael und Catherine so beiläufig nebeneinander her, als hätte es die Leidenschaft, die noch vor wenigen Augenblicken zwischen ihnen gelodert hatte, niemals gegeben. Nun, von *außen* musste es jedenfalls so aussehen.

»Mom!« Aly rannte ihrer Mutter mit Tränen in den Augen entgegen. »Harold ist weggelaufen. Ich kann ihn nirgendwo finden.«

Catherine schloss ihre Tochter in die Arme und drückte sie an sich. »Hey, mein Schatz, wir finden ihn. Bestimmt ist er ganz in der Nähe. Schließlich ist Harold bisher nie weit weggestreunt.«

»Aber er kennt sich hier nicht aus, und weißt du noch, als wir umgezogen sind und der Tierarzt gesagt hat, dass sich

Katzen dann manchmal verlaufen, weil alles anders riecht und sie durcheinandergeraten und den Heimweg nicht mehr finden?«

Catherine hielt Aly von sich weg und umschloss liebevoll ihr kleines Gesicht mit den Händen. »Wir werden ihn finden, das verspreche ich dir.«

Aly schluchzte.

»Weißt du was? Ich brate ein paar Streifen Speck. Dann kommt er garantiert gleich angelaufen.«

»Ja, glaubst du?« Aly wirkte schon ein bisschen hoffnungsvoller.

»Bestimmt!« Catherine strich ihrer Tochter einige lange blonde Strähnen aus den Augen und lächelte. »Michael kümmert sich um den Boiler, und wir suchen Harold. Okay?«

Aly nickte, dann warf sie ihm einen kurzen Blick zu. »Hi, Mr. Packard.«

»Die Insel ist klein«, versicherte er ihr. »Dein Kater wird nicht weit kommen.«

»Danke.« Trotzdem schluchzte sie noch einmal auf.

Als Michael an ihnen vorbeiging, blieb er stehen und wischte Aly eine Träne vom Kinn. »Sei nicht traurig, kleiner Zwerg. Wir finden deinen Kater schon.«

Dann setzte er schnell seinen Weg fort, um ihr keine Gelegenheit zu lassen, sich darüber zu beschweren, wie er sie genannt hatte.

»Kleiner Zwerg?«, flüsterte sie ihrer Mutter zu.

»Das erkläre ich dir später«, erwiderte Catherine.

Er drehte sich nicht um, hörte jedoch, dass sie ihm langsam folgten und dabei das Gebüsch am Wegesrand abklopften und nach dem Kater riefen.

Er ging weiter. Er mochte ein Jahresgehalt von einer halben Million haben und Aktien im Wert von einer weiteren Million besitzen, aber hey, es gab da ein Klo zu reparieren.

Er verließ den Wald und betrat die Lichtung, auf der das Haus lag. Dana lief gerade über die verwitterte Veranda.

An der Hausecke blieb sie wie angewurzelt stehen. Eine Sekunde später kreischte sie so laut, als wäre sie dem Satan höchstpersönlich begegnet.

Michael rannte los.

Harold war zurück. Mit stolzer Miene saß er da. Und aus seinem Maul baumelte eine fünfzig Zentimeter lange Strumpfbandnatter.

11. Kapitel

»Dana!« Catherine rannte aufs Haus zu und sah gleichzeitig, wie Michael über das Verandageländer sprang und den Arm um Dana legte, die in Angststarre verfallen zu sein schien.

Aly wollte sich an ihr vorbei zur Veranda drängen, doch Catherine packte sie am Arm. »Halt.«

»Was ist los?«, fragte Aly stirnrunzelnd.

»Keine Ahnung, aber du bleibst hier stehen und rührst dich nicht.« Catherine sah auf. »Michael?«

Er redete kurz leise auf Dana ein, dann drehte er sich zu ihr um.

Im selben Moment rief Aly mit Panik in der Stimme: »Ist es Harold?«

»Ja, es ist Harold, und es geht ihm blendend, es gibt also keinen Grund, in Tränen auszubrechen. Er hatte sogar ein Geschenk mitgebracht.«

»Rühr dich nicht«, befahl Catherine ihrer Tochter und ging auf die Veranda. Es mochte Jahre her sein, aber sie erkannte den Geruch der Schlange, bevor sie sie überhaupt sah. Sie blieb wie angewurzelt stehen und spähte über die Verandabrüstung, dann hoch zu Michael. »Ich hatte ganz vergessen, wie erbärmlich die Dinger stinken.«

Auf einmal tauchte Aly neben ihr auf. »Pfui, Harold, lass das eklige Ding los!«

Catherine warf ihr einen strengen Blick zu. »Ich hab dir doch gesagt, du sollst dich nicht von der Stelle rühren.«

»Ist die giftig?«, fragte Aly.

»Nein.« Michael zog seine Handschuhe aus der Gesäßtasche. »Das ist nur eine Strumpfbandnatter.«

»Oh.« Aly musterte die Schlange einen Moment lang. »Und warum stinkt die so?«

»Das ist doch total egal!«, keifte Dana, die immer noch hinter der Hausecke stand. »Macht sie einfach weg, schnell! Bitte!«

Harold saß die ganze Zeit über ungerührt da, die schwarze Natter im Maul, und wartete auf sein Lob.

Michael streifte sich die Arbeitshandschuhe über, dann kniete er sich vor Harold, der seine Beute sofort fallen ließ.

Dana kreischte wieder los.

Die Schlange glitt ein paar Handbreit über die Veranda.

Harold flüchtete.

Aly rannte ihm hinterher.

Michael schnappte sich die Strumpfbandnatter.

Catherine wich rückwärts zurück, bis sie in vielleicht zwanzig Metern Entfernung mitten im Garten stand.

Michael kam mit der Schlange in den Händen die Verandatreppe herunter, und Aly schmiegte sich mit dem schnurrenden Harold auf dem Arm an Catherines Seite.

Nachdem sie Michael kurz zugeschaut hatte, wollte sie ihm folgen, aber Catherine hielt sie am Arm fest, sodass das Mädchen ihm nur mit langgestrecktem Hals hinterhersehen konnte.

»Wo bringen Sie sie denn hin?«, rief Aly ihm nach.

»Weg«, antwortete Michael ihr über die Schulter, während er in Richtung Wald lief.

»Weit weg«, fügte Catherine hinzu.

Den Kopf unter der Kloschüssel, lag Michael ausgestreckt auf dem Badezimmerboden. Wenn ihn seine Freunde so hätten sehen können …

Während er am Hauptrohr herumschraubte, probierte er im Kopf verschiedene Möglichkeiten durch, wie er Catherine mitteilen konnte, dass er nicht der Inselhandwerker war. Unter einer Toilette zu kauern schien ihm allerdings keine sonderlich günstige Position für wichtige Geständnisse zu sein. »Reich mir mal den Rollgabelschlüssel.«

»Welches ist der Rollgabelschlüssel?«, fragte sie.

»Der mit dem blauen Griff.«

Sie gab ihm das Werkzeug, dann trat sie wieder zurück. Nach kurzem Schweigen sagte sie: »Du kennst die Farbe von allen Werkzeugen.« Ihr Tonfall klang, als wäre er ein Kindergartenkind, das gerade den richtigen Wachsmalstift aus der Schachtel geangelt hatte.

Nur weiter so, Zwerg, immer schön Salz in die Wunde reiben.

Durch den kleinen Spalt zwischen Rohr und Toilettenbecken warf er ihr einen bösen Blick zu.

Sie bemerkte es jedoch nicht, weil sie seine Gürtelschnalle anstarrte.

Michael schaute kurz auf seinen Hosenstall, aber der Reißverschluss war zu. Dann ließ er sich auf die Seite sinken und kroch weiter unter das Rohr, um beim Schrauben einen besseren Winkel zu erwischen. Er drehte und drehte.

Wie lang kann das Gewinde von so einem verdammten Rohrgelenk denn sein?

Catherine begann herumzulaufen, zog schließlich den Duschvorhang zurück und setzte sich auf den Badewannenrand. »Und?«

Er warf ihr einen kurzen Blick zu. Sie hatte die Hände im Schoß verschränkt und starrte auf seinen Hintern.

»Gibt es hier auf der Insel viel für dich zu tun?«

Er richtete seine Aufmerksamkeit wieder auf die Rohre und ließ ihre Frage unbeantwortet. Stattdessen kanalisierte er seine Wut, indem er mit aller Kraft am Rollgabelschlüssel zerrte.

»Ich meine …« Sie stockte, dann fuhr sie fort: »… hier auf der Insel gibt es so viele alte Häuser, und …«

Er packte den Schlüssel noch fester und zog.

»Na ja, ich schätze, du bist immer sehr beschäftigt.« Wieder brach sie ab, schien nach den richtigen Worten zu suchen, dann erklärte sie: »Ich meine, mit dem ganzen Klempnern und so.«

Er drehte den Schlüssel. »Ich kann nicht klagen.«

»Das muss ein aufregender Job sein.«

Meine Güte, Catherine, jetzt übertreib's aber nicht.

»Ich meine, an den ganzen alten Häusern zu arbeiten und mitzuerleben, wie sie wieder zum Leben erweckt werden. Wie in dieser Fernsehsendung, in der sie Häuser renovieren. Wie heißt die noch mal?«, murmelte sie.

»*This Old House.*« Er zerrte so heftig am Rohr, dass es fast aus dem Boden gebrochen wäre.

»Genau die!«, sagte Catherine fröhlich.

»M-hm, wahnsinnig aufregend.« Er justierte das Rohr. »Verstopfte Abflüsse zu beseitigen kommt auf der Liste der Heldentaten gleich hinter Schlangenjagd und der Heilung von Krebs.«

Sie lachte auf. »Das ist witzig, Michael. Bestimmt schaust du auch *Hör mal, wer da hämmert!*«

Das Grab, das sie sich selbst schaufelte, war gerade noch mal um einen halben Meter tiefer geworden.

»Mein Büro in San Francisco liegt in einem renovierten Altbau.«

Als Antwort gab er ein Brummen von sich und rutschte unter der Toilettenschüssel hervor, stellte einen Eimer darunter und stocherte im Rohr herum.

Mit leisem Ploppen fiel ein zusammengerolltes Paar weißer Sportsocken in den Eimer.

»Problem erkannt, Problem gebannt«, sagte er.

»Grundgütiger, was für ein Idiot versucht, Socken im Klo runterzuspülen?«

Er zuckte die Achseln, schraubte das Rohr wieder zu und überprüfte den Spülmechanismus. Dann räumte er seine Sachen zusammen und wusch sich die Hände. Als er den Hahn zugedreht hatte, sah er sich nach einem Handtuch um.

»Oh, hier.« Catherine sprang auf und reichte ihm eins.

Während er sich die Hände abtrocknete, standen sie beide in dem kleinen Eckchen zwischen Waschbecken und alter Badewanne. Sie waren einander so nah, dass er ihren Atem zu spüren glaubte.

Er sah sie an.

Sie starrte auf seine Lippen. Deutlicher konnte ihre Einladung wohl kaum werden.

Er kam näher, senkte langsam den Kopf zu ihr hinunter.

Catherine schnappte nach Luft und duckte sich plötzlich weg, dann griff sie sich den Eimer und hielt ihn zwischen sie wie einen Schild.

»Ich bringe den schnell raus.«

»Okay, es reicht.« Er warf das Handtuch ins Waschbecken.

Catherine blinzelte zu ihm hoch.

»Was denkst du dir denn bitte dabei?«

Sie runzelte die Stirn. »*Ich?* Was *ich* mir denke?«

»Genau.«

»Nichts Besonderes.«

Er wartete, ob sie ihm noch mehr zu sagen hatte. Aber da kam nichts. Sie drückte sich einfach nur den Eimer an die Brust und bedachte ihn, Michael, mit demselben sturen

Blick, den sie schon damals gehabt hatte, als er sie aus dem Wasser zog.

»Würdest du mich jetzt bitte vorbeilassen?«

Er gab auf und machte ihr Platz.

Eine Sekunde später war sie verschwunden.

Ungläubig sah er ihr hinterher und fragte sich, ob es wirklich sein konnte, dass seine Instinkte ihn dermaßen trogen. Den ganzen Vormittag über hatte Catherine ihm widersprüchliche Signale geschickt.

Ach, verdammt, was Catherine betraf, war auf seine Instinkte doch noch nie Verlass gewesen! Heute, dreißig Jahre später, hatte sich nichts daran geändert. Nach wie vor empfand er eine Mischung aus überwältigender Anziehung und völliger Verwirrung.

Er strich sich durchs Haar und setzte sich auf die Toilette, um die abgenutzte alte Werkzeugkiste seines Großvaters anzustarren, als würde sie ihm gleich die Geheimnisse der Funktionsweise des weiblichen Gehirns offenbaren.

Seufzend schüttelte er den Kopf.

Er war fünfzig Jahre alt und hatte immer noch keine Ahnung von Frauen.

12. Kapitel

Sie war siebenundvierzig Jahre alt und hatte immer noch keine Ahnung von Männern.

Einen Moment lang fragte Catherine sich, ob sie sich vielleicht nur eingebildet hatte, was im Wald passiert war. Wenn, dann hatte sie eine ganz schön lebhafte Fantasie. Falls sie das Letni-Projekt nicht bekam, sollte sie eventuell einen Berufswechsel in Erwägung ziehen und sich als Liebesromanautorin versuchen.

Dana und Aly kamen um die Hausecke gebogen und zankten sich, bis sie sie entdeckten.

»Mom!« Dana zerrte ein verrostetes, uraltes Fahrrad mit geschwungenem Lenker, schiefem Sattel, fehlenden Schläuchen und nur einem Rad hinter sich her. »Guck dir das mal an!«

Das Ding sah fürchterlich aus. Catherine beäugte es stirnrunzelnd. »Muss ich unbedingt?«

»Aber alle Fahrräder im Keller sehen so aus.«

»Sicher?« Sie wandte sich an Aly, die noch nicht in dem Alter war, in dem sie prinzipiell immer widersprechen musste.

Aly nickte. »Das hier war noch das beste. Immerhin ist wenigstens ein Reifen dran.«

Catherine bemühte sich um einen fröhlichen Tonfall: »Na, dann werden wir unsere Zeit wohl mit Segeln verbringen müssen.«

Dana lachte trocken auf. »Und womit sollen wir segeln?«

»Es gibt ein Segelboot. Ich bin sicher, dass es im Bootshaus liegt.«

»Oh.«

Dana machte wieder dieses ganz bestimmte, aufsässige Gesicht, das Catherine manchmal so zur Weißglut brachte.

»Meinst du *dieses* Segelboot?« Sie zeigte in Richtung Strand.

»Welches Segelboot?«

»Das da. Das, das wir gerade ins Wasser gezogen haben, während du im Haus gewesen bist.« Dana wies auf einen Haufen algengrüner Streben und schwarzer Bretter.

Wenn man der Fantasie ganz viel freien Raum ließ – oder einfach die Dimension wechselte –, war durchaus vorstellbar, dass es sich bei diesem Schrotthaufen einst um ein kleines Boot gehandelt hatte.

»Mom, du kannst uns nicht zwingen hierzubleiben. Es ist so furchtbar hier«, sagte Dana im Quengelton einer Dreijährigen.

Aly wirkte auch nicht viel glücklicher. Sie starrte auf das Fahrrad, als wäre gerade ihre Lieblingspuppe zu Bruch gegangen.

»Catherine?« Michael kam um die Hausecke gebogen.

Na toll. Catherine rieb sich die Augen. *Einfach nur super.*

Michael streckte eine Hand aus. »Hier haben wir das Problem.«

Nein, dachte sie. Mein größtes Problem – meine drei größten Probleme – steht gerade direkt vor mir. Und dann gab es da natürlich auch noch die nichtmenschlichen Probleme: das kaputte Fahrrad und das Segelboot von Beelzebub.

Sie musterte das kleine silberne Bauteil in Michaels Hand.

Noch ein Problem? Vermutlich. Für den Bruchteil einer Sekunde wurde ihr Blick glasig.

»Was ist das?«

»Die Zündung.«

Sie nickte. »Okay.«

Michael musterte sie, als wäre sie schwer von Begriff, weil sie die Bedeutung des Metallteils in seiner großen Hand nicht sofort erkannte.

Sie zuckte die Achseln und hob die Hände. »Und?«

»Mit deiner Zündung stimmt etwas nicht.«

Nach unserem Erlebnis im Wald kann man das wohl kaum behaupten, dachte sie. Da hätte ich die ganze Insel in Flammen setzen können. Und genau das ist auch der Grund dafür, dass ich im Augenblick einen großen Bogen um dich mache, Michael Packard.

»Ohne Zündung bekommt ihr kein warmes Wasser.«

»Mooo-om!«

Sie hob die Hand. »Nicht jetzt, Dana.«

»Wir müssen weg hier. Lass uns einfach fahren. Ich wollte sowieso bei meinen ganzen Freunden bleiben!« Danas Stimme brach. »Außer vor Schlangen wegzulaufen, kann man auf dieser bescheuerten Insel doch sowieso gar nichts machen.« Sie schauderte und schlang die Arme um ihren Oberkörper. »Die Fahrräder sind kaputt, und das Segelboot ist ein Wrack. Du hast versprochen, dass es hier schön wird. Und jetzt können wir nicht mal duschen!« Dana brach in Tränen aus und rannte zum Haus.

Catherine hätte am liebsten auch losgeheult.

Aly sah sie an. »Sie hat bei ihren Freunden total damit angegeben, dass sie segeln lernt.«

Catherine nickte. Schon seit Jahren hatte sie Dana Segelunterricht versprochen. *Eine gute Mutter hält immer ihr Wort.* Der Satz hallte durch ihren Kopf, als würde ein kleines Selbstvorwurfsteufelchen auf ihrer Schulter sitzen und ihr die Ermahnung in Dauerschleife ins Ohr flüstern.

Würde dieser verpatzte Urlaub in fünf Jahren noch eine Rolle spielen? Vielleicht. Würden sie eines Tages darüber lachen können? Sie hatte keine Ahnung.

Sie seufzte, weil sie einfach nicht mehr wusste, was sie machen sollte. Sie legte einen Arm um ihre jüngere Tochter. »Es tut mir leid, mein Schatz. Ich fürchte, dieser Urlaub war ein einziger riesengroßer Fehler.«

»Schon okay, Mom.« Aly tätschelte ihr die Hand. »Ich weiß, dass du dir Mühe gegeben hast, damit wir es schön haben. Hat halt nicht geklappt.«

Tja, mehr gab es dazu wohl nicht zu sagen. Ihre Töchter wollten um jeden Preis weg hier.

Aly umarmte sie kurz, dann trottete sie mit hochgezogenen Schultern und hängendem Kopf zurück zum Haus.

»Mach dich deswegen nicht so fertig, Catherine.«

Sie sah zu Michael hoch. »Ich hatte mir solche Hoffnungen gemacht.« Sie seufzte. »Ich wollte, dass die Insel auch für sie etwas Besonderes wird. Ich bin eine grauenhafte Mutter.«

»Du bist alleinerziehend, oder?«

Sie nickte.

»Und wo ist ihr Vater?«

»Gestorben.«

Er schob die Hände in die Hosentaschen. »Das tut mir leid.«

Sie schüttelte den Kopf. »Das muss es nicht. Wir haben uns vor acht Jahren scheiden lassen. Gestorben ist er erst ein paar Jahre später.«

Michael stand da und sah sie an, als wäre er auf der Suche nach einigen wichtigen Antworten, die sich in den Tiefen ihrer Augen verbargen.

»Okay, Catherine. Was hat er dir angetan?«

»Wie meinst du das?«

105

»Das weißt du ganz genau.«

Sie schwieg lange, starrte einen Punkt irgendwo über seiner Schulter an, weil es ihr so furchtbar schwerfiel, darüber zu sprechen. Sie mied Michaels Blick, als sie sagte: »Er hat uns sitzenlassen.«

Michael fluchte leise.

»Aly war erst drei, deswegen erinnert sie sich an kaum etwas. Dana war jedoch schon sieben. Wir waren bei der Beratung, aber ich glaube, sie hat trotzdem nie richtig verstanden, warum er gegangen ist.«

»Und warum ist er gegangen?«

»Weil ihm das alles einfach zu viel war mit uns. Tom war anders, ein Freigeist. Er jagte immer dem nächsten Regenbogen hinterher. Leider habe ich das erst begriffen, als es schon zu spät war. Er wollte eine Frau und Kinder, bis er beides hatte.« Sie zuckte die Achseln. »Von da an waren wir nichts weiter als eine Last. Ich brauchte lange, um zu begreifen und mir eingestehen zu können, dass er überhaupt nicht in der Lage war, sich auf irgendetwas wirklich einzulassen. Das war nicht nur mit uns so. In den zehn Jahren unserer Ehe hatte er zwölf verschiedene Jobs, alles Seifenblasen, die von Mal zu Mal schneller platzten.«

Michael erwiderte nichts. Jetzt, wo er die Antwort gehört hatte, sah er aus, als hätte er die Frage am liebsten wieder zurückgenommen.

»Aber das ist alles schon lange her. Erst kurz vor seinem Tod habe ich endlich verstanden, dass er uns wirklich geliebt hat. So sehr er eben dazu in der Lage war, etwas anderes als sich selbst zu lieben.« Sie schwieg einen Augenblick, dann sagte sie: »Also« und wies auf das Bauteil in seiner Hand. »Ohne das … Dingsda bekommen wir also kein Warmwasser hier?«

Er schüttelte den Kopf.

Sie warf ihm ein müdes Lächeln zu und zuckte mit den Schultern, um ihre Enttäuschung zu verbergen. »Tja, ich schätze, wir werden am Donnerstag wohl abreisen müssen.«

Noch immer erwiderte er nichts. In Gedanken schien er meilenweit entfernt zu sein.

Sie fragte sich, was er über sie und ihre Vergangenheit denken mochte. Sie hatte so offen mit ihm gesprochen, weil sie beschlossen hatte, ehrlich mit ihrer gescheiterten Ehe umzugehen, auch wenn es sie in ihrem Stolz verletzte, zugeben zu müssen, dass sie bei etwas so Wichtigem gescheitert war.

Sie richtete sich auf, straffte die Schultern und hielt ihm die Hand hin. »Danke für deine Hilfe.«

Er schob sich das Metallteil in die Hemdtasche, wischte sich die Finger an der Jeans ab und gab ihr die Hand. »Catherine.«

Es kostete sie ihren gesamten Stolz und all ihre Selbstbeherrschung, sich nicht zu verstellen. »Michael.« Ihre Stimme war kaum mehr als ein heiseres Flüstern, als wisse sie, dass sie gerade zum letzten Mal seinen Namen sagte, weil es in dreißig weiteren Jahren kein weiteres schmerzhaft-schönes Wiedersehen mehr geben würde.

Sie schüttelte seine Hand, dann entzog sie sich hastig seinem Griff. Sie wandte sich um, versuchte, sich am dünnen Fädchen Würde, das ihr noch geblieben war, festzuklammern, und ging die Verandatreppe hinauf.

Sie konnte fühlen, dass er sie beobachtete. Er hatte nach wie vor die Fähigkeit, sie mit seinem Blick so sicher festzuhalten, als würde er sie mit seinen kräftigen Händen stützen.

Sie blieb stehen und drehte sich zu ihm um.

Er hatte sich nicht von der Stelle gerührt. Seine Hände steckten in den Hosentaschen, als wüsste er nicht, was er mit ihnen anstellen sollte. Daran erinnerte sie sich noch von früher. Wie er immer seine Hände versteckte. Sie liebte seine Hände.

Er sah sie nach wie vor an.

Sie umklammerte das Verandageländer, weil es Momente gibt, die man nur durchstehen kann, wenn man sich an irgendetwas festhält. »Es war schön, dich wiederzusehen.« Sie warf ihm ein gezwungenes Lächeln zu, eines, das nur dazu diente, ihre wahren Gefühle zu verbergen.

Es war schön, wieder so von dir angesehen zu werden. Es war schön, wieder deine Stimme zu hören. Es war schön, dich wieder zu küssen und wieder deine Hände auf meinem Körper zu spüren.

Es war schön, aber es war nicht genug.

Damit verschwand sie im Haus.

»Nein, ich habe nicht den Verstand verloren. Sie sollen es heute Nachmittag in die Werft bringen. Und sorgen Sie dafür, dass ein Schlepptau vorhanden ist.« Michael stapfte in der Hütte auf und ab, sein Handy zwischen Schulter und Ohr geklemmt.

»Natürlich werden die sich darum kümmern. Und zwar mit Freuden. Schließlich verdienen sie genug an mir.« Michael nahm seine Laufschuhe und ging zum Stuhl hinüber.

»Und dann rufen Sie bitte beim Technikservice an und sagen Bescheid, dass sie umgehend die Zündung liefern sollen.« Er setzte sich, streifte die Schuhe über und schnürte sie zu, während er seinem Assistenten die Bauteilnummer diktierte. »Ich bin um sechzehn Uhr dort. Wir sehen uns an der Werft.«

Er legte auf, zog seine Jacke über und setzte eine Baseballkappe mit dem Wappen der Marinas auf. In der Küche öffnete er eine Schublade und nahm eine Tüte heraus.

Eine Minute später verließ er in langsamem Lauftempo die Hütte und machte sich auf den Weg hinunter zum Dock. Wieder und wieder gingen ihm ihre Worte durch den Kopf.

Ich wollte, dass die Insel auch für sie etwas Besonderes wird.

All die Jahre lang hatte er sich an der Vorstellung festgehalten, dass Catherine damals die Beine in die Hand genommen hatte und, so schnell sie konnte, vor ihm geflüchtet war, weil sie jung war und verängstigt und überwältigt von ihrem ersten und letzten gemeinsamen Sommer. Von ihm. Gefangen zwischen ihm und der harten Hand und den durch und durch ernst gemeinten Drohungen ihres Vaters.

Das Ausbildungslager einen Monat später war für ihn eine willkommene Fluchtmöglichkeit gewesen. Abend für Abend war er zu müde zum Denken gewesen, all die Wochen lang. Das hatte sich erst wieder geändert, als er nach Vietnam gegangen war.

Dort hatte er ihr Gesicht an jedem Baum im Dschungel gesehen. In jedem schlammigen Fluss, jedem Reisfeld. Ihr Gesicht war es, das er vor sich sah, wann immer er die Augen schloss. Es verfolgte ihn, als hätte man ihm ihr Bild auf die Innenseite der Augenlider tätowiert.

Diesmal würde er sie nicht einfach so gehen lassen. Nicht noch einmal.

Eine Viertelstunde später hatte er die Zündkerzen wieder in den Bootsmotor eingebaut. Er drehte den Zündschlüssel und ließ den Motor aufheulen, dann raste er los in Richtung Festland.

13. Kapitel

Am nächsten Morgen stand Catherine am Steg, während Michael in einem schlanken weißen Segelboot mit gewagten roten Segeln durch die Bucht fuhr.

Er winkte und rief nach ihr.

Als er auf sie zusegelte, trat sie an den Rand des Stegs. Plötzlich fühlte sie sich wieder genauso wie in jenem Sommer. Als hätte es die dreißig Jahre dazwischen niemals gegeben. Als wären Zeit und Leben einfach stehen geblieben und sie dürften immer und immer wieder diesen einen Augenblick erleben.

»Hey.«

Sie lächelte.

Er warf ihr das Tau zu, und sie wickelte es um eine Klampe.

»Danke.« Er stand auf und kletterte auf den Steg. Die Luft um Catherine schien schwer und warm zu werden.

Er trug eine abgeschnittene Hose und ein weißes Baumwollhemd mit hochgekrempelten Ärmeln. Es hing aus der Hose und war nur bis zur Hälfte zugeknöpft. Michaels dunkles Haar war windzerzaust, und er hatte sich nicht rasiert. Sein Bart war dunkel und kratzig und extrem sexy. Er sah aus wie eine ältere, maskulinere Version von John F. Kennedy jr.

Sie verschränkte die Arme. »Wie hast du dem Nordwesten denn bitte um diese Jahreszeit so eine Bräune abgerungen? Bis Juni, Juli regnet es hier doch ständig.«

»Die ist nicht von hier, sondern aus Cabo.« Er zögerte, dann fügte er hinzu: »Ich war zum Angeln da.«

Cabo San Lucas? Nun ja, wie es hieß, kam man mit Dollars in Mexiko derzeit ziemlich weit. Außerdem, ermahnte sie sich, ging sie sein finanzieller Hintergrund auch gar nichts an.

»Glaubst du, deine Töchter hätten Lust auf einen kleinen Segelausflug?«

»Ich kann mir niemanden vorstellen, der Nein zu einem Segelausflug mit *diesem* Boot sagen würde.« Sie musterte das Boot und schluckte sichtlich. »Das ist ja so gut wie neu!«

»Ich achte eben gut auf meine Sachen«, war alles, was er erwiderte. Dann schnappte er sich einen Seesack, steckte sich ein paar bunte Werkzeuge hinten in die Hosentaschen und drehte sich wieder zu ihr. »Ich hatte gestern Abend Zeit, noch ein wenig über diese Zündung nachzudenken.«

»Oh weh, muss dein Leben aber aufregend sein.«

Er warf ihr einen strengen Blick zu. »Ich verstehe, daher haben deine Töchter also ihr großes Mundwerk.«

Catherine verdrehte die Augen. »Glaub mir, jede Unverschämtheit, die ich jemals von mir gegeben habe, wird mich den Rest meines Lebens verfolgen. Und jetzt schieß los, was ist so interessant an dieser Zündung?« Sie legte eine Hand auf seinen Arm. »Und geh bloß nicht zu sehr in die technischen Details, okay? Im Stehen schläft es sich so schlecht.«

Er lachte auf und hob den Sack hoch. »Ich glaube, ich habe die Lösung gefunden.«

»Dann kannst du den Boiler reparieren?«

»Sagen wir einfach, dass er von jetzt an funktionieren dürfte.«

»Aber … Wenn du den Boiler wieder zum Laufen bringst, werden wir nicht abreisen müssen.«

»Ich weiß.«

Sie blickte zu ihm auf, bemerkte den erfreuten Ausdruck auf seinem Gesicht. Also wollte er, dass sie blieben. Oh Gott, das bedeutete nichts als Schwierigkeiten – und sie war so glücklich darüber, dass sie es am liebsten laut in die Landschaft hinausgeschrien hätte.

»Los, Zwerg, sag deinen Töchtern, dass sie sich bereitmachen sollen für einen Tag auf dem Wasser. Und ich probiere so lange mal, diesen Boiler wieder auf Vordermann zu bringen.« Er zwinkerte ihr zu und war schon einen Augenblick später um die Hausecke verschwunden.

Lachend boxte Catherine in die Luft. »Ja!« Dann rannte sie die Treppe hoch und rief nach den Mädchen.

Das Segelboot durchschnitt das Wasser, hinter sich eine lange Furche aus schneeweißem Schaum. Sie hatten den ganzen Vormittag auf dem Boot verbracht, und Michael hatte Dana und Aly gezeigt, wie man Leinen und Klüver bediente. Zur großen Überraschung der beiden Mädchen hatte Catherine ihm beim Erklären geholfen, sich dann aber zurückgelehnt und zugesehen, wie die zwei ihre ersten Fehler machten und Erfolge verbuchten. Sie kritisierte sie nicht, sondern ließ sie aus der Erfahrung lernen.

Sie wirkte entspannt, bereit, sich einfach zu amüsieren, als wären Ausflüge wie dieser für sie etwas Seltenes und Besonderes. Daran konnte er sich noch von früher erinnern: an ihre Fähigkeit, jeden Augenblick voll auszukosten, ganz gleich, wie trivial er anderen Menschen auch vorkommen mochte.

Jetzt saß sie, die Arme locker auf dem Bootsrand ausgebreitet, da und ließ ihr blondes Haar im Wind flattern. Sie lachte über etwas, das Aly gesagt hatte, und ihr Anblick brachte ihn zum Lächeln.

Sie beugte sich vor und öffnete eine Kühltasche. »Hier.« Sie reichte ihm ein Bier.

Auch er beugte sich vor, und dabei berührten sich ihre nackten Knie. Sie zuckte zusammen, als hätte er ihr gerade einen Schock verpasst.

Michael unterdrückte erneut ein Lächeln und lehnte sich wieder zurück, dann trank er einen Schluck Bier und genoss das Gefühl, wie der Wind das Boot durch den Kanal trug. Catherine hatte ihre Knie nicht von der Stelle gerührt.

Ihre Töchter hatten unbedingt lernen wollen, wie man die Segel bediente, und versuchten es nun selbst. Dana war wie ausgewechselt. Keine Spur mehr von dem mürrischen Teenager, der sie gestern gewesen war.

Sie strahlte eine ganz besondere Intensität aus, beobachtete ihn ununterbrochen, bei jeder noch so kleinen Bewegung, als wäre er ein wandelndes Lehrbuch über das Segeln. Konzentriert und ernsthaft sog sie alle Informationen auf. Sie wollte das hier gut machen. Die Entschlossenheit war ihr anzusehen. Dana trug eine Willenskraft in sich, die sowohl Aly als auch Catherine abging. Michael kannte diese Eigenschaft von den Männern, mit denen er Geschäfte machte – jedenfalls von den erfolgreichen unter ihnen. Das Mädchen hatte Potenzial.

Aly öffnete eine Dose Cola und lehnte sich zurück. Sie sah ihn an. »Wissen Sie eigentlich, warum das Wasser blau ist?«

»Nein.«

»Es ist blau, weil in jedem einzelnen Wassermolekül das ganze Farbspektrum – wie die Farben in einem Regenbogen – enthalten ist. Und wenn das Licht durch die Moleküle fällt, dann werden diese Farben reflektiert.« Sie nahm einen Schluck Cola. »Manchmal wird das Blau reflektiert, manchmal das Grün. Das hängt ganz davon ab, wie stark das Licht ist und wie tief das Wasser.«

Michael musterte sie überrascht. »Das habe ich in der Schule nie gelernt.«

»Ich auch nicht.«

Catherine warf ihm ein Lächeln zu. »Aly ist ein wandelndes Lexikon.«

»Mom!«

Nun lachte Catherine offen auf. »Aber es stimmt doch! Seit du mit zwei Jahren gelernt hast, wie man Fragen stellt, hast du nie wieder damit aufgehört.« Sie sah Michael an. »Sie hört erst auf zu fragen, wenn sie eine Antwort bekommen hat, die sie zufriedenstellend findet.«

»Leider bekommt sie ziemlich oft keine guten Antworten«, warf Dana ein. »Wirfst du mir auch eine Dose zu?«

Aly reichte ihr eine Limo und seufzte. »Ich würde immer noch zu gerne wissen, warum unsere Finger unterschiedlich lang sind.«

Michael sah auf seine Hände hinab und fragte sich, wieso ihm selbst dieser Gedanke niemals gekommen war. »Das ist tatsächlich merkwürdig«, murmelte er.

»Aly wird bestimmt mal Wissenschaftlerin.«

In dem Blick, mit dem Catherine ihre jüngere Tochter bedachte, erkannte Michael Liebe und Stolz und all die anderen Dinge, die ihm an seinen Freunden mit Kindern schon so häufig aufgefallen waren.

»Ich werde mal Schauspielerin«, verkündete Aly. »Ich will genauso toll werden wie Winona Ryder.«

»Natürlich kannst du auch Schauspielerin werden, mein Schatz. Und Dana kann ja etwas Nützliches machen, zum Beispiel Anwältin werden.« Catherine lächelte.

»Das sagst du ständig, Mom.« Offensichtlich hatte Dana keinerlei Interesse daran, Anwältin zu werden.

»Aber du kannst so gut argumentieren, Liebling. Natürlich könntest du stattdessen auch Politikanalystin werden.«

Michael rief: »Wende!«, und das Boot drehte sich in den Wind.

Dana duckte sich so geschmeidig unter dem Baum hindurch, als hätte sie ihr Leben lang nichts anderes getan. »Eigentlich weiß ich noch gar nicht, was ich werden will.«

Sie suchte seinen Blick, und es wirkte fast so, als würde sie auf seine Zustimmung hoffen, auf die Versicherung, dass es völlig in Ordnung war, sich bisher nicht entschieden zu haben.

Er trank sein Bier leer und stellte die Flasche ab. Dann sah er Dana unverwandt in die Augen. »Ich bin mir sicher, dass Dana eines Tages einmal all das sein wird, was sie sein möchte.« Er zwinkerte ihr zu.

Und zum ersten Mal überhaupt warf sie ihm ein Lächeln zu.

14. Kapitel

Später am Nachmittag begleitete sie Michael zum Steg hinunter.

Die Sonne trat bereits ihren goldenen Weg hinter den Horizont an. »Hier ist es so viel länger hell als bei uns. Ich kann gar nicht glauben, dass es schon sieben ist.«

»So ist das eben hier im Nordwesten. Auf diese Weise macht die Natur die grauen, regnerischen Tage im Winter und Frühling wieder gut. Wir haben uns die langen Sommertage mehr als verdient.«

Catherine lachte, dann stolperte sie auf halbem Weg den Hügel hinab über einen Stein.

Er schnappte nach ihrer Hand, um sie aufzufangen.

Und danach ließ er sie nicht mehr los.

Sie gingen noch ein paar Schritte bis zu der Stelle neben dem Bootshaus, wo das kleine Segelschiff an einer Klampe vertäut war. Das Wasser in der Bucht spiegelte golden und rosa die satten Farben des Himmels wider. Über ihnen flog in Pfeilformation lärmend eine Schar Kanadagänse, die die klagenden Rufe der Möwen leise und weit entfernt klingen ließ.

Catherine sah sich zum Haus um, das alleine auf der kleinen Anhöhe über den Felsen stand und durch die Lichter im Inneren und den Schimmer des Sonnenuntergangs geradezu zu glühen schien. Hinter dem Haus ragte eine grüngraue Wand aus baumbestandenen Felsen empor. Ein paar pastellfarbene Wolken zogen so langsam vorbei, als würden sie auf den Wipfeln der dunklen, hohen Bäume grasen.

Sie ließ sich gegen die Tür des Bootshauses sinken und seufzte. »Ich kann mir nicht vorstellen, dass es irgendeinen Ort auf der Welt gibt, an dem es im Augenblick schöner ist als hier.«

»Das kann ich gut verstehen.« Er sah sie an.

Sie wusste nicht, von wem es ausging, aber plötzlich lag sie in seinen Armen. Seine Lippen bedeckten ihre, und er hielt sie so fest an sich gedrückt, als wolle er sie nie wieder loslassen.

Es war wie neulich im Wald – eine Leidenschaft, die lodernd aufflammte und sie bis in die Grundfesten erschütterte.

Michael drückte sie gegen die Tür und nahm eine Hand von ihrem Rücken. Im nächsten Moment schob er sie ins Bootshaus.

Mit einem leisen Klicken fiel die Tür hinter ihnen ins Schloss.

Es war so lange her. Sie wollte in ihn hineinkriechen, konnte ihm gar nicht nah genug sein.

Seine Hände waren überall, berührten sie an Stellen, die privat waren und sich so viele Jahre über wie betäubt angefühlt hatten.

Er schob eine Hand zwischen ihre Beine, und Catherine gab einen leisen Aufschrei von sich, der fremd in ihren Ohren klang.

Und dann kam sie, einfach so, ein hartes, schnelles Zucken.

Michael ließ seine Hand liegen, sie war heiß auf ihrer Jeans.

Es dauerte ein paar Augenblicke, bis Catherine den Weg zurück in die Realität fand. Erst da wurde ihr klar, was gerade geschehen war. Sie hatte einen Orgasmus gehabt, obwohl Michael nichts weiter getan hatte, als sie durch ihre Kleidung hindurch zu berühren.

Das sah ihr überhaupt nicht ähnlich. Die Sache klang eher nach irgendeinem reißerischen Artikel in einer Frauenzeitschrift, der in großen roten Buchstaben auf der Titelseite angekündigt wurde, um die Verkaufszahlen zu verbessern. Sie hatte solche Orgasmen immer für unmöglich gehalten, für nicht mehr als eine Erfindung, eine schöne Fantasie.

Und doch war es eben passiert. Und zwar *ihr.*

»Oh Gott …« Sie stöhnte auf und wandte ihr Gesicht ab. »Das ist ja so peinlich.«

»Warum denn das?« Er lachte leise in sich hinein. »Mir ist gar nichts peinlich.«

Sie verbarg ihr Gesicht an seiner Schulter. Er klang so stolz, als hätte er gerade die Welt gerettet.

Sanft umschloss er ihr Gesicht mit seinen warmen Händen und zwang sie, ihn anzusehen.

Beim Anblick der selbstzufriedenen Männlichkeit, die er im goldenen Licht zur Schau trug, lachte sie auf. Sie schüttelte den Kopf, war noch immer beschämt. »Ich habe schon lange nicht mehr …«

»Das ist doch wunderbar, das bedeutet nämlich, dass ich nicht im Geiste das griechische Alphabet rückwärts aufsagen und lateinische Verben konjugieren muss, um mich zurückhalten zu können, bis du so weit bist.«

Nun musste sie tatsächlich lachen. »Das hast du nicht ernsthaft schon gemacht.«

Er sah sie nur schweigend an, und sie konnte nicht abschätzen, ob er sie auf den Arm nahm oder nicht.

»Hast du wirklich?«

»Es gibt Frauen, die brauchen viel Zeit …«

»Oh.« Sie verstummte. Da sie nicht wusste, was sie sagen

sollte, plapperte sie einfach drauflos. »Schätze, bei mir ist das anders … Ich meine, die Sache mit dem Zeitbrauchen.«

Er strich ihr langsam mit einem Finger über die Lippen, vom Mundwinkel bis zur Mitte. Dann befeuchtete er seinen Finger in ihrem Mund und zeichnete die Umrisse ihrer Lippen nach. »Das weiß ich noch.«

Sie sah ihm in die Augen, und von da an war sie verloren.

Michael legte eine Hand an ihren Hinterkopf und drückte ihren Mund an seinen. Seine andere Hand ließ er zu ihrer Jeans gleiten, und einen Augenblick später waren die Knöpfe geöffnet.

Catherine wich zurück. »Warte.« Das ging ihr alles zu schnell. Sie wusste nicht, was sie sagen sollte, wusste nicht, was sie fühlte. Sie war einfach nur fürchterlich verwirrt.

Sie konnte spüren, dass er sie beobachtete. »Ich kann das einfach nicht. Meine Kinder sind da drüben im Haus. Ich … es tut mir leid. Ich …«

Er verschloss ihre Lippen mit einem Finger. »Ist schon okay, Catherine.«

Sie versuchte, sich wegzudrehen, aber er ließ es nicht zu. Sie wich seinem Blick aus und schob sich das Haar aus dem Gesicht. »Ich habe keine Ahnung, wie man so was macht.«

Ihm entfuhr ein kurzes, lautes Lachen. »Das war früher aber mal anders. Du wusstest gleich beim ersten Mal Bescheid.«

Sie schlug sich die Hand vor den Mund. »Oh Gott …«

Er drückte sie an sich. »Das sollte doch nur ein Witz sein.«

»Ich habe keinen Sex«, murmelte sie gegen seine Brust.

Er lachte auf. »Habe ich gerade richtig gehört, dass du keinen Sex hast?«

Sie blickte zu ihm auf. »Genau das habe ich gesagt.«

Er sah sie an, als würde er den Inhalt ihrer Worte erst allmählich begreifen.

»Absolut nicht«, fügte sie hinzu. »Ich habe absolut überhaupt keinen Sex.« So. Jetzt war es raus.

»Du hast zwei Kinder. Und adoptiert sind die beiden ganz sicher nicht, sie sind dir nämlich wie aus dem Gesicht geschnitten.«

»Aber seit der Scheidung habe ich mit niemandem mehr geschlafen«, erklärte sie. »Und die ist acht Jahre her.«

»Acht Jahre«, wiederholte er ausdruckslos.

Sie nickte.

»Du hast acht Jahre lang keinen Sex gehabt?«

»M-hm.«

Er schwieg eine halbe Ewigkeit, und sie hatte keine Ahnung, was er dachte. Vermutlich, dass sie ein Fall für die Klapse war.

Dann tastete er erneut nach ihrem Hosenstall und knöpfte ihre Jeans wieder zu.

Sie wusste nicht, was sie sagen sollte. Sie wollte ihn, aber nicht so. Gott, sie war so fürchterlich verwirrt.

Er hob ihr Kinn mit einem Fingerknöchel an und warf ihr ein etwas gezwungen wirkendes Lächeln zu. »Ich werde dich in Ruhe lassen.«

»Aber …«

»Nein. Lass uns langsam an die Sache herangehen, Catherine. Ich denke, wir brauchen beide Zeit.«

Sie nickte, und sie verließen das Bootshaus. Catherine blieb auf dem Dock stehen und sah ihm nach, als er fortsegelte, schlang die Arme um ihren Oberkörper und fühlte sich ganz kribbelig. Sie machte sich auf den Rückweg zum Haus, kehrte aber schon nach wenigen Schritten wieder um und öffnete noch einmal die Tür zum Bootshaus, weil sie sich kurz darin umsehen wollte.

Draußen wurde es dunkler, und das spärliche Sonnenlicht,

das seinen Weg durch die verdreckten Fensterscheiben fand, wirkte trüb und leblos. Es roch nach feuchtem Holz und alter Leinwand. Catherine setzte sich auf eine morsche Holzbank, die wackelte, wenn man sie nur berührte.

Hier hatten sie sich zum ersten Mal geliebt.

Ihre Gedanken wanderten all die vielen Jahre zurück, und auf einmal fiel ihr etwas ein. Sie tastete über das Holz. Und da waren sie. Die eingeritzten Initialen.

MP + CW.

Sie schloss die Augen und saß einen Moment lang einfach nur da. Ihr Körper war noch angespannt und feucht und bereit. Das Blut raste durch ihre Adern, und ihre Atmung ging nach wie vor schnell und unregelmäßig. Sie musterte die Initialen und fragte sich, ob sie vielleicht nichts weiter war als eine alberne alte Idiotin.

Michael lenkte das Segelboot zurück zur Liegestelle, löste die Leine und sprang aufs Dock. Die Luft hatte sich verändert, war leichter, kühler geworden und färbte sich mit der Abenddämmerung bläulich.

Er hatte die Insel immer schon am liebsten gemocht, wenn er abends einfach dastehen und den Einbruch der Nacht beobachten konnte. Hier herrschte die Art Nacht, in der die Sterne in trägen Mustern über den Himmel krochen. Die Art Nacht, in der selbst die Eule, die drüben im Baum wohnte, verstummte und man sich Stunde um Stunde lieben konnte und am nächsten Morgen, wenn die Sonne aufging, immer noch mehr wollte.

Vor seinem inneren Auge zogen die Jahre vorbei, wie sie hätten sein können. Neben Catherine aufzuwachen, sie stunden-, tagelang zu lieben, eine Ehe, Streitigkeiten und Versöhnungen. Gemeinsame Kinder. Hätte es damals nicht diese grausame Wendung des Schicksals gegeben, wären Dana und Aly vielleicht seine Töchter gewesen.

Heute hatte sich etwas für ihn verändert. Er hatte einige Dinge begriffen, die ihm früher immer ein Rätsel gewesen waren. Diese erste Nacht neulich, als er am Waldrand gestanden und Catherine mit den Mädchen beobachtet hatte, wie sie im Regen über den Rasen rutschten und den Regenschirm jagten … und später im Haus, als er zugesehen hatte, wie sie miteinander herumalberten … an jenem Abend hatte er zum ersten Mal in seinem Leben über die Kinder nachgedacht, die er niemals bekommen hatte.

Nun aber begriff er, dass es nicht einfach eigene Kinder an sich waren, die er verpasst hatte. Hier ging es nicht um irgendeinen vagen Vaterinstinkt, der jetzt, wo es zu spät war, um etwas daran zu ändern, in ihm hochkam. Nein, das hier war mehr als irgendeine biologische Männeruhr, die in seinem Kopf zu ticken begann.

Was er wollte, was er wirklich verpasst hatte, waren gemeinsame Kinder mit Catherine. Er schob seine Hände in die Taschen und stand eine Ewigkeit lang einfach da. Dann musste er plötzlich über sich selbst, über seine Gedanken lachen. Er war verrückt nach Catherine. In diesem Zustand befand er sich nun schon seit Tagen – hart und bereit für etwas, das vermutlich niemals geschehen würde.

»Acht Jahre?« Er schüttelte den Kopf. »Grundgütiger …«

Damit streifte er seine Sachen ab und sprang ins eiskalte Wasser.

15. Kapitel

Als am Donnerstag die Fähre eintraf, wollte keine der Winslow-Frauen mehr die Insel verlassen. Und genauso war es auch am darauffolgenden Sonntag. Als einen Donnerstag später das Boot erneut gekommen und wieder abgefahren war, hatten die Mädchen bereits gelernt, alleine durch die Bucht zu segeln.

Sie und Michael fanden in einen gemeinsamen Rhythmus zurück und stellten fest, dass sie noch immer Freunde waren. Sie redeten über so vieles, und doch gab es da einen Teil in ihm, den Michael für sich zu behalten schien.

Catherine war sich nicht sicher, ob er sich dafür schämte, wie er seinen Lebensunterhalt verdiente, aber er wechselte stets das Thema, wenn die Sprache darauf kam. Also ließ sie es auf sich beruhen. Sicherheitshalber sprach auch sie nicht über ihren Beruf. Es gab so viele andere Dinge, über die sie sich unterhalten konnten. Manchmal kam es ihr fast so vor, als hätte der Tag zu wenige Stunden.

Die Mittagssonne brannte auf sie nieder, und auf dem riesigen Felsen an der Wasserkante saß es sich warm und gemütlich. Sie teilten sich den Inhalt eines Picknickkorbs, während sie die Mädchen beim Segeln beobachteten.

»Du verwöhnst sie«, sagte sie, als er gerade von einem Hähnchenschenkel abbiss.

Er winkte mit dem Schenkel ab. »Nein, *du* verwöhnst *mich*! Jeden Tag Mittag- und Abendessen.«

»Hmmm ...« Sie schob sich einen Kartoffelchip in den Mund und versuchte, nicht zu starren.

Michael saß auf die Ellenbogen zurückgelehnt da, eine Haltung, in der sich sein weißes Polohemd über seinen Bauch spannte, der, wie Catherine an ihrem zweiten Tag draußen auf dem Boot hatte feststellen dürfen, noch immer flach, geriffelt und auch ansonsten bestens geeignet für eine Calvin-Klein-Kampagne war.

Als er das erste Mal sein Hemd ausgezogen hatte, wäre sie fast rückwärts von Bord gekippt. Den gesamten übrigen Tag lang hatte sie konzentriert auf alles Mögliche gestarrt, nur nicht auf seinen Oberkörper.

Nun saß sie da, knabberte an einem weiteren Chip herum – genau das, was ihre Oberschenkel am dringendsten brauchten – und musterte Michael. Ein Teil von ihr konnte immer noch nicht glauben, dass sie hier und jetzt zusammen auf diesem Felsen saßen. Dass es real war und kein Wunschtraum.

Michael hatte seine langen Beine von sich gestreckt und die Knöchel überkreuzt. Ab und zu wehte die laue Brise seinen Duft zu ihr herüber.

»Ich komme mir vor, als wäre ich wieder siebzehn«, gestand sie, dann lachte sie auf, weil sie das Gefühl hatte, etwas Dummes gesagt zu haben. »Ich wünschte nur, ich würde auch noch aussehen wie mit siebzehn.«

Er drehte sich zu ihr und legte den Kopf schief. »Warum?«

»Diese Frage kann aber auch wirklich nur ein Mann stellen.«

»Warum beschäftigt es dich so, dass du älter wirst?«

»Es beschäftigt mich doch überhaupt nicht.« Sie richtete sich auf und setzte sich in den Schneidersitz.

»Aber du sprichst sehr oft darüber.«

»Tue ich nicht.«

Er lachte auf.

Verlegen biss sich Catherine auf die Unterlippe. »Ist das wirklich so?«

Er nickte.

Sie stützte das Kinn auf die Faust und dachte einen Moment lang darüber nach. »Kennst du dieses Gefühl denn überhaupt nicht?«

»Welches Gefühl?«

»Das Gefühl, alt zu sein. Als ob das Leben einfach an dir vorbeigezogen wäre.«

»Ich weiß nicht, Catherine. Eigentlich fühle ich mich mit den Jahren immer wohler in meiner Haut.«

»Wirklich? Hm. Ich für meinen Teil fühle mich nur älter und schlechter.«

»Frauen …«, brummte er auf typische Männerart.

Catherine schwieg kurz und kämpfte um Selbstbeherrschung, um sich nicht auf ihn zu stürzen und ihm eins überzubraten. »Wir Frauen fühlen uns nur deswegen so, weil euch Männern das Altern so gut steht.«

»Frauen bilden sich nur ein, dass ihnen das Altern nicht steht.«

Sie drehte sich zu ihm. »Bildest du dir ernsthaft ein, dass ich dir das abkaufe?«

»Dann bist du also nicht dieser Meinung.«

»Zumindest ist die Gesellschaft es nicht.«

»Lauren Bacall, Goldie Hawn, Raquel Welch … das sind alles wunderschöne Frauen.«

»Aber als Model arbeiten inzwischen nur noch Zwölfjährige.« Sie straffte den Rücken und schlang die Arme um die Knie. »Und denk doch nur mal an all die älteren Männer mit hübschen jungen Dingern am Arm.« Sie lachte trocken auf.

»Das Einzige, was wir Frauen am Arm haben, ist wabbelige Haut.«

Als er seinen Geschlechtsgenossen nicht zur Verteidigung eilte, warf Catherine ihm einen vielsagenden Blick zu. »Auf einmal sagst du ja gar nichts mehr.«

»Ich habe einfach das Gefühl, dass ich alles nur noch schlimmer machen würde, egal, was ich jetzt sage.«

»Hasenherz.«

»Danke, Hühnchen schmeckt mir besser.«

Sie warf ihm einen Blick zu, der bedeuten sollte, dass er mit dieser Taktik nicht weiterkommen würde. Er gab ein Seufzen von sich, für das sie ihm am liebsten an die Gurgel gegangen wäre.

»Ich mag dich einfach genau so, wie du bist, Catherine.«

»Du weichst dem Thema aus.«

»Aber ich dachte, wir unterhalten uns übers Älterwerden.«

»Du findest mich also alt?«

»Verdammt, nein! Du hast gesagt, dass du alt bist, nicht ich!«

»Willst du mir wirklich erzählen, dass du noch nie mit einer Frau ausgegangen bist, die deutlich jünger war als du?«

Er verfiel in Schweigen.

Catherine lachte auf. »Ha! Erwischt!«

Er sah ihr eine Weile dabei zu, wie sie ihren Triumph feierte, dann sagte er: »Ich war zwei Jahre lang mit einer Frau zusammen, die fünf Jahre älter war als ich.«

»Nach älteren Frauen habe ich dich aber nicht gefragt.«

Er grinste. »Ich weiß.«

Dann saßen sie eine Zeit lang einfach nur da und ließen sich die Sonne ins Gesicht scheinen. Irgendwann sagte sie: »In deinem Leben muss es eine Menge Frauen gegeben haben.«

»Das stimmt«, erwiderte er ehrlich, sah sie an und fügte hinzu: »Aber sie haben allesamt so ausgesehen wie du.« Ihr war das Entsetzen offenbar anzusehen, denn er schob hastig nach: »Na gut, dann sahen sie eben überhaupt nicht so aus wie du.« Er versuchte, eine ernste Miene aufzusetzen, es gelang ihm jedoch nicht.

Catherine brach in Gelächter aus und schüttelte den Kopf. »Du bist wirklich fürchterlich.«

»Ja, aber genau dafür liebst du mich doch«, erwiderte er im Scherz.

Er kam der Wahrheit damit so nahe, dass ihr das Lachen verging. Wie wäre ihr Leben wohl verlaufen, wenn sie Michael geheiratet hätte? Ihre Töchter hätten seine sein können, wenn er nicht in den Krieg gezogen wäre, wenn sie nicht zugelassen hätte, dass sich ihr Vater zwischen sie stellte. Wenn sie älter gewesen wären.

Vielleicht, dachte sie, ist es ja doch nicht so toll, jung zu sein.

Er zog sie an sich, und ehe sie sich wehren konnte, küsste er sie leidenschaftlich, aber sanft, so als hätte er alle Zeit der Welt, ihren Mund voll auszukosten. Seit der Nacht am Bootshaus war es das erste Mal, dass er sie küsste, und sie gab sich diesem Kuss hin, denn er berührte sie bis tief in ihr Herz.

Und er endete, oh, so schnell.

Doch als Michael seine Lippen von ihren löste, hielt er ihr Gesicht weiter mit den Händen umfasst, musterte sie suchend und warf ihr ein sanftes Lächeln zu.

»Du bist eine wunderschöne Frau, Catherine, und obwohl ich mir das niemals hätte vorstellen können, bist du heute noch viel schöner als damals mit siebzehn. Ich weiß, dass du mir nicht glauben wirst, aber das Schönste an dir sind die feinen Linien in deinem Gesicht, die dir das Leben geschenkt hat.« Er schüttelte den Kopf. »Schätzchen, denk nicht mal daran, auch nur eins dieser paarundvierzig Jahre zu bereuen.«

In diesem Moment hätte Catherine um keinen Preis der Welt wieder siebzehn sein wollen.

Sie wanderten alle gemeinsam, sogar Catherine. Und sie hasste jede einzelne Sekunde. Aber sie ließ sich nichts anmerken und beschwerte sich kein einziges Mal, nicht einmal, als sie den Halt verlor, gegen eine Fichte purzelte und von Kopf bis Fuß mit Nadeln berieselt wurde.

Ihrer Meinung nach hatte sie eine Medaille für ihren Heldenmut verdient oder zumindest für ihre Toleranz.

Als sie endlich verschwitzt und schmutzig nach Hause kamen, wollte sie nur noch zwei Dinge, ausgiebig duschen und nie wieder das Wort »Wanderweg« hören.

Sie war direkt unter die Dusche verschwunden, und, Gott, was fühlte sich das gut an. Sie ließ das heiße Wasser auf ihren Körper prasseln, dann nahm sie die Shampooflasche und schüttete sich den gesamten Inhalt auf den Kopf.

»Mom?«

Grundgütiger! War es ihr nicht mal vergönnt, in Frieden zu duschen? Zu dem Zeitpunkt, als sie Mutter wurde, schien sie jegliche Privatsphäre verloren zu haben.

Aly klopfte erneut an die Badezimmertür. »Mom!«

»Was denn?« Sie drehte sich um und ließ sich das Wasser über den Rücken laufen, während sie ihre Kopfhaut massierte, bis sie einen dicken, schönen Turban aus Schaum trug.

»Harold ist ausgebüxt.«

»Der kommt wieder zurück. Hör auf, ihn so zu betüddeln.« Dieser alberne Kater.

»Er *ist* schon zurück.«

»Na, dann ist ja alles wunderbar. Darf ich jetzt bitte in Frieden fertigduschen?«

»Aber Harold ist bei dir im Badezimmer.«

»Das macht mir nichts, Aly. Zu Hause ist er doch auch oft mit mir im Bad.«

Es folgte langes, ausgedehntes Schweigen.

»Mom?«

Catherine holte tief Luft. Ihre Geduld neigte sich langsam dem Ende zu. »Ja?«

»Harold ist nicht allein.«

Sie hörte auf, ihr Haar einzuseifen.

Draußen im Flur konnte sie Dana flüstern hören: »Hast du es ihr schon gesagt?«

»Mehr oder weniger«, flüsterte Aly zurück. »Komm her, Harold. Komm! So, ich hab ihn.«

Catherine schob den Duschvorhang ein Stückchen beiseite, spähte um die Kante und kreischte: »Hier ist eine Schlange!«

»Das wissen wir, Mom.« Ihre Töchter hatten die Badezimmertür einen winzigen Spaltbreit geöffnet. Catherine konnte sehen, wie die beiden die Schlange durch den Schlitz beobachteten.

»Dann steht doch nicht einfach so herum, sondern tut was!«

16. Kapitel

Also taten ihre Töchter etwas.

Sie holten Michael.

»Catherine?«, drang seine Stimme durch die Tür.

Dort draußen war ihr Traummann, bereit, ihr zur Rettung zu eilen. Und sie stand nackig unter der Dusche, umwickelt mit nichts weiter als einem hauchdünnen Duschvorhang, der das Einzige war, was im Augenblick zwischen ihr und einer langen schwarzen Schlange stand.

Catherine fluchte in sich hinein, und zwar eins der Worte, für deren Benutzung ihre Mom ihr früher einen Monat Hausarrest aufgebrummt hätte.

»Catherine«, rief Michael erneut. »Alles in Ordnung da drinnen?«

»Alles wunderbärchen!« Sie zerrte den Duschvorhang noch etwas enger um sich. »Hier drin ist eine Schlange!«

»Ich weiß. Und ich möchte nicht riskieren, dass sie aus dem Bad entkommt, wenn ich die Tür öffne. Kannst du mal nachsehen, wo das Vieh gerade ist?«

Catherine spähte erneut um den Rand des Duschvorhangs. *Oh Gott ...* Sie atmete tief durch. »Sie liegt auf dem Badvorleger vor der Wanne. Du kannst die Tür ruhig aufmachen. Beeil dich ... bitte!«

Als sie hörte, wie Michael hereinkam und die Tür hinter sich schloss, versteckte sie sich hastig wieder komplett hinter dem Duschvorhang. Abwartend lauschte sie den Geräuschen, die von der anderen Seite zu hören waren. Irgendwann hielt sie es aber nicht mehr länger aus. »Hast du sie?«

»Augenblick noch.«

Oh Gott, oh Gott, oh Gottogott!

»Jetzt hab ich sie.«

»Dann bring sie bitte weit, weit weg, Michael. Und mit weit meine ich … weit.«

»Ich steck sie in eine Kühlkiste.«

»Das ist nicht weit genug weg!«

»Es ist eine Kühlkiste, die man zuschließen kann.«

Catherine hörte ein metallisches Klacken.

»So, jetzt bist du in Sicherheit.«

»Ist sie immer noch hier drin?«

»Ja, aber ich habe sie weggesperrt.«

»Könntest du zufällig einen Kater gebrauchen?«

Er lachte auf.

»Das ist nicht witzig!« Sie spähte hinter dem Vorhang heraus.

»Doch, Catherine, ziemlich sogar. Wie kannst du solche Angst vor etwas so Harmlosem haben? Im Vergleich mit der Schlange bist du riesig!«

Sie starrte ihn über den Rand des Vorhangs hinweg finster an. »Ich gewinne den Eindruck, dass sich in diesem Badezimmer *zwei* Schlangen befinden.«

»Tut mir leid, ich wollte dich nicht kränken. So war es nicht gemeint.«

»Und es ist auch nicht sonderlich klug, in Zusammenhang mit einer nackten, in einen Duschvorhang gehüllten Frau das Wort ›riesig‹ in den Mund zu nehmen.«

Dieser Blödmann besaß tatsächlich die Frechheit, sie immer noch anzugrinsen!

»Nicht witzig!«

»Doch, ist es.«

»Wenn du jetzt so freundlich wärst zu verschwinden, bitte!«

Er schüttelte den Kopf. »Bin ich nicht.«

»Kannst du mir mal erklären, was das soll?«

»Ich packe eine wunderbare Gelegenheit beim Schopf.«

»Michael, hau ab!«

Stattdessen küsste er sie, flüsterte ihr Dinge ins Ohr und ließ seine Hände über ihren nassen Körper gleiten. Wer konnte schon sagen, wohin der Duschvorhang auf einmal verschwunden war? Catherine jedenfalls nicht, und es war ihr auch völlig egal.

Michaels Küsse waren genießerisch und intensiv und wunderbar.

»Komm heute Abend zu mir. Nur du.« Er strich mit den Lippen über ihr Ohr. »Du allein.«

Sie flüsterte seinen Namen.

»Mike? Mom? Habt ihr die Schlange erwischt?«

Er löste seine Lippen von ihren und legte ihr einen Finger auf den Mund. »Noch nicht, aber gleich!«

Und dann küsste er sie noch ein wenig mehr. »Sag Ja, Catherine. Sag Ja.«

»Ja«, flüsterte sie gegen seine Lippen.

Nach einem weiteren seiner seelenverzehrenden Küsse sagte er: »Ich sollte jetzt wohl besser mal die Schlange loswerden.«

Fast hätte sie ihn gefragt, von welcher Schlange er redete.

»Um sieben?«

»Ich werde da sein«, erwiderte sie und sah ihm nach, als er das Bad verließ.

Durch die Tür hörte sie Dana fragen: »Geht es Mom gut?«

»Alles bestens!«, rief Catherine. Auch wenn das gar nicht stimmte, denn sie war bis über beide Ohren verliebt.

Um zehn nach sieben stand Catherine vor seiner Tür. Davor hatte sie ungefähr eine Viertelstunde lang im Wald herumgelungert, um nicht überpünktlich zu kommen. Erst als es leicht zu regnen begann, lief sie aus ihrem Versteck zu Michaels Verandatreppe, aufgeregt und verängstigt und auch ansonsten ein wandelndes Gefühlschaos.

Sie holte tief Luft, klopfte einmal, und die Tür flog so schnell auf, dass Catherine zusammenzuckte.

»Hey, Zwerg.« Er bat sie herein und nahm ihr die Jacke ab, die er an eine Garderobe aus alten Elchgeweihen hängte. »Hoffentlich gab es keine Probleme mit den Mädchen«, sagte er in fragendem Tonfall.

»Nein. Als ich erwähnt habe, dass ich gerne hier bei dir zu Abend essen würde, haben die zwei nur einen wissenden Blick getauscht, und dann hat Aly mich darüber aufgeklärt, dass sie gesehen haben, wie wir uns geküsst haben. Und dass sie dankbar wären, wenn ich solche Dinge in Zukunft etwas diskreter erledigen würde, vor allem in Anbetracht meines Alters.«

»Sie nimmt kein Blatt vor den Mund, oder?«

»Das tun sie beide nicht, aber ich würde sie nicht mal gegen die perfektesten Kinder der Welt tauschen wollen.«

»Das solltest du auch nicht. Sie sind tolle Kinder. Witzig und gescheit. Das hast du wirklich gut gemacht, Catherine.«

»Findest du?«

Er nickte.

»Manchmal halte ich mich für die größte Rabenmutter der Welt.«

»Wenn du eine Rabenmutter wärst, würdest du dir nicht

mal Gedanken darüber machen, ob du eine gute Mutter bist oder nicht.«

»Da hast du wahrscheinlich recht.« Sie lächelte. »Danke.«

»Also, was kann ich dir zu trinken anbieten?«

»Gerne was Hartes.« Noch während sie das sagte, hätte sie sich am liebsten die Zunge aus dem Mund gerissen. *Was Hartes? Grundgütiger …*

»Also was Starkes«, fügte sie hastig hinzu. »Ich meinte, etwas Starkes.«

Er musterte sie, als hätte er am liebsten laut aufgelacht, aber glücklicherweise war er ein kluger Mann.

»Ich könnte dir einen Jack Daniel's auf Eis anbieten.«

»Na, so stark dann auch wieder nicht. Wein wäre schön. Genau, ich hätte gerne ein Glas Wein.« Und ein neues Gehirn, dachte sie. Sie wandte sich ab. *Kommst her, um mit ihm ins Bett zu gehen, und dann sagst du »Etwas Hartes«.* Am liebsten hätte sie sich selbst getreten. Um zu verhindern, dass sie weitere Dummheiten von sich gab, sah sie sich in der Hütte um.

Sie war rustikal und holzlastig eingerichtet, genauso wie sie sie in Erinnerung hatte. Die dunklen Holzböden hatten mit der Zeit sogar noch an Charakter gewonnen. Einige Wollteppiche in Rot- und Schwarztönen lagen auf dem Boden, und in einem riesigen Steinkamin loderte ein Feuer, das den Raum in warmen Schimmer hüllte.

Als sie sich umdrehte, suchte Michael gerade im offenen Kühlschrank.

»Jetzt bin ich aber schon ein bisschen enttäuscht«, sagte sie. »Du hast ja gar kein Dale-Evans-Sofa!«

Mit einer Weinflasche in der Hand richtete er sich wieder auf und sah sie lachend an. »Stimmt, ich hab nur eins aus Leder, wie der Sattel von Buttermilk.«

»Du erinnerst dich noch an den Namen von Dale Evans' Pferd?«

»Ja, aber nur vom Trivial-Pursuit-Spielen.«

»Ein Glück.« Sie näherte sich dem Durchgang zur Küche. »Ich fände es nämlich ein bisschen beängstigend, wenn dein Gedächtnis so gut wäre. Ich vergesse ständig, wo ich meine Schlüssel hingelegt habe. Aly sagt, das liegt daran, dass wir Aluminiumtöpfe verwenden.«

Er lachte auf.

»Wo wir gerade vom Kochen sprechen, was riecht denn hier so lecker?«

In der Schüssel auf der Anrichte entdeckte sie einen köstlich aussehenden Salat aus Frühlingskräutern, und auf einem Schneidebrett kühlte ein goldbrauner, frischer Brotlaib ab.

»Du kannst Brot backen?«

»Nein, das ist aus der Tiefkühltruhe.«

Sie brachen in Gelächter aus.

Auf dem Herd dampfte es aus einem Topf, und der köstliche Duft von Meeresfrüchten mit Sahne und Sherry drang heraus.

Catherine beugte sich über den Topf und inhalierte tief. »Ooohhh …« Sie sah Michael an. »Muschelsuppe?«

Er nickte und entkorkte den Wein.

Ohne nachzudenken, nahm sie den Löffel, der neben dem Topf lag, schöpfte ein wenig Suppe ab und probierte. »Mmmhhh, die ist ja der Wahnsinn!«

Als sie sich wieder zu Michael drehte, stellte sie fest, dass er dastand wie angewurzelt, die Weinflasche in der einen Hand, ein Glas in der anderen. Sein Gesichtsausdruck war nicht zu deuten.

Der Löffel schwebte noch vor ihrem Gesicht, und ihr

wurde klar, dass sie gerade einfach so in seine Küche gegangen war und sich direkt aus dem Suppentopf bedient hatte.

»Oh Gott, entschuldige bitte.« Peinlich berührt wedelte sie mit dem Löffel herum und hastete zum Spülbecken. »Ich wasche ihn sofort wieder ab. Zu Hause mache ich das ständig. Die Mädchen sind unter der Woche zum Abendessen oft nicht da, und meistens bin ich zu faul, um nur für mich den Tisch zu decken, dann bleibe ich einfach am Herd stehen und esse aus dem Topf. Ich weiß, das ist wirklich eine Unart«, brabbelte sie vor sich hin, während sie dastand und sich steif und unwohl fühlte und fast gewaltsam mit einer orangerot gemusterten Bürste am Suppenlöffel herumschrubbte.

»Catherine«, sagte Michael hinter ihr. »Ist schon gut.«

»Nein, ist es nicht.«

»Noch heute Nachmittag hat meine Zunge in deinem Mund gesteckt, und jetzt bist du völlig aus dem Häuschen, nur weil du meinen Löffel benutzt hast?«

Wo er recht hatte, hatte er recht.

Sie ließ die Bürste fallen und drehte das Wasser ab.

»Dreh dich um.«

Seine Stimme klang weich und tief und war ganz nah an ihrem Ohr. Langsam tat sie, worum er sie gebeten hatte.

Er langte an ihr vorbei, angelte ein rotes Salatblatt aus der Schüssel und hielt es ihr über den Mund. »Probier mal.«

Sie öffnete den Mund und ließ sich von ihm füttern. Es war eins der sinnlichsten Erlebnisse, die sie jemals gehabt hatte.

»Und? Gut?«

Sie nickte und kaute und versuchte, sich nicht die Blöße zu geben, sich Michael einfach an den Hals zu schmeißen.

Er hob das Weinglas an ihre Lippen, und sie beobachtete ihn über den Glasrand hinweg. Da sie befürchtete, dass ihre

Beine gleich nachgeben würden, lehnte sie sich gegen den Küchentresen.

Die Küche war klein und Michaels Körper nur Zentimeter von ihrem entfernt. Sie konnte seine Wärme spüren und noch etwas anderes, etwas Primitives, das sie bis in die Zehenspitzen durchdrang.

Sie trank einen kleinen Schluck.

»Du bist nervös.«

Sie nahm ihm das Glas aus der Hand und stellte es ab. »Ja.«

»Aber das musst du nicht sein.«

»Ich kann nichts dagegen tun. Ich fühle mich so unerfahren.«

»Und das aus dem Mund der Person, die mir früher einmal mitgeteilt hat, dass sie alles über Sex weiß?«

»Ich war elf Jahre alt und ziemlich überzeugt von mir selbst. Außerdem wollte ich deine Aufmerksamkeit erregen.«

»Das mit der Aufmerksamkeit ist dir jedenfalls gelungen.« Er lachte. »Früher hast du das nie zugeben wollen.«

»Ach nein?«

»Bist du immer noch nervös?«

»Ja.«

»Du weißt, dass du mich alles fragen kannst, was du willst.«

Sie sah ihn an und warf in einer hilflosen Geste die Hände in die Luft. »Wie macht man solche Sachen heutzutage?«

»Genauso wie seit Tausenden von Jahren.«

Sie schüttelte den Kopf und blickte zu Boden.

Er strich ihr sanft über die Wange. »Früher wusstest du genau, wie es geht.«

»Wie ungalant von dir, mich daran zu erinnern.«

»Dir ist ja wohl klar, dass sich deine Frage nur beantworten lässt, nachdem wir entschieden haben, wer von uns beiden nach oben darf.« Das Gespräch schien ihm ausgesprochen großen Spaß zu bereiten.

Catherine verschränkte die Arme und hob das Kinn, wenn auch nur ein bisschen. »So habe ich das nicht gemeint, und das weißt du ganz genau.«

»Dann, meine Süße, sei doch so nett und erklär mir, wie es gemeint war, und zwar in einfachen Worten.«

»Aids.« Mehr als dieses eine Wort brachte sie nicht heraus.

Sein Gesicht wurde ernst, und sein scherzhafter Tonfall verschwand, als er sagte: »In den vergangenen dreißig Jahren habe ich mit zwei Frauen zusammengewohnt, beides waren monogame Langzeitbeziehungen. Und danach habe ich meine Partnerinnen sorgfältig ausgewählt. Ich habe mich testen lassen, sie haben sich testen lassen.«

»Oh«, sagte sie, weil ihr nichts Besseres einfiel. Sein Tonfall war sachlich gewesen, und sie wusste, wie wichtig dieses Thema war, trotzdem fühlte sie sich, als hätte sie die vergangenen Jahrzehnte auf einem anderen Planeten verbracht. »Ich habe mich noch nie testen lassen.«

»Warum hättest du denn auch sollen? Du hast jahrelang gelebt wie eine Nonne. Ist dir dein Ehemann fremdgegangen?«

Sie schüttelte den Kopf. »Nein, er war zwar ein Kindskopf, aber nie untreu.«

Er hob ihr Kinn mit einem Fingerknöchel, sodass sie ihm in die Augen sehen musste. »Du brauchst dir keine Sorgen zu machen, meine Süße. Ich habe keinen Sex, ohne mich zu schützen. Und dich.«

»Wie wir darüber reden, so offen … Auf mich wirkt das alles so kalt und klinisch. So geplant.«

Er schwieg eine gefühlte Ewigkeit lang, und Catherine hatte keinen Schimmer, was er dachte.

Schließlich legte er ihr sanft die Hände auf die Schultern. »Bist du dir sicher, dass du das hier auch wirklich willst?«

Sie nickte, hielt aber immer noch ihre eigenen Arme umklammert, eine nervöse Angewohnheit, die sie sich jetzt gerade beim besten Willen nicht verkneifen konnte.

»In mir ist gar nichts kalt und klinisch«, sagte er. »Und wie sieht es mit dir aus?«

»Nein.« Sie stand in Flammen. Das war etwas, was nur Michael zuwege brachte: Mit einem einzigen Blick, einer einzigen Berührung ließ er ihr Inneres auflodern.

Sie fühlte sich, als hätte sie länger als acht Jahre auf das hier gewartet. Nämlich dreißig Jahre lang. »Küss mich, Michael. Bitte küss mich jetzt einfach.«

Und das tat er, leidenschaftlich und zärtlich, bis sie beide die Hitze nicht mehr ertrugen, da ließ er seine Hände über ihren Körper gleiten, zu ihren Brüsten, ihrer Taille, zwischen ihre Beine.

Kurz darauf lag ihre Kleidung auf dem Boden verteilt, und Catherine war es vollkommen egal. Sie hatte das Gefühl, ihm gar nicht nah genug sein zu können. Sein Mund war auf ihrem, seine Zunge spielte mit ihrer, trieb sie fast in den Wahnsinn. Seine Finger bewegten sich in ihr, glitten langsam auf und ab.

Im einen Moment stand sie noch gegen den Tresen gelehnt da, im nächsten schwang Michael sie hoch in seine Arme und trug sie ins Schlafzimmer. Er legte sie aufs Bett, und für einen langen, merkwürdigen Augenblick lag sie da und sah zu, wie er sich etwas zum Schutz überstreifte.

Dann kam er über sie und zwischen ihre Beine. Seine Lippen erkundeten ihre Brüste, ihren Bauchnabel. Sie strich ihm durch sein dickes, volles Haar. Er stützte sich auf die Unterarme und sah Catherine an, sah sie einfach an, als wäre ihr Anblick das Wichtigste auf der Welt.

Und endlich glitt er langsam und ohne jeden Widerstand in sie, übersäte sie mit seinen kurzen, harten Küssen, die sie so liebte, beobachtete sie auf seine intensive Art und Weise, liebte sie, wie sie schon seit Jahren nicht mehr geliebt worden war.

Sie flüsterten einander halbvollendete Sätze zu, weil die Leidenschaft ihnen die Worte raubte, die Gedanken, die Luft zum Atmen. Er dauerte eine Ewigkeit, dieser Liebesakt, eine Ewigkeit, die Catherine ihn in sich spüren durfte.

Irgendwann drehten sie sich gemeinsam um, sodass sie auf ihm saß, sich mit ihm bewegte, fordernder jetzt, gieriger. Dann puschte er sie weiter, verschränkte seine Beine mit ihren, wechselte erneut die Stellung ...

Sie registrierte, dass ihre Erlösung kurz bevorstand. Er packte sie an den Hüften, stieß hart und schnell in sie, weil sie ihn anflehte, es zu tun.

Danach lagen sie da, jeder verloren in einer Traumwelt, die zur Realität geworden war. Sein Brustkorb hob und senkte sich schwer, sein Herz hämmerte gegen ihres. Er glitt von ihr, zog sie an sich und streichelte ihr Haar.

Catherine seufzte, kuschelte sich an seinen warmen Körper und bettete die Wange an seine Brust.

»Catherine?«

Sie spürte seine Lippen auf ihrer Stirn. »Mmmmh?«

Er verlagerte sein Gewicht und bedeckte ihre Lippen mit seinen. Und dann fingen sie noch einmal von vorne an und noch einmal und noch einmal, als ob sie nur diese eine Nacht hätten, um dreißig verlorene Jahre nachzuholen.

17. Kapitel

Der Regen donnerte wie ein Sturzbach aufs Dach. Michael stand mit Catherine am Herd, und sie verschlangen die Muschelsuppe mit Servierlöffeln. Als er die sauberen Schüsseln und das frische Besteck auf den unbenutzten Platzdeckchen auf dem Esstisch ansah, musste er lächeln.

Catherine tauchte ihren Löffel in den Topf und hielt ihn ihm an den Mund, also aß er. Sie trug sein Flanellhemd und sonst nichts. Er ließ seine Hände über ihren Hintern gleiten und zog sie an sich.

Sie lehnte sich zurück und sah zu ihm hoch. »Ich kann nicht glauben, dass ich hier in deiner Küche stehe. Und dann auch noch so …«

»So … wie?«

»So … halbnackt.«

Er musste lachen. »Du kannst mein Hemd jederzeit gerne wieder ausziehen.«

»Auf keinen Fall. Das Licht ist an.«

Er begann, das Hemd aufzuknöpfen, doch Catherine hielt seine Hände fest. »Was machst du denn da?«

»Ich hole mir mein Hemd zurück.«

»Du hast Jeans an. Du brauchst dieses Hemd nicht halb so sehr wie ich.«

Er löste ihre Finger von seinen Handgelenken und hielt nun umgekehrt sie fest. Als sie versuchte, sich aus seinem Griff zu winden, ließ er nicht los.

»Michael«, sagte sie im warnenden Ton.

Also änderte er seine Taktik und machte sich über ihren Hals her, ließ seine Lippen über ihre weiche Haut gleiten. Er konnte sich nicht erinnern, jemals so weiche Haut gespürt zu haben. Er kostete von ihr, von ihrem Hals, ihrem Schlüsselbein, sog tief ihren Duft ein. Sie roch nach Catherine, sonnig, moschusartig und weiblich, nach Träumen, Erinnerungen. Nach Jugend.

Und überall auf ihr war der Duft von Sex, Sex, den sie miteinander gehabt hatten. Der Duft von ihm in ihr, eine Mischung aus ihnen beiden. Er wurde wieder hart, wollte sie noch einmal. Er wollte den kleinen Aufschrei hören, den sie von sich gab, wenn er in sie eindrang, wollte spüren, wie sich ihre Atmung beschleunigte, wenn sie kurz davor war zu kommen.

Neben seinem Bett lagen fünf aufgerissene Kondomtütchen.

Das hatte es seit über zwanzig Jahren nicht mehr gegeben.

Während er sie küsste, streifte er ihr mit dem Kinn das Hemd von der Schulter. Langsam legte sie den Kopf in den Nacken, und Michael zeichnete mit den Lippen den v-förmigen Ausschnitt nach und saugte durch den Stoff hindurch an ihr.

Mit den Zähnen öffnete er einen Knopf, dann küsste er Catherine auf den Mund, um sie abzulenken.

Sie erwiderte seine Küsse, wie sie es die ganze Nacht über getan hatte, mit Lippen und Zunge. Und, Grundgütiger, sie schmeckte noch immer genau so, wie er sie in Erinnerung hatte.

Er stöhnte ihren Namen und hob sie hoch, sodass ihr Kopf in seiner Armbeuge ruhte, schmiegte das Gesicht zwischen ihre Brüste, leckte und küsste sie und öffnete dabei einen nach dem anderen der Hemdknöpfe.

Dann trug er Catherine quer durch die Küche und bis zum Feuer, wo er sie vorsichtig auf dem Teppich absetzte.

142

»Bleib einen Augenblick hier stehen, meine Süße.«

Sie richtete sich auf, wobei ihr sein Hemd wie von selbst über die Schultern glitt. Michael schnappte es sich, ehe Catherine sich damit bedecken konnte.

»Du Mistkerl!« Sie versuchte, ihm das Hemd zu entreißen. »Gib mir das zurück!«

Kopfschüttelnd grinste er sie an.

Also hörte sie auf zu versuchen, ihren Körper zu verbergen, und bedeckte stattdessen ihr Gesicht mit den Händen. »Ich hasse dich.«

»Tust du nicht.«

»Aber ich schäme mich so.«

»Kannst du mir mal erklären, wofür?«

Einen Augenblick lang sagte sie nichts, dann gab sie zu: »Dafür, dass ich alt bin.«

Alt? Blödsinn, dachte er. Gott, was war sie nur für eine schöne Frau. Das Kaminfeuer tauchte ihre Haut in goldenen Schimmer. Ihre Figur war kurvenreich und üppig und fraulich. Ihre Brüste waren voll, nicht die Brüste einer jungen Frau, sondern die einer Mutter, die zwei Kinder gestillt hatte. Er bedauerte, dass er damals nicht da gewesen war, um es selbst zu sehen. »Catherine.«

»Was?« Ihre Stimme wurde noch immer durch ihre Hände gedämpft.

Er holte Tütchen Nummer sechs hervor, riss es mit den Zähnen auf, streifte seine Jeans herunter und schleuderte sie in die Ecke. »Komm her.«

Catherine spreizte die Finger ein wenig und spähte in seine Richtung.

Er hatte sich auf die Armlehne des Sessels gesetzt, bereit und den Blick auffordernd auf sie gerichtet.

Sie ließ die Hände sinken und die Schultern nach unten

fallen, ob aus Bedauern oder weil sie sich einfach geschlagen gab, konnte er nicht sagen.

Er beugte sich vor zu ihr und zog sie näher.

Sie sah zu ihm herab, als er sie in seine Arme schloss.

»Warum hast du das getan?«

»Was denn?«

»Mir das Hemd weggenommen. Mich nackt vor dem Feuer stehen lassen.«

»Weil du eine wunderschöne Frau bist.«

»Das bin ich nicht.«

»Aber ich finde dich nun mal wunderschön.«

»Dann musst du blind sein.«

Er stand auf und drehte sie um, drückte sie mit dem Rücken gegen den Stuhl und drang mühelos in sie ein. »Gut, dann bin ich eben blind«, flüsterte er gegen ihre Lippen. »Und ich *mag* alte Dinge.«

Das Klingeln eines Handys drang an ihr Ohr.

Catherine öffnete die Augen, sah eine fremde Zimmerdecke über sich. Erst da erinnerte sie sich, wo sie war. Sie drehte sich zu Michael um, der neben ihr tief und fest schlief.

Das Handy klingelte erneut, gedämpft, aber trotzdem nah. Sie folgte dem Geräusch, zog eine Schublade neben dem Bett auf und holte das schrillende Telefon heraus.

Sie klappte es auf. »Hallo?« Sie lauschte kurz, dann sagte sie: »Einen Moment bitte, er ist hier bei mir.« Vorsichtig rüttelte sie Michael wach. »Da ist ein Anruf für dich.«

Er fuhr hoch, guckte kurz grimmig, blinzelte sie an und nahm ihr das Handy ab. Sein Blick wirkte auf einmal hellwach.

Catherine wandte sich ab, während er in brüsken Ein-Wort-Sätzen mit dem Mann am anderen Ende der Leitung sprach. In der offenen Schublade, in der das Handy gelegen hatte, befanden sich ein elektronischer Terminkalender, ein Filofax und ein Laptop, ein Schlüsselring und eine lederne Dokumentenmappe.

Der Ferienhausvermittler hatte ihr erzählt, dass es auf dieser Seite der Insel bislang noch keine Telefonleitungen gab, weswegen auch sie ein Handy mitgenommen hatte. Vermutlich war das die einzige Möglichkeit für die anderen Leute auf der Insel, Michael zu erreichen, wenn sie ihn brauchten. Sie starrte den Schubladeninhalt an – die Ausstattung eines Geschäftsmannes. Dann streifte sie sein Hemd über und verschwand ins Badezimmer.

Sie stand am Waschbecken, wusch sich Gesicht und Hände und spürte dem seltsam lauernden Gefühl in ihrem Bauch nach. Michael war Unternehmer. Also warum sollte er nicht solche Gegenstände in seiner Schublade haben? Er musste Stammkunden haben, Steuern zahlen und so weiter. Sie benahm sich albern.

Und außerdem leide ich eindeutig an Schlafmangel, dachte sie und lächelte verdorben, aber zufrieden.

Was für ein perfektes Ende für ihre endlosen zölibatären Jahre! *Bravo, Catherine, das nenne ich mal einen krönenden Abschuss … äh, Abschluss.* Sie musste kichern.

»Ganz schlechter Kalauer«, teilte sie ihrem Spiegelbild mit, während sie sich mit den Fingern durchs Haar kämmte, einen Schluck aus einer Flasche Mundspülung nahm und kurz gurgelte.

Als sie ins Schlafzimmer zurückkehrte, hatte Michael sein Telefonat beendet und saß in einer abgetragenen Jeans auf dem Bett. Er hatte sich die Kissen im Rücken aufgeschüttelt und die Beine an den Knöcheln gekreuzt. Er musterte sie mit einem Ausdruck, den sie nicht zu deuten wusste, und hatte sich ein Bier aufgemacht.

»Willst du auch eins?«

Sie schüttelte den Kopf. »Nein danke. Musst du weg?«

»Nein.« Er runzelte die Stirn. »Wieso sollte ich?«

»Oh, ich dachte nur, das war ein Anruf, weil jemand deine Hilfe braucht.«

»Darum kann ich mich morgen früh kümmern.«

Sie stand weiter nur da. »Ich sollte jetzt wohl besser gehen. Es ist schon fast Mitternacht.«

Er erwiderte nichts.

»Es gibt da dieses große Projekt, an dem ich diesen Monat eigentlich hätte arbeiten sollen.« Sie drehte sich zu ihm und lächelte. »Wir hatten einfach zu viel Spaß, ich habe kaum einen Blick in meine Akten geworfen. Und dabei habe ich Anfang nächsten Monat eine wichtige Präsentation bei der Letni Corporation.«

Er verschluckte sich an seinem Bier.

»Alles in Ordnung?« Sie hastete zu ihm, aber er sprang auf und hob eine Hand, um sie abzuwehren.

»Mir geht's gut.«

Seine Stimme klang belegt und heiser, sein Gesicht und sein Hals waren gerötet. Mit dem Rücken zu ihr stellte er das Bier ab und fragte: »Für wen arbeitest du?«

»Carlyle Relocations. Wir haben uns darauf spezialisiert, die Umzüge von Großunternehmen und ihren Angestellten zu organisieren. Ich versuche schon seit Jahren, an Letni heranzukommen. Sie planen eine riesige Expansion in andere Bundesstaaten. Wenn ich den Auftrag an Land ziehen kann, wäre das ein enormer Schritt für Carlyle.« Sie sah sich im Schlafzimmer um. »Wo sind meine Sachen?«

»In der Küche.« Er stand auf und folgte ihr aus dem Zimmer.

Catherine sammelte ihre Kleidung ein, fühlte sich befangen und aufgeregt, aber dennoch geliebt. Sie konnte Michaels Blick auf sich ruhen spüren, als sie sein Hemd gegen ihren Pulli austauschte.

»Es gibt da etwas, worüber wir reden sollten.«

Sie zog sich den Pulli an und schüttelte ihre Jeans aus. »Und was?«

Sein Blick war ernst.

Auf einmal raste eine ganze Reihe von Mitteilungen durch ihren Kopf, die er ihr möglicherweise zu machen hatte. Leb wohl. Danke für den Sex. Es war schön, aber es hatte nichts zu bedeuten. Ich liebe dich nicht. Ich liebe dich.

»Ich habe einen Fehler gemacht«, sagte er.

Sie erstarrte. *Oh Michael, tu mir das nicht an.*

»Ich hätte dir das schon viel früher sagen sollen.«

Jeder einzelne Muskel in ihrem Körper zog sich schmerzhaft zusammen. »Bist du verheiratet?«

»Nein!«, erwiderte er scharf. »Für was für einen Mistkerl hältst du mich?«

»Keine Ahnung. Warum sagst du mir nicht einfach, was los ist?«

Er rieb sich die Augen, dann sah er sie an. »Ich bin kein Handwerker, Catherine.«

Sie ließ seine Worte sacken, schaute eine Weile ins Feuer. Ihre Gedanken rasten. »Das war es also, was mich die ganze Zeit über gestört hat«, murmelte sie in sich hinein.

»Wie bitte?«

Sie ignorierte ihn und ging ins Schlafzimmer. Dort öffnete sie die Schublade und sah hinein. Sie nahm den Schlüsselbund heraus, starrte ihn an, dann drehte sie ihn in ihrer Hand.

»Du fährst Porsche?« Sie hob die Schlüssel mit dem verräterischen Anhänger hoch.

Er nickte.

Sie kam sich vor wie die letzte Idiotin. »Schätze, er ist rot.«

»Nein, ein schwarzer Carrera.«

»Du fährst ein Hunderttausend-Dollar-Auto?«

Er nickte erneut.

Sie warf den Schlüsselbund auf das Nachtkästchen. »Und wo ist dieser Wagen bitte, Michael?«

»Da, wo auch mein Haus steht.«

»Und wo soll das sein?«

»In Carillon Point.«

Catherine kannte die Gegend. Sie war exklusiv und unchristlich teuer. Sie wollte aus dem Schlafzimmer flüchten, aber Michael blockierte die Tür. »Geh zur Seite.«

Er tat, was sie von ihm verlangte.

Sie marschierte an ihm vorbei, schnappte sich ihre Schuhe und rammte ihre Füße hinein, wobei sie im Kreis herumhüpfte, so wütend, dass es ihr fast nicht gelang, die Schnürsenkel zuzubinden.

»Das wäre leichter, wenn du dich hinsetzen würdest.«

»Ich will mich aber nicht hinsetzen.« Sie funkelte ihn an. »Ich will einfach nur noch weg hier.«

»Ich erzähle dir die Wahrheit, und da wirst du wütend?«

»Ja, weil du mich angelogen hast!«

»Ich habe niemals behauptet, dass ich Handwerker bin. Darauf bist du ganz allein gekommen.«

»Aber korrigiert hast du meine Fehlannahme auch nicht gerade, oder?« Sie ging zur Tür.

»Nein, dafür war ich nämlich zu beschäftigt damit, dir dabei zuzusehen, wie du versuchst, dich damit abzufinden, dass ich nur Handwerker bin und kein Chefchirurg.«

»Ach, komm schon, Michael. So ist das doch überhaupt nicht gewesen.«

»Ich wette, du schaust *Hör mal, wer da hämmert*«, feuerte er zurück.

»Was hätte ich denn anderes machen sollen, verdammt noch mal? Du hast meine Fragen ja nicht beantwortet, sondern höchstens vor dich hin geknurrt! Ich kam mir vor wie Jane Goodall!«

Seine Augen zogen sich zu gefährlich schmalen Schlitzen zusammen.

»Oder Fay Wray in *King Kong*.«

»Setz dich.«

»Hör auf, mit mir zu reden wie mit einem Kind.«

»Dann hör du auf, dich wie eins zu benehmen.«

»Ach! Und Lügen ist ja so erwachsen? Herrgott noch mal, du hast mein Klo repariert! War es wirklich so schwer, zu sagen: ›Catherine, ich bin kein Handwerker‹?«

Sie fuhr auf dem Absatz herum und riss die Haustür auf. »Bleib bloß, wo du bist, Michael. Halt dich einfach nur fern von mir.« Es fiel ihr schwer, ihn überhaupt anzusehen, aber sie zwang sich dazu. »Es tut mir leid, dass ich jemals hergekommen bin. Und es tut mir leid, dass ich dich wiedergesehen habe. Und es tut mir wirklich, wirklich leid, dass ich diese verdammten Socken im Klo heruntergespült habe!«

Sie knallte die Tür zu und flüchtete in den Wald, weil sie nicht wollte, dass Michael sie weinen sah.

Zwei Stunden später hatte sie all ihre Sachen gepackt und war abreisebereit. Danach saß sie stundenlang auf dem Sofa herum, beobachtete den Sonnenaufgang und die Uhr, die auf einer Ablage vor sich hin tickte, und fertigte in Gedanken eine Liste all der dummen Dinge an, die sie jemals gesagt, geglaubt und getan hatte.

Als die Mädchen wach wurden, sagte sie ihnen, sie sollten

zusammenpacken, und machte sich dabei nicht einmal die Mühe, mehr als eine lahme Ausrede vorzubringen.

Es war der längste Tag ihres Lebens. Sie kam sich so unfassbar dumm vor.

Als das Boot eintraf, stand sie bereits wartend mit den Mädchen am Dock. Minuten später hatten sie ihr Gepäck verladen und fuhren davon.

»Es ist wirklich schade, dass wir schon abreisen müssen, Mom.« Aly saß im Schneidersitz auf einem der schimmelfeuchten Sitze, während sich das Boot immer weiter von der Insel entfernte.

Catherine sah sie an. »Ich weiß, mein Schatz, ich weiß.« Aber die Wahrheit lautete, dass ihr die Abreise gar nicht schnell genug hatte gehen können. Davon würden die Mädchen allerdings niemals etwas erfahren.

»Glaubst du, dass Mike mal anrufen wird, weil er doch so plötzlich wegmusste?«

Nicht wenn ihm sein Leben lieb ist.

»Wir hatten nicht mal Zeit, uns bei ihm zu bedanken.«

»Mom! Schnell, schau mal!«, sagte Dana und bewahrte Catherine damit davor, mit einer neuerlichen Lüge auf Alys Frage antworten zu müssen.

Catherine drehte sich zu Dana um, die achtern saß und auf den westlichen Himmel zeigte, wo die Sonne hinter einer dicken Wand aus aufziehenden Regenwolken versank. Der Himmel hatte sich leuchtend bunt verfärbt – lila und rot und so orange wie Myrtles neue Haarfarbe.

Dana wandte sich ihr zu. Ihre Augen leuchteten mit dem Sonnenuntergang um die Wette.

»Hast du so was Schönes schon mal gesehen?«

Irgendwo in Catherines Innerem bildete sich ein Lächeln und drang bis auf ihre Lippen vor. Sie schlang einen Arm um

Dana. »Nein, mein Schatz, ich glaube nicht.« Und dann stand sie einfach da, flankiert von ihren Töchtern, und schaute zu, wie die Insel immer kleiner wurde und schließlich verblasste wie die Träume aus vergangenen Tagen.

Michael beobachtete, wie das Boot in Richtung Festland verschwand. Irgendwann drehte er sich um, ging zurück zur Hütte und knallte unter heftigem Gefluche die Tür hinter sich zu.

Unruhig lief er im Wohnzimmer auf und ab, verwarf einen Gedanken nach dem nächsten. Dann blieb er stehen und musterte die Elchgeweihe an der Wand. Catherines Jacke hing noch immer daran. »Ich werde nicht noch mal dreißig Jahre warten«, sagte er, als würde ihm die Jacke zuhören.

Mit drei langen Schritten hatte er den Raum durchquert und nahm sein Handy vom Bücherregal. Er rief in seinem Büro an und trommelte dabei ungeduldig mit den Fingern auf dem Regal herum.

Sein Assistent meldete sich.

»Jim? Hier ist Mike. Ich komme zurück. Nein, es gibt da etwas, worum ich mich kümmern muss. Genau. Wann ist doch gleich diese Präsentation von Carlyle Relocations?« Er lauschte kurz, dann sagte er: »Gut, verleg sie eine Woche vor. Genau. Ruf sie sofort an. Morgen früh bin ich wieder im Büro.«

Er klappte das Handy zu.

In vier Tagen würde Catherine ihn wiedersehen. Nur dass sie von ihrem Glück noch nichts wusste.

18. Kapitel

Der Letni-Komplex im Silicon Valley war groß, stromlinienförmig und auf moderne Weise unterkühlt, genau die Art von Gebäude, mit der man in Kalifornien Eindruck schinden konnte. Er bot einen weiten Ausblick auf andere Glastürme und Bürokomplexe, in denen Sun Microsystems, IBM, Xerox und die übrigen Technologiekonzerne saßen, die die kleine Grünfläche im Norden eines stetig wachsenden Businessparks umgaben.

Auf der Plaza im Erdgeschoss gab es ein schickes kleines Bio-Deli, in dem Sandwiches und Mehrkorn-Pitabrot mit Sprossen und Avocado angeboten wurden, dazu Tagessuppen in Tontöpfen, in denen Tofuwürfel statt Fleischbrocken schwammen.

Durchgestylte Kaffeewagen und Frozen-Yoghurt-Stände flankierten mehrere Fahrstuhlschächte mit Glastüren und Sensoren, die dafür sorgten, dass die Fahrstühle automatisch kamen, sobald jemand in der Lobby wartete, ohne dass man den Knopf zu drücken brauchte.

Im dritten Stock gab es ein vollverspiegeltes Fitnessstudio mit den neuesten Trainingsgeräten und muskulösen, blonden Trainern, die dank der Sonnenbank, die in einer Ecke stand, von Kopf bis Fuß braungebrannt waren. Man konnte sich massieren lassen, und es wurden Maniküren angeboten. Im Spa im zweiten Stock gab es sogar einen Barbier und Friseur, direkt neben dem Reisebüro, das Trips nach Mexiko und auf die Virgin Islands anbot.

Und tief in der Erde, viele Meter unter der kalksteinge-fliesten Lobby, befanden sich Gleitlager, die bei Erdbeben dafür sorgten, dass das Gebäude nicht einstürzte. Im Letni-Komplex wurde alles geboten, damit die Menschen, die darin arbeiteten, von innen wie von außen makellos aus-sahen, falls es eines Tages zum großen Beben kommen sollte und sie unter einem Haufen Stahl und Glas begraben wur-den.

Catherine warf ihren leeren Latte-macchiato-Becher in einen auf Hochglanz polierten Mülleimer aus Chrom. Es war vier Jahre her, dass sie dieses Gebäude zuletzt betreten hatte – vier Jahre, seit sie das letzte Mal versucht hatte, Letni als Kunden zu gewinnen. Sie hatte ganz vergessen, wie ein-schüchternd die Atmosphäre war, wie reduziert, hart und stählern. Als handele es sich nicht um ein Bürogebäude voller Menschen, sondern um ein Lager für Massenvernichtungs-waffen.

Die Fahrstuhltür glitt auf, und ein Menschenstrom ergoss sich in die Lobby. Catherine betrat die Kabine und sah zu, wie sich die Türen wieder hinter ihr schlossen. In der Nacht zuvor hatte sie nicht sonderlich gut geschlafen, und seit ihrer Rückkehr von der Insel hatte sie täglich vierzehn Stunden gearbeitet.

Als sie auf die leuchtenden Zahlen über ihrem Kopf sah, bildete sich ein dünner Schweißfilm auf ihrer Stirn.

Etage drei … vier … fünf …

Sie holte tief Luft, um sich zu beruhigen, dann sah sie wie-der auf.

Etage fünfzehn, sechzehn … zwanzig.

So schnell, dachte sie. So schnell konnte einem die Zeit durch die Finger gleiten. Ein einziger Atemzug, und man hatte zehn ganze Stockwerke hinter sich gebracht. Genauso wie man eines Morgens aufwachte und feststellen musste, dass man sein halbes Leben verschwendet hatte.

Auf einmal verschmolzen die Etagenzahlen zum Bild des Mannes, den sie eine gefühlte Ewigkeit lang geliebt hatte.

Sie fühlte sich elend. So fürchterlich elend.

Seit sie die Insel verlassen hatte und ihr Zorn tiefem Schmerz gewichen war, hatte sie angefangen, sich während ihrer langen wachen Nächte selbst zu hinterfragen. Und dabei hatte sie festgestellt, dass sie sich etwas vormachte, denn es stimmte nicht, dass sie nicht geliebt werden und selbst auch nicht lieben wollte.

Sie hatte sich grundlegend geirrt.

Über acht Jahre lang hatte die Liebe in ihren Träumen eine größere Rolle gespielt als in ihrem wahren Leben. Die schlichte Wahrheit lautete: Sie hatte panische Angst davor, wieder auf einen Mann zu vertrauen. Wegen Tom und vielleicht auch ein wenig wegen Michael.

Sie war wie ein kleines Kind, das Angst vor dem Monster unter seinem Bett hatte. So viele Jahre hatte sie damit verschwendet, Angst vor etwas zu haben, das womöglich nicht einmal existierte.

Die Fahrstuhltüren glitten auf. Catherine hielt sich an ihrer Aktentasche fest und warf einen prüfenden Blick auf die Etagennummer. Dreiunddreißig. Sie trat hinaus.

Komm schon, jetzt sei nicht albern. Das ist die wichtigste Präsentation deiner gesamten Karriere. Also los, konzentrier dich!

Einen Moment lang stand sie da, fühlte sich ängstlich, nervös und durch und durch menschlich. Schließlich atmete sie tief durch, sagte sich, dass sie das schaffen würde, und trat an den Empfangstisch.

Jim Edmonds hielt ihr die Tür zum Konferenzraum auf.

Catherine kleisterte sich ein strahlendes Lächeln ins Gesicht und ging hinein. Dann glitt ihr Blick zu dem Mann am Kopfende des langen Tisches.

Ihr Lächeln erstarb.

Michael sagte kein Wort zu ihr. Er saß einfach nur da und musterte sie. Er trug einen umwerfenden silbergrauen Anzug, in dem er verboten gut aussah. Trotzdem hätte Catherine ihn am liebsten umgebracht.

Auch sie sagte nichts, und je länger sie dort stand, desto mehr kam sie sich vor wie ein Schmetterling, den gleich jemand mit Stecknadeln in einem Schaukasten festpinnen würde.

Jim wies auf einen Platz am Konferenztisch. Sie stellte ihre Aktentasche ab, öffnete sie und holte die Präsentationsmappen heraus. Sie fragte sich, was wohl passieren würde, wenn sie die Dinger einfach benutzte, um Michael damit eins überzubraten.

Jim sagte: »Das ist Catherine Winslow, zweite Geschäftsführerin von Carlyle Relocations.«

Michael erhob sich. »Catherine.« Er hielt ihr die Hand hin.

Am liebsten hätte sie sie ihm abgehackt.

»Michael Packard«, stellte er sich vor, als wären sie einander noch nie zuvor begegnet.

»Michael ist unser CEO und Vorstandsvorsitzender«, erklärte Jim.

Und außerdem ein toter Mann, fügte Catherine in Gedanken hinzu.

Sie sah ihn direkt an, hoffte, dass er ihre Gedanken lesen konnte.

Der Griff, mit dem er ihre Hand umfasste, war stählern.

»Wie ich gehört habe, haben Sie sich bereits vor vier Jahren einmal um unser Unternehmen bemüht, als mein Posten noch von Rainy bekleidet wurde.«

Sie warf ihm einen Blick zu, der eigentlich ein großes Loch in seine Körpermitte hätte brennen müssen. »Das ist richtig.« Ihre Stimme klang schroffer, als sie beabsichtigt hatte. »Wir sind damals gegen Westlake ins Rennen gegangen.«

Er ließ ihre Hand nicht los, sondern zog sie näher, bis Catherine direkt neben ihm stand. Dann stellte er sie den beiden stellvertretenden Vorstandsvorsitzenden, dem zweiten Geschäftsführer und dem Management der betriebseigenen Umsiedlungsabteilung vor.

Catherine lächelte, reichte allen die Hand und spürte dabei die ganze Zeit Michaels Hand auf ihrem Rücken liegen. Spürte, dass das Lächeln, das sie ihren potentiellen neuen Kunden schenkte, bemüht wirkte.

Sie entfernte sich von Michael, sobald sich die Gelegenheit bot, und übergab Jim die Präsentationsmappen, sodass er sie verteilen konnte.

Michael ließ sie nicht eine Sekunde aus den Augen. Er saß da, spielte mit einem goldenen Brieföffner herum, klopfte damit auf den Tisch und tat auch ansonsten alles in seiner Macht Stehende, damit sie ja nicht vergaß, dass er anwesend war.

Sollte er doch den ganzen Tag lang mit dem Ding auf dem Tisch herumhämmern. Sie würde sich trotzdem weigern, ihn auch nur eines Blickes zu würdigen. Im Stehen wartete sie, bis Jim fertig war.

Als er alle Mappen verteilt hatte, öffnete sie ihre eigene und bedachte die drei Manager mit einem Lächeln.

Ignorier ihn, und zeig ein bisschen Würde. Lass ihn nicht merken, dass du überhaupt Gefühle hast.

Sie holte Luft und schwieg eine Sekunde, um ihre Zuhörer ein wenig auf die Folter zu spannen, dann setzte sie an: »Ladies, Gentlemen ...«

Sie war gut. Wirklich, wirklich gut. Ihr Konzept und das Angebot waren das verständlichste und gründlichste, das er bisher zu Gesicht bekommen hatte, und zwar mit Abstand. Er spürte genau, wie viel Eindruck sie auf seine Kollegen machte. Catherines Vortrag fesselte sie.

Er hörte auf, sie zu beobachten, und richtete den Blick auf die Tischplatte, während er weiter mit dem Brieföffner herumspielte und ihr zuhörte. Er wollte, dass sie ihre Präsentation ordentlich hinter sich bringen konnte.

Die nächste halbe Stunde lang stellte sie einen Plan für die kommenden Jahre vor, in denen Personal und Büros von Letni an neue Standorte in fünf verschiedenen Bundesstaaten im Westen des Landes umziehen sollten.

Als sie fertig war, sah sie prüfend in die Gesichter rund um den Tisch. »Haben Sie noch irgendwelche Fragen?«

Sie hob das Kinn und straffte die Schultern. Dann suchte sie direkt seinen Blick.

Er wollte aufstehen und applaudieren, stattdessen hörte er zu, wie Catherine jede Frage, die aufkam, schnell und souverän beantwortete.

Als sich schließlich Stille über den Raum senkte, stand er auf. »Nun, wie es aussieht, gibt es keine weiteren Fragen. Ich denke, wir alle sind ausgesprochen positiv überrascht.«

Zustimmendes Gemurmel und hier und da ein Nicken.

Catherine wollte sich in Bewegung setzen, aber er trat zu ihr und hielt sie am Arm fest.

»Wenn Sie uns bitte entschuldigen würden, den Rest der

Verhandlungen würde ich mit Ms. Winslow gerne unter vier Augen führen.« Damit schob er Catherine in Richtung seines Büros, das an den Konferenzraum angrenzte. Es fehlte nicht viel, und er hätte sie durch die Tür geschubst.

19. Kapitel

Catherine war stinkwütend. »Ich werde dir das Leben so was von zur Hölle machen, Michael Packard!«

»Ach, das hast du doch schon längst.«

Sie versuchte, sich aus seinem Griff zu winden, aber er packte sie mit seiner freien Hand an der Hüfte und schob sie zu dem Sofa gegenüber von seinem riesigen Schreibtisch.

»Setz dich.«

»Das hättest du wohl gern.« Sie machte sich steif und verschränkte die Arme.

Michael hob sie einfach hoch und setzte sie auf dem Sofa ab, dann stützte er seine Hände rechts und links von ihr auf und beugte sich zu ihr herunter. »Wir müssen reden.«

»Du wusstest, dass ich für Carlyle arbeite, oder?«

»Ich weiß es, weil du es mir neulich Abend erzählt hast.«

»Bildest du dir allen Ernstes ein, dass ich dir das abkaufe?«

»Ich sage die Wahrheit.«

»Seit wann denn das?«

»Seit ich mich wieder in dich verliebt habe.«

Sie tat so, als hätte er nichts gesagt, weil sie nicht zusammenbrechen wollte, nicht solange sie so verletzlich und gleichzeitig auch verletzt war und so wütend.

»Hast du mir denn gar nichts mehr zu sagen?« Er sah sie abwartend an.

»Doch, das habe ich allerdings.« Sie sah ihn geradeheraus an. »Habe ich den Deal?«

Sein Blick verriet, dass er mit allem Möglichen gerechnet hatte, aber nicht damit.

»Antworte mir, Michael. Wird Carlyle die Umsiedlung von Letni übernehmen?«

»Ja«, erwiderte er brüsk.

Sie musterte ihn scharf. »Und hat Carlyle den Deal nur wegen mir bekommen?«

»Ja. Das Angebot und die Präsentation von eben haben uns voll und ganz überzeugt. Du leistest gute Arbeit, Catherine.« Er beugte sich ein wenig weiter vor. »Aber das ist es nicht, worüber ich mit dir reden wollte.«

»Es ist aber das Einzige, worüber *ich* mit *dir* reden will.«

»Verdammt noch mal, ist es wirklich so schwer, mir nur fünf Minuten deiner kostbaren Zeit zu schenken?«

»Gib es mir schriftlich, Michael.«

Er warf ihr einen verständnislosen Blick zu.

»Ich will jetzt sofort eine schriftliche Bestätigung, dass ihr Carlyle den Auftrag gebt.«

»In Ordnung.«

Er packte sie an der Hand und zerrte sie hinter sich her zum Schreibtisch, dann ließ er sie los und setzte handschriftlich eine Zusage auf.

»Hier, du musst nur noch unterschreiben.«

»Du zuerst.«

Er unterzeichnete und reichte ihr den Stift.

Auch Catherine unterschrieb und riss danach das Dokument vom Tisch.

»Und? Wirst du mir jetzt endlich zuhören?«

Sie musterte ihn wortlos, dann winkte sie ab, als wäre es ihr vollkommen egal, was er zu sagen hatte. »Na gut, schieß los.«

»Würdest du mir bitte mal erklären, warum es etwas anderes sein soll, dich in dem Glauben zu lassen, dass ich ein Handwerker bin, als ein Paar Socken im Klo runterzuspülen?«

»Da gibt es keinen Unterschied«, schoss sie zurück. »Und als mir erst mal klar geworden war, dass wir uns beide falsch verhalten haben, war ich kurz davor, mich bei dir zu melden und zu versuchen, alles wieder ins Lot zu bringen. Aber vorher musste ich diese Präsentation hier vorbereiten.« Sie kniff die Lippen zusammen. »Du hast den Termin vorverlegt.«

Er fluchte in sich hinein.

»Warum hast du mir nicht erzählt, dass du für Letni arbeitest?«

»Weil du aus meinem Haus gerannt bist, ehe ich die Möglichkeit dazu hatte.«

»Das reicht mir nicht als Erklärung. Du hättest mir hinterherlaufen können. Du hättest es mir sagen können, Michael. Aber du *wolltest* es mir nicht erzählen, richtig?«

Er schwieg.

»Na, hat es dir ausnahmsweise mal die Sprache verschlagen? Fällt dir gerade keine passende Lüge ein?«

Er biss die Zähne zusammen und erwiderte ihren Blick.

Catherine hatte die Vereinbarung in der Hand und einen Riss im Herzen, so groß, dass er ein Echo erzeugte. Sie sah erst Michael an, dann das Papier.

»Ich habe dich nie angelogen.«

»Fahr zur Hölle.« Heftig schob sie einen Schreibtischstuhl zwischen sich und Michael und rannte zur Tür hinaus.

»Catherine!« Er schubste den Stuhl weg und folgte ihr.

Sie schmetterte die Tür hinter sich zu, verkeilte von außen einen weiteren Stuhl unter der Klinke und flüchtete atemlos zum Fahrstuhl.

Michael versuchte die Tür aufzubekommen, aber sie gab nicht mal einen Zentimeter nach. Fluchend lief er hinüber zu der Tür, die in den Konferenzraum führte, rannte an seinen Angestellten vorbei, die ihm verblüfft hinterhersahen, und begab sich auf direktem Weg zu den Aufzügen.

Dort stand Catherine und hämmerte wie wahnsinnig auf den Knopf ein. Einen Augenblick später glitten die Türen auseinander, und sie verschwand in die Kabine.

»Catherine, warte!« Er rannte auf sie zu.

Die Türen schlossen sich direkt vor seiner Nase.

Einer Ahnung folgend hastete Michael weiter ins Treppenhaus und hoffte, dass das Glück auf seiner Seite war. Die nächsten vier Stockwerke flog er förmlich nach unten, dann schwang er sich ums Treppengeländer und knallte die Tür zum achtundzwanzigsten Stock auf.

Dort rannte er zum Fahrstuhlschacht. Sein Blick schoss hoch zu den Etagennummern über den Türen.

Catherine war im dreißigsten Stockwerk aufgehalten worden.

Er drückte auf den Knopf und wartete, sein Atem ging schnell, seine Brust hob und senkte sich heftig.

Endlich glitten die Türen auseinander. Er drängte sich an ein paar Leuten, die ausstiegen, vorbei ins Innere.

Catherine stand in einer Ecke und bombardierte ihn mit tödlichen Blicken.

Michael ging mit flehentlich ausgestreckten Händen auf sie zu. »Tu mir das nicht an.«

Sie duckte sich unter seinem Arm hindurch und huschte gerade eben noch durch die sich schließenden Türen aus der Kabine.

»Catherine … bitte.« Er wollte den Arm zwischen die Türen schieben, um den Sensor zu betätigen, doch er war nicht schnell genug. Die Türen glitten zu. Frustriert hämmerte er auf den Knopf ein, mit dem sie sich wieder öffnen ließen, aber der Fahrstuhl hatte sich bereits in Bewegung gesetzt.

»Scheiße!« Er drückte auf die Siebenundzwanzig, dann sank er für eine Sekunde gegen die Wand.

Im nächsten Stockwerk glitten die Türen erneut auseinander. Er sprang hinaus und sah auf die Nummern über den übrigen Türen. Alle Kabinen befanden sich in niedrigeren Stockwerken, bis auf die, aus der er gerade gestiegen war, und eine weitere, die im einunddreißigsten Stock gehalten hatte, was bedeutete, dass Catherine noch immer auf der achtundzwanzigsten Etage warten musste.

Michael sprintete zur Treppe zurück und ein Stockwerk hoch, lockerte dabei seine Krawatte und riss sich das Jackett vom Leib. Er platzte durch die Tür und rannte auf Catherine zu, als sie gerade in den nächsten Aufzug steigen wollte.

»Verdammt noch mal, Catherine!«, brüllte er. »Ich habe dir nicht gesagt, wer ich bin, weil ich Angst hatte, dich zu verlieren!« Er schlidderte über den Boden.

Die Türen glitten langsam zusammen.

Michael streckte die Hände nach Catherine aus. »Lass mich nicht noch mal dreißig Jahre warten!«

Die Türen schlossen sich.

Lass mich nicht noch mal dreißig Jahre warten. Wieder und wieder wurden diese Worte in Catherines Kopf abgespult.

Sie könnten jetzt einfach getrennter Wege gehen, nie mehr miteinander sprechen, sich nie wieder lieben. Und noch in vielen, vielen Jahren würden sie aneinander denken und sich fragen, was hätte sein können.

Catherine drückte auf den Knopf, der die Türen öffnete.

Der blöde Aufzug stockte jedoch nur kurz und setzte sich ungerührt in Bewegung Richtung Erdgeschoss.

Oh Gott, sie hatte einen Augenblick zu lange gezögert!

Panisch musterte sie die endlose Reihe von Knöpfen, dann hieb sie mit der Faust auf denjenigen ein, auf dem »Notruf« stand.

Eine Sirene, die wie ein Feueralarm klang, ertönte.

Der Fahrstuhl blieb ruckartig stehen.

Catherine biss hektisch auf ihrer Unterlippe herum. Sie hasste Michael nicht. Sie liebte ihn! Und es war auch nicht sie, die verletzt war, sondern nur ihr Stolz.

Stolz war schon etwas Seltsames. Er konnte die wertlosesten Dinge so wirken lassen, als wären sie das Wichtigste auf der Welt. Er konnte einen davon abhalten, einfach die Hand auszustrecken und die wirklich wichtigen Dinge im Leben zu ergreifen. Sie hatte vielleicht nicht mehr ihr ganzes Leben vor sich, aber die Zeit, die ihr blieb, würde sie mit dem Mann verbringen, den sie liebte.

Das rote Telefon im Aufzug klingelte. Sie nahm ab. Es war der Sicherheitsdienst, der nachfragte, ob alles in Ordnung war.

»Ich müsste bitte in den achtundzwanzigsten Stock hochfahren.«

Der Mann am anderen Ende der Leitung begann herumzubrüllen, weil sie grundlos auf den Notfallknopf gedrückt hatte.

»Aber ich bin doch nur versehentlich draufgekommen«, log sie.

Einen Augenblick später verstummte der Alarm, und der Mann erklärte ihr, sie könne jetzt auf den richtigen Knopf drücken. Der Fahrstuhl setzte sich wieder in Bewegung und hielt im achtundzwanzigsten Stock.

Die Türen glitten auseinander, und da stand Michael und sah aus, als hätte er gerade seinen besten Freund verloren. Er rieb sich das Gesicht, murmelte ihren Namen. Als er die Hand sinken ließ, glänzten seine Augen feucht.

In diesem Moment liebte sie ihn mehr, als sie es jemals für möglich gehalten hätte. Sie lächelte ihn still an, weil sie Angst hatte, gleich in Tränen auszubrechen, und ging auf ihn zu. »Ich will auch nicht noch mal dreißig Jahre warten.«

Sein Gesicht war feuerrot und verschwitzt, seine Krawatte saß schief, und das Hemd hing ihm aus der Hose.

Er sah an sich herab und begutachtete seine Kleidung. »Ein Glück, dass ich regelmäßig trainiere, sonst wäre ich wahrscheinlich im dreißigsten Stockwerk verreckt.«

Sie trat näher, ergriff seine Hände und legte seine Arme um sich. »Ich liebe dich«, flüsterte sie gegen seine Lippen.

Er wusste den Wink richtig zu deuten und küsste sie ausgiebig und leidenschaftlich auf diese ganz besondere Art und Weise, die nur er beherrschte.

Jemand stieß einen Pfiff aus.

Jemand applaudierte.

Michael löste seine Lippen von ihren, nahm sie bei der Hand und zog sie hinter sich her ins Treppenhaus.

Dort drückte er sie mit dem Rücken gegen die Tür und küsste sie noch einmal, und diesmal war es ein langer, langer Kuss. Dann zog er sie an seine Brust und rieb mit dem Kinn über ihren Kopf.

»Wie geht es den Mädchen?«

»Sie sind wütend auf mich, weil ich ihnen verboten habe, dich anzurufen.«

»Ich wusste doch gleich, dass mir die beiden sympathisch sind.«

Sie konnte ihm anhören, dass er lächelte.

»Also, was würdest du davon halten, wenn wir heiraten?«

»Keine Ahnung. Ich kann mich nicht erinnern, dass du um meine Hand angehalten hättest.«

»Willst du denn?«

»Will ich was?«

»Du wirst mich so lange hinhalten, bis ich das volle Programm durchziehe, oder?«

Sie nickte. »Da kannst du allerdings sicher sein. Immerhin habe ich dreißig Jahre lang auf diesen Moment gewartet!«

»Catherine, willst du …«, setzte er an.

Sie hob eine Hand, um ihn zu unterbrechen. »Du stehst.«

Er sah sie an, als würde sie Witze machen, aber dann schüttelte er resigniert den Kopf und ließ sich auf ein Knie sinken. »Bist du einverstanden, dass wir auf die Rose zwischen meinen Zähnen verzichten?«

»Absolut, das würde nicht zu dir passen. Und außerdem gibt es ja auch so schon genug, woran du zu knabbern hast.«

Er lachte auf, aber sie verschränkte nur abwartend die Arme.

Also streckte er in einer dramatischen Geste à la Al Jolson die Arme aus. »Catherine Winslow. Willst du mich heiraten?«

Sie antwortete ihm nicht sofort, sondern zählte langsam bis zehn, dann fragte sie: »Warum?«

»Warum?«, wiederholte er überrascht. Er stand auf und baute sich fast drohend vor ihr auf. Doch seine Züge wurden weich. »Soll ich es mir auf den Unterarm tätowieren lassen?«

»Nein, Michael, es reicht mir, wenn du es einfach nur sagst.«

»Weil ich dich liebe, Zwerg.« Er hob ihr Kinn mit einem Knöchel, sodass sie den Kopf in den Nacken legen und ihn ansehen musste. »Und ich glaube, das habe ich immer schon getan.«

Sie lächelte.

Er strich ihr über die Arme. »Und weil du zwei wunderbare Töchter hast und ich auch in ihrem Leben gerne eine Rolle spielen würde.«

»Sie himmeln dich an.«

»Daran sieht man, wie klug sie sind.« Er zwinkerte ihr zu. »Ich will dich heiraten, weil du mich wahnsinnig machst, Catherine.«

Er zog sie an sich, umarmte sie so fest, dass sie sich kaum rühren konnte, küsste sie auf den Hals und ließ seine Lippen zu ihrem Ohr weitergleiten.

»Vor allem aber will ich dich heiraten, weil ich ein Herz für alte Dinge habe.«

Sobald sie aufgehört hatte zu lachen, sagte sie Ja.

Epilog

Spruce Island, 1998

»Wusstet ihr schon, dass einem die Augäpfel rausplatzen können, wenn man beim Niesen die Augen nicht zumacht?« Aly schnappte sich eine Cola aus der Kühltasche, dann lehnte sie sich seitlich an die Reling des Segelboots und streckte sich. Als niemand etwas sagte, drehte sie sich um und schaute die anderen an.

»Nein, das wusste ich nicht.« Michael warf Catherine, die zwischen seinen Beinen im Schiffsbug saß, einen kurzen Blick zu. Sie hatte den Kopf in den Nacken gelegt und sah amüsiert zu ihm hoch.

»Aber es stimmt!« Aly trank einen Schluck von ihrer Cola. »Menschen niesen mit bis zu hundertneunzig Stundenkilometern!«

Dana drehte sich um. »Schön, warum setzt du dich dann nicht hier hinter die Segel und niest ein bisschen? Wir haben nämlich kaum Wind.«

»Witzig.« Aly streckte ihr die Zunge heraus.

Michael hatte sich längst an die liebevollen Zankereien zwischen seinen neuen Töchtern gewöhnt. Es war fast ein Jahr her, dass Catherine und er geheiratet hatten. Beide Mädchen hatten ihnen ihren Segen gegeben, was ihm viel bedeutet hatte. Sie mochten ihn. Vertrauten ihm.

Der Umzug von San Francisco nach Seattle war nicht leicht für Aly und Dana gewesen, schließlich hatten sie alles

Vertraute hinter sich lassen müssen. Deshalb hatte er in jenem ersten Sommer einige ihrer Freundinnen eingeflogen, damit die Mädchen nicht so allein waren, und nach Schulbeginn hatten sich die beiden ziemlich schnell eingelebt.

Dana hatte es ins Segelteam geschafft und ihren eigenen *Laser*, auf dem sie durch die Gegend segelte, wann immer sie konnte. Sie war jetzt sechzehn und mit dem Kapitän der Segelmannschaft zusammen – einem hochgewachsenen Jungen, den Michael im Auge behielt, weil er sich daran erinnerte, wie er selbst mit siebzehn gewesen war.

Aly hatte von Catherine und ihm ein Pferd bekommen, eine kleine Araberstute, auf der sie fast täglich ritt. Der Stall lag nicht weit von ihrem neuen Haus entfernt.

Michael war froh gewesen, einen Grund zu haben, das Guggenheim zu verkaufen, und hatte sich stattdessen ein anderes Haus zugelegt, das ebenfalls direkt am Wasser stand, aber näher an der Schule der Mädchen war und besser zu seiner neuen Familie passte, zu der jetzt auch drei Katzen, ein Hund, ein Papagei und ein Aquarium mit tropischen Fischen zählten.

Den Porsche hatte er behalten, allerdings wurde er vor allem von Catherine gefahren. Sie arbeitete immer noch für Carlyle, nun jedoch in der Letni-Niederlassung in Seattle, um bei ihrem Hauptkunden vor Ort zu sein. Etwa einmal monatlich fuhr sie nach San Francisco zu Meetings mit Carlyle, und meistens begleitete Michael sie unter dem Vorwand, er habe dort selbst geschäftlich zu tun, was in der Regel gar nicht stimmte.

Als sie an der kleinen Bucht vorbeisegelten, setzte sich Aly auf und zeigte in Richtung Ufer. »Hey, schaut mal, was sie mit dem alten Haus gemacht haben.«

Michael und Catherine fuhren gleichzeitig herum. Er hatte gehört, dass kurz nach ihrer Hochzeit jemand den alten Kasten gekauft hatte.

Catherine beugte sich vor und schirmte ihre Augen mit der Hand vor der hellen Junisonne ab. »Was steht denn da auf dem Schild?«

»Rainshadow Lodge.« Dana halste und steuerte in die Bucht. »Wow, was für eine Veränderung. Das sieht ja vollkommen anders aus. Viel schöner.«

Sie hatte recht. Irgendjemand hatte eine Menge Geld und Arbeit in die Renovierung der alten viktorianischen Villa gesteckt. Das Dach war neu geschindelt und wies nicht das geringste Anzeichen von Algenbildung auf. An der Westseite des Hauses, das grau gestrichen worden war, prangte nun ein großes Panoramafenster.

Die größte Veränderung stellte die umlaufende Veranda dar, die schnurgerade und nicht das kleinste bisschen verwittert war und in demselben Weiß strahlte wie die geschnitzten Holzelemente am Haus. Der kurze Rasen war üppig grün und gerahmt von Pflanzen, die nun entlang der frischgepflasterten Wege und der neuen Treppe zum Steg wuchsen.

»Oh nein …« Catherine klang auf einmal ganz verzweifelt. »Michael, sieh doch nur, sie bauen ein neues Bootshaus!«

Sie hatte recht. Am Ende des Stegs stapelten sich Bauholz und Material zum Dachdecken, genau dort, wo sich früher das Bootshaus befunden hatte.

»Steuere bitte mal die Anlegestelle an, Dana.« Neben den neuen Planken hatte Michael einen Stapel alter Holzlatten entdeckt.

Catherine rückte beiseite, und er stand auf, um auf den Steg zu springen.

Fieberhaft durchwühlte er den Holzstapel, warf Planke um Planke auf einen Haufen hinter sich.

»Was macht Mike denn da, Mom?«

»Er sucht nach etwas, das wir hier vergessen haben. Bitte wartet kurz.«

Catherine stieg aus und kam zu ihm. Sie berührte ihn an der Schulter, als er sich gerade wieder nach vorne beugen wollte.

»Und? Hast du es gefunden?«

»Nein.« Er wühlte weiter. Und dann, fast am Boden des Stapels, fand er sie: die zersplitterte Planke, in die sie ihre Initialen geritzt hatten.

Er hatte gar nicht gemerkt, dass er die Luft angehalten hatte, aber nun atmete er erleichtert auf und hielt das morsche Brett hoch. »Hier ist es. Alles noch heil.«

»Ich bin so glücklich.« Catherine schob einen Arm unter seinem hindurch.

Michael war nicht minder erfreut. Arm in Arm schlenderten sie zum Boot zurück. Er half ihr beim Einsteigen, dann sprang er hinein und löste die Leinen.

»Wir wollen auch mal sehen«, sagten die Mädchen im Chor und rückten näher, um einen Blick auf seinen Fund zu werfen. Er reichte Catherine das Brett, die es hochhielt.

Die Mädchen musterten sie, als hätten sie es mit zwei Schwachsinnigen zu tun, und schüttelten augenrollend den Kopf. Zum Glück besaßen sie aber die Weisheit, sich in Schweigen zu hüllen.

Catherine drehte sich zu ihm um und fragte: »Wo sollen wir es aufhängen?«

»Mir fällt da genau der richtige Ort ein.«

»Und wo?«

Er beugte sich zu ihr und flüsterte: »Beim Rest meiner Sammlung alter Dinge.«

– ENDE –

Debbie Macomber

Beth

Roman

Aus dem Amerikanischen von
Sarah Heidelberger

Vorwort

Liebe Freunde,

es gibt keinen schöneren Ort auf der Welt als den Pazifischen Nordwesten der USA im Sommer. Als man Susan Wiggs, Jill Barnett und mich fragte, ob wir uns an dieser Anthologie beteiligen wollten, waren wir uns sofort einig, wo unsere Geschichten spielen sollten: vor unserer Haustür!

Wir drei hatten großen Spaß an der Planung dieser Anthologie. Wir trafen uns zum Mittagessen in einem Thai-Restaurant um die Ecke, zogen die Schuhe aus und krabbelten in unser Eckchen. Bei exotischen Köstlichkeiten und der einen oder anderen Flasche Wein tauschten wir Ideen aus. Wir waren drei Frauen mit einer Mission, und diese Mission bestand darin, alle Welt erfahren zu lassen, in was für einer wunderbaren Gegend wir leben.

Achten Sie besonders auf die Kajakszene in dieser Geschichte. Bestimmt haben Sie es schon erraten: Ich habe tatsächlich Unterricht genommen! Als ich erst einmal meine anfänglichen Ängste überwunden hatte (vor allem die, dass meine Hüften zu breit sind und ich nie wieder aus dem Kajak herauskomme und das Ding mit nach Hause nehmen müsste), war es eins der größten Abenteuer meines Lebens.

Ich hoffe, Susan, Jill und ich können Sie überzeugen, dem idyllischen Puget Sound einmal einen Besuch abzustatten – insbesondere im Sommer! Und ich hoffe außerdem, dass das

Lesen dieser Geschichten ebenso viel Spaß macht wie das Schreiben!

Mit den herzlichsten Grüßen,
Debbie Macomber
P.O. Box 1458
Port Orchard, WA 98366

1. Kapitel

Mary Jane: *Ich sag's dir, Beth, ein Monat auf den San Juan Islands wird himmlisch. Wir bleiben lange wach und reden die ganze Nacht wie früher auf der High-school, aalen uns am Strand in der Sonne und essen lauter superleckere Sachen.*
Beth: *Superleckere Sachen?*
Mary Jane: *Du kochst doch, oder?*

Juli 1998

»Hey, Mom, ist ja echt total cool hier.«

Wie Beth Graham da so vor dem dreigeschossigen Sommerhaus mit seinen kunstvoll geschnitzten weißen Holzelementen stand, konnte sie nicht anders, als ihrem Sohn recht zu geben. Sie stellte ihren Koffer ab, ohne den Blick auch nur eine Sekunde von der Rainshadow Lodge losreißen zu können. Um die Vorderseite wand sich eine einladende Veranda, und riesige Panoramafenster garantierten uneingeschränkte Aussicht auf den Puget Sound. Die Sonne glitzerte auf den Wellen, die sanft auf den Strand rollten. Mary Jane hatte recht, ein Monat Ferien auf Spruce Island war genau das, was sie brauchte.

»Hast du eine Ahnung, wie viel Miete so eine Hütte wohl kostet?«, fragte Paul ehrfürchtig.

Mehr, als sie sich jemals hätten leisten können, so viel war klar. Das Haus war wirklich umwerfend, und das bloße Wis-

sen, dass sie den Luxus dieser Paradiesinsel die nächsten ein-
unddreißig Tage lang genießen würden, verlieh ihr ein Gefühl, das fast schon an Unbeschwertheit grenzte. Und das
Beste war, dass sie das Haus mit ihrer Schulfreundin Mary
Jane Reynolds teilen würde. Möglich war das alles dank
Schumacher and Company, einer südkalifornischen Unter-
nehmensberatung. Eigentlich hatte nämlich Schumacher das
Haus gemietet, allerdings nicht für sie und ihren Sohn, sondern für Dave Reynolds und seine Familie. Mary Jane hatte
sie, Beth, eingeladen, dazuzukommen, während Dave seiner
Beratertätigkeit beim Flugzeughersteller Boeing nachging.
Und da sie nicht auf den Kopf gefallen war, hatte sie die
Chance, vor dem kochend heißen Juli in St. Louis zu flüchten, ach, *überhaupt* einmal zu flüchten, sofort beim Schopf
gepackt.

Die vergangenen zwei Jahre waren schwer gewesen, denn
sie hatte sich nicht nur an das Leben als Witwe, sondern auch
an das einer alleinerziehenden Mutter gewöhnen müssen. Ihr
war klar, dass es nun an der Zeit war, ihr Leben wieder in die
Hand zu nehmen. Zeit, ihren Beruf in der Gastronomie wieder aufzunehmen und in den Alltag zurückzukehren.

Mehr als an der Zeit, wie ihre Freundinnen fanden. Beth
jedoch verstand diese Einstellung nicht. Oder stand etwa irgendwo geschrieben, dass man den Tod eines geliebten Menschen innerhalb von sechs bis zwölf Monaten zu verarbeiten
hatte? Einige ihrer Freundinnen – Mary Jane zählte allerdings nicht zu ihnen – schienen jedenfalls der Meinung zu
sein, dass die ihr zugeteilte Ration an Trauerzeit vorbei war.
Ganz so einfach war das Leben ihrer Erfahrung nach jedoch
nicht. Bereit oder nicht, sie hatte beschlossen, im September
ihre Arbeit wieder aufzunehmen. Sie hatte eine gute Stelle in
einem Fünf-Sterne-Hotel angenommen und sich bereit er-

klärt, gleich nach dem Labor Day am ersten Montag des Monats anzufangen.

Was bedeutete, dass sie den gesamten Juli und den August mit ihrem fünfzehnjährigen Sohn verbringen konnte. Und einen ganzen Monat mit Mary Jane. Dieser Sommer markierte für sie den Übergang zwischen den Überbleibseln ihres alten Lebens und dem Beginn von etwas Neuem.

»Wann kommen denn die anderen?«, fragte Paul, dabei wusste er genauso gut Bescheid wie sie.

In den letzten vierundzwanzig Stunden waren sie die Details bestimmt hundert Mal durchgegangen. Sie und Paul würden als Erste eintreffen und die Schlüssel bei der Ferienhausvermittlung abholen, von dort aus direkt ins Haus fahren und ihre Sachen auspacken. Mary Jane, Dave und ihre drei halbwüchsigen Söhne würden gegen sieben Uhr abends ankommen. Bis dahin würde sie bereits das Abendessen zubereitet haben. Die monatelange Planung und die unzähligen Telefonate würden sich bezahlt machen, und alle würden einen Riesenspaß haben.

»Sieben Uhr, oder?«, beantwortete Paul sich die Frage selbst.

Er nahm seinen Koffer und einen von ihren. Sie hätte ihre Sachen auch allein tragen können, doch ihr Sohn bestand darauf, ihr zu helfen. Sie nickte feierlich. Es war nicht das erste Mal, dass ihr auffiel, wie erwachsen er in den vergangenen Jahren geworden war. Ehe sie abgereist waren, hatte er sogar seinen Lernführerschein bekommen und würde ab September Fahrstunden nehmen. Das allein schien schon unglaublich.

Seit Jims Tod hatte Paul viele Haushaltsaufgaben übernommen, aber noch wichtiger war sein offensichtlicher Drang, sie zu beschützen. Vielleicht wollte er so ihre Gefühle schonen und das Loch schließen, das Jim in ihrem Leben hinterlassen hatte. Paul war der Grund dafür, dass sie sich entschieden hatte, wieder zu arbeiten und den Eindruck zu erwecken, sie habe den Tod ihres Mannes verschmerzt. Sie tat es eher ihrem Sohn als sich selbst zuliebe. Der Verlust seines Vaters hatte ihn schwer getroffen. Der Junge sprach kaum mehr über Jim, vermutlich weil ihm die Erinnerungen bis heute einfach zu wehtaten. Und nun hoffte sie, wenn sie Zeichen der Heilung zeigte und akzeptierte, dass das Leben weiterging, würde es ihr Sohn ebenfalls tun.

Mit einem dramatischen Tusch drehte Paul den Schlüssel im Schloss und stieß die Haustür auf. So beeindruckend das Sommerhaus von außen auch wirken mochte – der Zauber, der sie erwartete, als Beth über die Türschwelle trat, traf sie völlig unerwartet. Vom mit Hartholzboden ausgelegten Eingangsbereich kam man in ein Wohnzimmer voller kuschliger Sessel samt Sofa. An einer der Wände prangte ein gemauerter Kamin. Eine geschwungene Treppe führte in den ersten Stock. Paul trug die Koffer nach oben, begierig, die Schlafzimmer auszukundschaften, während sie schon auf dem Weg in die Küche war, dem Ort, an dem ihrer Meinung nach das Herz eines jeden Heims pochte.

Sie wurde nicht enttäuscht. Die große, helle Landhausküche verfügte über eine Kochinsel, riesige Arbeitsflächen und alle modernen Annehmlichkeiten inklusive einer Espressomaschine und eines zweiten Backofens – ein Luxus, den man wohl nur zu schätzen wusste, wenn man das Kochen so liebte wie sie.

In eine Ecke mit Fenstern, die auf die Bucht hinausgingen, schmiegte sich eine Frühstücksnische mit zwei Bänken, in der acht Mann problemlos Platz finden würden, registrierte Beth begeistert.

»Mom!«, rief Paul auf halber Höhe der Treppe. »Da oben gibt es sechs Schlafzimmer!«

»Sechs?« In der Broschüre, die Mary Jane ihr geschickt hatte, stand etwas von fünf. Darin wurde auch erklärt, dass das Haus im vergangenen Jahr renoviert worden war. Sie waren diesen Sommer erst die zweiten Mieter.

»Na ja, fünf und ein Fernsehzimmer. Eins von den Schlafzimmern ist oben im zweiten Stock – da gibt's sogar einen Jacuzzi.«

Auch von dem Jacuzzi hatte etwas in der Broschüre gestanden, und jetzt wollte Beth ihn unbedingt mit eigenen Augen sehen. Aufgeregt lief sie durch die Schwingtür in die Vorhalle und die Treppe hinauf. Atemlos folgte sie ihrem Sohn den langen Flur entlang und warf auf dem Weg kurze Blicke in die Zimmer: vier geräumige Schlafzimmer und ein weiterer größerer Raum am Ende des Korridors. Wie Paul gesagt hatte, handelte es sich dabei um ein Fernsehzimmer. Riesige, bunt zusammengewürfelte Sofas und Sessel standen willkürlich arrangiert vor einem Großbildfernseher. Beth folgte Paul eine enge Treppe hinauf in den dritten Stock, der zu einem Schlafzimmer mit eigenem Bad umgebaut worden war. Das war der Ort, an dem der Jacuzzi thronte.

»Und es gibt sogar eine Bibliothek«, schwärmte Paul.

»Hier oben?«

»Unten. Hinter dem Wohnzimmer. Mit einem riesigen Kamin und breiten Glastüren, die man aufschieben kann. Das wird dich echt umhauen!«

Beth fand, dass dieses Haus sie auch so umhaute.

Gespannt, was sie sonst noch so finden würden, rannten sie die Treppe wieder hinunter. Paul kam zuerst unten an, genau in dem Augenblick, in dem das Telefon klingelte.

»Ich geh schon«, rief er, ganz als wären sie zu Hause in St. Louis.

»Hi, Mary Jane«, sagte er und warf ihr einen Blick zu. »Solltest du nicht längst im Flugzeug sitzen?« Er sah auf seine Armbanduhr.

Beth tat dasselbe.

»Ja, sie steht neben mir.« Er reichte ihr den Hörer weiter.

»Wo bist du?«, fragte Beth, in der Hoffnung, es handelte sich um den Flughafen, auch wenn sie vermutete, dass dem nicht so war. Das Gelächter und die Aufregung, die noch vor ein paar Sekunden in der Luft gelegen hatten, verpufften schlagartig angesichts der düsteren Ahnung, dass etwas schiefgelaufen sein musste.

»Beth«, sagte Mary Jane hastig, »es tut mir so leid.«

»Aber was denn?«

»Ich versuche seit gestern Nachmittag, dich zu erreichen.«

»Wir waren über Nacht bei meiner Schwiegermutter«, erklärte Beth. »Sie wohnt direkt beim Flughafen.« Als ob das gerade irgendeine Rolle gespielt hätte. »Also, was ist los?«

»Es geht um Dave. Er ist gestern vom Dach gefallen. Er wollte das Oberlicht reparieren.«

Beth schnappte erschrocken nach Luft. »Aber geht es ihm gut?«

»Ja … und nein. Er hat zwei Frakturen im Bein. Heute Morgen war er drei Stunden im OP. Im Augenblick ist er noch zu benebelt, um zu verstehen, was passiert ist.«

»Oje.« Sie warf Paul einen Blick zu. »Es ist nichts Schlimmes«, flüsterte sie ihm zu und hielt dabei die Hand vor die Sprechmuschel.

»Es geht ihm besser als erwartet«, fuhr Mary Jane fort.

»Kommen sie denn?«, formte Paul lautlos mit den Lippen.

Beth zuckte die Achseln, da sie die Antwort nicht kannte,

aber die Frage beschäftigte sie genauso wie ihren Sohn. Wenn sie Glück hatten, würden Mary Jane und ihre Familie einfach ein paar Tage später eintreffen, und damit hatte sich die Sache.

»Dave muss ungefähr eine Woche lang im Krankenhaus bleiben und einen Streckverband tragen.«

Der Funke Hoffnung, der kurz aufgeflammt war, starb einen schnellen und unerwarteten Tod. Nach all den Monaten der Planung und Vorfreude würde Mary Jane nun also nicht kommen können.

»Das Unternehmen schickt einen anderen Berater.«

»Oh.« Fraglos würde dieser neue Berater nicht bereit sein, das Haus mit der besten Schulfreundin von Dave Reynolds' Frau und deren fünfzehnjährigem Sohn zu teilen.

»Er heißt John Livingstone. Dr. John Livingstone.«

»Wie viel Zeit haben wir?«, fragte Beth, in der Hoffnung, dass sie wenigstens über Nacht bleiben konnten. Sie hatten eine lange Reise hinter sich, zu lang, um gleich nach St. Louis zurückzukehren.

»Wie meinst du das?«

»Ehe dieser John und seine Familie eintreffen.«

»Es sind nur er und seine Tochter«, sagte Mary Jane. »Er ist geschieden.«

Nicht, dass sein Personenstand auch nur das Geringste mit der vorliegenden Problematik zu tun gehabt hätte.

»Vielleicht kannst du dich ja irgendwie mit ihm einigen«, schlug Mary Jane vor.

»Auf was denn?« Beth war tief enttäuscht. Zu tief, um die Mutlosigkeit und das Verlustgefühl zu überwinden, die sie überkamen, als ihr klar wurde, dass sie um ihren Urlaub, diese Zeit mit ihrer besten Freundin, betrogen worden war. Wie viele Stunden hatten sie damit verbracht, am Telefon all

die Dinge zu planen, die sie gemeinsam unternehmen wollten. All die Sehenswürdigkeiten, die sie besuchen wollten,
die Abenteuer, die sie mit ihren Kindern erleben und die
Nonstop-Gespräche, die sie führen würden … und nun
würde nichts davon jemals stattfinden.

»Wie ich John kenne, wird er bestimmt mit sich reden lassen.«

»Sicher.«

»Er hat nicht damit gerechnet, nach Seattle zu müssen. Er
hat seine zwölfjährige Tochter im Schlepptau, die von der
Sache alles andere als begeistert ist. Ansonsten weiß ich nicht
viel mehr über ihn, als dass er ein brillanter Kopf ist.«

Beth überschlug in Gedanken die Lage. Falls Dr. John
Livingstone erlaubte, dass sie die Nacht hier verbrachten,
würde sie morgen bestimmt einen Ersatz finden. Es gab hier
sicher irgendwo eine günstige Ferienwohnung, die sie ein,
zwei Wochen mieten konnte. Wenn sie aufs Geld achtete,
würden Paul und sie vielleicht ja doch auf der Insel bleiben
können. Es wäre einfach zu schade, wieder nach Hause fahren zu müssen, wo sie sich so lange auf diese Auszeit gefreut
hatten.

»Wie das Mädchen heißt, weiß ich nicht mehr, aber ich erinnere mich, dass John damals das Sorgerecht bekommen
hat. Du würdest der Kleinen bestimmt guttun, positiver
weiblicher Einfluss kann ja nie schaden. Ach ja, und John ist
ziemlich attraktiv.«

»Was hat das denn jetzt damit zu tun?«, fragte Beth gereizt.

»Nicht das Geringste«, erwiderte Mary Jane, Beth glaubte
jedoch hören zu können, wie die Zahnrädchen im Kopf ihrer
Freundin knirschend in Bewegung gerieten. »Außer vielleicht, dass …«

»Was?«

»Nun ja, ihr seid beide erwachsen und werdet sicher einen Kompromiss finden.«

»Wie zum Beispiel?« Beth wollte nicht begriffsstutzig wirken, aber sie wollte genau verstehen, woran Mary Jane dachte.

»Ihr könntet euch das Haus einfach teilen. *Du* warst doch unsere Jahrgangsbeste«, erinnerte Mary Jane sie. »Dir wird schon irgendetwas einfallen.«

Beth schob sich den fransigen Pony aus der Stirn. Sie hatte sich zwar genug Wissen für ein ganzes Leben angelesen, aber das qualifizierte sie wohl kaum für den Umgang mit einer Situation wie dieser. Das Haus mit Fremden zu teilen, und dann auch noch mit einem Mann … Nein, das lag außerhalb ihrer Möglichkeiten.

Sie bekam jedoch nicht mehr die Gelegenheit, Mary Jane mitzuteilen, dass ihr Einfall außer Frage stand, die Worte erstarben ihr auf den Lippen, als sie hörte, wie die Haustür geöffnet wurde.

»Wann soll dieser John Livingstone denn eintreffen?«, fragte sie und wirbelte herum, als wäre sie von einem Angreifer überrascht worden. Dann blieb sie stocksteif stehen und sah Paul an, der mit derselben Konzentration den Eingangsbereich beäugte wie sie.

»Jeden Moment«, antwortete Mary Jane.

»Ich glaube, da kommt er gerade«, sagte Beth. »Ich rufe dich später noch mal an.« Sie hängte den Hörer auf, legte eine Hand auf Pauls Schulter und wappnete sich für die Begegnung mit Dave Reynolds' Ersatzmann. Erlaub uns einfach nur hierzubleiben, betete sie im Stillen, bitte, nur diese eine Nacht.

Die Tochter betrat das Haus zuerst, und ein einziger Blick

auf sie genügte, um Beths Hoffnungen im Keim zu ersticken. Sie mochte zwar zwölf sein, sah aber viel älter aus. Ihre Haarspitzen waren grün gefärbt, alles andere an ihr war schwarz, auch die Lippen und die Fingernägel. Sie trug ein schwarzes T-Shirt, schwarze Jeans und einen schwarzen Rucksack.

»Wer sind Sie denn?«, fragte das Mädchen scharf und starrte sie finster an.

Der Mann, der hinter ihr hereinkam, wirkte müde und gereizt.

Beth rang sich ein Lächeln ab und machte mit ausgestreckter Hand einen Schritt auf ihn zu. »Dr. Livingstone, nehme ich mal an?«

2. Kapitel

Mary Jane: *Ich habe immer schon geglaubt, dass alles einen Grund hat. Gott schließt niemals eine Tür, ohne ein Fenster zu öffnen.*
Beth: *Leider ist durch dieses offene Fenster aber gerade eine Möwe geflogen und hat mitten auf den Teppich gekackt.*

»Wer *sind* Sie denn überhaupt?«, giftete Nikki und starrte die Frau und den Jungen so grimmig an, als würde sie ein FBI-Verhör führen.

»Nikki«, brummte John, »ich stelle hier die Fragen.« Das war einfach nicht sein Tag. Oder Monat. Oder Jahr, wenn man es genau nahm. Er sah die Frau an und fragte: »Also, wer *sind* Sie denn überhaupt?«

»Ich bin Beth Graham, und das ist mein Sohn Paul.«

Ihre Stimme zitterte vor Nervosität, aber sie hielt seinem Blick stand.

»Wir sind Freunde der Reynolds.«

»Ah.«

»Von wem?« Nikki runzelte die Stirn und sah zu ihm hoch.

»Soll ich vielleicht einen Kaffee machen? Dann können wir uns in Ruhe hinsetzen und darüber reden«, schlug Beth vor und strich sich den Pony aus der Stirn. »Wir sind selbst eben erst angekommen, und … oh weh, was für ein Chaos.«

»Sie wollten sich das Haus mit Dave Reynolds und seiner

Familie teilen?«, fragte John, dem die Situation gerade viel zu kompliziert wurde. Am Vorabend hatte er gegen acht einen Anruf vom Firmenchef erhalten, der ihn gebeten hatte, das Projekt zu übernehmen. Er war einverstanden gewesen, aber was blieb ihm für eine Wahl, wenn sich Schumacher höchstpersönlich meldete?

Dann war da Nikki, die sich so benahm, als würde er sie in ein Arbeitslager verschleppen, nur weil sie einen Monat ohne ihre Freunde verbringen musste.

Und jetzt auch noch das.

»Die bleiben aber nicht hier, oder, Dad?«

Wenn es nach seiner Tochter gegangen wäre, hätte sie die beiden umgehend und ohne mit der Wimper zu zucken mit einem Fußtritt vor die Tür befördert. Ihr Mangel an Geduld und Mitgefühl verärgerte ihn. Andererseits musste er wohl erst einmal vor seiner eigenen Haustür kehren, ehe er sich über Nikkis Schwächen beschwerte. Er war ein mieser Ehemann gewesen, und ein sonderlich guter Vater war er offenbar auch nicht.

»Sicher, warum setzen wir uns nicht und unterhalten uns darüber«, sagte er und fragte sich, wie unangenehm diese Sache werden würde. Daves Unfall war eine unschöne Angelegenheit, aber es war nicht sein Problem, dass der Mann von seinem Dach gefallen war. Und wenn er ehrlich war, verspürte er nicht die geringste Lust, den Gastgeber für zwei Wildfremde zu spielen, nur weil Dave beschlossen hatte, sich als Handwerker zu versuchen und ein Oberlicht zu reparieren.

Sie gingen alle in die Küche, wo sich Nikki in die Frühstücksecke fläzte, als wäre es unerträglich viel verlangt, sich auf zivilisierte Weise hinzusetzen. Paul rutschte ihr gegenüber auf die Bank, und die beiden beäugten einander äußerst misstrauisch.

Beth und ihr Sohn schienen zwar nur ein paar Minuten vor ihnen eingetroffen zu sein, trotzdem fand sie in Windeseile alles, was sie für den Kaffee benötigte, womit sie ihn ein wenig beeindruckte.

Mit dem Rücken zu ihm erklärte sie die Lage: »Mary Jane und ich sind alte Schulfreundinnen.«

»Ist Mary Jane die Frau von Dave?«, fragte er. »Ich glaube, ich habe sie letztes Jahr auf der Weihnachtsfeier kennengelernt.«

Beth nickte. »Als Mary Jane erfahren hat, dass Dave einen Monat in Seattle verbringen muss, hat sie nach einer Unterkunft gesucht und das Haus hier gefunden. Es war günstiger, die Rainshadow Lodge zu mieten, als einen Monat lang ein Hotelzimmer für Dave alleine zu buchen. Und da es fünf Schlafzimmer hat …«

»Und ein riesiges Fernsehzimmer«, warf Paul ein.

»… hat sie gefragt, ob Paul und ich nicht mitkommen wollen.«

»Wir haben das schon seit März geplant«, fügte Paul hinzu. Seine Stimme verriet seine Enttäuschung. »Es ist das erste Mal, dass wir wegfahren, seit mein Dad gestorben ist.«

John beobachtete, wie Beth ihrem Sohn einen liebevollen, jedoch strengen Blick zuwarf, der besagte, dass *sie* alles erklären würde.

»Aber Mom, er muss doch wissen, wie sehr wir uns darauf gefreut haben! Ich habe bestimmt fünf Bücher über Seattle und die San Juan Islands gelesen, und …«

»Paul, bitte.«

»Das Haus ist riesig«, sagte der Junge. »Sie würden überhaupt nicht merken, dass wir hier sind. Wir haben für so gut wie jeden Tag Ausflüge geplant, und diese Woche hat uns Mom für einen Kajakkurs angemeldet. Und dann sind da die

Heißquellen von Sol Duk. Und einen Ausflug nach Victoria wollten wir auch machen – ich war nämlich noch nie in Kanada. Und … und wir wollen ins Seattle Aquarium und zum Pike Place Market und mit der Fähre fahren und hoch zum Hurricane Ridge. Wussten Sie eigentlich, dass es in Washington State Berge gibt, auf die noch nie jemand geklettert ist?«

John beobachtete, wie sich Beths Wangen rosa verfärbten. Der Gefühlsausbruch ihres Sohns schien ihr peinlich zu sein. Sie musste etwa so alt sein wie er selbst und war attraktiv. Der Gedanke überraschte ihn. Es war lange her, dass er zuletzt in solchen Begriffen über eine Frau nachgedacht hatte. In den letzten drei Jahren hatte er sein Bestes getan, das andere Geschlecht komplett zu ignorieren. Seine Frau hatte ihn für einen Mann verlassen, den sie im Internet kennengelernt hatte. Sogar heute noch knirschte er unweigerlich mit den Zähnen, wenn er an Lorraine und ihren Online-Freund dachte. Die Tatsache, dass sie sich für einen Mann von ihm hatte scheiden lassen, dem sie vorher niemals persönlich begegnet war, hatte ihn tief in seinem Stolz verletzt. Aber offenbar waren die beiden das reinste Cybertraumpaar, denn sie schienen unglaublich glücklich zu sein. Nur einen Monat nachdem sie die ersten Nachrichten hin- und hergeschickt hatten, hatte Lorraine ihn und ihre Tochter verlassen – ihr neues Herzblatt mochte nämlich keine Kinder – und war nach Philadelphia gezogen. Und als die Scheidung durch war, hatte sie innerhalb einer Woche wieder geheiratet.

»Meine Mom ist eine echt tolle Köchin und könnte sich ums Essen kümmern.«

»Paul!«

Beth warf ihm einen entschuldigenden Blick zu. Die rosafarbenen Flecken hatten sich inzwischen auch auf ihrem gesamten Hals ausgebreitet.

»Tut mir leid. Paul ist enttäuscht, und … nun ja, es wäre wohl am besten, wenn wir uns eine andere Unterkunft suchen.«

John hatte den Verdacht, dass der Junge nicht der einzige Enttäuschte war. Beths Schultern sackten nach unten, und der Glanz verschwand aus ihren Augen. Was für eine verzwickte Lage!

»Wissen Sie denn überhaupt, wo Sie bleiben sollen?«, fragte er und hätte sich noch im gleichen Moment am liebsten auf die Zunge gebissen. Er kannte die Antwort doch längst. Man hatte ihm erzählt, dass sich die Bewohnerzahl auf der Insel in den Sommermonaten verdoppelte. Auf der Fahrt durch den Ort hatte er nicht ein einziges Schild entdecken können, auf dem freie Zimmer angeboten wurden.

»Ach, wir finden bestimmt etwas«, erwiderte sie tapfer und schenkte ihm ein beruhigendes Lächeln. »Wir rufen uns ein Taxi, und dann sind Sie uns los.«

Es wäre durchaus hilfreich, wenn sie sich nicht ganz so entgegenkommend verhielte. Gerade erst war er sauer auf Nikki gewesen, weil sie so wenig Verständnis zeigte, und nun benahm er selbst sich so unbarmherzig. Und das auch noch gegenüber einer Witwe mit ihrem Kind.

»Nicht so hastig«, sagte er und schob seufzend die Hände in die Hosentaschen. Wenn er sich anständig verhalten wollte, kam nur eine einzige Lösung infrage, obwohl sie ihm nicht passte. Nein, sie passte ihm wirklich kein bisschen, aber ihm fiel einfach keine Alternative ein.

Paul riss vor Dankbarkeit die Augen auf. »Heißt das, wir dürfen bleiben?«

»Ähm …« John zögerte. Eigentlich hatte er ihnen nur anbieten wollen, die kommende Nacht im Haus zu bleiben.

»Sie werden es nicht bereuen«, beharrte der Junge. »Wir

verdienen uns unseren Lebensunterhalt. Mom kann kochen, und ich putze und räume auf und mähe den Rasen und …«

»Paul«, unterbrach ihn seine Mutter. »Ich glaube, es ist besser, wenn Dr. Livingstone und ich das unter vier Augen besprechen.«

Der Junge nahm ihre Aufforderung gelassen auf und sagte zu Nikki: »Soll ich dir zeigen, was es oben alles gibt?«

»Klar«, antwortete Nikki und gab damit das erste Lebenszeichen von sich, seit sie sich auf die Bank gelümmelt hatte.

Die beiden verließen den Raum, und Beth wartete, bis sie außer Hörweite waren.

»Das alles tut mir wirklich entsetzlich leid«, murmelte sie, während sie ihm eine Tasse frisch aufgebrühten Kaffee reichte.

»Aber warum denn?« Er verstand beim besten Willen nicht, wieso sie glaubte, sich entschuldigen zu müssen.

»Aus Pauls Mund klingt das alles so, als wären wir …«

Er beobachtete, wie sie nach dem passenden Wort suchte.

»… verzweifelt«, beendete sie den Satz schließlich.

»Sie können also gut kochen?« Er trat an den Tisch und zog einen Stuhl hervor, während Beth auf der Bank Platz nahm.

»Ich habe in der Gastronomie gearbeitet, jedenfalls bis vor zwei Jahren. Nach dem Tod meines Mannes habe ich meinen Job aufgegeben, aber im September fange ich wieder an.«

John stärkte sich mit einem Schluck Kaffee, wobei er sich alles durch den Kopf gehen ließ. Dass sich Nikki und Paul zu verstehen schienen, wertete er als gutes Zeichen, obwohl es natürlich noch zu früh war, um irgendetwas mit Gewissheit sagen zu können. Und der Gedanke, seine Tochter jeden Tag hier allein zu lassen, während er arbeitete, hatte ihm von Anfang an nicht behagt. Auch mit der neuen Fähre, die direkt nach Seattle übersetzte, brauchte er pro Strecke eine Stunde. Plus seine tatsächliche Arbeitszeit drüben in der Stadt.

»Hören Sie«, sagte Beth mit einem strahlenden Lächeln, »das war für uns alle ein Schock, aber sobald Paul und ich uns wieder sortiert haben, sind Sie uns los. Und es tut mir wirklich leid, dass wir Ihnen solche Unannehmlichkeiten bereiten.«

John blickte in den dunklen, kräftigen Kaffee, dann ergriff er das Wort: »Lassen Sie uns nichts überstürzen. Vielleicht fällt uns ja doch eine Lösung ein.«

Um neun Uhr, als Beth sich gerade nach oben in ihr Schlafzimmer zurückziehen wollte, schrillte das Telefon wie ein Feueralarm. An der Westküste war es zwei Stunden früher als in St. Louis, aber dadurch fühlte sie sich noch lange nicht zwei Stunden jünger oder erholter.

»Ist für Sie«, verkündete Nikki, drückte ihr den Hörer in die Hand und verschwand durch die Haustür. Die Küche mochte auf dem allerneusten Stand sein, doch soweit Beth das beurteilen konnte, gab es in diesem Haus nur ein einziges Telefon.

»Für mich?« Sie brauchte einen Moment, um zu begreifen, dass das Mädchen mit ihr sprach. Abgesehen von ihrer Frage ganz am Anfang hatte Nikki Livingstone kein Wort mit ihr gewechselt, fast als glaubte das Mädchen, sie würde einfach verschwinden, wenn man sie nur lange genug ignorierte. Beth hegte keinen Zweifel daran, dass Johns Tochter äußerst unzufrieden damit war, wie sich die Dinge entwickelten. Ob John das ebenfalls bemerkte, konnte sie aber nicht mit Sicherheit sagen.

»Hallo, Mary Jane«, sagte sie in den Hörer.

»Woher wusstest du, dass ich's bin?«

»Wer sollte es denn sonst sein?«

»Ich habe beschlossen, dir zu verzeihen, dass du mich nicht umgehend zurückgerufen hast, und werde dir alles erzählen, was ich über ihn und seine Tochter herausgefunden habe. Ich nehme an, ihr habt euch wegen des Hauses miteinander arrangieren können?«

»Ja, aber ...«

»Dann hör zu, ich habe nämlich wichtige Informationen. Wie gesagt ist er geschieden, und wie es aussieht, war die Scheidung alles andere als einvernehmlich.«

»Gibt es so etwas wie eine einvernehmliche Scheidung überhaupt?«, warf Beth ein. Sie hatte die emotionalen Qualen miterlebt, die einige ihrer Freundinnen durchlebten, als deren Ehen zerbrachen. Anfangs mochten solche Trennungen ja halbwegs freundschaftlich verlaufen, doch schon wenig später ließ sich das Verhalten der Beteiligten meist nur noch mit einem zugedrückten Auge als zivilisiert bezeichnen, und danach folgten ungezügelte Wut und Verbitterung. Scheidungen waren etwas Verheerendes.

»Seine Frau hat das Mädchen und ihn von heute auf morgen sitzenlassen«, fuhr Mary Jane fort. »Und die Tochter scheint ein ganz schönes Früchtchen zu sein. Zwölf Jahre alt und ausgesprochen eigenwillig.«

Das war ihr auch schon aufgefallen.

»Außerdem eilt John der Ruf voraus, ein ziemlicher Geizkragen zu sein.«

In Anbetracht der Tatsache, wie großzügig er sich Paul und ihr gegenüber verhielt, fiel es Beth schwer, das zu glauben. »Geizkragen hin oder her, zu uns ist er sehr freundlich. Und wir haben einen Kompromiss gefunden.«

»Ich hab dir doch gesagt, dass du das hinbekommst!«

Mary Jane klang richtiggehend überschwänglich. »Und jetzt will ich alle Einzelheiten brühwarm serviert bekommen!«

»Ich kann im Haus bleiben, wenn ich dafür koche und mich um Nikki kümmere.« Gesetzt den Fall, das Mädchen fing irgendwann an, mit ihr zu reden.

»Das ist ja perfekt!«

»Perfekt?«, wiederholte Beth. »Schön, dass du das so siehst.«

»Aber sicher doch! Zwei einsame, alleinerziehende Leute unter einem Dach – besser geht's ja wohl nicht! Du wirst dich schneller verlieben, als du ›John‹ sagen kannst!«

»Mary Jane!« Schon auf der Highschool war MJ die penetranteste – und erfolgloseste – Kupplerin aller Zeiten gewesen, und jetzt schien sie sich wieder an ihre alten Tricks zu erinnern.

»Merk dir meine Worte!«

Beth stöhnte auf und sah sich verstohlen um, weil sie sich vergewissern wollte, dass niemand heimlich lauschte.

»Solltest du nicht an Daves Bettkante sitzen und ihm die Hand halten?«

»Ich habe immer schon geglaubt, dass alles einen Grund hat«, sagte Mary Jane. »Leider musste sich Dave das Bein brechen, damit du endlich mal einen netten Typen kennenlernst. Aber na ja«, flötete sie gut gelaunt, »er hätte einfach nie auf dieses Dach steigen dürfen. Ich hab ihm mehrmals *gesagt*, er soll das einen Handwerker erledigen lassen.«

3. Kapitel

Beth: *Mary Jane, heute ist etwas absolut Unglaubliches passiert! Ich habe einen Adler gesehen!*
Mary Jane: *Und? Hat der auch auf deinen Teppich gekackt?*

Das muss der schlimmste Sommer meines Lebens sein, überlegte Nikki, als sie nach dem Abendessen – das sie kaum angerührt hatte – auf der Verandatreppe hockte. Hier saß sie nun fest mit Martha Stewart und ihrem Goldjungen, und alles nur, weil ihr Vater sie jeden Morgen allein lassen musste.

Die Eindringlinge haben nicht lange gebraucht, grübelte sie finster, um meinen Dad davon zu überzeugen, sie bleiben zu lassen.

Nikki konnte einfach nicht fassen, dass er echt zugestimmt hatte. Am meisten ärgerte sie, dass er sagte, es sei zu ihrem eigenen Besten. Na klar! Sie wollte keine Gesellschaft, und Sehenswürdigkeiten und Ausflüge hasste sie wie die Pest. Und was den Kajakunterricht betraf, hatte sie Neuigkeiten für die anderen, und die lauteten: Vergesst es! Sie fand alles, was mit Wasser zu tun hatte, total langweilig.

Nikki hatte keine Ahnung, was sich ihr Vater dabei dachte. Ein Babysitter war echt das Letzte, was sie wollte – oder brauchte! Und auf Beths Kochkünste konnten sie gut verzichten. Bis jetzt hatte ihr Dad doch auch klaglos alles gegessen, was sie ihm vorsetzte.

Die Fliegengittertür hinter ihr quietschte, aber Nikki

drehte sich nicht um, weil sie sowieso schon wusste, wer da zu ihr kam.

Ihr Dad setzte sich neben sie auf die Stufe. »Müde?«, fragte er.

»Nein.«

»Sonderlich glücklich siehst du ja nicht gerade aus.«

»Wow, deine detektivischen Fähigkeiten sind wirklich beeindruckend«, sagte sie mit einem übertriebenen Seufzer.

»Ich kann nichts dafür, dass sich Dave Reynolds ein Bein gebrochen hat.«

Aber darum ging es doch gar nicht! »Sie bringt dich dazu, sie hier wohnen zu lassen, ohne dass sie Miete zahlt, und ich soll mich darüber auch noch freuen?«, platzte Nikki heraus. Um den heißen Brei herumzureden brachte sowieso nichts. Wenn sie in den vergangenen drei Jahren, die sie mit ihrem Dad allein zusammengelebt hatte, eins gelernt hatte, dann das: Anspielungen verstand er nicht.

»Du findest, ich hätte sie rausschmeißen sollen?« Er klang ungläubig.

»Aber klar doch! Wir brauchen sie nicht.«

Eine Weile sagte ihr Dad gar nichts. »Du hast recht, wir brauchen sie nicht.«

»Und warum darf sie dann bleiben?«

Er ließ sich ganz schön Zeit mit seiner Antwort.

»Weil *sie uns* braucht.«

»Eeeecht jetzt, Dad?«

»Es gibt keine freien Zimmer auf der Insel.«

»Und woher willst du das wissen?«, zischte sie. Er hatte nicht herumtelefoniert und Beth auch nicht. Sie hatten es nicht mal versucht!

»Erinnerst du dich nicht mehr, was der Fahrkartenverkäufer gesagt hat, als ich Spruce Island erwähnte?«

Tat sie nicht.

»Er sagte, es sei eine der beliebtesten Inseln der San Juans. Spruce Island ist ein echtes Sommerparadies. Und dir sind doch sicher auch keine Schilder für freie Zimmer aufgefallen, als wir über die Insel gefahren sind, oder?«

Sie zuckte die Achseln. Wenn sie ehrlich war, hatte sie überhaupt nicht darauf geachtet.

»Aber ich brauche keinen Babysitter!« Sie war selbst überrascht von der Heftigkeit, mit der sie die Worte hervorstieß.

»Natürlich nicht.«

»Aber warum …«

»Ich habe Beth vorgeschlagen, sich um dich zu kümmern, damit sie das Gefühl hat, sich den Aufenthalt hier zu verdienen. Die Leute haben ihren Stolz, weißt du?«

»Und was ist mit *meinem* Stolz? Jetzt denken nämlich trotzdem alle, dass sie mein Babysitter ist.«

»Ist sie aber nicht.«

»Dann kann ich also tun und lassen, was ich will?«

Er zögerte. »Sicher, aber …«

Nikki stöhnte auf. »Immer gibt es ein Aber!«

»Du kannst tun und lassen, was du willst«, unterbrach er sie, »*aber* in einem gewissen Rahmen.«

»Das wird ja ein superspannender Monat«, erwiderte sie gereizt.

Nikki hörte es hinter sich rascheln und fuhr mit finsterem Blick herum. Auf der anderen Seite der Fliegengittertür stand Beth Graham und beobachtete sie.

»Warum schleichen Sie sich an uns an?«, rief sie und sprang auf. »Nur damit das von Anfang an klar ist: Mein Dad hat zwar gesagt, dass Sie hier wohnen können, aber das heißt nicht, dass ich das gut finde. Nur weil Sie …«

»Es tut mir leid, ich …«

»Es reicht, Nikki!«

Der Tonfall ihres Vaters ließ sie verstummen. Wenn er genervt war, erhob er die Stimme, aber wenn er wütend war, so *richtig* wütend, dann klang er ganz ruhig. So wie jetzt. Allerdings musste man ihn schon so gut kennen wie sie, um das zu kapieren.

»Es tut mir leid, ich wollte nicht stören«, sagte Beth sanft.

Nikki verschränkte die Arme und verdrehte die Augen. Klaro tat es dieser Beth leid, na sicher doch!

»Ich wollte Ihnen nur sagen, dass ich jetzt ins Bett gehe. Außerdem wollte ich mich für morgen früh mit dir verabreden, Nikki.«

Nikki konnte sich ein Prusten nicht verkneifen. Morgen früh? Beth und sie? In tausend Jahren nicht.

Obwohl sie todmüde war, bekam Beth in dieser ersten Nacht kaum ein Auge zu. Das lag weder am Bett noch an den Umständen. Na gut, die trugen zwar sicher ihren Teil dazu bei, aber das eigentliche Problem war die Stille. Die halbe Nacht lang lag sie wach und lauschte, versuchte, irgendetwas zu hören. So einen Mangel an Geräuschkulisse war sie einfach nicht gewohnt, er erschien ihr geradezu … gespenstisch.

Allerdings vermutete sie, dass sie die Ruhe mit der Zeit nicht mehr bedrohlich, sondern friedvoll finden würde.

Durch das offene Fenster trieb träge der Duft des Meeres in ihr Zimmer. In den frühen Morgenstunden hatte sie den Ruf einer einzelnen Möwe gehört und lächeln müssen, weil er sie an ihr Gespräch mit Mary Jane am Abend erinnert hatte. Sie fand den Gedanken, dass das Leben draußen vor ihrem Schlafzimmerfenster weiterging, beruhigend.

Als die Sonne aufging, tat sie das mit einer solchen Grellheit, dass Beth sofort erwachte. Sie öffnete ein Auge, spähte auf die Uhr und stellte überrascht fest, dass es erst Viertel vor sechs war. Doch die Sonne war gekommen, um zu bleiben. Eigentlich, das musste Beth durchaus zugeben, war das eine angenehme Art, geweckt zu werden. Sie setzte sich unter ihrem Federbett auf und streckte sich gähnend.

Erneut schrie eine einzelne Möwe, diesmal jedoch begleitet von einem ganzen Chor an wildem Gekreische. Beth sprang aus dem Bett und lief zum Fenster. Draußen flogen mehrere Möwen vorbei, gefolgt von einem Schwarm Krähen, die aufgeregt mit den Flügeln schlugen. Offenbar waren sie von etwas oder jemandem aufgescheucht worden.

Als Beth sich gerade abwenden wollte, entdeckte sie im Augenwinkel einen Adler. Elegant glitt er dahin und begann, in großen Kreisen über dem Strand zu schweben. Zum ersten Mal begriff sie, was die Worte »Ehrfurcht gebietend« wirklich bedeuteten. Noch nie zuvor hatte sie einen Adler in freier Wildbahn gesehen, seine Schönheit und Anmut waren atemberaubend, hypnotisierend.

Sie brauchte nicht lange, um zu bemerken, dass sich der Adler und die übrigen Vögel nicht ausstehen konnten.

Nachdem sie den Adler mehrere Minuten lang beobachtet hatte, flog er davon. Beth streifte ihren Morgenmantel über und nahm die Treppe nach unten. Um niemanden aufzuwecken, trat sie so leise auf wie möglich.

Ihr Plan lautete, eine Kanne Kaffee aufzubrühen und sich mit einer Tasse draußen auf die Schaukel auf der Veranda zu setzen. Den Luxus des frühen Morgens zu genießen. Obwohl sie in den vergangenen zwei Jahren nicht gearbeitet hatte, war ihr für solche Dinge kaum Zeit geblieben. In den ruhigen Momenten, in denen sie ihre Gedanken schweifen lassen konnte, hatte sich alles um ihre Erinnerungen an Jim gedreht. Inzwischen schaffte sie es, an ihn zu denken, ohne von der Trauer erdrückt zu werden. Immer öfter gelang es ihr, sich mit einem Lächeln an die guten Zeiten zu erinnern, dankbar zu sein für die Zeit, die sie miteinander hatten teilen dürfen. Ihm dafür zu danken, dass er ihr ihren wunderbaren Sohn geschenkt hatte. Sie hatte ihren Mann geliebt, und sein Tod hatte ihre Welt und ihr Selbstbild bis auf die Grundfesten erschüttert. Doch damals wie heute hatte sie gewusst, dass sie alles hatte, was sie brauchte, um glücklich zu sein.

Sie war schon halb in die Küche gestürmt, als sie bemerkte, dass John bereits aufgestanden und fertig zurechtgemacht war. Er saß im Anzug am Tisch und las die Tageszeitung von Seattle.

»Oh«, rutschte es ihr heraus.

Er senkte die Zeitung und runzelte die Stirn. »Morgen.«

»Guten Morgen.« Verunsichert raffte sie den Morgenmantel über ihrem Dekolleté zusammen. »Ich … mir war nicht klar, dass außer mir jemand wach ist.« So unruhig, wie ihr Schlaf gewesen war, wunderte sie sich, dass sie John nicht gehört hatte, als er aufstand.

»Kaffee ist schon fertig«, sagte er und wies auf die Kanne.

»Sie müssen so früh los zur Arbeit?« Sie bereute die Frage bereits, kaum dass sie sie gestellt hatte.

»Am späten Nachmittag bin ich zurück.«

»Möchten Sie vielleicht frühstücken?«, fragte sie für den Fall, dass er erwartete, sie würde ihm etwas zubereiten. Immerhin war das ihre Abmachung, und sie hatte vor, sich daran zu halten.

»Nein, danke.«

Sein Blick hob sich nicht eine Sekunde lang von der Zeitung. Ihre Anwesenheit schien ihn zu stören.

»Na, dann wünsche ich Ihnen einen schönen Tag«, sagte

sie und goss sich eine Tasse Kaffee ein. Als sie schon fast wieder aus der Küche hinaus war, hielt er sie auf.

»Ich lasse Ihnen eine Nummer da, unter der Sie mich im Notfall erreichen können«, sagte er.

»Danke.« Sie verharrte kurz, weil sie den Eindruck hatte, dass es da noch etwas gab, das er ihr sagen wollte.

»Was Nikki betrifft …«

»Ja?«, ermutigte sie ihn. Sie konnte alle Hilfe und alle Ratschläge brauchen, die er zu bieten hatte.

Er zögerte. »Sie ist etwas reizbar, was die ganze Situation angeht.«

Beth musste lächeln, obwohl sie sich fest vorgenommen hatte, neutral zu bleiben.

»Vielleicht ist es Ihnen ja selbst schon aufgefallen.«

»Ist es.«

»Leider hat meine Tochter die Scheidung nicht sehr gut weggesteckt.«

»Ich werde geduldig mit ihr sein«, versprach Beth. »Und ich werde ihr nichts aufzwingen, was sie nicht will.«

Sein Blick verriet Dankbarkeit.

»Sie ist nicht ganz einfach.«

»So sind Teenies manchmal nun mal«, erwiderte sie, weil sie kurz vergessen hatte, dass Nikki erst zwölf und damit strenggenommen noch gar kein Teenager war. Dann hatten sie sich nichts mehr zu sagen, und sie trug ihren Kaffee nach draußen.

Es war ein unbeschreiblich schöner Morgen. Beth saß auf der Verandaschaukel und blickte hinaus auf den Puget Sound. In der Ferne glitt eine grünweiße Washington-State-Fähre vorbei. Die Vorstellung, dass diese Insel so abgelegen wirkte und doch nur eine Stunde von einer so dichtbevölkerten Region wie Seattle entfernt lag, faszinierte sie. Spruce Island war ruhig und bezaubernd, nahezu unberührt von aller Hektik, was zweifellos daran lag, dass die Insel nur mit der Fähre zu erreichen war – oder natürlich mit dem Privatboot oder einem Wasserflugzeug. Seit Beth die Insel betreten hatte, wurde sie das Gefühl nicht los, zehn oder fünfzehn Jahre in der Zeit zurückversetzt worden zu sein.

Die Fliegengittertür ging auf. In der Erwartung, John zu sehen, drehte Beth sich um, doch es war Paul.

»Warum bist du denn schon so früh wach?«, fragte sie.

Er rieb sich die Augen und setzte sich auf die Verandatreppe. »Ich bin aufgewacht, und es war so hell.«

Er klang nicht allzu erfreut über seine Entdeckung.

Beth lehnte sich zurück und nippte genüsslich an ihrem Kaffee. Wäre Paul nicht gewesen, hätte sie die nächstbeste Fähre genommen, als sie erfuhr, dass Mary Janes Pläne ins Wasser gefallen waren. Er hatte sich jedoch monatelang auf diese Reise gefreut. Mit ihrer eigenen Enttäuschung hätte sie umgehen können, aber nicht mit der ihres Sohns. Nicht nach allem, was der Junge sonst schon verloren hatte.

Ein Teil von ihr war immer noch der Meinung, es sei besser, ihre Sachen zu packen und abzureisen. John ließ sie nur aus Höflichkeit bleiben. Hätte Nikki das Sagen, wären sie innerhalb von zehn Minuten per Fußtritt vom Grundstück befördert worden.

»Was möchtest du heute gerne unternehmen?«, fragte sie in der Annahme, Paul würde eine ganze Liste an Vorschlägen herunterrattern.

»Weißt du, was ich glaube, Mom?«

»Du wirst es mir wohl verraten müssen. Mit dem Gedankenlesen läuft es nicht so gut im Moment.«

Er grinste. »Ich denke, wir sollten den Tag nutzen, um Nikki besser kennenzulernen. Weißt du, sie ist eigentlich gar nicht so übel. Du musst ihr nur eine Chance geben.«

4. Kapitel

Beth: *Das mit Nikki funktioniert einfach nicht. Ich bemühe mich, ihre Freundin zu werden, aber sie wehrt alles ab.*
Mary Jane: *Dann benimm dich nicht wie eine Freundin – benimm dich wie eine Mom.*

»Paul und ich wollen die Insel erkunden«, sagte Beth zu Nikki, als das Mädchen um kurz nach zehn die Treppe heruntergeschlurft kam. Sie trug einen weiten Overall und Kampfstiefel. Das grün gefärbte Haar hatte sie sich zu einem stacheligen Pferdeschwanz hochgebunden. »Möchtest du mitkommen?«

Nikki bedachte sie mit einem trotzigen Blick. »Im Leben nicht.«

»Wir haben ein Tandem und ein paar alte Fahrräder im Nebenhaus gefunden«, erklärte Paul mit ungebrochenem Enthusiasmus.

Nikki warf träge die Arme in die Luft. »Hipp, hipp, hurra!«

»Möchtest du Frühstück, ehe wir aufbrechen?«, fragte Beth. Wenn sie nur wüsste, wie sie an dieses Kind herankommen sollte! Wenn es ihr nicht gelang, würde der kommende Monat die reinste Qual werden. Sie hatte schon damit gerechnet, dass Nikki ihre Einladung, sich auf der Insel umzusehen, ausschlagen würde. Aber sie hatte gehofft, dass das Mädchen wenigstens ein bisschen auftaute – vielleicht ihr

Frühstücksangebot annahm oder sich bereiterklärte, zumindest am Anfang für ein Weilchen mitzukommen, doch es schien hoffnungslos.

»Ich mach mir selber Frühstück«, sagte Nikki brummig und schlurfte in Richtung Küche weiter. »Falls es hier überhaupt irgendwas zu essen gibt.« Sie musterte ihre Umgebung geringschätzig. »Wenn ich heute Abend Lachs haben will, werde ich wohl einen fangen müssen. Aber was soll man auch anderes erwarten in so ...« Den Rest ihres Satzes murmelte sie in sich hinein.

Beth bezweifelte, dass sie jemals dazu in der Lage sein würde, dieses Kind in den Griff zu bekommen.

»Sicher, dass du nicht mitkommen willst?«, fragte Paul.

»Absolut.« Nikki schüttete Cornflakes in eine Schüssel, dann verschwand sie hinter der Kühlschranktür und kramte nach Milch.

»Also los, Mom«, sagte Paul. »Ich warte draußen auf dich.«

Beth wollte unbedingt Frieden schließen, doch ihr war klar, dass das nicht leicht werden würde. Es gab nichts, womit sie Nikki ködern konnte.

»Ich weiß nicht, wie lange wir unterwegs sein werden«, sagte sie auf dem Weg zur Küchentür zu dem Mädchen. »Aber bestimmt nicht lange.«

»M-hm, okay.«

»Sollen wir dir etwas aus der Stadt mitbringen?«

»Ja, das wäre nett.«

Beths Stimmung hellte sich auf. Das hier war ihre erste Chance zu beweisen, dass sie nicht der Feind war. »Klar, was brauchst du?«

»Ein neues Leben wäre schön.«

»Oh, Nikki.« Beth machte einen Schritt auf sie zu. Ihr

Bedürfnis, das Mädchen zu umarmen, war fast schon schmerzhaft, und sie wäre dem Impuls wohl auch gefolgt, wenn Nikki es nicht geahnt und sich hastig weggedreht hätte.

»Mom!«, rief Paul ungeduldig aus dem Garten. »Komm endlich, ich will los.« Er hatte das Tandem aus der Garage geholt und schien darauf zu brennen, es auszuprobieren.

Beth zögerte noch immer. Sie war hin- und hergerissen zwischen dem Wunsch, Frieden mit Johns Tochter zu schließen und mit ihrem Sohn die Insel zu erkunden.

»Mom!«

»Wir sind bald wieder da«, sagte sie, dann ging sie nach draußen.

Paul runzelte die Stirn, als er sie sah. »Am besten, du lässt Nikki erst mal in Ruhe«, riet er ihr.

»Ich wünschte, sie würde mitkommen.«

»Warum?«, fragte er mit der ganzen Weisheit seiner fünfzehn Jahre. »Sie würde alles in ihrer Macht Stehende tun, um uns das Leben zur Hölle zu machen. Lass ihr ein bisschen Zeit. Sie gewöhnt sich schon an die Situation.« Und damit setzte er sich auf den vorderen Sattel, als wäre absolut klar, dass er der »Fahrer« sein würde.

Beth war noch nie zuvor Tandem gefahren und nicht sicher, ob sie die Idee gutheißen sollte. Wäre Paul nicht so begeistert, hätte sie wohl vorgeschlagen, die normalen Räder zu nehmen. Sie war insgesamt nicht so sicher, wie sie sich schlagen würde. Das letzte Fahrrad, auf dem sie gesessen hatte, war am Boden festgeschraubt gewesen und hatte in einem Fitnessstudio gestanden. Und selbst das war mindestens zehn Jahre her.

Paul stabilisierte das Tandem, während sie aufstieg. Dann fragte er mit einem Blick über die Schulter: »Bist du so weit?«

»Ich … keine Ahnung.« Jetzt, wo sie tatsächlich auf dem Ding saß, *wusste* sie, dass sie einen riesigen Fehler machte.

»Los geht's!«

Ehe sie sich versah, fuhren sie schon. Das Tandem schwankte bedenklich, ehe Pauls Füße die Pedale fanden und zu treten begannen, aber sie kamen vom Fleck. Mehr oder weniger.

»Mom«, ächzte Paul, »hilfst du überhaupt mit?«

Sosehr sie sich auch bemühte, ihre Füße verpassten die Pedale. »Noch nicht.«

Paul rackerte sich ab, sie beide den kurzen Anstieg die Auffahrt hinaufzutransportieren. Beth konnte nicht anders, sie musste kichern. Da saß er, ihr Sohn, und ackerte im Schweiße seines Angesichts, und ihr wollte es einfach nicht gelingen, ihre Füße an die richtige Stelle zu setzen, um ihm zu helfen.

Das Rad begann wieder zu eiern, und ehe einer von ihnen in der Lage war zu reagieren, kippte es um. Zum Glück federte der weiche Rasen ihre Landung ab. Beth lag einen Augenblick lang verblüfft da, dann fing sie an zu lachen. Sie lachte so schallend, dass ihr der Bauch schmerzte. Was mussten sie nur für ein Bild abgeben!

»Mom, das ist nicht witzig«, sagte Paul, aber sie konnte ihm anhören, dass er lächelte.

Schon bald saßen sie beide auf dem Rasen und lachten so heftig, dass Beth befürchtete, nie wieder aufhören zu können. Paul half ihr hoch, und als sie aufstand, sah sie etwas Grünes aufblitzen. Nikki beobachtete sie durch das Fenster über der Küchenspüle. Es war das erste Mal, dass Beth das Mädchen lächeln sah. Die Verwandlung war geradezu wundersam.

»Du gibst jetzt doch wohl nicht auf, oder?«, fragte Paul.

»Soll das ein Witz sein?« Beth schnitt eine Grimasse. »Ich war kurz davor, den Dreh rauszuhaben.« Und ein paar andere Dinge begann sie gerade auch zu begreifen.

Um vier kehrte John in die Rainshadow Lodge zurück. Eigentlich hätte er erst am nächsten Tag mit der Arbeit anfangen müssen, aber er schätzte, je eher er das Projekt auf die Beine brachte, desto besser. Vielleicht wurde er sogar schneller fertig als gedacht und kam eine Woche früher hier weg. Sein Zuhause auf Zeit würde wohl kaum zum Hort des Friedens und der Glückseligkeit werden, denn als wäre Nikkis Laune nicht schon schlimm genug, musste er nun auch noch den Gastgeber für eine Witwe und ihren halbwüchsigen Sohn spielen.

Das waren erschwerende Umstände, auf die er liebend gern verzichtet hätte. Bereits jetzt ahnte er, dass ihm in den kommenden Wochen kaum eine Sekunde für sich bleiben würde. Die Morgenstunden gehörten ihm, und er wollte, dass das so blieb. Es gab Leute, die wachten gut gelaunt und energiegeladen auf. Nicht so er. Er glitt langsam in den Tag hinein, akzeptierte ihn nach und nach. Ohne Eile. Gewohnheitsmäßig erwachte er früh, duschte, rasierte sich, kochte Kaffee und las dann in aller Ruhe seine Zeitung.

Was er morgens absolut nicht brauchen konnte, war Geschwätz. Genauso wenig wie Gesellschaft. Die eine Stunde, die er am Tag für sich hatte, wollte er nicht teilen. Auch nicht mit Beth. Doch keine zehn Minuten nachdem er sich in die Küche gesetzt hatte, war sie zu ihm gestoßen, hatte Fragen gestellt und war ihm auch sonst auf den Keks gegangen. Na gut, so schlimm war es eigentlich gar nicht gewesen, er musste jedoch unbedingt klarstellen, dass er nicht gestört werden wollte. Wenn sie wach war, schön, dann aber bitte in einem anderen Teil des Hauses, das würde er ihr bei der nächsten Gelegenheit mitteilen.

Zu seiner Überraschung war das Haus leer. Die Hintertür in der Küche stand offen, die Fliegengittertür ebenfalls. Auf der Kücheninsel marinierte in einer gläsernen, mit Frischhaltefolie abgedeckten Backform ein Lachsfilet vor sich hin.

»Nikki?«

Seine Tochter antwortete nicht. Er stellte die Aktentasche ab, lockerte seine Krawatte und spazierte hinüber ins Wohnzimmer.

»Nikki?«, rief er noch einmal und bemerkte, dass die Haustür ebenfalls sperrangelweit offen war. In Kalifornien ließ niemand, der auch nur über ein My an Selbsterhaltungstrieb verfügte, seine Türen unverschlossen. Und unverschlossen und geöffnet? Absolut undenkbar!

Er trat auf die Veranda und sah seine Tochter auf einem großen Felsbrocken sitzen und auf den Strand hinausblicken.

»Da bist du ja«, sagte er und lief zu ihr hinüber.

»Hi, Dad«, erwiderte sie und lächelte ihm zu.

So freundlich von ihr begrüßt zu werden, war er nicht gewohnt. »Und? Was hast du heute so gemacht?«

»Nichts.«

»Ich dachte, Beth und Paul wollten in die Stadt radeln.«

»Sind sie ja auch.«

»Und du wolltest nicht mit?«

Sie verdrehte die Augen, als hätte er die dümmste Frage der Welt gestellt. »Natürlich nicht.«

Ihre Stimmung schien sich in der kurzen Zeit, die er fortgewesen war, stark verbessert zu haben, aber vielleicht war das bloß Wunschdenken. Sie hatte so lange düster vor sich hin gebrütet, dass ihn nun alles ermutigte, was auch nur im Entferntesten an ein Lächeln erinnerte.

»Und wo sind Beth und Paul jetzt?«, fragte er. Er war sicher, das Tandem und die beiden normalen Fahrräder gesehen zu haben, als er vorhin in die Garage fuhr.

»Da«, sagte sie und zeigte auf den Strand.

Sein Blick folgte ihrer Geste, und er entdeckte Mutter und Sohn Seite an Seite den Strand entlangspazieren. Es war Ebbe, und sie schienen den Sand nach Schätzen abzusuchen, die das Wasser angespült hatte. Hin und wieder bückten sie sich, um einen Fund zu begutachten, Beth hielt schon ein paar Muschelschalen in der Hand.

Dann hörte er sie lachen. Es war so lange her, dass er eine Frau so freudig hatte lachen hören, dass ihn der Klang für einen Augenblick aus der Fassung brachte, wie etwas, das man zwar kennt, aber nicht recht zuordnen kann. Eine lebhafte Brise wehte vom Wasser heran und pustete die beiden durch.

Auch Paul schien Spaß zu haben. Hin und wieder flitzte er davon, schnappte sich einen Stein und schmiss ihn mit aller Kraft ins Wasser.

Beth zog ihre Schuhe aus und ließ sie in den Sand fallen. Dann trat sie an die Wasserkante, sodass das Meer an ihren Füßen leckte. Als das kalte Wasser ihre Zehen berührte, sprang sie sofort zurück. Ihre Beine waren lang und weiß und schlank. Es waren wirklich bemerkenswert schöne Beine, auch wenn das etwas war, auf das er bei Frauen nicht unbedingt als Erstes achtete.

Paul sagte etwas, das seine Mutter zum Lachen brachte. Selbst ohne es gehört zu haben, hätte John fast mitgelacht. Beth mit ihrem Sohn zu beobachten hatte auf ihn dieselbe Wirkung wie auf Nikki. Das hatte es mit ihrem zögerlichen kleinen Lächeln also auf sich.

»Wusstest du, dass Paul schon Auto fahren darf?«, sagte Nikki, als fände sie das nahezu unglaublich. »Er ist *fünfzehn*.«

John reagierte nur, indem er die Brauen hob, weil er nicht sicher war, worauf Nikki mit ihrer Aussage abzielte.

»Jungs werden nicht so schnell erwachsen wie Mädchen«, sagte sie, als wäre sie Expertin für Kindheitsentwicklung.

»Ach, ist das so?«, fragte er, um mitzuspielen. Es kam selten vor, dass er sich länger als ein paar Minuten mit Nikki unterhielt, ohne dass es zum Konflikt kam. Er beneidete Beth um das freundschaftliche Verhältnis, das sie zu ihrem Sohn hatte. Er hätte alles dafür gegeben, so etwas mit seiner Nikki zu erleben – den Strand zu erkunden, gemeinsam zu lachen, mit ihr herumzualbern, ohne dass sie gleich wütend wurde.

Als er erfahren hatte, dass er das alleinige Sorgerecht für sie bekommen würde, war er erleichtert gewesen. Allerdings nicht aus den richtigen Gründen, das begriff er jetzt. Er hatte einfach nicht allein sein wollen. Es war schon schwer genug gewesen, seine Frau zu verlieren und zusehen zu müssen, wie ihm seine Ehe aus den Händen gerissen wurde. Da hatte er nicht auch noch seine Tochter verlieren wollen. Und doch *hatte* er sie in vielerlei Hinsicht verloren.

»Ich glaub nicht, dass Paul mal ein sonderlich guter Fahrer wird«, sagte Nikki.

»Wie kommst du darauf?«

»Du hättest ihn mal mit seiner Mom auf dem Tandem sehen sollen. Ich sag's dir, Dad, so was Witziges hab ich noch nie beobachtet. Mir ist total schlecht geworden vor Lachen.«

Sie erzählte ihm, was passiert war, und auch John musste grinsen.

»Haben sie den Lachs aus der Stadt mitgebracht?«, fragte er beiläufig.

»Ja.«

»Hast du sie darum gebeten?«

»Nö.«

Lachs war das absolute Lieblingsessen seiner Tochter. Falls sie eine Bemerkung darüber gemacht hatte, war es sehr aufmerksam von Beth, sich das zu merken.

Beth und Paul drehten sich zum Haus um und bemerkten Nikki und ihn. Mit einem Lächeln, so strahlend wie ein Leuchtturmscheinwerfer, hob Beth ihre freie Hand über den Kopf und winkte.

Selbst aus der Ferne wurde John bei ihrer Begrüßung ganz warm ums Herz.

5. Kapitel

Mary Jane: *Und? Wie läuft es mit dir und John?*
Beth: *Wie meinst du das?*
Mary Jane: *Hat er dich schon geküsst?*
Beth: *Grundgütiger, nein! So ist das nicht mit uns.*
Mary Jane: *Hör mal, Schätzchen, der Typ ist ein echt guter Fang! Er ist klug, hat einen guten Job, und anständig ist er auch. Ihr zwei habt eine Menge gemeinsam. So weit nach oben in der Nahrungskette wie mit ihm kommst du nie wieder.*

»Dann komm doch wenigstens mit uns runter zum Dock«, redete Paul am Morgen vor dem Kajakunterricht auf Nikki ein.

Die ersten Tage mit dem Mädchen waren hart gewesen, Beth hatte jedoch schnell begriffen, dass ihr Sohn ihr mächtigster Verbündeter war. Sobald die Einladung von Paul kam, stiegen die Chancen, dass sich Nikki ihnen anschloss, gewaltig. Inzwischen war sie bereits zu ein paar Ausflügen mitgekommen. Zu ihr hatte sie dabei zwar Sicherheitsabstand gewahrt, mit Paul lachte sie aber und alberte herum.

Beth tat so, als wäre es selbstverständlich, dass Nikki an all ihren Unternehmungen teilnahm, und als wäre von Anfang an alles so geplant gewesen.

»Ich steige doch nicht freiwillig in ein Boot, das sich im Wasser umdreht«, protestierte Nikki.

»Du kannst dich wenigstens ans Dock setzen und zugucken«, sagte Paul. »Das ist besser, als den ganzen Tag alleine im Haus rumzuhocken.«

Nicki zögerte. »Na guuut«, murmelte sie schließlich gnädig. »Aber bild dir bloß nicht ein, dass ich meine Meinung ändere.«

Beth warf ihrem Sohn ein triumphierendes Lächeln zu und staunte zum wiederholten Male, was für einen Riesengewinn er in ihrer Lage bedeutete. Wenn sich Nikki und Paul anfreundeten, war die Schlacht schon halb gewonnen.

Nikki rannte nach oben und kam in Shorts und Turnschuhen – beides natürlich schwarz – und mit einem Rucksack über der Schulter zurück. Dann holten sie die Fahrräder aus dem Nebenhaus. Bis jetzt war Beth immer mit Paul Tandem gefahren, aber ihr war aufgefallen, dass Nikki ihnen wiederholt neidische Blicke zugeworfen hatte.

»Nikki«, flüsterte sie verschwörerisch, »würde es dir was ausmachen, mit Paul auf dem Tandem zu fahren? Ich stelle mich dabei an wie der erste Mensch, und … um ehrlich zu sein, habe ich Angst, es weiter zu versuchen. Ich würde lieber eins von den normalen Rädern nehmen.«

Kurz befürchtete sie, dass Nikki ihren Trick durchschaut hatte, falls ja, beschloss das Mädchen, darüber hinwegzusehen, und erwiderte nur: »Klar.«

Für einen Augenblick meinte Beth, den Anflug eines Lächelns um Nikkis Lippen zucken zu sehen. Es erstaunte sie, welche Dankbarkeit schon dieses minimale Anzeichen für gute Laune bei ihr auslöste. Nikki war zwar nicht mehr offen feindselig, aber immer noch weit entfernt von Freundlichkeit. Beth hatte jedoch den Eindruck, dass sie dank Paul Fortschritte machten, Stückchen für Stückchen, Tag für Tag.

Als sie am Dock eintrafen und ihren Lehrer kennenlernten, beschloss Nikki – mit ein bisschen Überredungskunst von Paul –, dem Kajakfahren doch eine Chance zu geben. Beth reagierte mit einer Mischung aus Erleichterung und Freude auf den Gesinnungswandel des Mädchens. Natürlich konnte sie nicht erwarten, dass die Veränderung von Dauer sein würde. *Und wenn schon!* Selbstverständlich motzte und meckerte Nikki, bis sie im Wasser war und sich im Paddeln versuchte. Da verzogen sich ihre Lippen erstmals zu einem richtigen Lächeln, und später, als sie drei im geschützten Jachthafen Manöver übten, wurde daraus sogar waschechtes Gelächter.

Beth musste sich auf ihr eigenes Kajak konzentrieren. Sie war geschockt, wie tief im Wasser sie saß. Sie spürte jedes Kräuseln, jede Welle. Wären sie eine Woche früher eingetroffen, erfuhr sie, hätten sie im Kajak hinausfahren können, um Wale zu beobachten. Normalerweise lebten über achtzig Wale in der Region um den Puget Sound. Beth wollte sich gar nicht erst vorstellen, was für ein unglaubliches Erlebnis das gewesen wäre.

Völlig aufgekratzt von ihrem Abenteuer fuhren sie nach Hause. Nikki und Paul waren mit ihren vier Beinen, die in die Pedale traten, natürlich viel schneller als sie und schossen davon. Doch zu Beths Überraschung warteten die beiden auf einer Hügelkuppe auf sie, eine Aufmerksamkeit, die, da war sie sicher, auf Pauls Konto ging. Als sie in die Auffahrt zum Haus einbogen, bemerkte Beth, dass Johns Auto bereits in der Garage im Nebengebäude stand.

Nikki konnte gar nicht schnell genug vom Fahrrad absteigen. »Dad? Dad!«, rief sie und rannte aufs Haus zu.

John musste wohl am Küchenfenster gestanden und gewartet haben, denn keine Sekunde später kam er auf die Veranda hinaus.

»Ich habe einen Adler gesehen!«, rief Nikki, ganz außer Puste vor Aufregung. »Echt jetzt, einen richtigen Adler!«

»Ich dachte, gleich packt er mich«, fügte Paul hinzu und krümmte seine Hände zu riesigen Klauen. Dann ging er auf Nikki los, die sich duckte und neben ihrem Vater Deckung suchte.

Lachend sah Nikki zu ihr herüber. »Du hättest mal Beth sehen sollen! Sie hat gekreischt, dass wir unsere Köpfe schützen sollen, und …«

John runzelte die Stirn. »Vielleicht solltest du besser alles von Anfang an erzählen.«

»Also, wir waren Kajak fahren …«

»Ihr wart Kajak fahren?«, fragte John mit einem ungläubigen Blick.

Dann sah er sie an, und Beth nickte bestätigend. Ihr Atem ging noch immer schwer, weil sie sich so bemüht hatte, mit den Kindern mitzuhalten.

»Und als wir so hundert Meter vor der Insel waren, hat ein Adler angefangen, über uns zu kreisen.«

»Ich hab ihn zuerst entdeckt«, verkündete Paul stolz.

»Paul hat ihn uns gezeigt«, bestätigte Nikki, »und dann war es fast, als ob der Vogel ihn gesehen hätte, weil er nämlich mit aufgerissenen Klauen zum Wasser runtergeschossen ist.«

»Und da hat meine Mom angefangen zu kreischen.«

Ein Lächeln zuckte um Johns Lippen.

»Aber er hatte es gar nicht auf uns abgesehen«, sagte Nikki. »Er ist mit den Klauen ins Wasser getaucht und hat sich einen Fisch geschnappt. Dad, Dad, der war so nah an uns dran, dass ich gesehen hab, wie sich die Kiemen von dem Fisch bewegten!«

»Er hat mich total mit Wasser vollgespritzt«, sagte Paul, als wäre das etwas, worauf man stolz sein kann.

Johns Lächeln wurde breiter. »Das muss ein unglaublicher Anblick gewesen sein.«

»Die tollste Erfahrung meines Lebens«, sagte Nikki feierlich und schob sich an ihrem Vater vorbei in die Küche. »Ich brauche was zu trinken. Will noch jemand eine Limo?«

»Ich!«, rief Paul und lief ihr hinterher.

John blieb bei ihr auf der Veranda. Für einen ganz kurzen Moment begegneten sich ihre Blicke, dann sah Beth weg. Da sie den Eindruck hatte, etwas sagen zu müssen, wischte sie sich den Pony aus der Stirn und erklärte: »Wir haben uns richtig amüsiert.«

»Scheint so.«

»Hier.« Nikki schob die Küchentür auf, um ihr ein Glas Limo in die Hand zu drücken. »Ich bin froh, dass ich doch Kajak gefahren bin«, flüsterte sie.

»Ich freue mich, dass du mitgekommen bist.«

»Aber das hat nichts zu bedeuten«, fügte Nikki hinzu, als wolle sie Beth warnen, sich nicht allzu viel zu erhoffen.

»Das hätte ich auch nicht gedacht«, erwiderte Beth, unsicher, ob sie über Nikkis Sturheit lachen oder sich entmutigt fühlen sollte, obwohl die Entmutigung überwog. Wann immer sie mit dem Mädchen Fortschritte zu machen glaubte, tat Nikki alles dafür, das Gegenteil zu beweisen.

Es war tatsächlich wunderschön hier, das musste John zugeben. Das Wasser war von einem satten Blaugrün. Die umstehenden Tannen sonderten einen angenehm würzigen Duft ab. Die Luft, die noch die Wärme des Tages in sich trug, war frisch und sauber. Er stand, die Hände in die Hosentaschen geschoben, auf der Veranda und seufzte zutiefst zufrieden auf. Beth saß keine eineinhalb Meter weit entfernt in einem Korbstuhl. Er hatte schon seit einiger Zeit mit ihr reden, ihr dafür danken wollen, dass sie seine Tochter ein wenig gezähmt zu haben schien, aber er fühlte sich befangen und wusste nicht recht, wie er anfangen sollte.

Das war bereits mit Lorraine sein Problem gewesen. Er konnte die Computersysteme von Unternehmen analysieren, die Fehler orten und Vorschläge zu deren Behebung machen, doch was das wahre Leben betraf, versagten diese analytischen Fähigkeiten. Irgendwie schienen ihm stets die Worte in die Quere zu kommen.

»Ein herrlicher Abend, nicht?«, fragte Beth.

John nickte, dankbar, dass sie die Initiative ergriff und ein Gespräch begann. »Ich hatte nicht damit gerechnet, dass es hier so schön ist. Ich dachte immer, in der Gegend um Seattle gibt es vor allem Regen, Nebel, Trübsinn. So in der Art.«

»Nach allem, was Paul gelesen hat, stimmt das nicht«, erwiderte sie und sah aufs Wasser hinaus. »Er hat in der Bücherei ein bisschen nachgeforscht und herausgefunden, dass in New York pro Jahr mehr Regen fällt als in Seattle.«

»Das ist nicht Ihr Ernst!«

»In Seattle gibt es mehr Regentage«, erläuterte sie, »aber meistens kommt dabei nicht viel vom Himmel. Offenbar ist der Pazifische Nordwesten nicht ansatzweise so nass, wie man uns glauben machen will.«

An einem so sonnigen und himmlischen Tag wie heute war es schwer, sich vorzustellen, dass es hier überhaupt jemals regnete. Wetter wie dieses hätte er zu Hause in Südkalifornien erwartet, und der Puget Sound bot zusätzlich zu Sonne und Meer den Vorteil üppigen Grüns. Eine kurze Fahrt mit der Fähre entfernt lag sogar ein richtiger Regenwald.

»Das Wetter überrascht mich weniger als die Tatsache, dass Nikki und Paul freiwillig das Geschirr in die Spülmaschine räumen«, sagte er und nahm im leeren Stuhl neben Beth Platz.

»Ja, das ist wirklich lieb von den beiden.« Sie lehnte sich entspannt in ihrem Korbstuhl zurück und nippte an ihrem Kaffee.

»Aber es ist ein gerechter Lohn für ein wunderbares Abendessen.« Der Heilbutt war in einer einfachen Marinade gegrillt und mit lockerem Reis und knackigen grünen Bohnen serviert worden. Auch Salat hatte es gegeben und zum Nachtisch Erdbeerkuchen. Noch so eine Besonderheit des Lebens in der Rainshadow Lodge. Nikki und er bekamen hier die leckersten Mahlzeiten seit Jahren.

»Unsere Kompromisslösung klappt ziemlich gut«, sagte er. Besser, als er je gedacht hätte. Genauso wie Nikki war er nicht sonderlich begeistert gewesen, als sich herausstellte, dass er sich das Haus mit einer Klassenkameradin von Mary Jane Reynolds würde teilen müssen. Innerhalb von nur einer Woche war es Beth und Paul jedoch gelungen, Nikkis Verhalten positiv zu beeinflussen. Und er hegte ernsthafte Hoffnungen, dass Nikki schon bald zu ihrem alten Ich zurückfinden würde, dass sie lachen, herumrennen, wieder ein Kind sein würde. Nach der Scheidung war sie gezwungen gewesen, viel zu schnell erwachsen zu werden und Verantwortung zu übernehmen. Es war, als wolle sie wiedergutmachen, dass Lorraine gegangen war, wo es doch eigentlich *er* war, der bei *Nikki* etwas wiedergutzumachen hatte.

»Was ich die ganze Zeit noch sagen wollte: Danke, dass wir bleiben dürfen.«

Beths Stimme war tief und weich, als wäre sie schon im Halbschlaf. John war sicher, dass sie keine Ahnung hatte, wie sinnlich das klang.

»Heute Nachmittag …« Er zögerte, es fiel ihm schwer zu

sprechen, so starke Gefühle sammelten sich in seinem Herzen. »Ich kann mich nicht erinnern, dass Nikki jemals so aus dem Häuschen war.«

Beth nippte noch einmal an ihrem Kaffee. »Es war aber auch ein ziemlich unglaublicher Anblick. Ach John, wenn Sie doch nur dabei gewesen wären! Der ganze Nachmittag war wirklich fantastisch – das Kajakfahren, das Radfahren mit den Kindern, einfach alles. Ich bin so dankbar, dass ich hier sein und all das erleben darf.«

»Obwohl Mary Jane nicht hier ist?« Er war nicht sicher, weshalb er fragte, vielleicht brauchte er nur die Sicherheit, dass Beth seine Gesellschaft angenehm fand. Ohne es zu bemerken, hatte er angefangen, sich auf die wenigen Stunden, die sie abends miteinander verbrachten, zu freuen. Viel Zeit war das nicht, aber jedes Mal wünschte er sich danach, Beth besser kennenzulernen.

»Ich vermisse Mary Jane«, gestand sie.

Das war ihm auch schon aufgefallen. Die beiden Frauen telefonierten so gut wie jeden Tag.

»Aber ich genieße meinen Urlaub trotzdem – viel mehr, als ich gedacht hätte.«

»Mom!« Paul platzte mit Nikki im Schlepptau auf die Veranda. »Können wir heute ein Lagerfeuer am Strand machen?«

»Ähm …«

Beth warf John einen fragenden Blick zu.

»Warum nicht?«, erwiderte er leichthin. Wenn er jemals einen Grund zum Feiern gehabt hatte, dann heute. Seine Tochter war glücklich, und sie überhaupt einmal lachen zu hören war ihm Anlass genug für ein Fest.

»Los, komm!«, sagte Nikki zu Paul. »Gehen wir Holz sammeln.« Sie sprang von der obersten Stufe ins Gras und rannte gefolgt von Paul zum Strand, wo die beiden am Wasser entlangflitzten und sich gegenseitig Anweisungen zuriefen.

»Mein Gott, all diese Energie«, murmelte Beth.

Die Ruhe auf der Veranda wirkte geradezu laut, nachdem die Kinder gekommen und wieder gegangen waren. »Ich war kein sonderlich guter Vater«, gestand er.

»Ach John, das denken doch alle Eltern von sich.«

»Aber Sie ...«

»Ich habe auch so meine Selbstzweifel.«

»Paul hat sich nicht die Haare grün gefärbt.«

»Das nicht«, erwiderte sie. »Aber er hat am Daumen gelutscht, bis er sechs war. Ich war überzeugt, dass ich ihn nicht lange genug gestillt und als Mutter versagt hatte. Es ist nicht zu übersehen, wie sehr Sie Nikki lieben, und am Ende ist das alles, was sie braucht. Was jedes Kind auf dieser Welt braucht.«

Ihre Worte waren der Balsam, den sein Herz so bitter nötig gehabt hatte. Dankbarkeit erfüllte ihn, aber er wusste nicht, wie er ihr mitteilen sollte, was er fühlte. Er stand auf. »Bereit für ein kleines Feuerchen?«, fragte er.

Sie stöhnte. »Wenn Sie auch nur die geringste Ahnung hätten, was für einen Muskelkater ich nach heute habe, hätten Sie niemals zugestimmt.«

Er reichte ihr eine Hand, um ihr aufzuhelfen. »Wollen wir das Feuer absagen?«

»Damit Paul und Nikki denken, ich sei aus der Form?« Sie stöhnte erneut. »Kommt gar nicht infrage.« Sie legte ihre Hand in seine und ließ sich von ihm auf die Füße ziehen.

Sie standen nur ein paar Zentimeter voneinander entfernt. Unter anderen Umständen wäre John zurückgewichen, aber nun verharrten sie beide reglos. Ihre Blicke kreuzten sich, und er musterte Beth genau, suchte nach einem Hinweis darauf, was sie dachte und fühlte.

Er las die unausgesprochene Frage in ihren Augen und wusste, dass sie seine eigenen Zweifel widerspiegelte. Seit Lorraine hatte er keine Frau mehr geküsst, war nicht einmal versucht gewesen, es zu tun. Bis jetzt. Und die Versuchung war größer, als er es jemals für möglich gehalten hätte. Er musste seine gesamte Willenskraft aufbringen, Beth nicht in seine Arme zu ziehen und von ihren Lippen zu kosten. Verlangen pulsierte durch seine Adern.

Etwas geschieht hier. Sein Herz pochte wie das eines Teenagers, ein seltsames Stakkato, das in seinen Ohren dröhnte.

Er räusperte sich. »Schätze, wir sollten mal nach den Kindern sehen.«

Sie nickte und senkte den Blick. »Ich bringe nur eben meine Tasse in die Küche und bin dann in ein paar Minuten bei Ihnen.«

»Klar«, sagte er.

Als sie im Haus verschwand, atmete John tief durch und versuchte zu begreifen, was da gerade geschehen war.

»Dad!«, rief Nikki und kam den Strand hochgelaufen. Kurz vor der Veranda blieb sie abrupt stehen und starrte ihn an.

»Was denn?«, fragte er, überzeugt, dass ihm anzusehen war, wie sehr er sich zu Beth hingezogen fühlte. Eine Minute länger, und er hätte sie geküsst. Und er war sich ziemlich sicher, dass sie es zugelassen hätte. Noch mal eine Minute mehr, und … verdammt, er hatte keine Ahnung, was er *dann* getan hätte. Gott sei Dank war er rechtzeitig wieder zur Vernunft gekommen, denn sonst hätte er sich vermutlich bis auf die Knochen blamiert.

»Alles in Ordnung?«, fragte Nikki und warf ihm einen seltsamen Blick zu.

»Natürlich ist alles in Ordnung«, blaffte er, nur um sich sofort dafür zu entschuldigen.

Nikki verzieh ihm bereitwillig. »Wir brauchen Streichhölzer«, sagte sie.

»Ich kümmere mich darum«, erwiderte er, auch wenn er bezweifelte, im Augenblick Hilfsmittel zu benötigen, um ein Feuer zu entzünden. Weil er sich nämlich soeben mit Haut und Haaren für eine hinreißende Witwe entflammt hatte.

6. Kapitel

Beth: *Erst du und jetzt auch noch die Kinder.*

Mary Jane: *Was soll das heißen?*

Beth: *Sie wollen John und mich verkuppeln. Aber ich möchte an dieser Stelle gerne mal klarstellen, dass das nicht passieren wird. Eine Beziehung kommt für mich überhaupt nicht infrage.*

Mary Jane: *Mir schwant, Ihr protestieret zu eifrig, meine Holdeste.*

Beth: *In Anbetracht der Umstände würdest du das auch. Mary Jane, jetzt mal im Ernst, kannst du bitte aufhören, dich kaputtzulachen? Das ist nicht zum Lachen. Mary Jane? Mary Jane?*

Beunruhigt kehrte Nikki an den Strand zurück und ließ sich auf einen angespülten Baumstamm sinken.

»Was ist los?«, fragte Paul.

»Mein Dad«, murmelte sie. Sie wusste noch nicht recht, wie sie sich damit fühlte. Ihn so zu erleben war ein Schock gewesen. »Ich fürchte, er steht auf deine Mom.«

»Er tut was?«

»Er steht auf sie. Du hättest ihn gerade mal sehen sollen. Er hat mich angeschaut, als würde er gleich losreihern, und dann … dann hat er mich angemotzt.«

Das allein war schon ziemlich seltsam gewesen, aber ihr war bereits vorher aufgefallen, dass irgendwas nicht stimmte. Es war nicht zu übersehen, dass er gefühlsmäßig total durcheinander war, und sie hatte nicht lang gebraucht, um zu begreifen, was los war. Bei dem Gedanken an ihren Dad und Pauls Mutter runzelte sie die Stirn.

»Was ist so verkehrt daran, dass er meine Mom mag?«, fragte Paul verstimmt.

»Ich sage doch gar nicht, dass daran was verkehrt ist«, verteidigte sie sich. »Aber ...« Die Situation verwirrte sie. Total. Beth war in Ordnung, hatte sie befunden. Eigentlich war sie sogar ziemlich cool. Zeit mit Beth und Paul zu verbringen, während ihr Dad tagsüber in Seattle arbeitete, hatte sich als viel besser entpuppt, als sie je gedacht hätte. Paul mochte zwar schon fünfzehn sein, doch in vielen Bereichen war er noch ein richtiges Baby. Nicht, dass sie sich daran stören würde.

»Aber was?«, fragte er.

»Meine Mutter ist total hohl und oberflächlich«, sagte sie, weil sie nicht wusste, wie sie sonst anfangen sollte.

»Deine Eltern sind geschieden, oder?«

»Ja. Meine Mom ist wegen eines anderen Typen davongelaufen. Ich hatte das schon kommen sehen. Ich meine, sie saß ständig am Computer und hat diesem schrägen Kerl Nachrichten geschickt. Mein Dad hat überhaupt nichts mitbekommen. Als sie ihm gesagt hat, dass sie geht, ist er aus allen Wolken gefallen.«

»Meine Mom hat auch nichts geahnt«, murmelte Paul und setzte sich neben sie in den Sand. Er ließ den Kopf hängen und sprach so leise, dass sie ihn kaum verstand.

»Ich dachte, dein Dad ist gestorben!«

»Ist er auch«, erwiderte Paul und presste die Lippen zu einem schmalen Strich zusammen. »Aber er hatte eine Freundin. Er hat angenommen, ich bekomme nichts davon mit, doch ich wusste alles.«

225

»Und deine Mom nicht?«

»Natürlich nicht. Sie hatte nicht mal den kleinsten Verdacht. Sie hat meinen Dad so richtig, richtig geliebt. Als er gestorben ist, dachte ich, Mom stirbt auch, so schlecht ging es ihr. Sie hat nicht die ganze Zeit geheult oder ständig darüber geredet, aber sie war einfach nicht mehr wie früher. Eigentlich ist sie das bis heute nicht …« Er verstummte und versank in Gedanken.

»Wie ist er gestorben?« Nikki wollte nicht herumbohren, doch die Neugierde war stärker. »Ein Autounfall?«

»Er war Bauleiter. Ein Stapel Ziegelsteine hat ihn erschlagen.«

Nikki verzog unwillkürlich das Gesicht.

»Wünschst du dir denn gar nicht, dass dein Dad wieder heiratet?«, fragte Paul und musterte sie dabei aufmerksam.

Nein, wollte sie nicht, nicht nachdem er so von einer Frau verletzt worden war. Auch wenn es sich bei dieser Frau zufällig um ihre Mutter handelte.

Ehe sie Paul das mitteilen konnte, fuhr er fort: »Ich will nicht, dass meine Mom allein ist. Vor allem nicht, wenn ich aufs College gehe.«

»Aber das ist doch erst in ein paar Jahren.« Nikki hatte nie darüber nachgedacht, dass ihr Vater eines Tages alleine sein würde. Jetzt, wo sie es tat, verstand sie Pauls Sorge sofort. Ohne sie war ihr Dad vollkommen hilflos. »Machst du dir keine Gedanken, was für ein Mann das sein könnte? Vielleicht ist er genauso wie dein Dad und hat nebenbei noch eine Freundin!«

»Diesmal wird es anders.«

»Woher weißt du das?«

»Weil ich da bin, um Mom bei der Entscheidung zu helfen. Ich lasse nicht zu, dass sie jemanden wie meinen Dad heiratet. Jemanden, der sie betrügen würde. Es würde sie umbringen, wenn sie jemals davon erfährt. Ein neuer Ehemann müsste erst mal an *mir* vorbei.«

»Ist bei mir genauso«, sagte Nikki. Paul hatte recht, auch wenn sie das nicht gleich begriffen hatte. Wenn ihr Dad jemals wieder heiratete, würde sie dafür sorgen, dass die neue Frau seine Liebe wirklich verdient hatte. Sie würde ihm eine Frau suchen, die ihn verstand und ihn zu schätzen wusste – anders als ihre Mutter.

»Meine Mom wird allerdings ein bisschen Hilfe brauchen«, sagte Paul und unterbrach damit ihre Grübelei.

»Hilfe?«

»Na ja, guck sie dir doch mal an«, murmelte Paul. »Sie *versucht* noch nicht mal, jemanden kennenzulernen. Dads Tod ist inzwischen zwei Jahre her, und alle ihre Freundinnen sagen, sie soll anfangen, wieder mit Männern auszugehen, aber sie hört einfach nicht auf sie. Ich hab ihr auch mal gesagt, dass ich finde, sie sollte sich mit Typen treffen. Sie hat nur den Kopf geschüttelt und ist weggegangen.«

»Mein Dad trifft sich auch nicht viel mit Frauen.« Bis jetzt hatte sie gar nicht richtig darüber nachgedacht. Dafür war sie viel zu beschäftigt damit gewesen, ihren Dad vor Frauen wie ihrer hinterhältigen Mutter zu beschützen. »Wenn Dad noch mal heiraten sollte …«, setzte sie nachdenklich an.

»Ja?«, ermutigte Paul sie zum Weiterreden.

»Dann würde ich mir wünschen, dass er sich jemanden wie deine Mutter aussucht«, kam es aus ihrem Mund. Erst als sie die Worte laut ausgesprochen hatte, begriff sie, wie sehr sie Beth überhaupt mochte. Sie hatte das gar nicht gewollt, aber irgendwie war es einfach passiert, mit jedem Tag ein bisschen mehr. Pauls Mom hatte nie versucht, sie zu ändern, oder vorgeschlagen, dass sie ihre Haare anders tragen sollte.

Und Beth hatte bemerkt, dass sie Tandem fahren wollte, und eine Möglichkeit gefunden, es sie versuchen zu lassen, ohne eine große Sache daraus zu machen. Sie konnte über sich selbst lachen, und auch wenn Nikki es nur ungern zugab, konnte Beth richtig gut kochen. Gleich am ersten Morgen hatte Beth aus einem einzigen Kommentar herausgehört, dass sie gerne Lachs aß, und diese tolle Marinade gemacht. Nikki kannte sich mit Marinaden und Ähnlichem aus, weil sie gerne Kochbücher las. Beth konnte echt unglaubliche Sachen mit Lachs und Garnelen und sogar Austern anstellen. Und nicht nur das, sie drängte sie auch nicht, ihre Freundin zu sein oder sich ihr anzuvertrauen. Beth war einfach nur da, so wie ihre Mutter es nie gewesen war.

»Und ich mag deinen Dad«, murmelte Paul, sein Gesicht eine Studie in Konzentration. »Er ist ruhig und ernst. Mein Dad hat ständig rumgealbert und Witze gerissen.«

»Er ist voll das Genie.« Sie war stolz darauf, dass ihr Vater so intelligent war. Leider hatte sie diese Eigenschaft geerbt und musste sich ziemlich anstrengen, schlechte Noten zu bekommen. Es war wie ein Fluch.

»Und du glaubst also, er interessiert sich für meine Mom?«, fragte Paul.

Er stützte sich auf die Unterarme und begann zu lächeln, erst zurückhaltend und nachdenklich, dann immer breiter, bis er schließlich richtiggehend albern aussah.

»Interessiert?«, wiederholte Nikki. »Ich sag's dir, Paul, den hat es total erwischt. Er steht *voll* auf sie!«

»Überleg doch mal, Nikki«, sagte er fröhlich. »Meine Mom und dein Dad.«

Dafür, dass sie das Genie ihres Vaters geerbt hatte, hatte sie außerordentlich lange gebraucht, um die offensichtlichen Vorteile einer solchen Verbindung zu erkennen. Sie drehte sich zu Paul um und starrte ihn an. »Glaubst du wirklich, sie könnten zusammenkommen?«

»Wie ich schon sagte, mit ein wenig Hilfe, ja«, erwiderte Paul. »Sie sind erwachsen, und das bedeutet, dass sie ein bisschen schwer von Begriff sind. Außerdem sind sie beide total schüchtern.«

»Wir haben drei Wochen, um das hinzukriegen.«

Immer noch grinsend hielt Paul ihr die Handfläche hin, und sie schlug ein. Und mit einem Mal hatte dieser Urlaub so *richtig* viel zu bieten.

Das kleine Feuer am Strand knisterte und knackte. Beth saß zwischen Paul und Niki im Sand, John auf der anderen Seite seiner Tochter, und sie sangen ausgelassen Zeltlagerlieder. Beth war erstaunt, wie viele Songs sie kannte und mitsingen konnte, als sie erst einmal angefangen hatten.

Sie mochte den Klang von Johns Stimme, die überraschend tief war. Sie fand es nahezu unmöglich, ihn nicht über Nikkis Kopf hinweg anzustarren. Vorhin war irgendetwas zwischen ihnen passiert, doch sie hätte nicht genau beschreiben können, was. Sie *glaubte*, dass er sie hatte küssen wollen. Er hatte es nicht getan, aber sie fragte sich, wie sie reagiert hätte, wenn.

Es war so lange her, dass ein Mann sie zuletzt so angesehen hatte, und nun war sie nicht sicher, ob sie auf ihre Einschätzung der Situation vertrauen konnte. Sie erinnerte sich, wie still er geworden war und wie sich ihre Blicke begegnet waren. Ihr Herz hatte plötzlich so wild geklopft, als wolle es ihr aus der Brust springen. Entweder die Aussicht auf den Kuss hatte sie in tiefen inneren Aufruhr versetzt, oder sie hatte einen Anfall grauenhafter Verdauungsbeschwerden erlitten.

Bei dem Gedanken lachte sie spontan auf.

Paul warf ihr einen neugierigen Blick zu, und sie legte einen Arm um ihn und drückte seine Schulter. In diesem Moment hätte sie platzen können vor Glück.

»Ist alles in Ordnung?«, fragte er leise, während John und Nikki weitersangen.

»Ich bin einfach nur glücklich, das ist alles.«

Glück. Beth konnte sich kaum erinnern, wann sie dieses Gefühl zuletzt zugelassen hatte. Es war ihr irgendwie falsch vorgekommen, wieder Fröhlichkeit in ihr Leben einkehren zu lassen. Ihr Mann, der Mann, den zu lieben sie geschworen hatte, war tot. Ihre einst so sichere kleine Welt war auf den Kopf gestellt worden, und in den letzten zwei Jahren hatte sie sich gefühlt wie in der Warteschleife.

Als das Lied vorbei war, saßen sie still ums Feuer herum. Beth stützte das Kinn auf die Knie und blickte hinauf in die Sterne, die funkelten und ihr verschwörerisch zuzuzwinkern schienen, als wollten sie sagen, dass sie die neue Beth mochten. Die Beth, die lächelte und lachte und alberne Lieder sang.

»Ich habe Nikki und ihren Dad eingeladen, morgen mit uns in den Regenwald zu fahren«, teilte Paul ihr mit. »Weil Samstag ist.«

»Gute Idee«, erwiderte sie, ohne weiter nachzudenken. Jedenfalls bis sie bemerkte, wie Nikki und Paul einen wissenden Blick tauschten. Die beiden führten irgendetwas im Schilde. Sie war nur nicht sicher, was … und die Möglichkeiten, die ihr spontan in den Kopf schossen, gefielen ihr ganz und gar nicht.

»Ich bin müde«, verkündete Nikki, streckte sich ostentativ und gähnte auffällig.

»Ich auch.« Paul gähnte ebenfalls übertrieben und sprang auf. »Morgen ist ein großer Tag«, sagte er und hielt sich die

Hand vor den Mund, als er erneut gekünstelt gähnte. »Komm schon, Nikki, wir sollten früh ins Bett.«

»Ich kann die Augen gar nicht mehr offen halten.« Nikki seufzte, als wisse sie nicht, wie sie in ihrem Zustand absoluter Erschöpfung die gewaltige Strecke zum Haus zurücklegen sollte.

Ehe Beth dazu kam, ihnen eine gute Nacht zu wünschen, waren die Kinder bereits verschwunden. Sie konnte nicht anders, als ein wenig zynisch zu reagieren, da sich Paul und Nikki die gesamte vergangene Woche lang die Nächte mit Nintendospielen um die Ohren geschlagen hatten. Sie sah auf die Uhr und stellte fest, dass es erst kurz nach zehn war.

»Noch offensichtlicher geht es wohl kaum«, bemerkte John. In seinem Tonfall schwang ein Lächeln mit. »Ich schätze, sie haben Pläne mit uns.«

»Sieht ganz danach aus«, murmelte sie. Es war ihr peinlich, dass Paul bereit war, sie so unverhohlen zu verkuppeln. »Es tut mir leid, John. Ich … ich weiß auch nicht, was in meinen Sohn gefahren ist. Eigentlich weiß er es besser.«

»Jedenfalls dürften die beiden die wohl plumpsten Ehestifter der Welt sein«, erwiderte er. Er lehnte sich an den telefonmastdicken Baumstamm, der an den Strand gespült worden war. »Allerdings muss ich zugeben, dass ihre Idee mich ein bisschen rührt.«

Da hatte er recht. Bislang war Beth davon ausgegangen, dass Nikki sie eher tolerierte als mochte. »Stimmt, es ist schon irgendwie süß, aber …« Sie hielt inne, hoffte, dass John sich den Rest selbst denken konnte.

»Aber?«, bohrte er nach.

»Na ja, es ist auch ziemlich peinlich. Ich habe nicht vor, mich noch einmal auf eine Beziehung einzulassen, und ich finde die Vorstellung, dass zwei Kinder versuchen, mein Leben zu manipulieren, nicht unbedingt angenehm. Ihnen geht das sicher nicht anders.«

»Also … eigentlich finde ich das alles ziemlich lustig.«

»Sie meinen uns?«, fragte sie, dann beantwortete sie sich die Frage selbst. »Ja, irgendwie ist es echt zum Schreien.« Sie lachte kurz auf, um ihre Worte zu unterstreichen, aber leider klang sie eher nervös als amüsiert. Paul hatte so etwas noch nie getan, und sie würde nicht zulassen, dass dieses Theater weiterging. Gleich morgen früh würde sie sich ihren Sohn zur Brust nehmen, ein paar Dinge klarstellen und dafür sorgen, dass er begriff, in was für eine peinliche Lage er sie brachte. Sie und John.

»Was ist mit Ihnen?«, fragte sie, als sie die Stille nicht mehr aushielt. »Sind Sie … Haben Sie schon einmal darüber nachgedacht, noch mal zu heiraten?«

»Wohl kaum.«

»Ich auch nicht«, erwiderte sie voller Überzeugung, ihre Stimme klang fest dabei. Was sonst hätte sie sagen sollen? Jedenfalls nicht, dass sie ihn attraktiv fand, vor allem nicht, nachdem er gerade klargestellt hatte, dass er nicht an einer Beziehung interessiert war. Genauso wenig wie sie. Das hatte sie wiederholt zu Mary Jane gesagt und es auch so gemeint. Sie mochte John – dafür gab es mehr als gute Gründe –, aber er hatte kein Interesse und sie ebenfalls nicht. Nein, darüber hinaus gab es wirklich nichts zu sagen.

Die Stille zwischen ihnen zog sich schleppend dahin. Schließlich sagte John: »Sie müssen ihn sehr geliebt haben.«

»Ich … ja, ich habe meinen Mann geliebt«, flüsterte sie. Dann hielt sie diese unangenehme Unterhaltung nicht mehr aus. Sie stand hastig auf und klopfte sich den Sand vom Hintern. »Wollen wir das Feuer löschen?«

»Ach, es wäre doch Verschwendung, es einfach so verkommen zu lassen, finden Sie nicht? Bleiben Sie noch ein Weilchen, genießen Sie den Abend mit mir.«

Beth konnte kaum fassen, wie ihr Herz auf seinen Vorschlag reagierte. »Ja, das Feuer ist wirklich schön«, sagte sie, als sie endlich Worte fand. Langsam ließ sie sich wieder in den Sand zurücksinken. Sie war nicht sicher, wer von ihnen beiden näher gekommen war, aber ehe sie sich versah, saßen John und sie Seite an Seite da.

»Sie brauchen Nikki und mich morgen nicht mit in den Regenwald zu nehmen, wenn Sie nicht wollen«, sagte John.

»Oh, im Gegenteil. Ich würde mich freuen, wenn Sie dabei sind. Das wird toll. Paul hat einen Wanderweg herausgesucht, der ungefähr acht Kilometer lang ist. Er meinte, die Strecke sei so einfach, das würde sogar ich schaffen.«

»Und Sie sind sicher, dass es Ihnen nichts ausmacht, wenn wir uns an Sie dranhängen?«

»Absolut.« Ihn und Nikki auf ihre Ausflüge mitzunehmen war das Mindeste, nach allem, was er für sie getan hatte.

Einige Augenblicke lang lauschten sie dem sanften Plätschern der Wellen, dann sagte John: »Sie glauben nicht ernsthaft, dass die beiden ins Bett gegangen sind, oder?«

»Ich … ich weiß nicht recht.«

»Meine These lautet, dass sie sich mit einem Fernglas bewaffnet haben und uns von der Veranda aus beobachten.«

»Das wagen sie nicht … oder doch?« Obwohl sie es selbst infrage gestellt hatte, wusste sie, dass er aller Wahrscheinlichkeit nach recht hatte. »Und was sollen wir jetzt machen?«, fragte sie. Wie John bereits festgestellt hatte, war dieser Kuppelei-Unsinn schmeichelhaft und ziemlich süß, aber wenn sie nichts dagegen unternahmen, konnte die ganze Geschichte auch ausgesprochen lästig werden.

»Ich finde«, sagte er, »wir sollten dafür sorgen, dass sie etwas zu sehen bekommen.«

Und mit diesen Worten schlang er ihr den Arm um die Schultern und neigte seinen Kopf zu ihr. Sie hätte reichlich Zeit gehabt auszuweichen, doch nicht um alles in der Welt hätte Beth sich diesem Kuss verweigern wollen.

7. Kapitel

Mary Jane: *Und, wie war die Acht-Kilometer-Wanderung?*
Beth: *Schön …*
Mary Jane: *Irgendwas verschweigst du mir doch! Komm schon, Beth, raus mit der Sprache. Da ich diesen Urlaub verpasse, solltest du mich wenigstens auf dem Laufenden halten!*
Beth: *Es war ein bisschen so wie damals, als ich mit Langlaufen angefangen habe. Ich dachte, ich sei besser in Form, und … na ja, sagen wir, ich hätte mich für Kurzlaufen entscheiden sollen, aber das gibt es ja leider nicht.*
Mary Jane: *Sind acht Kilometer wirklich so viel?*
Beth: *Mehr als in deinen wildesten Träumen. Viel mehr.*

»Komm schon, Mom!«, rief Paul, der wie ein Kaninchen den Wanderweg entlanghopste. Nikki hüpfte hinter ihm her und ahmte dabei jeden seiner Schritte nach, und John folgte seiner Tochter. Nur sie hinkte hinterher.

»Müssen wir uns so beeilen?« Beth ging in die Knie, um ein Büschel Akeleien zu betrachten.

Eine Wanderung im Regenwald war ein Fest für die Sinne. Moos hing von den Bäumen, deren Kronen einen Baldachin über ihren Köpfen bildeten, und an einigen Stellen verlief der Wanderweg durch mit Wildblumen getupften Wiesen. Im Westen wachten die schneebedeckten Olympic Mountains

235

über sie, im Osten die Cascade Mountains. Im Umkreis weniger Meilen warteten Gletscher, Seen, Flüsse und Wasserfälle darauf, entdeckt zu werden. Noch nie hatte Beth etwas Ähnliches gesehen, und sie hatte nicht vor, diese Erfahrung im Eiltempo hinter sich zu bringen.

Den Morgen hatten sie in den Heißquellen von Sol Duk verbracht, die warme Sole genossen und sich danach in dem gewaltigen künstlichen Schwimmbecken abgekühlt. Das Wasser war ihnen nach dem Bad in den Heißquellen unfassbar kalt vorgekommen, und sowohl Nikki als auch Paul hatten über den Schwefelgeruch geklagt. Nach einem kurzen Mittagessen waren sie zu ihrer Acht-Kilometer-Wanderung aufgebrochen.

Zwar gestand sie sich das nur ungern ein, doch sie war körperlich nicht ansatzweise so fit wie John und die Kinder. Und die Wildblumen zu bewundern war eine willkommene Ausrede gewesen, um ein Päuschen einzulegen und Luft zu schnappen. Sie war absolut zufrieden damit, in ihrem eigenen Tempo umherzuwandern und die Farne und Blumen am Wegesrand zu betrachten, in die Bäume hinaufzublicken und zu versuchen, die verschiedenen Vogelarten zu erkennen. Und es hatte noch einen Vorteil, Zeit für sich zu haben: So bot sich ihr die Möglichkeit, zu analysieren, was am Strand zwischen ihr und John geschehen war.

Der Kuss war reine Show, da war sie sicher. Für John war er letztlich bedeutungslos, und doch … und doch war es wundervoll gewesen. Bisher hatte sie keine Gelegenheit gehabt, in Ruhe darüber nachzudenken. Und nun versuchte sie, die Hoffnung zu ersticken, dass der Kuss auf John dieselbe Wirkung gehabt hatte wie auf sie, denn etwas ließ sie daran zweifeln, dass er ähnlich fühlte.

Auf der anderen Seite schien John nicht der Typ zu sein,

der Beziehungen einfach so abtat. Nun wünschte sich Beth, sie hätte genauer zugehört, als Mary Jane sie mit dem Klatsch und Tratsch versorgte, den sie so eifrig zutage gefördert hatte. Stattdessen hatte sie ihrer Freundin den Mund verboten und nichts davon hören wollen, dass zwischen ihr und John jemals etwas passieren könnte. Natürlich hätte sie Mary Jane bitten können, ihr noch einmal zu erzählen, was sie herausgefunden hatte. An Gelegenheiten dazu mangelte es beim besten Willen nicht. Während ihrer ersten Woche auf Spruce Island hatten sie fast täglich telefoniert, und es bestand kaum ein Zweifel, dass das auch so bleiben würde. Beth hielt Mary Jane bei ihren Gesprächen über die neusten Ereignisse auf dem Laufenden und versicherte ihr, dass alles bestens war. Gleichzeitig bemühte sie sich aber, jegliche Fragen bezüglich John zu umgehen. Nicht, dass sie viel dazu zu sagen gehabt hätte ... jedenfalls bis heute.

Eine andere Frau – eine erfahrenere, selbstbewusstere Frau – hätte vielleicht souveräner auf die peinlichen Fragen reagieren können, die Mary Jane beharrlich immer wieder stellte. Beth hatte jung geheiratet, zu jung, wie sie inzwischen befürchtete. Vor ihrer Hochzeit war sie nur mit einer Handvoll Jungs ausgegangen. Jim war ihr einziger Liebhaber gewesen.

Der bloße Gedanke an eine Romanze versetzte sie in Panik. John hatte – einmal abgesehen von dem einen Kuss – nichts gesagt oder getan, das auf Interesse seinerseits hinwies. Tatsächlich hatte er sogar jegliche romantische Absicht kategorisch abgestritten, sei es in Bezug auf sie oder auf irgendeine andere Frau. Und doch hatte er sie geküsst. Ohne einen Deut an Zurückhaltung und ohne zu zögern.

Es war ein Kuss gewesen, wie sie ihn noch nie erlebt hatte. Sie hatte ihn im ganzen Körper gespürt, bis in die Zehenspitzen. Allerdings war ihr letzter Kuss auch lange her ... Vielleicht hatte sie ja nur deswegen so seltsam reagiert! Nachdem sie einfach aufgesprungen und ins Haus gerannt war, musste John ernsthafte Zweifel an ihrer geistigen Gesundheit hegen. Heute Morgen hatte keiner von ihnen den Kuss erwähnt, was ihr nur recht war.

John und die Kinder waren auf dem Pfad vor ihr verschwunden. Widerwillig beschloss Beth, dass es an der Zeit war aufzuholen. Sie folgte dem gewundenen Weg und stieß nach einer Kurve auf Nikki, die auf einem Stein saß und auf sie wartete.

»Ich dachte schon, Sie hätten sich verlaufen«, sagte das Mädchen und sprang mit einer Beweglichkeit auf, die Beth beneidenswert fand.

»Ihr seid alle viel besser in Form als ich«, gestand Beth.

»Aber Sie machen das doch super.«

»Freut mich, dass du das sagst.« Offenbar wirkte sie noch untrainierter, als sie gedacht hatte, denn Nikki schlang ihr einen Arm um die Taille und führte sie den restlichen Weg über. Wäre Beth nicht so überrascht gewesen, hätte sie die freundliche Geste vielleicht kommentiert. Das Verhalten des Mädchens hatte über Nacht eine überraschende Kehrtwendung genommen.

»Ich hab gesehen, dass mein Dad Sie geküsst hat.«

Ihre Worte schockierten Beth so sehr, dass sie aus dem Tritt geriet und fast gestolpert wäre. »Ach ja?«

»Paul und ich haben zugeguckt.«

Also hatte John recht gehabt – und der Kuss war wirklich reine Show gewesen.

»Wie war es?«, fragte Nikki und musterte sie eindringlich.

»Wie war was?«, erwiderte Beth, obwohl sie genau wusste, worauf das Mädchen hinauswollte.

»Dads Kuss! Ich weiß, das geht mich nichts an, aber er hatte in letzter Zeit nicht viel Gelegenheit zu üben und … na ja, wissen Sie, wenn es nicht so gut war, sollten Sie ihm unbedingt noch eine Chance geben.«

»Ich finde nicht, dass das ein Thema ist, über das wir beide uns unterhalten sollten«, sagte Beth und gab sich dabei alle Mühe, ihren Tonfall im Griff zu behalten, obwohl sie spürte, wie ihr die Schamesröte in die Wangen stieg.

»Genau dasselbe hat Dad auch gesagt, als ich ihn drauf angesprochen habe.« Nikki seufzte entmutigt. »Sind alle Erwachsenen so?«

»Ja«, gab Beth in einem Ton zurück, der keinen Raum für Zweifel ließ. »Alle.«

Nikki ließ den Kopf hängen und schnaubte. »Das hab ich befürchtet.«

»Bist du so weit?«, fragte John den Jungen, der auf dem Fahrersitz des Ford Explorer saß. Er war ziemlich sicher, dass die Leute von der Autovermietung nicht viel davon halten würden, dass er einem nervösen Fünfzehnjährigen in einem ihrer Wagen Fahrstunden gab. Aber er hatte auch nicht vor, es ihnen mitzuteilen.

»Bereit«, murmelte Paul kläglich. Er umklammerte das Lenkrad so fest, dass seine Knöchel weiß hervortraten.

»Entspann dich.«

»Ich … ich glaube, das kann ich nicht.«

»Du wirst ein toller Autofahrer«, sagte John in einem Tonfall, der hoffentlich ermutigend klang. Die Rolle des Fahrlehrers war völlig neu für ihn, und es konnte nicht schaden, sie zu üben. Ehe er sich versah, würde auch Nikki alt genug für einen Führerschein sein. Der Gedanke war alles andere als beruhigend.

»Sie können doch gar nicht wissen, was für ein Autofahrer ich mal werde«, sagte Paul zweifelnd.

»Oh, aber sicher kann ich das«, erwiderte John. »Weil ich mit fünfzehn nämlich genauso nervös war wie du, und ich bin inzwischen ein ganz hervorragender Fahrer.«

»Ab September gehe ich in die Fahrschule.«

John begriff, dass der Junge nur deswegen das Gespräch suchte, weil er sich so davor scheute, rückwärts aus der Garage setzen zu müssen.

Zeit, zur Sache zu kommen. »Tritt mit dem Fuß auf die Bremse, und leg langsam den Rückwärtsgang ein«, erklärte er. »Das Gaspedal brauchst du im Moment nicht.« Er gab sich besonders geduldig, weil er genau wusste, dass jedes Zeichen von Nervosität oder Unfreundlichkeit den Jungen noch mehr einschüchtern würde.

Als sie von der Wanderung zurückgekommen waren, hatten sich Beth und Nikki zum Duschen nach oben zurückgezogen. Er hatte den Explorer entladen und dabei Paul entdeckt, der auf dem Fahrersitz saß, so tat, als würde er fahren, und ausgesprochen zufrieden wirkte. Der Junge hatte sich ertappt gefühlt und stotternd Ausreden und Erklärungen von sich gegeben. Und da hatte John ihm aus einem Impuls heraus angeboten, ihm das Fahren beizubringen. Obwohl er bereits weit über dreißig war, verstand er den Eifer des Jungen. Er konnte sich noch gut an die Vorfreude erinnern, die er selbst empfunden hatte, als er seinen Lernführerschein bekam.

»Okay«, sagte Paul und legte die Hand auf den Schalthebel. Nachdem er den Rückwärtsgang eingelegt hatte, sah der Junge ihn an und wartete auf weitere Anweisungen. »Soll ich rückwärts aus der Garage fahren?«

»Klingt nach einem Plan.« John musste sich ein breites Grinsen verkneifen.

So langsam, dass die Bewegung des Wagens kaum wahrzunehmen war, lenkte Paul den Explorer aus dem Nebengebäude. Als er keine Wände mehr neben sich hatte, drückte er aufs Gas, und sie schossen mit röhrendem Motor ein paar Meter nach hinten. Fast im gleichen Moment trat er auch schon auf die Bremse, und sie wurden nach vorn in die Sicherheitsgurte und wieder zurück gegen die Lehne geschleudert.

Paul stieß hörbar Luft aus und sagte: »Ich hab Ihnen ja gesagt, dass ich das nicht kann.«

»Hey, du machst das prima. Sei nicht so streng zu dir selbst.«

»Und was, wenn ich das Auto zu Schrott fahre?«

»Hier in der Auffahrt wirst du wohl kaum einen Unfall bauen.«

Es dauerte drei Runden um den Vorplatz, bis sich der Junge endlich entspannte. Als Beth auf der Veranda erschien, fühlte sich Paul bereits sicher genug, um das Fenster herunterzulassen und zu rufen: »Hey, Mom, guck mal!«

Selbst aus der Ferne erkannte John den Ausdruck reinen Grauens auf Beths Gesicht, als sie ihren Sohn hinter dem Steuer entdeckte. Eine gefühlte Ewigkeit lang stand sie da, einen Arm um ihren Bauch geschlungen, die andere Hand vor ihrem Gesicht erhoben, als wollte sie jederzeit bereit sein, sich die Augen zuzuhalten.

Nur mit Mühe schaffte John es, sie nicht anzustarren. Ihr Haar war nass und wellig vom Duschen, und sie hatte Shorts und ein trägerloses gelbes Oberteil angezogen. Er zählte nicht zu den Männern, die sonderlich auf Kleidung achteten, aber was Beth trug, fiel ihm eigentlich immer auf. Sie war anmutig und schön, und irgendwie gelang es ihr, selbst Alltagskleidung elegant aussehen zu lassen.

Ihre Kleidung war längst nicht das Einzige, was ihm an ihr

auffiel. Tatsächlich ging sie ihm Tag und Nacht nicht mehr aus dem Kopf, und das in etwa seit dem Moment, in dem sie beschlossen hatten, sich das Haus zu teilen. Regelmäßig ertappte er sich dabei, wie er sie bei kleinen Dingen beobachtete, etwa, wie sie Tomaten schnitt oder einen frischen Blumenstrauß auf den Tisch stellte. Ganz gleich, wo sie war und was sie tat, stets hinterließ sie eine persönliche Note, ein heimeliges Gefühl.

»Hey, Nikki, schau mal!«, rief Paul aus dem Fahrerfenster. »Ich fahre!«

Nikki stand neben Beth und winkte aufgeregt.

Paul lenkte den Wagen zurück in die Garage und zeigte sich dabei schon etwas sicherer als beim Ausparken. Dann schaltete er den Motor aus und reichte ihm mit einem triumphierenden Lächeln die Autoschlüssel. »Danke«, sagte er.

»Immer gerne.«

Als sie aufs Haus zuliefen, kam Nikki die Verandatreppe herunter und watschelte ihnen in einer Art Entengang auf den Fersen entgegen.

»Beth und ich haben uns die Zehennägel lackiert«, verkündete sie.

Ihr Lächeln war so strahlend wie seit einer Ewigkeit nicht mehr. Wenn nicht seit Jahren. Seit der Scheidung.

Lorraine rief Nikki einmal im Monat an, doch das Mädchen reagierte ein ums andere Mal abweisend und unhöflich. John ermutigte sie nicht zu diesen Gesprächen, hielt sie aber auch nicht von ihnen ab. Er ging davon aus, dass Nikki auf ihre eigene Weise Frieden mit ihrer Mutter schließen musste – den Weg ebnen würde er seiner Exfrau allerdings nicht. Tatsächlich erfüllte es ihn sogar mit heimlicher Genugtuung, dass sich Lorraines Annäherungsversuche immer wieder als vergeblich erwiesen.

Doch als er Nikki nun sah, begriff er, wie falsch sein Verhalten war. Wie egoistisch und rachsüchtig. Nikki brauchte ihre Mutter, brauchte Lorraines Liebe. Aber statt ihr zu helfen, war er die ganze Zeit ausschließlich mit seiner eigenen Wut und seinen Verlassenheitsgefühlen beschäftigt gewesen.

Er hatte nicht an seine Tochter, sondern nur an sich selbst gedacht. Er hatte sich in Selbstmitleid gesuhlt und seine kleinen Siege gegen Lorraine gefeiert, obwohl er sich eigentlich auf Nikki hätte konzentrieren müssen.

Die Erkenntnis traf ihn hart wie ein Faustschlag.

»Dad?«, fragte Nikki vorsichtig. »Ist alles in Ordnung? Du guckst so komisch.«

»Du bist bildhübsch«, sagte er und meinte es auch so. Grünes Haar hin oder her – seine Tochter ähnelte Lorraine wahnsinnig. Vor lauter Kummer hatte er versucht, die Gemeinsamkeiten zu ignorieren, und dadurch Nikki verletzt. Kein Wunder, dass seine Tochter so gewagte Experimente mit ihrem Haar angestellt hatte. Denn er hatte ihr Aussehen zwar niemals kommentiert, aber sie wusste offenbar genau, was er dachte, wenn er sie ansah. Schließlich blickte ihr aus dem Spiegel Tag für Tag das Gesicht ihrer Mutter entgegen.

Er *musste* sie einfach umarmen. Ohne Vorwarnung zog er sie in seine Arme und drückte sie fest an sich.

»Dad«, protestierte sie, »du bist gerade voll der Psycho!«

»Ich hab dich lieb, Nikki.«

»Weil ich mir mit Beth die Zehennägel lackiert habe?«

»Nein«, sagte er mit einem leisen Lachen. »Weil du so verdammt hübsch bist.«

Sie schlang die Arme fest um seine Taille und flüsterte: »Aber ich sehe genauso aus wie Mom.«

»Nein.« Er hob ihr Kinn und zwang sie damit, ihm in die Augen zu schauen. »Du siehst aus wie Nikki Lynn Livingstone, meine bildschöne Tochter.«

Ein schüchternes Lächeln erschien auf ihren Lippen. »Manchmal benimmst du dich echt komisch, Dad.«

Lachend hob er sie hoch und schwang sie in seinen Armen herum, wie er es getan hatte, als sie noch ein kleines Mädchen war und vor Freude gejauchzt hatte.

Das nächste Mal, wenn Lorraine anruft, beschloss John, werde ich Nikki dazu ermuntern, mit ihr zu sprechen. Es spielte keine Rolle, ob Lorraine ihn liebte oder nicht. Wichtig war, dass Nikki beide Elternteile brauchte.

»Nikki«, rief Paul, »spielen wir jetzt Nintendo oder nicht?«

»Klaro!«, schrie sie und löste sich aus Johns Umarmung, aber nicht, ohne ihm ein breites, glückliches Lächeln zuzuwerfen.

Dann rannten die Kinder nach oben, und er kehrte zum Explorer zurück, um den Picknickkorb zu holen. Er trug ihn in die Küche, wo Beth mit dem Rücken zu ihm am Spülbecken stand.

»Irgendwelche Wünsche, wo ich den abstellen soll?«, fragte er.

»Wo du möchtest«, erwiderte sie. Sie klang ganz anders als sonst.

»Beth? Ist alles in Ordnung?«

Sie nahm ein Taschentuch und putzte sich lautstark die Nase. »Alles okay.«

Einerseits wollte er sie beim Wort nehmen und es auf sich beruhen lassen, er war jedoch lange genug verheiratet gewesen, um es besser zu wissen. »Beth, es ist doch offensichtlich, dass dich etwas belastet«, sagte er deshalb sanft.

Sie zuckte die Achseln. »Tut mir leid. Es ist albern, das weiß ich ja selbst.«

»Bestimmt ist es das nicht.«

»Weißt du … als ich Paul Auto fahren sah …« Sie sah ihn an und rieb sich die Tränen von den Wangen. »Er wird erwachsen, John. Mein kleiner Junge ist kein kleiner Junge mehr.«

Dies schien der Tag der tiefen Erkenntnisse zu sein.

»Bald ist er ein Mann. Nächsten Monat geht er auf die Highschool. Und nächstes Jahr darf er alleine Auto fahren.« Sie ging zur Frühstücksecke, setzte sich und verbarg ihr Gesicht in den Händen.

John hatte keine Ahnung, wie er sich verhalten sollte, und entschied sich für einen pragmatischen Ansatz. Er holte eine Packung Taschentücher und nahm Beth gegenüber am Tisch Platz.

Sie schniefte ein paar Mal, und er langte über den Tisch, um ihre Hand zu tätscheln. Wenn er doch nur gewusst hätte, wie er sie trösten konnte!

Nach einer Weile warf sie ihm ein zittriges Lächeln zu. »Tut mir leid.«

»Was tut dir leid? Dass du ein Mensch bist?«

»Es ist nur, dass …«

Sie verstummte, als würde sie es bereuen, überhaupt etwas gesagt zu haben.

»Nur was?«

Abrupt stand sie auf, ging ein paar Schritte und lehnte sich gegen die Kücheninsel. »Pauls Dad wäre niemals mit ihm in der Einfahrt herumgefahren. Danke, dass du dich so um ihn kümmerst.«

Sie sah ihm fest in die Augen, und er beobachtete, wie sich neue Tränen in ihren Wimpern sammelten und ihr die Wangen hinabliefen.

»Beth?« Irgendetwas ging in ihr vor sich, irgendein tiefer seelischer Schmerz. Er kannte diese Art von Kummer, von Leid. »Was ist los?«, fragte er sanft.

»Mein Mann …« Sie brach ab und holte Luft, und als sie weitersprach, klang ihre Stimme dunkel und heiser: »Ich weiß, wie du dich gefühlt hast, als dich deine Frau verließ. Ich weiß, wie sich das anfühlt – all die Zweifel, die Fragen. Ich weiß es, weil Jim eine Affäre hatte, als er starb.«

John runzelte die Stirn. Es fiel ihm schwer, sich vorzustellen, wieso ein Mann, der mit Beth verheiratet war, sie betrügen sollte.

»Ich habe noch nie jemandem davon erzählt – nicht mal Mary Jane. Ich konnte einfach nicht, wo Paul seinen Vater doch so angehimmelt hat. Ich will ihm seine Erinnerungen an Jim nicht kaputt machen, also habe ich dieses Geheimnis für mich behalten.« Sie presste sich eine Hand vor den Mund, als versuche sie, den Schmerz daran zu hindern, aus ihr herauszudringen. »Ich habe ihn geliebt, das schwöre ich, so sehr geliebt. Aber tief in mir drin wusste ich … von ihr. Und ich habe mich entschieden wegzusehen, weil ich Angst hatte, was passiert, wenn ich ihn damit konfrontiere. Ich … ich wollte der Wahrheit nicht ins Gesicht sehen, weil ich dann eine Entscheidung hätte treffen müssen, und das konnte ich nicht. Ich *konnte* es einfach nicht. Ich wusste nicht, was ich tun soll. Ich hätte selbst nie gedacht, dass ich so sein kann, aber ich war so blind und dumm und so wütend, so unfassbar, unfassbar wütend …«

Er empfand ihren Schmerz, als wäre es sein eigener. Es war ihm unmöglich, sie nicht an sich zu ziehen. Er wollte sie in seine Arme schließen, so wie er es am Strand getan hatte. Er hatte diesen Wunsch so gut ignoriert, wie er konnte, doch jetzt war alle Mühe vergebens. Wie immer fehlten ihm tröstende Worte, also blieb ihm nur, zu handeln.

Er stand auf und drückte Beth an sich. Lange Minuten über hielten sie einander fest. Ein tiefes, erleichterndes Seufzen entwich seiner Brust, und es kam ihm vor, als würden sich auch sein eigener Schmerz, seine eigene Enttäuschung ein Stück weit auflösen. So seltsam es klingen mochte, aber von ihrem Kummer zu erfahren nahm seinem ein wenig von der Schärfe. Doch seine Gedanken waren verworren und unklar. All das hier war vollkommen unlogisch. Erlöste er sich selbst von seinem Leid, weil Beth ihn brauchte? Oder waren es seine Gefühle für sie, die es ihm ermöglichten, seine schmerzhafte Vergangenheit aus einem neuen Blickwinkel zu betrachten?

Als sie schließlich zu ihm aufsah, tat er, was er nie wieder hatte tun wollen. Er legte die Hände um ihr Gesicht und küsste sie.

Beth entwich ein leises Wimmern, und ihre Lippen teilten sich, während sie die Arme um seinen Nacken schlang.

Sein Kuss wurde hungrig, drängend. Er hofierte ihre Lippen nicht, zeigte keine sanfte Zurückhaltung. Sein Verlangen war zu heftig, um gebändigt werden zu können. Nach all den Jahren – mehr, als er zählen wollte – gierte er nach der Zärtlichkeit einer Frau. Gierte nach Wärme und Leidenschaft. Er wollte Beth zeigen, dass sie sein Herz berührt hatte, und den Schmerz in *ihrem* Herzen lindern, soweit er das vermochte.

Und dann kam ihm die Erkenntnis. Er wollte sein Leben nicht weiterleben wie bisher. Er begriff, dass er niemals wieder vertrauen und lieben konnte, wenn er Lorraine nicht verzieh. Das war ihm durch Beth klar geworden. Die Einsicht hatte sich allmählich, Stück für Stück, durchgesetzt. Er musste Lorraine vergeben, sich selbst und Nikki zuliebe. Er musste eine Brücke in die Vergangenheit schlagen – und damit auch in die Zukunft.

Es kostete ihn seine ganze Kraft, den Kuss zu beenden. Mit geschlossenen Augen strich er mit den Lippen über Beths Schläfe. »Ich habe mir geschworen, das nicht zu tun.«

»Und ich … ich wollte gestern Abend nicht einfach davonlaufen, aber ich hatte Angst.«

»Vor mir?«

Er spürte, wie sie lächelte.

»Nein, vor mir selbst. Davor, was passieren würde, wenn ich dir zeige, wie schön ich es finde, dir so nahe zu sein.«

Als sie die Kinder die Treppe heruntertrappeln hörten, lösten sie sich unwillkürlich voneinander. Beth drehte sich weg und schob sich mit zittrigen Händen das Haar aus der Stirn. John steckte die Hände in die Hosentaschen.

Nikki platzte als Erste in die Küche, blieb wie angewurzelt stehen und starrte zunächst ihn, dann Beth an.

Das Schuldbewusstsein musste ihm förmlich auf die Stirn gekleistert sein und Beth genauso.

Paul legte neben Nikki eine Vollbremsung ein und musterte sie beide ebenfalls überrascht. »Wir stören doch nicht etwa, oder?«

8. Kapitel

Beth: *Geht es Dave inzwischen besser?*
Mary Jane: *Ja, zum Glück! Und dir?*
Beth: *So gut wie schon lange nicht mehr.*
Mary Jane: *Was ist passiert? Komm schon, Beth, du musst mir alles erzählen!*
Beth: *Du hast recht, es ist wirklich etwas passiert. Und zwar etwas ganz Wunderbares ...*

Als Beth am Donnerstagnachmittag ins Haus kam, blinkte das Lämpchen am Anrufbeantworter. Sie hatte den Großteil des Tages damit verbracht, mit Paul und Nikki im Puget Sound Kajak zu fahren. Sie nahmen weiter Unterricht und wurden bei ihren Ausflügen mutiger. Nikki entwickelte ein solches Geschick und Talent, dass sie vom Lehrer immer wieder in den höchsten Tönen gelobt wurde. Auch Paul tat sich furchtbar leicht, und so kam sich Beth manchmal ein wenig vor wie der Klassentrottel.

Sie warf einen Blick auf die Uhr und dann auf das Telefon. Normalerweise nahm John die Sechzehn-Uhr-Fähre ab Seattle, sodass sie gegen achtzehn Uhr zu Abend essen konnten. Sollte sie die Nachricht abhören oder sich um das Essen kümmern? Sie entschied sich für das Abendbrot.

Nach ihrem aufregenden Nachmittag sprang Nikki die Treppe hoch, um zu duschen, und Paul mit seiner schier unerschöpflichen Energie lief nach draußen, um noch ein paar Körbe zu werfen. Beth ignorierte das blinkende Licht und ging stattdessen in die Küche.

Erst nachdem sie die Austern von ihren Schalen befreit und einen Brokkolisalat vorbereitet hatte, kümmerte sie sich um die Nachricht. Sie wusste, auch ohne sie abzuhören, dass sie von Mary Jane stammte. Also schaltete sie den Anrufbeantworter einfach ab und gab aus dem Gedächtnis die Nummer ihrer Freundin ein.

»Wo hast du denn den ganzen Nachmittag lang gesteckt?«, fragte Mary Jane sofort.

»Ich war Kajak fahren«, antwortete Beth. Den tragbaren Hörer ans Ohr gepresst, kehrte sie in die Küche zurück und begann, die Kartoffeln zu schälen. »Heute Nachmittag haben wir zwar keine Adler gesehen, aber dafür war ein Seehund im Hafen. Ich glaube, ich werde mich nie daran gewöhnen, Wildtiere aus nächster Nähe zu sehen«, erzählte sie im Plauderton. »Wenn die Kinder nicht gewesen wären, hätte ich den Hafen wahrscheinlich den ganzen Nachmittag über nicht verlassen und stattdessen den Seehund beobachtet. Ich sag dir, Mary Jane, der war riesig, und …« Sie hielt inne, als sie bemerkte, dass sie ins Schwafeln geraten war, und das alles nur, weil sie versuchte, das eine Thema zu umschiffen, das Mary Jane so brennend interessierte: John.

»Wie geht es Dave?«, erkundigte sie sich, um eventuelle Fragen ihrer Freundin von vornherein abzuwehren.

»Körperlich geht es ihm blendend, aber er hasst es, ans Bett gefesselt zu sein. Wenn ich ehrlich bin, treibt er mich in den Wahnsinn. Zumindest kann er vom Bett aus ein bisschen arbeiten. Gelobt sei der Laptop!«

»Die Sache macht dir schwer zu schaffen, stimmt's?«, sagte Beth, die ihre Freundin nur zu gut verstehen konnte. Jim war ebenfalls kein guter Patient gewesen. Wenn er krank war, hatte er immer ihre volle Aufmerksamkeit gefordert. Sie musste lächeln, als sie sich daran erinnerte, wie gerne sie ihn damit aufgezogen hatte. Männer verwandelten sich allesamt in Riesenbabys, sobald sie auch nur eine Erkältung hatten. Jim hatte es genossen, umsorgt zu werden, und die Symptome oft bis ins Komische übertrieben. Dann wollte er mit seinen Lieblingsgerichten bekocht werden und dass sie ihm den Kopf massierte und ihm vorlas. Wie oft hatte sie all das getan? Sich Stunde um Stunde um ihn gekümmert und ihm jeden Wunsch von den Lippen abgelesen?

»Es macht mich wahnsinnig, dass Dave mir ständig zwischen den Füßen herumläuft«, gab Mary Jane zu. »Aber irgendwie ist es auch schön. Zumindest ist jetzt seine Neugierde befriedigt. Er hat sich nämlich jahrelang gefragt, was ich eigentlich den ganzen lieben langen Tag so mache. Ich glaube, insgeheim hat er angenommen, dass ich stundenlang auf dem Sofa sitze, Seifenopern schaue und Pralinen futtere. Er hatte keine Ahnung, wie anstrengend es ist, drei pubertierende Söhne in Schach zu halten, in Teilzeit zu arbeiten und sich für zwei Wohltätigkeitsorganisationen zu engagieren.«

Wie wenig sich Mary Jane seit Highschool-Zeiten verändert hatte. Auch damals schon war sie immer in ein halbes Dutzend Clubs und Projekte gleichzeitig involviert gewesen. So extrovertiert und umgänglich, wie sie war, fiel die Wahl meistens ganz von selbst auf sie, wenn es darum ging, wer dieses Komitee oder jene Lerngruppen leiten sollte. Wenn Mary Jane nicht ständig fünf, sechs Dinge gleichzeitig im Auge behalten musste, wurde ihr schnell langweilig.

»Und?«, bohrte sie. »Rückst du freiwillig mit den Informationen raus, oder muss ich betteln?«

Beth seufzte. »Redest du von John und mir?« Sie hätte auch direkt auf die Frage antworten können, aber sie wusste nicht, wie viel sie preisgeben sollte. Mary Jane zu erzählen, dass sie sich geküsst hatten, war eine Sache. Zuzugeben, dass sie in Johns Armen geweint hatte, eine ganz andere. Und zu gestehen, dass sie ihm ihren tiefsten Kummer anvertraut hatte – nun ja, das war sogar etwas *völlig* anderes.

Die Küsse nach ihrem Ausflug in den Regenwald waren anders als alles gewesen, was sie je zuvor erlebt hatte. Auf körperlicher Ebene waren sie aufregend, leidenschaftlich, sinnlich. Aber für das, was sie mit ihren Gefühlen angestellt hatten, gab es keine Worte. Sie wollte nicht einmal versuchen, es zu erklären – weder Mary Jane noch sich selbst.

»Wir haben uns geküsst«, sagte sie ganz ruhig, in der Hoffnung, das würde die Neugierde ihrer Freundin befriedigen. Als hätte sie es nicht besser gewusst!

»Und?«

»Was, und?«

»Na, ob es dir gefallen hat!«, beharrte Mary Jane. »Wie war es?«

Beth schloss die Augen und beschwor die Erinnerung herauf. »Es war … wunderbar.«

Mary Jane gab einen Laut des Entzückens von sich. »Und da ist noch eine Menge mehr, das du mir aber nicht erzählst, oder?«

»Stimmt«, gestand Beth widerwillig.

»Dieses ganze Fiasko – Daves Unfall, dass ihr zwei das Haus teilen müsst und so weiter – entpuppt sich wirklich als absoluter Glücksfall!«

Fast hätte man meinen können, ein verletzter, ans Bett gefesselter Ehemann sei das Beste, was seit der Erfindung des Brotbackautomaten passiert war.

»Ich muss jetzt Schluss machen«, sagte Beth, um das Kreuzverhör zu beenden. »John kommt bald nach Hause, und wir verhungern hier gleich.«

»Du klingst schon wie seine Ehefrau.«

»Das Essen steht auf dem Herd«, erwiderte Beth. Sie wusste, dass es so wirken musste, als würde sie sich verteidigen, aber sie konnte gerade nun mal nicht anders. »Für alle zu kochen ist das Mindeste, was ich unter diesen Umständen tun kann.«

»Hey, sei nicht so schnippisch zu mir!«

»Ich war nicht schnippisch.«

Mary Jane hatte doch tatsächlich die Frechheit zu glucksen. »Aber hallo warst du schnippisch! Und weißt du was? Am Ende verrätst du am meisten durch das, was du *nicht* sagst.«

»Wieso?« Beth wusste selbst nicht, wieso sie das Thema vertiefte, obwohl das nur zu weiterer Verwirrung und Verunsicherung ihrerseits führen würde.

»Du magst diesen Mann, und zwar wirklich. Sonst wäre es dir nämlich egal, was ich denke oder sage. Aber es *ist* dir nicht egal.« Mary Jane klang durch und durch begeistert. »Ist das nicht Wahnsinn? John Livingstone ist der erste Mann, für den du dich interessierst, seit Jim gestorben ist! Ich persönlich finde übrigens, das wurde auch höchste Zeit.«

»John ist nur ein Freund.«

»Er ist mehr als das«, widersprach Mary Jane in wissendem Tonfall.

»Möglicherweise hat er das Potenzial zu mehr«, korrigierte Beth sie, obwohl selbst diese Formulierung wohl noch zu optimistisch war. »Wir sitzen hier einen Monat lang aufeinander. Kein Wunder, dass wir uns zueinander hingezogen fühlen. Aber wir haben kaum etwas gemeinsam.« Und das war nicht das einzige Problem. Jeglicher romantischer Verbindung zwischen ihnen beiden stand eine Vielzahl an erschwerenden Faktoren im Weg. Sie lebte in Missouri, er in

Kalifornien, um nur einen zu nennen. Eine Fernbeziehung am Leben zu halten erschien ihr überwältigend kompliziert. Besonders wenn Kinder im Spiel waren.

»Ich muss jetzt wirklich auflegen«, sagte Beth. »Ich ruf dich die Tage an.«

»Versprochen?«

»Versprochen.« Wenn sie das tat, würde sie ganz sicher nicht wieder auf John zu sprechen kommen.

Sie brachte das Telefon in den Flur zurück. Erst als sie den Hörer auf die Station legte, begriff sie, wie gerne sie sich mit jemandem über John unterhalten wollte. Aber sie war einfach nicht sicher, ob sie darauf vertrauen konnte, dass Mary Jane objektiv blieb.

Zwei Mal hatten John und sie sich nun schon geküsst, und beide Male waren unglaublich gewesen. Beide Male hatte sich in ihrem Kopf alles gedreht, und ihr Herz hatte noch Stunden später wie wild gepocht. Sie war durcheinander gewesen und hatte sich so verletzlich gefühlt, dass es ihr Angst machte. Angenehm war dieses Gefühl nicht. Trotzdem wollte sie John nahe sein. Es ergab überhaupt keinen Sinn, dass sie sich so nach seinen Berührungen sehnte – und doch tat sie es.

Beth hatte den Verdacht, dass die gegenseitige Anziehung teilweise darauf beruhte, dass sie beide in ihren gescheiterten Ehen verletzt worden waren. Denn wenn ihre Ehe glücklich gewesen wäre, dann hätte Jim sich nie auf eine andere Frau eingelassen, da war sie sicher.

Die Tatsache, dass er diese andere Frau geliebt hatte, ließ sich, so weh es auch tat, leider nicht leugnen. Beth hatte im Handschuhfach seines Trucks einen Liebesbrief gefunden, zusammen mit einem Stapel Quittungen von einem billigen Hotel. Doch am meisten schmerzte sie der Beleg von einem teuren Juwelier in der Innenstadt für ein Diamantarmband. Ihr Ehemann hatte seinem Betrieb, seiner Familie Geld weggenommen, um es für seine Geliebte auszugeben. Den Kassenzettel zu finden hatte sich angefühlt, als hätte sie Säure geschluckt. Auch heute noch brannte die Wut so lebendig in ihr, als wäre es gestern gewesen.

Beth schloss die Augen, versuchte, die Erinnerungen, den Schmerz, die Erniedrigung zu vergessen.

»Beth?«

Sie öffnete die Augen wieder. Vor ihr stand Nikki, in Jeans und T-Shirt, das feuchte Haar aus dem Gesicht gekämmt.

»Geht es Ihnen nicht gut?«, erkundigte das Mädchen sich besorgt.

»Alles in Ordnung«, erwiderte Beth, in der Hoffnung, dass Nikki ihr glaubte. »Wie kann ich dir helfen, mein Schatz?«, fragte sie in gezwungen lockerem Tonfall.

»Haben Sie vielleicht kurz Zeit? Es gibt da was, über das ich gern reden würde.«

Nikki klang plötzlich unsicher, und in ihrem Blick lag ein ängstlicher Ausdruck.

»Aber sicher doch.« Beth legte ihr einen Arm um die schmale Taille, und sie betraten gemeinsam die Küche. Ohne zu fragen, schenkte sie zwei Gläser Eistee ein. Sie setzten sich einander gegenüber an den Tisch. Es dauerte lange, bis Nikki zu sprechen begann, Beth machte es jedoch nichts aus zu warten. Sie konnte dem Mädchen ansehen, dass es um ein Thema ging, das schwer in Worte zu fassen war.

»Mein Dad hat gesagt, dass ich hübsch bin«, flüsterte Nikki schließlich. Sie mied Beths Blick und musterte stattdessen ihr Glas.

»Das bist du ja auch.«

Nikkis Blick schoss zu ihr hoch. »Sagen Sie das nur, weil

Sie denken, dass Sie es sagen müssen? Weil Sie glauben, dass ich das hören will?«

Sie stieß jede einzelne Silbe hervor wie eine Herausforderung, und in ihren Augen glomm ein wütendes Feuer auf, das Beth noch aus den anstrengenden ersten Tagen hier auf der Insel in Erinnerung hatte. Wollte Nikki einen Streit vom Zaun brechen?

Beth ließ sich Zeit mit ihrer Antwort. Sie begriff instinktiv, wie ernst dieses Thema für Nikki sein musste. »Du trägst ein Versprechen von Schönheit in dir, Nikki.« Sie strich dem Mädchen über den Tisch hinweg über die Wange. »Deine Züge sind klassisch, und …«

»Ich sehe aus wie meine *Mutter*!«, fauchte Nikki. »Die Leute halten sie für schön, aber das ist sie nicht. Nicht nach dem, was sie getan hat. Ich hasse sie!« Sie wurde immer lauter, und die letzten Worte schrie sie regelrecht. »Ich hasse sie! Ich will nicht aussehen wie sie! Und ich will nichts mit ihr zu tun haben!« Nikkis Gesicht lief rot an, Tränen rannen ihre Wangen hinab.

Der Anblick und die Bedeutung ihrer Worte brachen Beth fast das Herz. Sie wollte Nikki in den Arm nehmen, doch bevor sie auch nur aufstehen konnte, war das Mädchen schon vom Stuhl geglitten und aus der Küche gerannt. Die Küchentür fiel mit einem lauten Knall hinter ihr ins Schloss.

Beth folgte ihr. »Nikki, warte doch! Bitte …«

Nikki ignorierte sie und floh die Verandatreppe hinab und durch den Garten in Richtung Strand.

Paul hörte mit dem Basketballspielen auf, klemmte sich den Ball unter den Arm und sah Nikki hinterher, wie sie zum Wasser stolperte.

»Was ist denn jetzt los?«, fragte er verwirrt, als Beth sich zu ihm gesellte.

»Das weiß ich auch nicht genau«, gestand sie.

»Soll ich mal nach ihr sehen?«

»Nein«, erwiderte Beth, obwohl sie sich freute, dass er Mitgefühl zeigte. »Ich glaube, sie braucht ein wenig Zeit für sich. Ich rede später mit ihr.«

»Aber was ist denn passiert?«, fragte Paul noch einmal.

»Sie … sie hat gerade viel Kummer«, sagte Beth geistesabwesend und hin und her gerissen, wie sie sich nun am besten verhalten sollte.

»Wegen der Scheidung?«

»Genau.«

»Die Arme«, murmelte Paul kopfschüttelnd.

Nachdem sie Nikkis Selbstzweifel erlebt hatte, war Beth umso dankbarer, dass Paul niemals herausgefunden hatte, was Jim getan hatte. Zumindest die Erfahrung, dass sein Vater sie beide betrog, war ihm erspart geblieben.

9. Kapitel

Mary Jane: *Und, wie gefällt dir Kanada?*
Beth: *Es war fabelhaft!*
Mary Jane: *Dann sind Washington State und British Columbia also das reinste Paradies?*
Beth: *Das vielleicht nicht. Aber man kann es von hier aus sehen.*

»Jetzt mach schon«, drängelte Paul gelangweilt, als Nikki den Pfad entlangtrödelte, der in den Senkgarten hinabführte. Am Morgen hatten sie alle vier um eine absolut unchristliche Uhrzeit die Fähre in Port Angeles genommen, um einen Tagesausflug nach Victoria in Kanada zu unternehmen. Nun durchstreiften sie die Butchart Gardens vor den Toren der Stadt. Nikki war zum ersten Mal im Ausland und hatte es sich irgendwie ... fremder vorgestellt. Kanada unterschied sich eigentlich nicht von den Vereinigten Staaten. Wenn sie nicht die Grenze überquert hätten, wo sie ihre Ausweise hatten vorzeigen müssen, wäre ihr wahrscheinlich gar nicht aufgefallen, dass sie sich in einem anderen Land befand.

Dafür war Victoria allerdings wunderschön, und kaum hatten sie die Fähre verlassen, entdeckte sie Dutzende von Dingen, die sie sehen und unternehmen wollte. Ihr Dad fand es wichtig, dass sie das Royal British Columbia Museum besuchten, also war das heute Vormittag nach dem Frühstück ihr erster Stopp gewesen. Eigentlich hatte Nikki überhaupt keine Lust gehabt, zwischen einem Haufen Ausstellungsstücken herumzuwandern. Aber diese Statuen von amerikanischen Ureinwohnern mit einem Kanu, die hinter einem künstlichen Wasserfall standen, waren schon ziemlich cool. Und das nachgebaute alte Schiff war auch nicht schlecht. Es knarrte sogar, wenn man auf dem Deck herumlief! Doch jetzt hatte sie für heute genug vom Geschichtsunterricht.

Eigentlich gab es nur einen Ort, den sie wirklich, wirklich unbedingt sehen wollte, und der war gar keine Sehenswürdigkeit. Nikki hatte sich Hals über Kopf in das Empress Hotel verliebt, kaum dass sie es vom Fähranleger aus entdeckt hatte. Das große Backsteingebäude im viktorianischen Stil mit seiner efeuberankten Fassade war das Romantischste, was sie jemals gesehen hatte. Jetzt wollte sie es auf jeden Fall von innen begutachten und ein paar Postkarten für ihre Freunde kaufen.

Auch Beth war fasziniert von dem Hotel, und so hatten sie beschlossen, dort erst mal zu frühstücken. Beim Essen besprachen sie ihre Tagesplanung und entschieden sich am Ende für eine ganztägige Bustour, in der das Museum und die Butchart Gardens inklusive waren. Als sie nun durch den riesigen Blumengarten spazierten, staunte Nikki, wie schön es hier war.

»Ich muss mit dir reden«, drängelte Paul weiter.

Nikki sah sich um und bemerkte, dass ihr Vater und Beth tief in ein Gespräch versunken ein Stückchen hinter ihnen zurückblieben.

»Worum geht's denn?«, fragte sie.

»Deinen Dad und meine Mom natürlich«, erwiderte er in einem Tonfall, als hätte sie die überflüssigste Frage der Welt gestellt.

Sie warf ihm einen Blick zu, der bedeuten sollte, dass das ganze Thema anfing, sie so richtig zu langweilen. Inzwischen war nicht mehr zu übersehen, dass ihre Eltern überhaupt keine Hilfe brauchten, um sich zu verlieben. Das einzige Problem bestand darin, dass sie offenbar beide nicht wussten, wie sie nun mit dieser Verliebtheit umgehen sollten. Und wenn sie ehrlich war, war sie fast schon ein bisschen enttäuscht, weil ihr Dad keine weitere Unterstützung von Paul und ihr benötigte. Sie war nämlich gerne bereit, ihm zu erklären, was er tun sollte, wenn er sie um Rat fragte – und falls er es nicht tat, auch. Bislang schien er bedauerlicherweise jedoch prächtig ohne sie zurechtzukommen.

In all der Zeit seit der Scheidung hatte sie ihren Dad noch nie so erlebt. Klar, er hatte ein paar Frauen kennengelernt, seit ihre Mutter abgehauen war. Meistens waren das Verkupplungsversuche wohlmeinender Freunde gewesen. Aber es war nie etwas daraus geworden.

Das mit Beth war anders.

Nikki konnte sich nicht erinnern, ihren Dad jemals lachen gehört zu haben – bis er Beth kennengelernt hatte. Seine Augen funkelten, und er schien viel mehr Energie zu haben. Auf jeden Fall war er viel unternehmungslustiger als früher.

All das waren Dinge, die sie sich immer gewünscht hatte. Aber gleichzeitig wünschte sie, *sie* wäre es gewesen, die seine Augen wieder zum Funkeln gebracht hätte.

»Deine Mom und mein Dad«, sagte sie mit einem tiefen Seufzer, der von Herzen kam, »brauchen unsere Hilfe nicht.«

Paul starrte sie wütend an. »Was ist los mit dir?«

Nikki zuckte die Achseln, wollte nicht zugeben, wie sie sich fühlte, weil das Gefühle waren, die sie eigentlich gar nicht haben wollte. Sie konnte Paul ja wohl schlecht gestehen, dass sie eifersüchtig auf seine Mutter war! Bis vor Kurzem hatte sie alles für ihren Dad erledigt – ihm Abendessen gekocht, ihn an seine Termine erinnert, so was eben. Aber er war nicht glücklich gewesen, nicht so wie jetzt. Allerdings war sie selbst auch nicht glücklich gewesen …

»Ich mag deine Mom«, sagte sie, und genauso war es. Wenn ihr Dad überhaupt mit einer Frau zusammenkam, die nicht ihre Mom war, dann … Der Gedanke ließ Nikki überrascht innehalten.

Das war es. Das war es, was ihr solche Probleme bereitete! Sie wollte, dass sich ihre Mutter und ihr Vater versöhnten, damit sie wieder eine Familie sein konnten! Aber das würde niemals passieren, begriff sie. Die Erkenntnis machte sie traurig, und ihr wurde ganz flau im Magen.

Manchmal träumte sie davon, wie ihre Mom und ihr Dad in glücklicheren Zeiten gewesen waren. In ihrem Lieblingstraum kam ihre Mom mit einer kleinen Schwester für sie aus dem Krankenhaus zurück. Auch das würde niemals passieren, wo ihre Mutter doch längst mit diesem Freak verheiratet war, den sie im Internet kennengelernt hatte.

»Dein Dad ist super«, sagte Paul.

»Das sagst du nur, weil er dir das Autofahren beibringt.«

Paul wich einer direkten Antwort aus. »Ich mag ihn.«

Ihr Dad war ein guter Mensch und ihre Mutter eine Idiotin. Und sie selbst befand sich wohl irgendwo dazwischen, schätzte Nikki. Sie war sich nur noch nicht sicher, wo genau.

»Was glaubst du, wie es jetzt mit ihnen weitergeht?«, fragte Paul.

Gedrängt von einem stetigen Besucherstrom, spazierten sie weiter den Weg entlang. Auf der Treppe, die aus dem Senkgarten hinausführte, blieb Nikki kurz stehen und sah sich um. Zu ihrer Überraschung entdeckte sie ihren Dad und Beth auf einer Bank, wo sie sich angeregt miteinander unterhielten. Sie schienen ihre Umgebung überhaupt nicht mehr wahrzunehmen.

»Woher soll ich das wissen?« Sie hatte schließlich keine Kristallkugel.

»Letztes Wochenende haben sie sich geküsst, aber dann ist dein Dad die ganze Woche über nach dem Abendessen in der Bibliothek verschwunden. Und zwar alleine.«

»Er musste eben arbeiten«, brachte sie zu seiner Verteidigung vor. Ihr war sein Verhalten allerdings schon selbst aufgefallen, und sie fand es ebenfalls seltsam. Er ging Beth aus dem Weg. Und auch Beth schien nicht unbedingt heiß auf seine Gesellschaft zu sein. Doch wenn sich ihr Dad nicht gerade in der Bibliothek vor Beth versteckte und Beth nicht gerade irgendwo im Haus herumpusselte, um sich vor *ihm* zu verstecken, sahen sie einander auf eine Weise an, die eindeutig verriet, was sie empfanden.

Beth hatte Angst vor diesen Gefühlen, das spürte Nikki. In der vergangenen Woche war Pauls Mom an drei von vier Abenden gleich nach dem Abendessen verschwunden. Nikki wusste, dass sie lange Strandspaziergänge gemacht hatte. Einmal war sie selbst mitgegangen und ein anderes Mal Paul. Es war, als hätten sich Beth und ihr Dad gestritten, nur dass es diesen Streit nie gegeben hatte. Beim Essen beobachtete Nikki die Blicke, die die Erwachsenen miteinander tauschten. Sie konnten sich überhaupt nicht aneinander sattsehen! Sobald das Abendessen vorbei war, verkrümelten sie sich so schnell wie möglich.

»Ich glaube«, verkündete Paul in ernstem Ton, »unsere Eltern sind dabei, sich zu verlieben, und …«

»Aber das habe ich dir doch schon längst gesagt«, erwiderte Nikki herablassend.

Paul hob eine Hand. »Wenn du mich bitte ausreden lassen würdest? Das Problem ist, dass sie nicht wissen, wie der nächste Schritt aussieht. Und deshalb brauchen sie Hilfe!«

»Was Sie nicht sagen, Herr Professor. Und wie sollen wir das anstellen?«

»Das … das weiß ich auch noch nicht so genau. Ich hatte gehofft, dass dir vielleicht etwas einfällt.«

Nikki schüttelte den Kopf und warf einen Blick in Richtung der Erwachsenen, die nebeneinander auf der Parkbank saßen, ohne einander zu berühren, und sich angeregt unterhielten. So angeregt, dass sie gar nicht bemerkt hatten, dass Paul und sie nicht mehr bei ihnen waren.

»Hey!« Paul lachte plötzlich auf.

»Was ist so witzig?«

»Wenn sie sich nicht beeilen«, sagte er und flitzte die Treppe hoch, »verpassen sie noch den Bus!«

Nikki sah auf ihre Uhr und war überrascht, wie spät es bereits war. Lachend rannte sie Paul hinterher. Das wäre der Brüller, wenn Beth und ihr Dad hier stecken blieben!

Als sie nach Hause kamen, war Mitternacht schon vorüber. Sie hatten Glück gehabt, dass sie die letzte Fähre nach Spruce Island überhaupt noch erwischten. Auf dem Weg vom Fähranleger zur Rainshadow Lodge waren Nikki und Paul auf dem Rücksitz des Wagens tief und fest eingeschlafen.

Der Tag war von Anfang bis Ende mit Erlebnissen vollgestopft gewesen. Den Tagesausflug nach Kanada hatte Beth ursprünglich mit Mary Jane unternehmen wollen, weil sie schließlich schlecht so nahe an British Columbia Urlaub machen konnten, ohne sich Victoria anzusehen. Die Stadt war genauso hübsch, wie in den Büchern und Broschüren behauptet wurde. Und vermutlich umso mehr, weil Beth sie zusammen mit John besichtigt hatte.

Sie waren einander die ganze Woche über aus dem Weg gegangen. Aber sobald sie Zeit miteinander verbrachten, konnten sie gar nicht wieder aufhören, sich zu unterhalten. Es war, als wären sie schon seit Jahren befreundet. Er erzählte von seiner Arbeit, und sie hörte fasziniert zu. Sie redeten über ihre Probleme mit den Kindern, und er schwärmte, wie sehr ihn die Veränderung begeisterte, die er an Nikki feststellte. Beth ging es genauso. Sie hatte Nikki liebgewonnen, und das Mädchen fing an, ihr zu vertrauen. Sogar von seiner Exfrau hatte John mehr erzählt und darüber, dass er eine Bereitschaft entwickelt hatte, ihr zu verzeihen und die Vergangenheit Vergangenheit sein zu lassen. Er hatte ihr geraten, dasselbe zu tun. Aber nicht all ihre Unterhaltungen kreisten um so ernste Themen. Sie hatten auch viel miteinander gelacht.

John parkte im Nebengebäude der Rainshadow Lodge, und einen Moment lang saßen sie im Dunkeln da, weil sie die sichere Wärme des Autos noch nicht verlassen wollten.

»Ich habe den Tag sehr genossen«, flüsterte Beth, weil sie wollte, dass er wusste, wie viel der Ausflug ihr bedeutet hatte. Er war voller berührender und urkomischer Erinnerungen – beispielsweise wie sie und John gerannt waren wie die Verrückten, um den Bus zu erwischen, und die Kinder sich kaputtgelacht hatten, als ihre völlig aufgelösten Eltern in letzter Sekunde an Bord kletterten.

»Mir hat er auch sehr gefallen«, flüsterte John.

»Wir sollten wohl besser reingehen«, sagte sie und wollte schon die Autotür öffnen. Doch dann ließ etwas sie innehalten.

»Wie wäre es mit einem Strandspaziergang?«, schlug John atemlos vor. »Natürlich nur, wenn du nicht zu müde bist.«

»Gerne.« Beth glaubte nicht, dass ihm klar war, wie sehr sie sich über seine Frage freute. »Gib mir fünf Minuten. Wir treffen uns auf der vorderen Veranda.«

»Fünf Minuten«, wiederholte er.

Am Ende dauerte es doch eher zehn Minuten, bis sie die Kinder geweckt und nach oben gebracht und das Auto entladen hatten. Als Beth schließlich auf die Veranda trat, wartete John bereits mit einer Flasche Wein und zwei Gläsern.

»Sicher, dass du nicht zu müde bist?«, fragte er noch einmal.

»Ich bin viel zu aufgedreht, um zu schlafen.«

»Ich auch.« Er ging ihr voraus bis zum Ufer. Das Murmeln der Wellen, die den Sand liebkosten, und der frische, salzige Duft des Meeres hüllten sie ein. Im Mondlicht schimmerte eine schmale Schaumspur auf dem Sand, die die Flut hinterlassen hatte.

Sie setzten sich in den Schutz des angespülten Baumstamms, den sie in der Nacht mit dem Lagerfeuer für sich entdeckt hatten, der Nacht, in der er sie zum ersten Mal geküsst hatte.

»Der Wein war eine fantastische Idee«, sagte sie, während sie John beim Einschenken beobachtete.

»Worauf wollen wir anstoßen?«, fragte er, als er fertig war.

Auf die Schnelle fiel ihr nichts ein. »Auf gebrochene Beine?«, schlug sie schließlich vor.

John lachte leise. »Und auf gute Freunde.«

»Gute Freunde«, wiederholte sie, und sie stießen ihre Gläser gegeneinander.

Beth trank den Wein, einen weichen Chianti, mit echtem Genuss. Sie hatte Wein immer schon gemocht und häufig Empfehlungen zu den Gerichten ausgesprochen, die sie servierte. Sie erklärte ihren Gästen dann, erst der richtige Wein würde das Beste aus dem Essen herausholen und dem Menü einen Hauch von Eleganz verleihen.

Nachdem sie sich fast den ganzen Tag lang ununterbrochen unterhalten hatten, schien John nun genauso wenig wie sie das Verlangen zu haben weiterzureden. Beth war das nur recht. Und sie hatte auch nichts dagegen, als er ihr einen Arm um die Schultern legte. Ebenso wie er sich nicht beschwerte, als sie ihren Kopf an seinen lehnte.

Der Augenblick war friedlich, gelassen.

»Danke«, flüsterte John. »Für heute, für alles, für mehr, als ich in Worte fassen kann.«

»Ich muss mich genauso bedanken.« Sie schaute zu ihm hoch und hoffte auf einen Kuss. Sie wurde nicht enttäuscht. Seine Lippen senkten sich auf ihre, als hätte er nur darauf gewartet, sie endlich wieder schmecken zu dürfen.

Er küsste sie so hungrig, dass es ihr den Atem verschlug. Jeder Kuss war länger und intensiver als der zuvor. Schnell vergaß Beth den Wein, vergaß alles außer diesem Mann, der ihr geholfen hatte, sich mit dem Schmerz auseinanderzusetzen, den Jims Verhalten ihr zugefügt hatte. Dem Mann, der ihr geholfen hatte, sich daran zu erinnern, dass sie eine Frau war. Eine Frau, in deren Brust auch das Herz einer Frau schlug.

Sie löste ihre Lippen von seinen und legte ihre Stirn an seine Brust, atmete tief durch und versuchte, ihr inneres Gleichgewicht zurückzuerlangen. Sie hätte ja gerne dem Wein die Schuld gegeben, aber es lag wohl kaum an ein paar Schlucken Chianti, dass ihr Kopf und ihr Herz ins Taumeln geraten waren.

»Wir haben nur noch eine Woche«, sagte er leise.

Daran brauchte Beth nicht erinnert zu werden. Ihr war auch so mehr als bewusst, wie wenig Zeit ihnen blieb.

»Es ging alles so schnell«, flüsterte sie.

»Zu schnell.« John schob die Hände in ihr Haar und drückte sie fest an sich.

Es folgte Schweigen. Sie dachte an die Zukunft und wie schwierig es sein würde, ihre Beziehung nach Ablauf dieses gemeinsamen Monats aufrechtzuerhalten. Er würde nach Kalifornien zurückkehren und sie nach St. Louis. Eine Zeit lang würde der Kontakt eng bleiben, Telefonate, Briefe, Wochenendbesuche. Sie würden sich bemühen ... Aber trotz aller Mühe würde es ihnen nicht gelingen, das zu erhalten, was sie hier auf dieser paradiesischen Insel gehabt hatten. Hier in ihrem privaten, kleinen Paradies. Zurück in der wahren Welt, würde alles anders sein. Komplizierter. Sie würden Kompromisse eingehen müssen, einander enttäuschen. Und abgesehen davon war sie auch gar nicht bereit für eine Beziehung. Erst musste sie sich orientieren, sich ein neues Leben aufbauen.

John war auf einmal genauso verkrampft wie sie, und da begriff sie, dass sich ihre Freundschaft zu schnell entwickelt hatte. Wie Teenager in einem Sommerlager erlebten sie eine Urlaubsromanze, die enden würde, sobald sich ihre Wege wieder trennten.

»Wann geht dein Rückflug nach St. Louis?«, fragte er in beiläufigem Ton.

»Am Sonntagnachmittag.«

»Nikki und ich nehmen den Flieger um sechs nach Los Angeles.«

»Unserer geht um vier.«

»Dann könnt ihr doch mit uns mitfahren.«

»Das wäre toll«, erwiderte sie, sank an den Baumstamm zurück und starrte gedankenverloren in die dunkle Nacht hinaus. Das einzige Geräusch war das der abebbenden Wellen.

»Schätze, wir sollten langsam ins Bett«, sagte John, stand auf und hielt ihr die Hand hin.

Beth ließ sich von ihm auf die Beine ziehen. »Danke für den wunderschönen Tag.«

Es erstaunte sie, dass sie sich im einen Moment so leidenschaftlich küssen konnten und schon im nächsten wie Wildfremde miteinander umgingen. Aber das war es doch, was er
wollte, was auch sie wollte. Oder etwa nicht? Hin und wieder ein verstohlener Kuss, nichts weiter als das. Und vor allem nicht *mehr* als das.

10. Kapitel

Mary Jane: *Weißt du eigentlich, was das Problem ist, wenn man in der Mitte einer zweispurigen Straße steht?*
Beth: *Nein, aber ich hab da so ein Gefühl, dass du es mir gleich erzählen wirst.*
Mary Jane: *Man wird von den Autos aus beiden Richtungen überrollt. Ich glaube, wir sollten uns mal ernsthaft unterhalten.*
Beth: *Ja, das sollten wir wohl. Bald. Aber noch nicht jetzt.*

Es klopfte leise an der Bibliothekstür. John, emotional und geistig erschöpft, blickte vom Schreibtisch hoch und massierte sich den Nasenrücken. Der Tag war anstrengend gewesen, voller unerwarteter Überraschungen – inklusive eines Stellenangebots von einer Computerfirma aus Seattle. So viele Entscheidungen …

»Wer ist da?«, fragte er. Er hörte selbst, wie abgekämpft seine Stimme klang.

Es konnte nur Beth oder Paul sein. Nikki hätte es als ihr Recht betrachtet, einfach hereinzuplatzen.

»Paul.«

John stand auf und öffnete ihm. Es war erst früh am Abend und draußen noch hell, aber er musste einen ganzen Stapel Unterlagen lesen, wenn er Ende der Woche seinen Bericht abgeben wollte.

»Haben Sie einen Augenblick Zeit für mich?«, fragte Paul in seinem gewohnt höflichen Tonfall.

»Natürlich«, erwiderte er und bedeutete dem Jungen hereinzukommen.

Paul setzte sich in einen der beiden Ohrensessel, die vor dem riesigen Kamin standen. John nahm in dem anderen Platz und wartete geduldig darauf, dass der Junge ihm verriet, was er auf dem Herzen hatte.

Er mochte Paul und hatte ihm inzwischen schon vier oder fünf Fahrstunden gegeben. Beths Sohn wirkte intelligent, geistesgegenwärtig und respektvoll. Alles Eigenschaften, die ihm in der Zukunft einige Vorteile bringen würden.

»Es geht um meine Mom«, sagte Paul und musterte ihn eindringlich. »Ich wüsste gerne, was genau Sie von ihr wollen.«

»Was ich … von ihr will?«, wiederholte John. Es verblüffte ihn, dass Paul ihm eine so direkte Frage stellte.

»Nikki und ich haben Sie dabei beobachtet, wie Sie meine Mom …«

»Hat meine Tochter dich dazu angestiftet?« John wusste nicht, was er von der Sache halten sollte. »Da gab es nichts zu beobachten«, fügte er abrupt hinzu.

»Wir haben gesehen, wie Sie sie geküsst haben«, erklärte Paul in einem Tonfall, als wäre eine Blitzhochzeit nun die einzig mögliche Lösung.

»Das … ich wollte nicht … ihr habt uns gesehen?« Die Worte purzelten ihm ungefiltert aus dem Mund, seine Gedanken waren wirr. Es war lange her, dass ihn zuletzt jemand so aus dem Konzept gebracht hatte wie dieser Junge.

»Nikki und ich glauben, dass Sie ineinander verliebt sind.«

»Verliebt?« John rieb sich das Gesicht, wünschte, er wüsste, wie man mit so einer Situation am besten umging, ohne irgendwelche Gefühle zu verletzen. »Paul, bei allem Respekt, aber das ist eine Angelegenheit, die nur deine Mutter und mich etwas angeht. Und nicht dich und Nikki.«

»Lieben Sie sie?«

John hatte schon den Mund geöffnet, um die Frage automatisch zu verneinen, doch dann brach er ab, ehe er überhaupt etwas gesagt hatte. Er dachte über das Wort »Liebe« nach, und ihm fiel auf, dass es seit der Scheidung nicht mehr zu seinem Wortschatz gehörte. Er musste zugeben, dass er sich zu Beth hingezogen fühlte. Er konnte sich nicht in ihrer Nähe aufhalten, ohne dass ihn das tiefe Verlangen überkam, sie an sich zu ziehen und sie zu küssen. Allein diese Anziehung war schon stark – doch seine Gefühle gingen über das rein Körperliche weit hinaus.

Tatsächlich hatten seine Gefühle für Beth so gut wie sein ganzes Leben verändert.

In den vergangenen drei Wochen hatte sich seine Beziehung zu Nikki dramatisch verbessert, und das war Beths Einfluss auf seine Tochter zu verdanken. Und ihrem Einfluss auf ihn selbst. Er hatte einige Gründe für das Scheitern seiner Ehe und seine eigene Schwäche im Umgang mit der Situation zwischen Nikki und Lorraine zu verstehen gelernt. Diese Erkenntnis war ebenso Beths Verdienst, genauso wie der Rest. Ja, es war ihr Verdienst, dass sie sein Herz geweckt und ihn daran erinnert hatte, dass das Leben auch schöne Seiten hatte. Seiten, die er viel zu oft übersah.

»Deine Mutter ist mir sehr wichtig«, gab John zu. »Aber wie gesagt, geht dich das alles nichts an. Was sich zwischen deiner Mutter und mir abspielt, spielt sich allein zwischen deiner Mutter und mir ab.« Na, wenn das keine tiefgründige Aussage war!

Paul schien sich damit zufriedenzugeben. »Mir ist klar, dass ich Ihnen solche Fragen überhaupt nicht stellen sollte«, sagte er. »Und es tut mir leid, dass ich Grenzen überschritten habe, aber wir haben nicht mehr viel Zeit.« Nur noch ein paar Tage, dann würden sie abreisen. »Ich muss wissen, dass Sie ihr nicht wehtun werden – nach allem, was mit meinem Dad passiert ist, würde sie das nicht verkraften.«

»Paul.« John spürte den Schmerz, den der Verlust des Vaters dem Jungen zufügte, und wollte ihn trösten. Er beugte sich vor und suchte seinen Blick. »Dein Vater ist durch einen unglücklichen Unfall ums Leben gekommen. Keiner von uns weiß, wie lange sein Leben dauern wird. Ich weiß nicht, wann ich sterben werde. Wenn man jemanden liebt, geht man damit immer das Risiko ein, ihn zu verlie…«

»Aber mir geht es gar nicht darum, dass mein Dad gestorben ist«, platzte Paul heraus. Er ballte die Hände zu Fäusten, in seinen Augen standen Tränen. »Er hat meine Mom betrogen und mich auch. Sie wäre am Boden zerstört, wenn sie davon erfahren würde!«

Es fühlte sich an, als wäre mit einem Schlag aller Sauerstoff aus dem Raum verschwunden. Paul wusste von der Affäre seines Vaters!

»Sie dürfen ihr das nie erzählen!«, warnte ihn der Junge. Der Ausdruck in seinen sanften braunen Augen grenzte an Panik. »Es würde sie umbringen.«

Die Mutter schützte den Sohn, und der Sohn schützte die Mutter.

»Bist du dir ganz sicher, dass sie nichts davon weiß?«, fragte John vorsichtig.

»Absolut. Wie hat mein Dad ihr so etwas nur antun können?« Pauls Stimme brach. »Sie hat ihn geliebt.«

»Das weiß ich doch.«

Paul nickte. »Sie braucht jemanden, der für sie da ist. Bisher war das immer ich. Na ja, und ihre Freundinnen, so wie Mary Jane. Aber vor allem ich.« Er zuckte ruckartig mit den Schultern. »Nächstes Jahr mache ich meinen Führerschein«, fügte er mit dem Selbstbewusstsein eines jungen Mannes hinzu, der die Kunst des Rückwärtseinparkens gemeistert hatte. »Und in ein paar Jahren habe ich die Highschool hinter mir.«

»Und gehst aufs College«, sagte John. Er wollte Paul trösten, doch er wusste nicht, wie er es anstellen sollte, ohne den Jungen zu beschämen, der sichtlich um Haltung rang. John begriff, dass Paul Graham viel reifer war, als sein Alter vermuten ließ.

Paul nickte. »Ich weiß nicht, wie das gehen soll. Ich meine, dass Mom alleine lebt.«

»Mit anderen Worten: Du wünschst dir, dass sie noch einmal heiratet.«

»Ja, das wünsche ich mir«, erwiderte Paul voller Ernst. »Und zwar jemanden, den ich mag und respektiere. Jemanden, dem ich vertraue, der sie glücklich macht und der sie niemals so hintergehen würde, wie mein Vater es getan hat.« Er zögerte und sah ihn voller Zuversicht an. »Jemanden wie Sie, Mr. Livingstone.«

Jemanden wie Sie. Wer hätte gedacht, dass er eins der größten Komplimente seines Lebens von einem Halbwüchsigen bekommen würde.

»Meine Mom braucht Sie«, fuhr Paul fort. »Und wenn ich mir die Bemerkung erlauben darf: Sie und Nikki brauchen auch *uns*.«

Gegen die Wahrheit war jeder Widerstand zwecklos.

»Also, wie lautet Ihre Antwort?«, fragte Paul.

Nach dem Abendessen klapperte Beth mit dem Geschirr herum und räumte die Reste weg. Sie würde diese Küche vermissen, den vielen Platz und die modernen Annehmlichkeiten. Daneben gab es jedoch noch viel mehr, woran sie in den kommenden Monaten ständig denken würde. Dieser Sommer würde ihr für immer im Gedächtnis bleiben. Rainshadow Lodge. Der Strand. Die Erkundungsgänge über die Insel. Ihre Tagesausflüge. Vor allem aber John Livingstone. Seine rebellische Tochter und er hatten ihr Herz berührt.

»Hi!« Nikki kam in die Küche geschlendert wie die personifizierte Sorglosigkeit, zog einen Barhocker von der Kücheninsel weg und ließ sich draufplumpsen.

»Na, du?«, sagte Beth, während sie das mittlere Fach des Kühlschranks umräumte, um ein freies Fleckchen für die Schüssel mit dem Salatrest zu schaffen.

»Haben Sie Paul gesehen?«, fragte Nikki.

»Nein, nicht dass ich wüsste.« Ihre Stimme hallte dumpf im riesigen Kühlschrank wider.

»Er unterhält sich gerade mit meinem Dad.«

»Oh.« Es kam ihr seltsam vor, dass Nikki ihr eine Frage stellte, obwohl sie die Antwort doch längst kannte.

»Wollen Sie denn gar nicht wissen, worüber sie reden?«

»Sollte ich denn?« Dieses zwölf Jahre alte Mädchen schien alle Antworten dieser Welt parat zu haben.

»Ich finde, ja«, erwiderte Nikki.

Beth warf einen Blick über die Schulter. Johns Tochter saß mit auf den Tresen gestützten Ellenbogen auf den Hocker gefläzt da.

»Paul fragt gerade meinen Dad, ob er Sie heiraten will.«

»Was?« Die irdene Salatschüssel glitt Beth aus den Händen und zerschellte auf dem Boden. Salatblätter, Tomaten und anderes frisches Gemüse tupften ein buntes Dekor auf die Fliesen.

»Paul fragt gerade meinen Dad, ob …«

»Ich habe dich schon beim ersten Mal verstanden«, unterbrach Beth sie und angelte nach einem Besen. Das sollte ja wohl ein Scherz sein! Ja, so musste es sein, und sie war auf ganzer Linie darauf hereingefallen. »Du veräppelst mich, oder?«, fragte sie, während sie die Scherben und das Salatgemüse zusammenfegte und alles in den Müll beförderte.

»Nein, das ist mein Ernst.«

»Nikki, das ist doch verrückt.« Beth spürte, wie ihr die Schamesröte ins Gesicht stieg.

»Was würden Sie denn sagen, wenn mein Dad Ihnen einen Antrag macht?«

»Aber das wird er nicht! Nikki, warum, in aller Welt, sollte Paul so etwas Verrücktes tun?«

»Oh, das ist nicht nur auf Pauls Mist gewachsen. Wir haben das zusammen geplant. Sie haben uns ja keine Wahl gelassen! Irgendetwas *mussten* wir unternehmen, wo doch nicht zu übersehen ist, dass Sie und mein Dad dringend Hilfe brauchen.«

Beth presste sich einen Handballen an die Stirn und versuchte zu verarbeiten, was gerade geschah. »Hilfe?«, wiederholte sie. »Wie meinst du das?«

»Sie und mein Dad wollten von hier verschwinden, als ob es diesen Sommer nie gegeben hätte. Aber das können Paul und ich nicht zulassen.«

Beth ließ sich auf die Bank in der Frühstücksecke sinken, weil sie nicht sicher war, dass ihre Beine sie weiterhin trugen.

»Paul und ich haben alles durchgesprochen und sind zu dem Schluss gekommen, dass wir schnell handeln müssen.« Nikki fischte eine Banane aus dem Obstkorb und schälte sie. Dann fragte sie nonchalant: »Sie lieben meinen Dad doch, oder?«

»Ich …«

»Sie brauchen nicht zu antworten, wenn es Ihnen peinlich

ist«, sagte Nikki und lächelte wohlwollend. »Außerdem weiß ich sowieso schon, dass Sie es tun.«

Beth hätte gerne irgendetwas Schlagfertiges erwidert, ihre Zunge versagte ihr jedoch den Dienst. Nicht, dass sie überhaupt eine Antwort auf Lager gehabt hätte, geschweige denn eine schlagfertige.

»Mir ist vor Kurzem klar geworden, dass ich mir insgeheim immer gewünscht habe, meine Mom und mein Dad würden wieder zusammenkommen. Aber das wird nie passieren, und damit muss ich mich abfinden. Was bedeutet, dass mein Dad irgendwann wieder heiraten wird … und ich finde, dass Sie eine richtig tolle Stiefmutter abgeben würden.«

Beth bedachte das Kompliment mit einem winzigen Lächeln.

»Und außerdem sind Sie noch jung genug, um ein Baby zu bekommen, falls Sie eins wollen. Sie wollen doch, oder?« Nikki stopfte sich die halbe Banane in den Mund.

»Wo sind Paul und dein Vater?«, fragte Beth streng. Sie musste dieser Sache ein Ende bereiten, bevor das alles noch mehr aus dem Ruder lief.

Was John über diese Geschichte dachte, mochte sie sich gar nicht erst vorstellen.

»Ich würde auch babysitten«, bot Nikki mit vollem Mund an.

»Babysitten?«

»Mein Geschwisterchen. Ein Mädchen wäre mir übrigens ein bisschen lieber. Ich wollte immer schon eine kleine Schwester haben!«

Babys? Jetzt reichte es aber wirklich! »Nikki, es ehrt mich ja, dass du mich gerne als Stiefmutter hättest, doch …«

Die Küchentür ging auf, und John und Paul kamen herein.

Beths Sohn machte ein Daumen-hoch-Zeichen in Nikkis Richtung, und sie erwiderte die Geste.

»Paul, ich will mit dir reden, und zwar sofort«, verlangte Beth, dann fügte sie hinzu: »Unter vier Augen.«

»Klar, Mom, aber vorher …«

»Aber vorher«, unterbrach John, »würde *ich* gerne mit dir reden.«

»Mit mir?«, fragte Beth und legte sich eine Hand auf die Brust.

Er nickte, dann fügte er hinzu: »Und zwar allein.«

11. Kapitel

Mary Jane: *Also heiratest du John Livingstone doch noch!*
Beth: *Das hab ich nie gesagt.*
Mary Jane: *Nein, aber Paul. Und der muss es ja wissen.*

»John«, sagte Beth, nachdem Paul und Nikki die Küche verlassen hatten. Sie presste sich die Hände an die Wangen und war beschämt bis aufs Mark. »Ich kann dir gar nicht sagen, wie leid mir das alles tut.«

»Mir nicht.«

Sie glaubte, ihren Ohren nicht zu trauen. »Willst du damit etwa andeuten, dass …« Anstatt ihm irgendwelche Worte in den Mund zu legen, verstummte sie und beschloss, ihn reden zu lassen.

»Ich nehme an, Nikki hat dir von der Idee erzählt, dass du und ich heiraten?«

Sie nickte. »Sie hat sogar angeboten zu babysitten.«

»Babysitten?«

»Später.« Sie bedeutete ihm weiterzureden. »Komm, erzähl mir, was Paul dir zu sagen hatte.«

»Einfach nur, dass ich dich brauche.«

Sie war nicht sicher, ob und was sie darauf antworten sollte.

»Ich weiß ja nicht, ob sich Paul schon Gedanken über seine Berufswahl gemacht hat, aber ich glaube, der Junge würde einen fantastischen Anwalt abgeben. Seine Argumente waren äußerst überzeugend.«

»Du denkst doch nicht ernsthaft darüber nach ... ich meine ...«

»Das hängt von dir ab«, sagte John.

»Von mir?«

»Er hat recht. Ich brauche dich, Beth.«

»Aber ...« Ihre kommunikativen Fähigkeiten schienen sich auf Ein- bis Zweiwortsätze reduziert zu haben.

»Ja?«, drängte er, als sie zögerte.

»Eine *Ehe*?«

»Nun ja, wir müssen ja nichts überstürzen.«

Erleichterung durchflutete sie, dicht gefolgt von einer Woge der Enttäuschung. »Ich ... natürlich wäre das verfrüht. Ich meine, wir kennen uns ja erst seit drei Wochen, und ...«

»Denkst du, du könntest mich lieben, Beth?«, fragte er.

Sein Blick war zart, verletzlich, fast als hätte er Angst vor ihrer Antwort, würde gleichzeitig aber nach der Wahrheit hungern.

Sie reagierte, ohne eine Sekunde zu zögern: »Ja«, flüsterte sie. Sie musste doch so schon kämpfen, sich nicht Hals über Kopf in ihn zu verlieben, und war kurz davor, es dennoch zu tun. »Und könntest du ... könntest du denn auch *mich* lieben?«, fragte sie.

Sein Lächeln verriet ihr alles, was sie wissen wollte.

John streckte die Arme aus, und sie ging auf ihn zu, ließ sich von ihm umfangen. Er hatte noch nicht einmal Zeit gehabt, sie zu küssen, da klopfte es schon an die Küchentür.

»Können wir reinkommen?«, rief Nikki von draußen.

»Dürfen sie?« John schlang ihr die Arme um die Taille und lächelte sie an.

»Auf was habe ich mich da gerade überhaupt eingelassen?«, fragte sie.

»Darauf, mich und meine Tochter zu lieben.«

»Kein Problem.« Sie erwiderte sein Lächeln in dem Wissen, dass sich all ihre Gefühle in ihrem Blick widerspiegelten.

»Und mein Leben mit mir zu teilen.«

»Eine Ehe?«, fragte sie erneut.

»Ja, wenn wir so weit sind. Aber ich denke, dass es besser wäre, uns vorher ein paar Monate Zeit zu nehmen, um einander wirklich kennenzulernen.«

»Das sehe ich ganz genauso.« Sie waren älter und reifer, und diese Reife brachte eine gewisse Weisheit mit sich. Sie beide brauchten es mit ihrer zweiten Ehe nicht zu überstürzen, vor allem nicht in Anbetracht all der Schwierigkeiten, mit denen sie es jetzt schon zu tun hatten.

»Dad?«, rief Nikki. »Sag uns wenigstens, was da drinnen los ist! Wir haben ein Recht darauf, es zu erfahren.«

»Moment noch!«, rief John zurück.

»Nikki hat ein Baby erwähnt«, sagte Beth und mied seinen Blick. John konnte ja nicht ahnen, wie sehr sie sich nach einem zweiten Kind sehnte. Jim hatte die Vorstellung nicht sonderlich zugesagt, und ihm war eine Ausrede nach der anderen eingefallen, um sie zu vertrösten.

»Hättest du denn Interesse an weiteren Kindern?«, fragte er und beobachtete sie dabei aufmerksam.

Sie nickte eifrig.

»Ich auch.«

Neben dem Grinsen, mit dem John reagierte, hätte selbst die Sonne blass gewirkt.

»Und wo würden wir leben?«

»Ich habe ein Jobangebot aus Seattle«, sagte er zu ihrer Überraschung. »Es sollte sich diese Woche konkretisieren.«

Das war eine Möglichkeit, die sie bislang nicht einmal in Erwägung gezogen hatte. In Seattle wohnen …

»Mom!«, drang Pauls ungeduldige Stimme durch die Küchentür.

»Wir sind gleich so weit«, rief Beth, »nur noch ein bisschen!«

»Meinst du, ich sollte das Angebot annehmen?«, fragte John.

»Nun ja, ein Umzug nach L. A. wäre für uns auch eine Option. Mary Jane und ihre Familie wohnen dort.« Beth dachte laut nach. Sie waren fast ihr ganzes Leben lang Freundinnen gewesen, und die Vorstellung, wieder in Mary Janes Nähe zu wohnen, gefiel ihr. Aber ein Neustart mit John auf neutralem Boden gefiel ihr noch viel besser. »Zusammen mit euch nach Seattle zu ziehen ist ein schöner Gedanke.«

»Paul hat gesagt …«

»Dad!«, beschwerte sich Nikki lautstark. »Wie lange dauert das denn? Du liebst Beth, was gibt es da groß zu diskutieren?«

John lehnte seine Stirn an ihre. »Warum werde ich das Gefühl nicht los, dass wir zwei körperlich unbefriedigt bleiben, bis die beiden da draußen ihren Willen bekommen haben?«

Beth schlang ihm die Arme um den Nacken. »Komm, gib mir wenigstens einen Kuss, bevor wir sie reinholen. Einen nur.«

Er tat, was ihm gesagt wurde, und verschloss ihre Lippen mit einem langen, sinnlichen Kuss. Als er den Kopf wieder hob, stöhnte Beth protestierend auf. Sie wollte nicht, dass dieser Kuss jemals endete. Und da küsste er sie erneut, diesmal mit noch größerem Verlangen als vorher.

»Sie küssen sich!«, rief Nikki und riss die Küchentür auf. »Also müsst ihr euch auf irgendwas geeinigt haben«, verkündete sie und stemmte die Hände in die Hüften.

»Stimmt, und zwar darauf, dass ihr Kinder euch nicht mehr in unser Leben einmischen dürft«, erwiderte John.

Sie beide standen Arm in Arm eng aneinandergedrückt da. Beth erwischte John und Paul dabei, wie sie sich zuzwinkerten.

»Wann ist die Hochzeit?«, fragte Nikki.

Sie und John wechselten einen Blick. »Das wissen wir noch nicht«, antwortete Beth.

»Wann?« Nikki schien nicht bereit, so leicht aufzugeben.

Erneut sahen sie und John sich an.

»Bald«, versprach John.

»Heißt das, ihr heiratet bald, oder nur, dass ihr bald wisst, wann ihr heiratet?«

»Schätze, wir haben sogar *zwei* zukünftige Anwälte in der Familie«, flüsterte Beth.

John grinste und drückte ihr einen kurzen Kuss auf die Lippen. »Beides«, versicherte er seiner Tochter.

Nikki und Paul brachen in Jubel aus und klatschten einander ab.

»Ich hab dir ja gleich gesagt, dass sie nur einen Stups in die richtige Richtung brauchen«, brüstete sich Nikki, als wäre das alles alleine ihre Idee gewesen.

Beth spürte, wie ein Lächeln ihre Mundwinkel umspielte. »Ich schlage mal vor, dass wir diese Debatten auf später verschieben. Im Augenblick haben wir nämlich eine Menge Entscheidungen zu treffen und zu besprechen.«

»Warum setzen wir uns nicht und unterhalten uns darüber?«, schlug John vor.

»Genau das hast du auch gesagt, als wir hier angekommen sind«, erinnerte ihn Nikki. Dann rutschte sie auf die Bank und klopfte auf den leeren Platz neben sich, damit ihr Dad sich setzte.

In der Nacht auf den Sonntag fand Beth ihren Sohn weit nach Mitternacht am Strand. »Ich hatte mich schon gefragt, wo du wohl steckst«, sagte sie und hockte sich zu ihm in den Sand.

»Ich wollte einfach ein bisschen nachdenken.«

Es war ihre letzte Nacht in der Rainshadow Lodge, und sie hatten bereits alles für ihren frühen Aufbruch am nächsten Tag gepackt. Ihre letzten beiden Tage in der Gegend hatten sie damit verbracht, die Innenstadt von Seattle zu erkunden. Sie waren mit der Einschienenbahn gefahren, hatten die Aussichtsplattform hoch oben auf der Space Needle besucht und eine Tour durch das unterirdische alte Tunnelsystem der Stadt gemacht. Paul hätte vollkommen erschöpft sein müssen.

»Mom«, sagte er. Seine Stimme war kaum mehr als ein Flüstern. »Du und Dad, wart ihr eigentlich glücklich?«

Sie wusste nicht, wieso er ihr diese Frage stellte. »Jedenfalls dachte ich, wir wären es«, gab sie leise zurück.

Ein tiefer Seufzer hob seine Brust, als er sich umdrehte, um im Mondlicht prüfend ihr Gesicht zu mustern.

Er runzelte die Stirn, und Beth umfasste sein Kinn. In seinem Blick lagen Schmerz und Zorn. »Wann hast du davon erfahren?«, fragte sie und bemühte sich, mit fester Stimme zu sprechen.

Er zögerte. »Ich ... ich hab Dad etwa einen Monat vor seinem Unfall mit ihr gesehen.«

Beth schluckte schwer und schloss die Augen, weil unerwarteter Schmerz durch ihre Brust zuckte. »Ich ... ich hatte dich davor schützen wollen.«

»Und ich wollte nicht, dass du davon erfährst. Ich hatte Angst ...«

»Wovor?«, hakte sie sanft nach, als sie sah, wie ihr Sohn nach Worten rang.

»Ich verstehe nicht, warum er das gemacht hat«, brach es aus Paul heraus. »Sie war noch nicht mal hübsch!«

»Paul … Paul.« Sie schlang die Arme um ihn und drückte ihn fest an sich, weil ihr einmal mehr klar wurde, dass Jim nicht nur ihr Vertrauen gebrochen hatte, sondern auch das seines Sohnes.

»Manchmal denke ich, dass ich ihn hasse.«

»Dein Vater hatte seine Schwächen«, erwiderte sie und drückte ihm einen Kuss auf den Scheitel. »Ich kann und will ihn nicht dafür verteidigen, dass er eine Affäre hatte. Aber eins kann ich dir mit hundertprozentiger Gewissheit versprechen: Dein Vater hat dich geliebt, Paul. Er war sehr stolz auf dich.«

Sie spürte, wie ihr Sohn mit sich kämpfte, und glaubte einen Moment lang, er werde gleich in Tränen ausbrechen. Kurz krampfte er sich unter dem Schmerz zusammen, dann gewann er seine Fassung zurück und nickte.

»Ich habe ihn auch geliebt.«

»Genau wie ich«, flüsterte Beth und drückte ihren Sohn ganz fest an sich, dort, wo ihr Herz pochte.

»Seid ihr bereit?«, fragte Mary Jane und öffnete die Tür zum großen Schlafzimmer. Beth und Paul waren erst Anfang dieser Woche in das Haus in Seattle eingezogen.

Beth musterte sich ein letztes Mal im Standspiegel und nickte. Sie bezweifelte, dass es irgendwo auf dieser Welt eine Braut gab, die so bereit für ihren Ehemann war wie sie für John. In den vergangenen Monaten hatte sich so vieles verändert. Sie hatte ihr Haus verkauft und er seins. Er hatte eine neue Arbeitsstelle angetreten, genauso wie sie, bei derselben Hotelkette, die sie in St. Louis eingestellt hatte. Es war ein Neuanfang für sie beide. Und ein Neuanfang für Paul und

Nikki, die dabei geholfen hatten, all das hier zuwege zu bringen.

»Ich kenne niemanden, der seine Hochzeit so schnell organisiert hat wie ihr zwei«, sagte Mary Jane, während sie ihr den Brautstrauß reichte.

»Ich stand vor der Wahl, ihn zu heiraten oder meine gesamten Ersparnisse an die Telefongesellschaft zu verlieren. Und abgesehen davon lieben wir einander und wollten die Weihnachtsfeiertage nicht getrennt voneinander verbringen.«

Jemand klopfte leise, dann betrat Nikki das Schlafzimmer. »Der Ärmste ist ein nervöses Wrack.«

»Dein Dad?«

»Nein, Paul. Er war noch nie vorher Trauzeuge. Ich war auch noch nie Trauzeugin, aber trotzdem glaube ich nicht, dass ich mich gleich übergeben muss. Können wir jetzt langsam mal los zur Kirche?«

»Können wir«, antwortete Mary Jane und tupfte sich die Augen trocken.

»Mary Jane«, schalt Nikki.

»Achtet einfach nicht auf mich«, schluchzte Beths Freundin. »Ich muss bei Hochzeiten immer weinen.«

Dave wartete unten am Fuß der Treppe auf den kleinen Trupp. »Die Kutsche steht bereit.« Er wies galant in Richtung Haustür, durch die eine Stretch-Limousine zu erkennen war.

»Übrigens«, sagte er zu ihr, als Beth an ihm vorbeiging. »Wisst ihr schon, wo es in den Flitterwochen hingehen soll?«

Sie bekam gar nicht erst die Chance zu antworten, das übernahm Nikki für sie. »In die Rainshadow Lodge natürlich! Wohin denn sonst?«

– ENDE –

Susan Wiggs

Rosie

Roman

Aus dem Amerikanischen von
Sarah Heidelberger

1. Kapitel

Es gab nichts, was Mitchell Baynes Rutherford III. mehr hasste als geplatzte Termine. Zähneknirschend beobachtete er, wie die letzten Frachtstücke von der Fähre aus Anacortes entladen wurden. Während eine tiefergelegte Corvette von der Rampe fegte, gefolgt von einem Wohnmobil, das in etwa die Größe eines afrikanischen Kleinstaates hatte, begann er, ungeduldig auf und ab zu laufen. Als Nächstes verließ ein mit plärrenden Kindern und entnervten Eltern vollgestopfter Kombi die Fähre, danach ein Cabrio voller College-Studenten. Und dann … nichts.

Jedenfalls nicht die Person, auf die er seit einer geschlagenen Stunde in der glühenden Augustsonne gewartet hatte. Keine Spur von dem »Experten«, den er angefordert hatte.

Mitch blieb stehen und holte sein Handy aus der Brusttasche seines Jacketts. Die Nummer seines Büros in Seattle war über Schnellwahl eingespeichert, allerdings war er nicht sicher, ob das unzuverlässige Netz auf der Insel diesmal funktionieren würde.

»Rutherford Enterprises«, drang die vertraute Stimme seiner Sekretärin aus dem Hörer.

»Miss Lovejoy, dieser ominöse Dr. Galvez ist nicht aufgetaucht.«

»Oh, hier ist alles bestens, Mr. Rutherford, danke der Nachfrage. Und wie geht es Ihnen heute?«, erwiderte seine Sekretärin spitz.

Mitch zog ein finsteres Gesicht und beobachtete währenddessen, wie ein verbeulter VW-Käfer in einer Wolke aus garantiert hochgiftigen Abgasen als Nachzügler von der Fähre tuckerte. Aus den offenen Fenstern des orangeroten Kleinwagens dröhnte Salsamusik. Er musste sich sein freies Ohr zuhalten, um dem Telefonat weiter folgen zu können.

»Tut mir leid, dass ich so kurz angebunden bin«, sagte er, auch wenn es ihm eigentlich kein bisschen leidtat. »Aber dieser Meeresbiologe, den Sie herschicken wollten, ist nicht gekommen.«

»Ach du liebes Lieschen«, erwiderte Miss Lovejoy betont betroffen, doch Mitch kannte sie zu gut, um ihr das Theater abzukaufen. In Wahrheit musterte sie wahrscheinlich gerade gelangweilt ihre Fingernägel oder guckte aus dem Fenster auf die Skyline von Seattle hinab. Vor ihr lag vermutlich eine mit Nadeln durchbohrte Voodoo-Puppe, die ihn darstellen sollte, weil er wegen des laufenden Projekts ihren Augusturlaub gestrichen hatte, den sie eigentlich jedes Jahr nahm.

»Was da wohl passiert sein mag?«, fügte Miss Lovejoy hinzu, ganz die Unschuld in Person.

Der Käfer kroch von der Rampe, sein Auspuff knallte, der Motor gab noch ein paar letzte Stotterer von sich und starb dann keine zehn Meter von ihm entfernt direkt neben dem Kartenschalter ab. Die Fahrerin, die einen großen Hut und eine strassbesetzte Sonnenbrille trug, hieb mit den Fäusten aufs Lenkrad ein und gab auf Spanisch eine Schimpftirade von sich. Zwei glupschäugige, magere Hunde steckten den Kopf aus einem der Wagenfenster und kläfften über das dumpfe Dröhnen der Musik hinweg.

Mitch wandte sich von der Szene ab und drückte die Hand noch fester auf sein Ohr. »Was haben Sie gesagt, Miss Lovejoy? Ich konnte Sie leider nicht verstehen. Wahrscheinlich hab ich gleich keinen Empfang mehr.«

»Ich sagte, dass die Fähren diesen Sommer ganz besonders unzuverlässig sind. Mein Schwiegersohn musste in Victoria zwölf Stunden lang wart…«

Es rauschte in der Leitung, dann wurde die Verbindung unterbrochen.

»Miss Lovejoy?«, rief Mitch, aber sie war weg. Fluchend klappte er das Handy zu. Die Frau aus dem Käfer war ausgestiegen und öffnete gerade die Motorhaube, unter der ein dampfender, ziemlich widerspenstig aussehender Motor zutage kam. Es bereitete ihm ein perverses Vergnügen, jemanden zu beobachten, der noch tiefer in der Tinte steckte als er selbst. So nervig es auch sein mochte, dass sein neuster Angestellter die Fähre verpasst hatte, im Grunde hatte er sich fast schon an solche Überraschungen gewöhnt.

Das Inselzeit-Syndrom, so nannte man diesen Zustand. Die ersten Tage über hatte er den Ausdruck nicht ernst genommen, aber zu seinem Entsetzen fing er langsam an zu verstehen, was es damit auf sich hatte. Die Bewohner der San Juan Islands folgten ihrer eigenen inneren Uhr, nicht irgendwelchen Normen, die – Gott bewahre! – von der Wirtschaftswelt vorgegeben wurden. Die Handwerker kamen und gingen, wie es ihnen passte, und ließen Aufträge unbeendet, wenn ihnen eine bessere Beschäftigung über den Weg lief – zum Beispiel Muscheln von irgendeiner Kaimauer kratzen oder auf den Cattle-Point-Leuchtturm klettern, um eine vorbeischwimmende Walschule zu beobachten.

Die Touristen schienen das lasche Tempo ganz reizend zu finden, aber er hatte einen Job zu erledigen, und zwar innerhalb einer begrenzten Zeitspanne. Er hatte die Rainshadow Lodge für den gesamten August gebucht. Was bedeutete, dass er für sein aktuelles Projekt – die Planung eines neuen Jachthafens auf Spruce Island mit vierzig Liegeplätzen – nur vier Wochen Zeit hatte.

Der Inspektor vom örtlichen Bauplanungsamt hatte ihn kommentarlos versetzt, dann hatte der Architekt merkwürdige Pläne gefaxt – danach war alles zum Stillstand gekommen. Die Insel lag wie ein Smaragd im kristallklaren Wasser eines hochempfindlichen Ökosystems. Ehe hier irgendwelche Arbeiten ausgeführt werden durften, musste ein Experte die gesamte Umgebung untersuchen, damit sichergestellt war, dass die Tier- und Pflanzenwelt durch das Projekt keinen Schaden nahm.

Genau das wäre eigentlich die Aufgabe seines neuen Mitarbeiters gewesen, der offenbar ebenfalls beschlossen zu haben schien, ihn hängen zu lassen. Die Uhr dagegen tickte unerbittlich weiter.

Mitch machte sich auf den Weg zurück zu seinem Boot, einer vierzehn Meter langen Bayliner, die er für den Monat gechartert hatte, doch als er am Heck des Käfers vorbeikam, hielt er mitten in der Bewegung inne.

Die Fahrerin trug ein knapp sitzendes rotes Kleid, das von einem dünnen Band in ihrem grazilen Nacken gehalten wurde. Der Rock war so kurz, dass sie damit in einigen Gegenden der Welt vermutlich gegen das Gesetz verstoßen hätte. Das war auf den San Juan Islands, wo alles erlaubt war, was gefällt, natürlich nicht der Fall. Die hochhackigen Sandalen unterstrichen die Wirkung ihrer langen, schlanken, in einem hellen Olivbraun gebräunten Beine, die in der Sonne schimmerten. Als die Frau sich vorbeugte, um einen Blick auf den Motor zu werfen, wurde Mitchs Kehle schlagartig staubtrocken.

Und dabei hatte er noch nicht mal ihr Gesicht gesehen.

Ach bitte, wen interessieren schon Gesichter, fragte der Halbwüchsige in ihm.

Offenbar war er nicht der Einzige, dessen Halbwüchsigenmentalität bei diesem Anblick erwacht war, denn eine Handvoll Fährenarbeiter eilte auf die rot gewandete Jungfer in Bedrängnis zu. Getrieben vom primitiven Instinkt, sein Revier abzustecken, machte Mitch ein paar Schritte auf die Käferfahrerin zu, sodass er als Erster bei ihr ankam. »Brauchen Sie vielleicht Hilfe, Miss?«, fragte er.

»Ja, ich schätze schon«, erwiderte sie.

Sie hatte einen Arm gegen die hochgeklappte Motorhaube gestützt und klackerte ungeduldig mit ihren rot lackierten Fingernägeln auf dem Metall herum. Die Köter im Auto drehten völlig durch, als er näher trat.

»Freddy«, sagte die Frau streng. »Selena! Ruhe jetzt. *Silencio!*«

Zu seiner Überraschung gehorchten die Tölen. Allerdings hörten sie nicht auf, ihm argwöhnische Blicke zuzuwerfen.

»Also ...«, sagte sie und schob sich den Hut in den Nacken, wodurch ihr Gesicht zum Vorschein kam, das ihrem Körper mehr als nur gerecht wurde. Dann nahm sie die Sonnenbrille ab und steckte einen der Bügel hinter den Ausschnitt ihres Kleids und damit zwischen ihre Brüste. Aus dunklen Augen musterte sie ihn unverholen von Kopf bis Fuß. Sein Erscheinungsbild schien sie zu amüsieren. Irgendetwas in ihrem Blick weckte bei ihm den Wunsch, er hätte ein weniger streng geschnittenes Hemd gewählt und eine Hose mit einer nicht ganz so perfekten Bügelfalte und Schuhe, die nicht auf Hochglanz poliert waren.

»Sie können also Automotoren reparieren?«, schloss sie.

»Ich weiß rein gar nichts über Autos«, gab er zu. »Aber

ich glaube, dass wir Ihren Wagen aus der Fahrspur befördern sollten.«

Sie klappte die Motorhaube herunter. »Gute Idee.« Dann schwang sie sich auf den Fahrersitz, wodurch eine Sekunde lang noch ein paar Zentimeter mehr von ihren sensationellen Beinen sichtbar wurden, und stellte die Musik ab. »Sie schieben, ich lenke.«

Na toll, dachte er und schlüpfte aus seinem Jackett, das er über die zur Hälfte heruntergekurbelte Fensterscheibe auf der Beifahrerseite legte. Die Flohsäcke auf der Rückbank fingen umgehend an, neugierig daran herumzuschnüffeln. Mitch verbot sich, auch nur darüber nachzudenken, dass einer der Chihuahuas beschließen könnte, sein Territorium darauf zu markieren.

»Am besten bringen wir den Wagen zum Parkplatz am Ufer«, sagte er und wies in die entsprechende Richtung.

Die Frau nickte und legte den Sonnenhut auf den Beifahrersitz. Mitch warf einen Hilfe suchenden Blick zu den Fährenarbeitern. Kommt schon, Jungs, dachte er, aber da er ihnen zuvorgekommen war, schienen sie jegliches Interesse an der Jungfer in Not verloren zu haben.

»Okay, der Gang ist raus«, rief sie durchs offene Fenster.

Ihr Akzent war einfach hinreißend, kaum wahrnehmbar, außer beim R und wenn sie die Vokale in die Länge zog. Mitch legte die Hände auf das kochend heiße Heck und schob. Als der zerbeulte kleine Käfer losrollte, wurde der Widerstand geringer, und kurz darauf hatten sie den Wagen in eine Parklücke am Ufer bugsiert.

»Platz, ihr zwei«, befahl die Frau den Hunden, dann stieg sie aus und kam zu ihm herum. »Danke.« Sie nickte ihm zu.

»Keine Ursache.« Er gab sich Mühe, sie nicht allzu unverfroren anzustarren, aber sie war einfach umwerfend. Volle rote Lippen, dunkles seidiges Haar, die Augen noch dunkler, die Wimpern noch seidiger. Ein einzelner Schweißtropfen verschwand zwischen ihren Brüsten. Auf der glatten Haut über ihrem Dekolleté ruhte ein winziges Goldkreuz an einer zarten Kette. Mitch musste ein Stöhnen unterdrücken. »Ähm, gibt es jemanden, den Sie anrufen können? Sind Sie Mitglied in einem Automobilklub?«

Sie lachte fröhlich und abgehackt. »Dieses Auto ist älter als ich. Ich dachte immer, wenn es mal liegen bleibt, lasse ich es einfach stehen und suche das Weite.«

Er war sich nicht ganz sicher, ob das ein Witz sein sollte. »Wollen Sie sonst jemanden kontaktieren?«

»Ja, das sollte ich wohl besser. Ich verpasse nämlich gerade einen Termin.«

Sie drehte sich um und schaute suchend über den Anlegeplatz. Im selben Moment ertönte das Horn, und die Fähre legte wieder ab. Die Frau biss sich auf die Unterlippe, und der Halbwüchsige in ihm meldete sich augenblicklich zurück.

»Ich sollte hier abgeholt werden, aber es scheint niemand gekommen zu sein«, erklärte sie.

Er zwang seinen Blick weg von ihrem erdbeerroten Mund und schaltete sein Gehirn ein. »Sie können doch unmöglich Dr. Galvez sein.«

Auf ihren Lippen breitete sich ein Lächeln aus, strahlend und großzügig wie die Sommersonne. Mitch kannte nicht viele Frauen, die so spontan und offen lächelten.

Sie hielt ihm die Hand hin. »Dr. Rosalinda Galvez. Meine Freunde nennen mich Rosie. Dann müssen Sie Mr. Rutherford sein.«

»Mitch«, korrigierte er hastig und versuchte, seine Gehirnleistung an die neuen Umstände anzupassen. Im Fax von Miss Lovejoy hatte nur gestanden, dass er eine Person namens R. Galvez, Ph. D. treffen sollte, die mit der Nachmittagsfähre aus Anacortes ankäme. Aus diesen wenigen Informationen hatte sein fantasieloser Verstand gefolgert, dass irgend so ein Professorentyp auf der Insel aufkreuzen würde. Im mittleren Alter, natürlich männlich, mit lichtem Haar und ein bisschen speckig in der Bauchregion. Dicke Brille auf der Nase, weil das ganze Geglotze durchs Mikroskop schädlich für die Sehkraft war. Er nahm sich vor, bei nächster Gelegenheit ein Wörtchen mit Miss Lovejoy zu reden. Garantiert hatte sie ihn am Telefon nur nicht auf seinen Irrtum hingewiesen, als er von einem Mann sprach, um sich für ihren verpatzten Urlaub zu rächen.

»Mr. Rutherford«, sagte die dunkelhaarige Schönheit, dann korrigierte sie sich: »Mitch. Gibt es ein Problem?«

»Ja, mich«, platzte er heraus.

»Wie bitte?«

Er schüttelte den Kopf. »Nicht so wichtig.«

Sie langte in den Wagen, nahm einen der beiden Hunde auf den Arm und streichelte ihn geistesabwesend. Der Chihuahua kuschelte sich an ihren Bauch. »Ich kann Ihnen gerade nicht folgen.«

Er gab sein Bestes, seine Eifersucht auf diese kleine Ratte im Zaum zu halten. »Sie sind einfach nicht ganz das, was ich erwartet hatte.«

»Oh.«

Wieder machte sie diese Sache mit ihren Lippen, das machte wiederum ihn fast wahnsinnig. Mit vielsagendem Blick musterte sie sein maßgeschneidertes Hemd, die Anzughose von Armani, die italienischen Loafers.

»Sie sind es schon.«

Trotzig stemmte er die Hände in die Hüften, wobei er spürte, wie er schwitzte. »Ich bin für einen Geschäftstermin gekleidet. Alte Gewohnheiten sind hartnäckig.«

»Ich denke, ich sollte dann wohl mein Gepäck aus dem Auto nehmen, oder?«, fragte sie und neigte den Kopf zur Seite. »Ihre Sekretärin meinte, dass wir per Privatboot nach Spruce Island übersetzen.«

»Genau.« Er nickte in Richtung der Bayliner. »Es liegt da drüben. Warten Sie, ich hole einen Wagen für Ihre Sachen.«

»Toll, danke.«

»Sie müssten da hinten einen Parkschein lösen«, erklärte er. »Für Langzeitparker.«

Wieder warf sie ihm dieses strahlende Lächeln zu. »Es gefällt mir, wie das klingt.«

»Es ist doch nur ein Monat.«

Sie verdrehte die Augen. »So wie mein Leben bisher ausgesehen hat, ist ein Monat eine halbe Ewigkeit.«

»Dann darf ich also davon ausgehen, dass Sie es sich mit dem Auftrag nicht anders überlegt haben?«

Sie lachte unbeschwert und setzte den Hund wieder im Auto ab. »Dürfen Sie. Und das wird ganz sicher so bleiben, Mr. ... Mitch.«

Auch ein paar Minuten später hatte er die neuen Informationen noch nicht vollkommen verarbeitet. Seine Meeresbiologin sah aus wie Jennifer Lopez. Sie fuhr einen VW-Käfer, der älter war als sie selbst, inklusive Marienstatue aus Plastik auf dem Armaturenbrett und einem Plüschwürfel, der vom Rückspiegel baumelte. Sie hatte zwei Chihuahuas, die nach verstorbenen Latino-Sängern benannt waren, und ein Lächeln, so schön, dass man darüber glatt das Atmen vergaß. Mitch wusste nicht, ob er gerade das große Los gezogen hatte oder ob ihm das Schicksal einen fiesen Streich spielte.

Während er beobachtete, wie sie den Frontkofferraum des Käfers öffnete, wobei er die geschmeidigen Bewegungen ihrer langen, sehnigen Muskeln unter der gebräunten Haut bewunderte, beschloss er, dass er durchaus bereit war, für diesen Anblick die Chihuahuas in Kauf zu nehmen.

»Das ist alles, was ich dabeihabe«, sagte sie.

Er rollte den Handwagen neben das Auto. Im Kofferraum lagen ein mittelgroßer Koffer, ein Sack Hundefutter und eine Kiste voller technischer Apparate. »Sie reisen mit ganz schön leichtem Gepäck«, bemerkte er.

»Ich hatte noch einen großen Koffer«, sagte sie ein bisschen wehmütig, »aber …« Dann verstummte sie.

»Aber was?«

»Ich hab ihn einer Frau an der Fährenanlegestelle in Anacortes geschenkt.«

Mitch runzelte die Stirn und verstaute das Hundefutter auf dem Wagen. »Warum denn das?«

»Sie braucht die Kleidung dringender als ich.«

Er blinzelte verwirrt. Obdachlose waren dieser Tage so allgegenwärtig, dass sie kaum mehr wahrgenommen wurden. Es war ungewöhnlich, dass überhaupt noch jemand zu helfen versuchte. »Das war ziemlich nett von Ihnen«, sagte er.

»Ich hab das nicht getan, weil ich nett sein wollte. Ich hab es getan, weil sie die Sachen gebraucht hat.« Sie knallte die Motorhaube zu. »Freddy, Selena, auf geht's.« Die Chihuahuas sprangen vom Beifahrersitz, und Rosie holte ihren Hut und eine Schachtel voller CDs und Musikkassetten aus dem Auto, dazu noch eine kleine Kühlbox mit Wasser. »Für die Hunde«, erklärte sie. Als Letztes kramte sie eine riesige Kiste aus dem Fußraum, aus der Ringordner, Mappen und lose Zettel quollen.

»Und das?«, fragte Mitch und nahm sie ihr ab.

»Meine persönlichen Unterlagen.« Sie wich seinem Blick aus. »Ich … ähm … ich habe meine Wohnung aufgegeben.«

»Aber dieser Job hier ist nicht von Dauer«, erinnerte er sie.

Sie zwinkerte. »Wie gesagt, für meine Verhältnisse ist ein Monat eine Ewigkeit.«

Er half ihr, die Autofenster hochzukurbeln. »Und das ist wirklich alles?«

»Schätze schon«, sagte sie und ließ ihren Schlüsselbund in eine XXL-Einkaufstüte fallen, auf die das ausgeblichene Logo eines Chemiekonzerns gedruckt war.

»Wollen Sie das Auto gar nicht abschließen?«, fragte er.

Sie zuckte mit den Achseln. »Hey, wenn jemand findet, dass dieser Schrotthaufen einen Diebstahl wert ist, kann er gerne zuschlagen. Die Lautsprecher sind seit Jahren durchgebrannt.«

Was für eine seltsame Frau, dachte Mitch, während er den Handwagen zum Boot schob. Materieller Besitz schien für sie keinerlei Bedeutung zu haben.

Er hielt ihr das Tor auf, durch das es zu den Liegeplätzen ging. »Ladies first«, sagte er.

Wieder bedachte sie ihn mit diesem verwirrend schönen Lächeln, in das er schon jetzt ein bisschen verliebt war, und lief ihm voraus die Rampe hinab. Die Hunde jagten sich gegenseitig und sprangen glücklich um ihre Füße herum.

Gott, dachte Mitch, ehe er sich eines Besseren belehren konnte, wie sehen diese Beine erst aus der Perspektive der Chihuahuas aus?

2. Kapitel

Mitchell Rutherford war ein Ritter in schimmernder Rüstung. Er wusste zwar nichts davon, aber er hatte ihr das Leben gerettet.

Allerdings würde sie einen Teufel tun, ihm etwas darüber zu erzählen. Schließlich hatte er diese ganz bestimmte Aura. Diesen Blick, der ihr verriet, dass er einer war, der sofort die Beine in die Hand nahm, sobald er erfuhr, dass sie kein Zuhause hatte, kein Geld, keine Aussichten und auch sonst nichts, was über die einmonatige Tätigkeit für sein Unternehmen hinausging.

Der freie Fall ohne Netz und doppelten Boden war nichts Neues für Rosie Galvez. Als Mitglied einer achtköpfigen Familie hatte sie schon früh gelernt, blind darauf zu vertrauen, dass das Universum es letztendlich immer gut mit ihr meinte. Die letzte Katastrophe hatte sie allerdings in ihren Grundfesten erschüttert. Diesmal war sie nur um Haaresbreite davongekommen.

»Sagen Sie Bescheid, wenn wir ablegen können«, rief sie zur Brücke hoch, wobei sie den Kopf in den Nacken legte. Über dem grünen Bimini-Verdeck der Bayliner spannte sich ein strahlend blauer Himmel, in dem Seemöwen schwebten. Wie Mitchell Rutherford dort oben am Steuerrad stand, erinnerte er sie an ein Motiv für eine Aftershave-Werbung. »Ich kann die Leinen lösen.«

»Danke.«

Der Doppelmotor erwachte tief grollend zum Leben.

Rosie löste die Leinen an Bug und Heck, warf sie aufs Deck und stieß das Boot von der Kaimauer ab. Im letzten Moment sprang sie an Bord und verzog das Gesicht, als sie sich bei der Landung den Knöchel verdrehte. Die hohen Absätze waren eindeutig ein Fehler gewesen. Blieb zu hoffen, dass sich ihre Turnschuhe nicht in dem großen Koffer befanden, den sie der Obdachlosen geschenkt hatte.

Eine weitere Sternstunde in ihrem wahnwitzigen Leben.

Als sie sich über die Reling beugte, um die dicken blauen Fender einzuholen, erklang aus Richtung der Anlegestelle laut imitiertes Wolfsgeheul. Sie sah auf und entdeckte zwei Mitglieder des Jachtklubs, die sie anzüglich beäugten.

»Beruf oder Vergnügen?«, rief der eine und stieß seinem Freund mit dem Ellenbogen in die Rippen.

Idioten, dachte sie und warf den Kopf in den Nacken. Die Vorstellung, dass man Mitch und sie für einen reichen Schnösel mit seiner Latina-Geliebten hielt, gefiel ihr überhaupt nicht. Wobei ihr Bruder Carlito jetzt eingeworfen hätte, dass sie nicht erwarten konnte, in ihrem Aufzug mit Doktor Galvez angesprochen zu werden.

Das Problem bestand darin, dass sie nun mal gerne High Heels trug, dass es ihr Spaß machte, in einem zerbeulten alten Auto herumzufahren und dabei viel zu laute Musik zu hören, und dass sie es liebte, ihre Haare zu lang und ihre Kleider zu kurz zu tragen. Alles in allem war sie einfach am liebsten sie selbst.

Abgesehen davon jedenfalls, dass sie in der Regel völlig pleite war.

Sie warf Mitch, der sich darauf konzentrierte, das Boot sicher aus dem Hafen zu manövrieren, einen schuldbewussten Blick zu. »Kann ich Ihnen sonst noch irgendwie helfen?«, rief sie.

»Nein, alles bestens, danke. Wir legen in etwa vierzig Minuten auf Spruce Island an.«

Die Hunde, die sich Gott sei Dank so gut wie überall wohlfühlten, hatten es sich schon im Schiffssalon gemütlich gemacht, der mit einem kleinen Sofa und einem Sessel eingerichtet war. Rosie streifte ihre Sandalen ab und kletterte die Leiter hoch auf die Brücke. Als sie sich zu Mitch gesellte, strich die warme Brise über ihre Haut, und ihre Laune hob sich merklich.

»In der Kühltasche da drüben sind ein paar Getränke«, sagte er. »Bitte bedienen Sie sich.«

Sie holte sich eine Flasche stilles Mineralwasser. »Möchten Sie auch etwas?«

»Für mich ein Bier, bitte.« Er setzte seine Sonnenbrille auf und lenkte das Boot in Richtung Kanal. Nördlich von ihnen glitt eine Flotille Segelboote durchs glitzernde Wasser, anmutig wie Vögel, die Segel vom Wind gebläht. Der Sommertag war so rein und strahlend wie ein Diamant. Nirgendwo war der Himmel so blau wie im August über den San Juans.

»Es ist wunderschön hier.« Sie seufzte und hielt das Gesicht in den Fahrtwind.

Mitch drehte nach Südwesten ab. »Ja, schätze, da haben Sie recht.«

Es klang nicht so, als ob er es auch so meinte. Meistens fiel es Rosie leicht, Menschen zu durchschauen, also nippte sie hin und wieder an ihrem Wasser und versuchte, ihre analytischen Fähigkeiten auf Mitchell Baynes Rutherford III. anzuwenden. Er sah ziemlich gut aus, wirkte aber nicht so, als ob er viel Zeit auf sein Äußeres verwendete. Er strahlte diese ganz bestimmte angeborene Anmut aus. Während sie seine erfreulich breiten Schultern musterte, kam sie zu dem Schluss, dass er von Natur aus athletisch veranlagt war. Schließlich war er allem Anschein nach viel zu beschäftigt damit, Geld zu verdienen, um sich im Fitnessstudio herumzutreiben oder in diesen gruseligen Beautysalons für Männer, die neuerdings so in Mode waren.

Das Geld, sein Aussehen und die Aura des Erfolgs mussten ihn zwangsläufig zum reinsten Frauenmagneten machen, trotzdem war sie sich absolut sicher, dass er nicht vergeben war.

»Sie gucken mich an, als wäre ich ein Forschungsobjekt«, sagte er.

Sie lachte. »Erwischt. Ich habe gerade darüber nachgedacht, dass Sie wahrscheinlich weder Frau noch Freundin haben.«

»Wie kommen Sie darauf?«

»Feldstudien sind meine Spezialität.«

Er nahm einen Schluck Bier. »Haben Sie Interesse an dem freien Posten?«

Sie zwang sich, seinem Blick standzuhalten. »Suchen Sie denn nach einer geeigneten Kandidatin?«

»Nein.«

»Dann nicht.«

Er grinste. »Gut. Schön, dass wir das klären konnten.«

Sie grinste zurück. »Find ich auch.«

Ihrer Meinung nach war es besser, solche Themen so schnell und direkt wie möglich abzuhaken. Sie mussten zusammenarbeiten, und die Spannung, die unausgesprochenes gegenseitiges Interesse mit sich brachte, wäre dafür nicht unbedingt förderlich. Dass diese Spannung vorhanden war, ließ sich nicht mehr leugnen, seit sie von ihrem kaputten Automotor aufgeblickt und Mitch entdeckt hatte, der über den Parkplatz auf sie zukam und aussah, als wäre er dem Cover der *Men's Vogue* entstiegen.

Solange sie die Grenzen wahrten, würden sie bestens miteinander auskommen, da war sie sich sicher. Mitch in seiner Welt der Selfmademillionäre, sie in ihrer politisch korrekten Akademikerwelt. Sie erkannte intuitiv, dass sie ihn nur verschrecken würde, falls sie ihm erzählte, was für schwere Zeiten sie gerade durchlebte. Mitch Rutherford war definitiv der Typ Mann, dem gegenüber man besser keine Schwäche zeigte. Sollte er jemals erfahren, wie hilfsbedürftig und verzweifelt sie im Augenblick war, würde er die Flucht ergreifen.

Und wenn er wüsste, wie unfassbar einsam sie war, bräche er ihr vermutlich das Herz. Das konnte sie sich eindeutig nicht leisten, so mittellos, wie sie derzeit ansonsten schon dastand.

»Wie haben Sie eigentlich von dem Job erfahren?«, fragte er und sah müßig einem rostbraunen japanischen Tanker hinterher, der durch die Fahrrinne Richtung Seattle pflügte.

»Per Internet. Ihre Assistentin hat ein Gesuch auf dem Schwarzen Brett der University of Washington gepostet. Die Jobbeschreibung klang vielversprechend.« Eine Notlüge. Routinestudien über Umweltauswirkungen waren superlangweilig und bestanden aus nichts weiter als immer gleicher Laborarbeit und jeder Menge bedeutungslosem Papierkram. Auf eine Doktorin der Meeresbiologie, die gerade die Kündigung ihres Lehrauftrags aus dem Briefkasten gefischt hatte, übte der Job jedoch ungefähr so viel Anziehung aus wie eine schimmernde Golddublone auf dem Meeresgrund.

Da es zu den Jobbedingungen gehörte, einen Monat lang an einem Ort namens Rainshadow Lodge zu wohnen, und sie sich Schlimmeres vorstellen konnte, als auf einer idyllischen Insel anspruchslose Arbeit zu verrichten, hatte sie die Chance ergriffen, sich neu zu orientieren und den ersten Schritt in eine neue Zukunft zu wagen. Sie war nie sonderlich gut im langfristigen Planen gewesen, aber den besten Job zu verlieren, den sie jemals gehabt hatte, war wie ein Schlag in die Magengrube. Vielleicht war es ja ein Hinweis des Universums. Ein Wink, dass sie endlich beginnen sollte, sich wie eine Erwachsene zu benehmen, ihr Leben in den Griff zu bekommen und herauszufinden, was sie mit dem Rest eben dieses Lebens anfangen wollte.

Während sie von der Brücke der Bayliner aus beobachtete, wie die Inseln Smaragden gleich aus der See auftauchten, schwor sie sich, ihre Aufgabe so gut zu erledigen, dass ihr neuer Arbeitgeber sie anbetteln würde, auf Dauer für sein Unternehmen zu arbeiten.

»Dann kennen Sie sich also aus mit dieser Art von Studien?«, unterbrach er ihren enthusiastischen Gedankengang.

Sie nickte, holte eine Packung Kaugummis aus ihrer Handtasche und bot ihm eines an, doch er lehnte ab. Sie faltete den Wrigley's-Streifen viermal und schob ihn sich in den Mund. »Während meines Studiums und der Promotion habe ich jede Menge Feldstudien durchgeführt. Die machen großen Spaß, aber ich nehme sie natürlich trotzdem ernst. Ich hatte mich auf Ornithologie spezialisiert.«

»Was ist das?«

»Vogelkunde. Besonders interessieren wir uns natürlich für die, die selten vorkommen – Kraniche und so weiter.« Sie streckte den rechten Arm aus und drehte ihn, damit Mitch die gezackte blaurote Narbe in ihrer Armbeuge sehen konnte.

»Um Himmels willen«, entfuhr es ihm. »Wie ist das denn passiert?«

»Als ich Doktorandin an der Uni in San Diego war, hatte ich eine kleine Auseinandersetzung mit einem Hai über einen Teil des Kamerazubehörs.«

Er stieß einen leisen Pfiff aus. »Und wer hat gewonnen?«

Sie lachte, warf den Kopf in den Nacken und ließ den Wind mit ihrem Haar spielen. »Ich würde nie einen Hai gewinnen lassen, Mitch. Nie.«

3. Kapitel

Während Mitch das Boot am Privatsteg der Rainshadow Lodge festmachte, betete er sich wieder und wieder vor, dass Rosie Galvez eine Angestellte war – und selbst das bloß für kurze Zeit. Das Problem war nur, dass es an dieser kurvenreichen, aufsehenerregenden Frau rein gar nichts gab, das er nicht durch und durch faszinierend fand. Ganz besonders faszinierte ihn ihre Reaktion auf das Sommerhaus.

Die Hunde tobten schon längst auf der Wiese vor dem Anwesen, doch Rosie stand einfach nur reglos auf dem Anlegesteg und sah zu der alten viktorianischen Villa hinauf, als hätte sie gerade einen Blick auf ein Stück vom Himmel erhascht. Die Sandalen baumelten ihr scheinbar vergessen von den Fingern, und ihre zierlichen nackten Füße ruhten auf dem sonnenwarmen Holz des Stegs. Mitch wartete mit ihrem Koffer in der Hand ab und beobachtete sie. Etwas geschah mit ihrer extravaganten, leuchtenden Schönheit, während sie den Ort musterte, an dem sie die nächsten vier Wochen verbringen würde. Ein weicher Zug beherrschte ihr Gesicht, eine Verletzlichkeit, die bei ihm ganz und gar seltsame und unerwünschte Gefühle weckte.

Er wollte das nicht sehen. Nicht die Sehnsucht, nicht die Einsamkeit und nicht das bare Unglück, das der Anblick des Hauses bei ihr heraufzubeschwören schien. Er wollte nicht darüber nachdenken müssen, was es mit dieser Sehnsucht auf sich hatte. Und vor allem wollte er nicht derjenige sein, der diese Sehnsucht stillte, weil es nichts als Ärger bedeutete, sich mit einer Mitarbeiterin einzulassen.

»Es ist einfach perfekt«, verkündete sie und musterte mit einem fast schon gierigen Blick die bemalten Balken, die die umlaufende Veranda schmückten. »Als würde die Zeit hier stillstehen, finden Sie nicht?«

»Was die Rohrleitungen betrifft, war das bis vor Kurzem definitiv der Fall«, erwiderte er. »Kommen Sie, ich zeige Ihnen Ihr Zimmer.«

Sie lief vor ihm her die lange Holztreppe hinauf, die vom Steg in den Garten führte. Der ausgestellte Saum ihres roten Kleids flatterte einladend in der Brise. Mitch gab sich alle Mühe, Manieren an den Tag zu legen und nicht zu starren, aber der Halbwüchsige in ihm sah trotzdem hin.

Als sie das Ende der Treppe erreicht hatten, stand ihm der Schweiß auf der Stirn, außerdem war er in Sachen Affären mit Angestellten zu einer neuen Meinung gelangt. Im Endeffekt war Rosie doch wie gemacht für eine Ausnahme. Sie hatte einen Vertrag unterschrieben, laut dem sie genau einen Monat und keinen Tag länger für ihn arbeiten würde.

Warum also nicht, verdammt noch mal? Im Prinzip wäre es nichts anderes als ein One-Night-Stand, nur eben für einen ganzen Monat. Und solange sie sich in dieser Hinsicht beide einig waren, war es durchaus möglich, dass die vier Wochen in der Rainshadow Lodge nicht nur lukrativ, sondern auch verdammt unterhaltsam wurden.

Das Problem bestand darin, dass sie vermutlich wie alle Frauen war, mit denen er sich bisher eingelassen hatte. Und das bedeutete, dass sie am Ende des Monats Probleme haben würde loszulassen. Er selbst war nicht unbedingt der Meinung, dass er es wert war, an ihm festzuhalten. Frauen sahen das offenbar anders. Sie klammerten. Und zwar sehr viel länger, als gut für sie war, dann war jedes Mal er am Zug und musste irgendetwas tun, was sie verletzte, nur damit sie verschwanden.

Er hasste es, Leuten wehzutun, aber wenn es keine andere Möglichkeit gab, seine Grenzen zu wahren, war er selbst dazu bereit. Widerwillig gab er den kurzen Traum von einer wilden Affäre mit Rosie auf. Er hatte sowieso zu viel zu tun.

»Warten Sie, es ist abgesperrt.« Er stellte den Koffer ab. Die Chihuahuas fetzten durch den Garten und markierten ihr Territorium. So viel zum Thema Krocket, dachte Mitch. Er lächelte reumütig und zuckte die Achseln, er war sowieso nicht der Typ für Krocket.

Er drehte den Schlüssel im Schloss herum und hielt Rosie die Tür auf. Die Absätze ihrer Schuhe, die sie inzwischen angezogen hatte, klackerten über den Boden der Vorhalle.

»Wunderschön«, sagte sie in fast schon ehrfürchtigem Ton. »Wie haben Sie dieses Juwel nur gefunden, Mitch?«

»Eigentlich war das Miss Lovejoy. Hat sie Ihnen gar nicht davon erzählt?«

»Sie hat nur gesagt, dass Kost und Logis inbegriffen sind. Ich hatte keine Ahnung, dass die Logis *so* aussieht.«

Ihre Reaktion war absolut fesselnd. Als er selbst das Haus zum ersten Mal betreten hatte, waren keinerlei erwähnenswerte Gefühle in ihm hochgekommen – bis auf leisen Ärger, weil es trotz der vielen Räume nur einen einzigen Telefonstecker gab. Er zog es vor, seinen Computer, das Telefon und das Fax separat anzuschließen, aber die altmodische Lodge war für solche Ansprüche nicht ausgestattet.

»Kommen Sie, ich zeige Ihnen Ihr Reich«, bot er an.

Sie nahmen die Treppe nach oben. Er hatte den Raum für Rosie im zweiten Stock eher willkürlich ausgewählt, weil er ein eigenes Bad mit einem riesigen Jacuzzi hatte, den er im

Leben nicht benutzt hätte. Als sie sich nun zu ihm umwandte und ihm ein strahlendes Lächeln zuwarf, war er froh, dass er sich dafür entschieden hatte.

»Ich schließe daraus, dass es Ihnen gefällt?«

»Kann man wohl sagen.« Sie trat ans Fenster und schob die Vorhänge zur Seite. In der Ferne erhoben sich die selbst im Sommer schneebedeckten Cascades wie weiße Zähne über die Meerenge. »Was für ein schöner Ausblick. Und dann noch der ganze Luxus. Wirklich, Mitch, mehr kann man nicht verlangen.«

Er musste aufhören, sie anzustarren, aber wie sie dastand, in Sonnenlicht getaucht und mit diesem umwerfenden Lächeln auf den Lippen und diesem Ausdruck in den Augen, der ihn mitten ins Herz traf, war das so gut wie unmöglich.

»Dann lasse ich Sie mal in Ruhe ankommen«, sagte er verlegen. »Schreien Sie einfach, wenn Sie irgendwas brauchen.«

»Ich schreie wahrscheinlich so oder so«, sagte sie und lachte ihr unbeschwertes, unkompliziertes Lachen.

Als Mitch sich abwandte, um die körperliche Auswirkung ihrer Nähe bei ihm, mit der man Nägel in Wände hätte hämmern können, zu verbergen, gewann er den Eindruck, dass auch das Schicksal lachte. Und zwar über ihn.

4. Kapitel

Mitch erwachte von wummernder Salsamusik und dem Dröhnen der Jacuzzi-Düsen. Er starrte an die Decke und stellte sich die grazile Rosie in der riesigen Wanne vor. Sein Körper reagierte mit gnadenloser Direktheit auf die Bilder in seinem Kopf. Während er eilig duschte und sich anzog, grübelte er, welche weiteren Herausforderungen der Tag wohl mit sich bringen würde.

Er war fest entschlossen, vor Rosie in der Küche zu erscheinen. *Er* war derjenige, der alles im Griff hatte. *Er* war der Auftraggeber.

Das Haus war mit einer neuen Luxusküche ausgestattet worden, die die meisten Sommergäste mit Sicherheit zu schätzen wussten. Ihm war sie vollkommen gleichgültig. Genauso wie die importierte Espressomaschine aus Kupfer und Chrom. Er hatte kein Verständnis dafür, wie man freiwillig fünf Minuten lang an einem Fingerhut voll dickflüssigem, bitterem Kaffee herumdoktern konnte, wo es doch Instantpulver gab.

Was sie wohl zum Frühstück aß? Er hatte nur das Junggesellenprogramm auf Lager: Pop-Tarts, Bananen, Milch. Wenn sie mehr wollte als das, war sie auf sich gestellt.

Mitch fand, dass das ziemlich souverän klang. Was Rosie Galvez betraf, musste er rabiat vorgehen. Die Grenzen wahren. Sich immer wieder vorbeten, dass er einen Job zu erledigen hatte, und zwar innerhalb eines Monats, und dass sie sich danach nie wiedersehen würden.

Nicht, dass dieses Gesetz in Stein gemeißelt gewesen wäre, aber es war das, was er wollte. Seine Art zu leben. Eine andere kannte er nicht.

Die Chihuahuas tollten die Treppe herunter, doch als sie ihn entdeckten, blieben sie stehen und hoben vorsichtig die Pfötchen. Als er ihnen einen Blick zuwarf, wichen sie sogar ängstlich vor ihm zurück. »Weicheier«, murmelte er in sich hinein. Dann öffnete er den Sack Hundefutter, den Rosie mitgebracht hatte, und schüttete etwas von dem Inhalt in eine Müslischale. Die Hunde wieselten geduckt in Richtung Schüssel, schnüffelten misstrauisch daran herum und ließen sich schließlich auf die Hinterteile fallen. »Bedient euch«, sagte Mitch und wandte sich ab, um seinen Kaffee zu machen und durch das Fenster über der Spüle aufs Meer zu starren. Man hatte ihm erzählt, dass es in der Gegend Schwertwale gab. »Und wo in der Nahrungskette steht ihr zwei so?«

»Das habe ich gehört.«

Rosie erschien in der Tür, als er gerade Kaffeegranulat mit heißem Wasser verrührte. Sie war frisch gebadet, und ihr lächelndes Gesicht wurde von feuchten Locken eingerahmt. Sie sah aus wie aus seinen Träumen aus der Zeit, in der er noch gewusst hatte, wie man träumt.

»Guten Morgen«, sagte sie. »Die beiden sind zweisprachig erzogen, Sie sollten also aufpassen, was Sie in ihrer Gegenwart sagen. Mögen Sie keine Hunde?«

Mitch hob eine Braue. »Ach, das sind *Hunde*? Ich hatte sie erst für Fischköder und bei genauerem Hinsehen für geschorene Hamster gehalten.«

»Sehr witzig. Ich wette, Sie haben nicht mal das kleinste Haustier.«

»Doch, einen Keramikdalmatiner. Ein Schirmhalter. War ein Werbegeschenk.«

»Passt zu Ihnen.« Sie bückte sich, um die Chihuahuas zu streicheln, dann richtete sie sich wieder auf. »Sie sind ganz schön früh wach.«

»Es ist ja auch ein Werktag. Kaffee?« Er hielt ihr einen hin.

Sie spähte in Richtung Instantpulverbehälter, nahm die Tasse und kippte den Inhalt ins Spülbecken. »Ich bitte Sie. Ein Hauch von Niveau muss schon sein.«

»Instant geht schneller«, erwiderte er verärgert.

Sie wies auf die Espressomaschine. »Stört es Sie, wenn ich mir einen Latte macchiato mache?«

»Tun Sie, was Sie nicht lassen können. Aber machen Sie fix.«

»Ein Latte macchiato braucht seine Zeit.«

»Gut, dann machen Sie eben langsam«, zwang er sich zu sagen.

»Das hab ich auch vor.«

Sie sah auf seine Füße und grinste. Mitch hatte nicht mal bemerkt, dass er ungeduldig wippte. »Wir sollten loslegen, ehe es zu spät wird.«

»Nach meinem Kaffee gehöre ich ganz Ihnen.« Sie nahm eine Tüte Milch und eine Packung Kaffeebohnen aus dem Kühlschrank.

Er wünschte, sie hätte es anders formuliert. Irgendwie war alles an ihr zweideutig, obwohl sie heute Denimshorts, ein Tanktop und abgetragene Turnschuhe trug. Seltsamerweise fand er ihr Outfit kein bisschen weniger provokativ als das rote Sommerkleid vom Tag zuvor.

»Danach bringe ich Sie zum Baugelände …«

»Dem *eventuellen* Baugelände«, korrigierte sie ihn.

»Wie auch immer, ich bringe Sie hin. Und dann können Sie mir unser weiteres Vorgehen erläutern.« Mitch hoffte sehr, dass sie ihn richtig verstand. Wenn sie sich so benahm wie die anderen Prüfer und Beamten aus dem Baugewerbe, würde sie einen großzügigen Scheck für ihre Bemühungen entgegennehmen, alle Papiere unterzeichnen und das Projekt damit für akzeptabel erklären. Allerdings sah sie absolut nicht so aus wie die übrigen Inspektoren, mit denen er bisher zusammengearbeitet hatte. Dennoch, die Macht seines Scheckhefts hatte bislang noch immer Wirkung gezeigt.

Mit geübten Handgriffen bereitete sie für jeden von ihnen einen perfekten Latte macchiato zu. Mitch probierte von seinem. Als er aufblickte, bemerkte er, dass sie ihn beobachtete.

»Und?«, fragte sie.

»Was *und*?«

»Jetzt geben Sie schon zu, dass das viel besser schmeckt als Instantkaffee.«

»Schmeckt besser als Instantkaffee.« Er warf einen Blick auf die Uhr. »Aber dafür sind wir nun zu spät dran.«

»Haben wir eine Verabredung?«, fragte sie und leckte sich einen feinen Streifen Milchschaum von der Oberlippe.

»Nein, doch es gibt einen Zeitplan, und den müssen wir einhalten. Sind Zeitpläne etwas, womit Sie vertraut sind, Rosie?«

Sie lachte. »Was, wenn ich jetzt Nein sage?«

»Jedenfalls würde ich Ihnen glauben. Bitte vergessen Sie nicht, dass das hier kein Urlaub, sondern ein Arbeitsaufenthalt ist.«

Ihr Lächeln flackerte und wurde etwas weniger strahlend, und Mitch fühlte sich unangenehm schuldig. »Was ich damit meine«, schob er nach, »ist, dass meine Investoren gewisse Erwartungen an dieses Projekt haben. Die Insel steckt in wirtschaftlichen Schwierigkeiten, und der Hafen könnte der einzige Ausweg sein. Ich kann es mir einfach nicht leisten zu trödeln.«

»Ich verstehe.« Sie setzte sich an den Küchentisch, der in einem achteckigen Alkoven mit Sprossenfenstern stand, die aufs Meer hinausgingen. »Aber eine Tasse Kaffee wird nicht über Gedeih und Verderb Ihres Projekts entscheiden.« Sie atmete tief durch. »Der Schlüssel zum Erfolg ist die Sicherheit, dass Ihr Hafen nicht all das zerstört, was diese Insel so besonders macht.«

Er gab sich geschlagen und nahm bei ihr am Tisch Platz. Da sie offenbar nicht zur Eile zu bewegen war, konnte er es sich genauso gut gemütlich machen. Sie warf ihm über den Rand ihrer Kaffeetasse hinweg ein Lächeln zu, dessen Wirkung ihn erneut erstaunte. Es setzte etwas in ihm frei, das ihn wünschen ließ, einfach nur dazusitzen und sie anzustarren, während die Minuten davontickten. »Brauchen Sie sonst noch was?«, fragte er.

»Nein danke, normalerweise frühstücke ich gar nicht. Und ich wette, *Sie* essen normalerweise im Stehen. Oder im Gehen.«

»Richtig geraten.«

»Sie leben alleine, oder?«

»Auch richtig. Ich habe eine Wohnung in der Stadt.«

»Und ich rate noch mal: in einem von den Wolkenkratzern mit Blick auf die Elliot Bay.«

Mitch schüttelte in gespieltem Unglauben den Kopf. »Was bin ich nur durchschaubar.«

Sie lachte. »Vielleicht bin ich ja auch nur besonders klug.«

»Deswegen hat Miss Lovejoy Ihnen schließlich den Auftrag gegeben.«

Sie stellte die Kaffeetasse ins Spülbecken, verschwand im ersten Stock und kam wenige Minuten später mit ihrem Laborkoffer und einem Clipboard zurück. »Ich wäre dann so weit.«

Sie traten nebeneinander auf die Veranda hinaus. Rosie atmete tief ein und genoss das Prickeln der Meeresluft in ihrer Lunge. »Wunderschön, wirklich. So schön, dass es fast nicht zum Aushalten ist.«

Mitch sah sie stirnrunzelnd an. »Was ist wunderschön?«

»Na, das hier. Alles!« Mit einer ausholenden Geste wies sie auf das Wasser, das in der Morgensonne wie Juwelen glitzerte, auf die schneebedeckten Gipfel in der Ferne, auf die grünen Inseln, die sich aus der Meerenge erhoben. »Wie lange sind Sie eigentlich schon hier?«

»Zwei Tage.«

»Zwei Tage, und Sie haben immer noch nicht bemerkt, wie schön die Landschaft ist?«

»Ich bin hier, um zu arbeiten, Rosie.«

Sie gingen den Kiesweg und die Treppe zum Meer hinab, dann folgten sie der Küstenlinie Richtung Norden. Am Ufer lagen Treibholzstämme, so dick wie Telefonmasten, und unter ihren Füßen klackerten vom Wasser glattpolierte Kieselsteine. Kormorane schwebten über den Klippen, die die Küste säumten. Rosie hatte das Gefühl, dem wahren Wesen der Insel langsam näherzukommen, das sich umso zaghafter offenbarte, weil Spruce Island so ein abgelegenes Fleckchen war. Das Eiland war zwar schon seit Ewigkeiten bewohnt, aber es war der Menschheit niemals gelungen, es zu zähmen. Es wirkte vielmehr so, als ob Spruce Island seine Bewohner zähmte. Genau das war vermutlich das große Geheimnis dieser Insel.

Der Ursprung ihres ganz besonderen Reizes, ihres Zaubers.

Während ihres Spaziergangs führte Rosie Buch über das Ökosystem, registrierte die Anzeichen für Muschel- und Krabbenvorkommen und die erstaunliche Vielfalt von See-

und Greifvögeln. Trotzdem ging ihr Blick immer wieder zu Mitch. Auch er hatte etwas Unbegreifliches, Weltfernes an sich. Eine gewisse Distanziertheit. Sie fragte sich, ob dieser Hauch von stiller Melancholie, der sich durch sein Leben zu ziehen schien, tatsächlich vorhanden oder nur ein Produkt ihrer ausschweifenden Fantasie war, die versuchte, sich so Mitchs Anziehungskraft zu erklären.

Und, Grundgütiger, was fühlte sie sich zu ihm hingezogen! An diesem Morgen war er ein klein bisschen weniger seriös gekleidet und trug kurze Kakis, ein Polohemd von Hilfiger und Segelschuhe. Dennoch strahlte er kühle Förmlichkeit aus. Selbst ihre hyperaktive Fantasie reichte nicht aus, um sich einen Mitch mit zerzaustem Haar vorzustellen. Jede Strähne saß an ihrem Platz, sogar seine Rasur war makellos, und seine Fingernägel waren kurz und vollkommen sauber.

»Was macht man hier denn so in seiner Freizeit?«, fragte sie.

»Freizeit?«

»Ja, Sie wissen schon, wenn man mal Spaß haben will, etwas Schönes erleben. Angeln? Krabben pulen?«

»Nie probiert.«

»Tauchen? Radfahren? Picknicken?«

Er schob die Hände in die Hosentaschen. »Ich bin nicht zum Vergnügen hier, Rosie.«

»Als ob die Welt untergehen würde, wenn Sie sich aus Versehen für ein paar Stunden amüsieren.«

»So eng sehe ich das nun auch wieder nicht. Ich bin doch kein Nazi.«

»Sie haben aber schon mal davon gehört, dass Arbeit allein nicht glücklich macht?«

»Vielleicht bin ich ja gerne unglücklich«, murrte er, und Rosie musste lachen.

Den weiteren Weg legten sie in erstaunlich einvernehmlichem Schweigen zurück. Rosie wollte die unvergleichliche Schönheit der Gegend in sich aufnehmen – die kristallklaren Wellen, die an den Kieseln leckten, den Anblick der Zedern und der Douglastannen, die in den blauen Himmel ragten und sie vom Rest der Welt abschirmten. Es war, als gäbe es nur noch sie beide – einen Mann und eine Frau allein auf dieser Erde.

Sie folgten einer engen Biegung, hinter der kein Treibholz mehr zu sehen war. Die Kiesel wurden immer spärlicher und gingen schließlich vollständig in zuckerfeinen Sand über, der die Farbe von gemahlenen Mandeln hatte. Eine zerklüftete Klippe bildete eine kleine Bucht, die wie verzaubert wirkte. Zwischen den Felsbrocken sprudelte ein Bach hervor und floss als plätscherndes Rinnsal über den Strand ins Meer.

»Ein Lachsfluss«, sagte sie und trug ihren Fund in die topografische Karte auf ihrem Clipboard ein. »Mein Gott, es ist einfach sagenhaft hier.« Sie konnte nicht widerstehen und streifte die Leinenturnschuhe ab. Ihre Füße versanken im warmen Sand. Das Gefühl war fast so intensiv wie bei einem kleinen Orgasmus. Mitch warf ihr einen schiefen Blick zu.

»Es ist noch ein Stückchen bis zum Baugrundstück.«

»Ich hab's nicht eilig«, erwiderte sie.

Er grinste. »Sie haben ja nicht sonderlich lange gebraucht, um sich das Inselzeit-Syndrom einzufangen.«

»Was ist denn das Inselzeit-Syndrom?«

»Eigentlich eine falsche Bezeichnung. Hier auf der Insel leben die Leute nämlich so, als würde es überhaupt keine Zeit geben. Nie scheint es jemand eilig zu haben.«

»Außer Ihnen«, sagte sie. Es gelang ihr nicht, den vorwurfsvollen Beiklang in ihrer Stimme zu unterdrücken.

»Tja, irgendjemand muss ja dafür sorgen, dass hier mal etwas passiert.«

5. Kapitel

Mitch hätte sich denken können, wie Rosie auf das Baugelände reagieren würde, und trotzdem war er überrascht. Alles an ihr überraschte ihn, und das hier war keine Ausnahme. Er hatte erwartet, dass sie sich gleich an die Arbeit machen würde, stattdessen begab sie sich für den Rest des Tages in eine Art meditativen Trancezustand und erkundete das umliegende Gelände, um ein Gefühl für den Ort zu bekommen, wie sie es nannte.

Er selbst hatte so etwas noch nie getan. Er konnte den Nutzen darin nicht erkennen. Für ihn waren Orte nichts, für das man Gefühle entwickelte. Sie waren einfach nur … da. Zudem bedurften die meisten Orte, und dazu zählte auch diese Insel, seiner Meinung nach einiger Verbesserungen.

Am nächsten Morgen, Mitch hatte sich bereits damit abgefunden, dass Rosies Kaffee besser schmeckte als sein eigener, wartete er in der Küche darauf, dass sie nach unten kam und Latte macchiato zubereitete. Danach setzten sie sich an den in Sonnenlicht getauchten Tisch und gingen ihre Karten durch und Seiten über Seiten voller hingekritzelter Notizen.

»Wann haben Sie das alles gemacht?« Er blätterte in den mit ihrer wilden Schrift bedeckten Unterlagen.

»Schätze, da war wohl die Inselzeit mit im Spiel«, antwortete sie mit einem Hauch von Ironie in der Stimme.

Er musste lächeln. Also war sie doch fleißig. Er schob ihr ein mehrseitiges Formular hin. »Das ist das erste Dokument, das die Planungskommission von uns benötigt. Ich habe alles ausgefüllt, was ich beantworten konnte, aber es sind sehr viele Fragen, und die Informationen über Populationen und Biotope und so weiter gehen fachlich ziemlich in die Tiefe. Schätze, das ist Ihre Baustelle.«

Sie musterte das Formular einen Moment lang und nippte nachdenklich an ihrem Latte. »Ich muss noch eine Menge Messungen durchführen, bis ich das ausfüllen kann.«

»Könnten Sie bei ein paar Punkten nicht einfach einen Schätzwert angeben? Ich meine, ist es wirklich wichtig, dass wir exakte Informationen über die Dichte der Vogelpopulation eintragen?«

Sie stellte ihre Tasse ab und sah ihn direkt an. »Sie haben mich eingestellt, damit ich meine Arbeit erledige, Mitch. Und ich habe vor, sie gründlich zu machen. Ich werde in dieser Studie nichts vertuschen. Sie wird korrekt bis ins letzte Detail.«

Sie zögerte und knabberte wieder auf diese sexy Art auf ihrer Unterlippe herum.

»Und ich denke, Sie sollten wissen, dass ich keine Empfehlung ausspreche, falls ich den Eindruck gewinne, dass Ihr Hafen einen negativen Einfluss auf die Umgebung hier haben könnte.«

Mitch knirschte mit den Zähnen. Während seiner gesamten Karriere hatte er kein einziges Mal einen Kunden enttäuschen, kein einziges Projekt aufgeben müssen. Er war stolz darauf, Dinge aufzubauen, Arbeitsplätze zu erschaffen, Gemeinschaften zu bilden und auch noch verdammt gut darin zu sein. Auf Spruce Island konnte er genau das tun – und er würde nicht zulassen, dass irgendeine selbstgerechte Wissenschaftlerin ihm einen Strich durch die Rechnung machte.

»Die Region liegt im Sterben, Rosie. Die Einwohner verlassen die Insel in Scharen, weil sie hier keine Arbeit finden. Allein der Hafen wird Dutzende von Arbeitsplätzen bieten, und indirekt werden noch viele weitere entstehen.« Finster blickend stand er vom Tisch auf. »Es war nicht ich, der die Idee hatte, hier eine Hafenanlage zu bauen. Die Inselbewohner sind von selbst zu mir gekommen.«

»Das weiß ich doch. Ich will mich dem Fortschritt nicht in den Weg stellen, aber die Inselbewohner sind die Wächter dieses Ortes. Und ich bin mir sicher, sie würden nicht wollen, dass wir ihrem Zuhause schaden, nur um ein paar Jobs zu schaffen. Sie könnten hier auch eine Kupferschmelze errichten lassen, in der ein paar Tausend Menschen Arbeit finden, aber wäre das das Beste für die Insel?«

»Wir reden allerdings nicht von einer Kupferschmelze«, erwiderte er gereizt.

»Okay, okay, tut mir leid. Ich will einfach nur, dass Ihnen bewusst ist, dass ich gewissenhaft arbeiten werde.«

»Fantastisch.« Er war sich nicht sicher, ob er das auch wirklich so meinte.

An diesem Tag beobachtete er sie aus der Ferne. Er arbeitete im Vorderzimmer, dessen Fenster auf die Bucht hinausging, und sah viel zu häufig von seinem Computermonitor auf. Rosies Gang wirkte selbstsicher und bestimmt, aber hin und wieder verlangsamte sich ihr Schritt auf eine Weise, die ihn faszinierte. Manchmal marschierte sie stramm an der Wasserlinie entlang, nur um ganz plötzlich innezuhalten, weil sie irgendetwas untersuchen wollte.

Als die Sonne unterging und sie sich, in den feinen Abenddunst gehüllt, ans Ufer setzte, bemerkte er eine merkwürdige Ruhe in ihren Bewegungen. Rosie schien bis in ihr tiefstes Inneres von einem stillen Frieden erfüllt zu sein, der ihn an die unbewegten Gezeitenbecken erinnerte, an denen sie bei ihrer Erkundungstour vorbeigekommen waren. Es war beruhigend, diese Frau um sich zu haben. Auf einmal empfand er keine Eile mehr, hatte ausnahmsweise mal nicht das Bedürfnis, so schnell wie möglich irgendwo anders zu sein. Sein sonst so ungeduldiges Wesen fand die Geduld, sich zurückzunehmen und Rosie ihre Arbeit auf ihre Weise erledigen zu lassen.

Du tust mir gut, Rosie.

Der Gedanke geisterte durch seinen Kopf, so verlockend wie ihr Lachen, als sie in die Hände klatschte, um die Chihuahuas zu sich zu rufen. Die quirligen Fellknäule flitzten über den Rasen auf sie zu und sprangen in ihre Arme. Für den Bruchteil einer Sekunde erlaubte Mitch sich eine kleine Träumerei, er und Rosie zusammen, genauso wie jetzt, nur eben wirklich zusammen. Nicht nur wegen eines Arbeitsprojekts, sondern weil sie einander kennenlernen wollten, erfahren wollten, wie der andere redete und lachte, entspannt und ungezwungen.

Er verjagte die Vorstellung aus seinem Kopf, schlug sie platt wie einen Moskito, der ihn zu stechen drohte. Zwischen Rosie Galvez und ihm lagen Welten. Sie war nicht sein Typ, so gerne er es auch anders gehabt hätte. Wenn er ehrlich war, hatte er so etwas wie einen »Frauentyp« gar nicht. Darauf wies Miss Lovejoy ihn schon seit Jahren immer wieder hin, so als wäre das eine Art Schwäche. Dass er zu wählerisch sei, sagte sie, und dass seine Ansprüche unrealistisch hoch seien.

Er zwang seine Aufmerksamkeit auf den Bildschirm und versuchte, den Gedanken zu verbannen, aber er nagte an ihm und verursachte das Gefühl, unvollständig zu sein und es für immer zu bleiben, weil er dafür sorgte, dass die passende Partnerin für ihn nicht existierte.

Seine Vorstellung von der perfekten Frau entsprach in etwa einer Barbiepuppe mit Gehirn, jedoch ohne eigenen Kopf. Und trotzdem – schon wieder gehorchte ihm sein Blick nicht – sah er ständig aus dem Fenster, beobachtete diese in sich ruhende, glutäugige Amazone und fragte sich, was wäre, wenn …

»Ich möchte eine Kajaktour machen«, verkündete Rosie am nächsten Morgen.

»Aber wir müssen beide arbeiten«, erwiderte Mitch automatisch.

»Ja. Im Kajak.«

Er spürte, wie sich seine Augenbrauen missbilligend senkten, als er von dem Brief an den Finanzkonzern aufblickte, an dem er arbeitete.

»Kajakfahren läuft für Sie unter Arbeit?«

»Das habe ich doch gerade gesagt, *jefe*.«

»Nennen Sie mich nicht so. Das ist beleidigend.«

»Wie Sie wünschen, Boss.«

»Dann erklären Sie mir die Sache mit der Kajakarbeit bitte mal.«

»Wir müssen rausfahren und die Riffe und Küstenstreifen erkunden. Und das geht im Kajak nun mal am besten, da wir nah an der Wasseroberfläche sind und das Meer so wenig aufrühren, dass wir die Tiere nicht stören.«

Er musterte sie lange und gründlich. Er, der sein Leben von Disziplin regieren ließ, wollte mit genau dieser Disziplin plötzlich nichts mehr am Hut haben. Er wollte in einem Kajak fahren. Mit einer wunderschönen Frau. Und weil er es sich so wahnsinnig gerne wünschte, sagte er: »Nein.«

»Wie meinen Sie das?«

»Ich muss arbeiten, Rosie. Was auch immer Sie im Kajak erledigen wollen – Sie sind auf sich gestellt.«

Sie verschränkte die Arme unter ihren Brüsten, was seinen Blick gegen seinen Willen auf ihr Dekolleté lenkte.

»Aber es ist ein Zweimannkajak.«

»Ich habe trotzdem zu tun.«

Ein gefährlicher Ausdruck flackerte in ihren Augen auf. Mitch gewann den Eindruck, dass Rosies liebenswertes Naturell im Handumdrehen in einen Temperamentsausbruch umschlagen würde, doch der Wutanfall, den er erwartet hatte, entfaltete sich in Form eines strahlenden Lächelns.

»Na gut, ich kann ja warten, bis Sie Ihre Arbeit erledigt haben.«

»Aber das ...«

Ehe es ihm gelang, seinem Protest Luft zu verschaffen, war sie schon verschwunden. Unter leisem Fluchen stürzte er sich wieder auf seine Unterlagen. Ein paar Minuten später registrierte er eine Bewegung am Rand seines Sichtfelds. Er wusste, dass es Rosie war, und ignorierte den Drang, genauer hinzusehen, solange er konnte, was ungefähr zehn Sekunden dauerte. Dann blickte er von seinem Rechner hoch und beobachtete, wie sie über den Rasen hinunter zum Strand lief.

Ihm fielen fast die Augen aus dem Kopf. Sie hatte einen schillernden Bikini an, der ziemlich effizient dafür sorgte, dass er keinen Augenblick mehr an Arbeit denken würde. Rosie ließ sich auf einer Sonnenliege nieder, holte eine Flasche Sonnencreme hervor und trug die schimmernde Flüssigkeit auf ihre langen Beine, ihre Schultern und ihren Bauch auf. Während Mitch die trägen Bewegungen ihrer Hände auf ihrer sonnenwarmen Haut beobachtete, stöhnte er laut auf. Als sie fertig war, war er dem Wahnsinn nahe.

Sie stand auf und schlenderte, die Chihuahuas zu ihren Füßen, ans Ende der Anlegestelle. Als sie sich vom Steg abstieß und ins Meer sprang, begannen die Hunde hysterisch zu kläffen. Sie brach wieder durch die Wasseroberfläche, strich sich ihr jetzt tintenschwarz wirkendes nasses Haar aus dem Gesicht und fing an, träge zu paddeln. Keine Frage, solange Rosie einen Bikini trug und sich im Wasser aalte, würde er den Computer keines Blickes mehr würdigen. Also klappte er den Laptop zu und ging zur Anlegestelle hinunter, legte aber einen Zwischenstopp bei Rosies Liegestuhl ein, um das dicke grüne Strandhandtuch mitzunehmen. »Sie haben gewonnen«, rief er. »Wir machen eine Kajaktour.«

Sie lachte, und der helle Klang schwebte über das Wellengekräusel zu ihm herüber.

»Gott sei Dank. Ich dachte schon, ich muss hier drinnen erfrieren.«

Sie schwamm an die Holzleiter, die zum Steg hinaufführte, und kletterte zu ihm hoch. Und wieder starrte Mitch sie an, obwohl er wusste, wie unhöflich er sich benahm. »Das Wasser scheint wirklich ziemlich kalt zu sein«, bemerkte er und hielt ihr das Handtuch hin.

»Sie Lüstling.«

Sie stellte sich vor ihn, und für einen kurzen Augenblick hielt er sie von hinten im Arm, während er ihren kurvenreichen, zitternden Körper in den dicken Frotteestoff hüllte. Sie roch nach Salzwasser und Sonnencreme, und als sie den Kopf herumdrehte, um ihn anzusehen, hätte er fast vergessen, sie wieder loszulassen.

»Dieser Moment hier«, gestand er, »ist ganz schön seltsam, finden Sie nicht?«

Sie zuckte die Achseln und kuschelte sich in das Handtuch. »In einer Viertelstunde bin ich unten am Bootshaus.« Sie war bereits auf dem Weg zur Villa, da drehte sie sich noch einmal um. »Und Mitch? Die Antwort auf Ihre Frage lautet nein.«

»Was nein?«

»Nein, ich fand das nicht seltsam. Ich dachte nur, das sollten Sie wissen.«

Er konnte gar nicht anders, als zu grinsen. Allerdings versuchte er es auch nicht wirklich.

6. Kapitel

Während Rosie das Paddel in das stille, kristallklare Wasser tauchte, durchrieselte sie ein Gefühl absoluten Wohlbefindens. An und für sich mochte sie pleite, arbeits- und wohnungslos sein, aber gerade jetzt war das unerheblich. Im Augenblick paddelte sie durchs Paradies, hinter sich einen umwerfenden Mann, über sich zwei Weißkopfseeadler, die über den strahlend blauen Himmel segelten.

»Gott, ist das schön«, sagte sie. Selbst die Meereswelt unter dem Kajak war atemberaubend. »Ich habe nicht genug Zeit mit Feldarbeit verbracht.« *Endlich!* Sie hatte ihn gefunden, den Silberstreif am Horizont. Sie hatte gewusst, dass sie ihn finden würde, wenn sie nur genau hinsah. »Zum Glück hat sich das ja nun geändert.«

»Wie meinen Sie das?«, fragte Mitch von hinten.

Sie zuckte schuldbewusst die Achseln. »Na ja, solange ich hier auf der Insel bin«, antwortete sie ausweichend. »Die letzten Jahre habe ich fast ausschließlich in Unterrichtsräumen verbracht. Es tut gut, wieder praktisch zu arbeiten.« Als sie eine zerklüftete Felsformation auf dem Meeresboden passierten, hielt sie eine Hand über den Bootsrand ins Wasser. Seeanemonen in allen Farben des Regenbogens wogten träge im sonnendurchfluteten Ozean. »Ich war in meinen ersten Studienjahren mal einen Sommer lang hier oben und habe das Reproduktionsverhalten von Röhrenwürmern untersucht.«

Mitch lachte. »Das ist ein Witz, oder?«

»Nein, kein bisschen. Es war ein toller Sommer. Mein erster ohne meine Familie.«

»Wo lebt Ihre Familie denn?«

Sie freute sich, dass er ihr eine persönliche Frage stellte. Normalerweise wirkte er völlig geistesabwesend. Ihre Versuche, seine Aufmerksamkeit auf sich zu ziehen, waren einigermaßen schamlos gewesen, aber Schamlosigkeit funktionierte nun mal häufig. »In Wenatchee, gleich auf der anderen Seite der Cascades. Meine Eltern arbeiten in der Apfelbranche.«

»Wie so ziemlich jeder in Wenatchee.«

»Ja, so ungefähr. Darunter auch meine fünf Geschwister. Ich bin sozusagen das schwarze Schaf der Familie, weil ich mich für etwas anderes interessiere – und dann auch noch ausgerechnet für Meeresbewohner. Meine Leute dachten immer, das legt sich mit dem Alter, stattdessen habe ich einen Beruf daraus gemacht. Es war manchmal beängstigend, meinen eigenen Weg zu gehen.«

»Ich kann mir nicht vorstellen, dass Sie vor irgendetwas Angst haben, Rosie.«

»Danke, aber an der Sache mit dem Mut arbeite ich derzeit noch. Und wie steht es so um Ihre Familie?«

»In der Hinsicht haben Sie mir einiges voraus. Meinen Vater habe ich das letzte Mal gesehen, als ich neun war. Ein paar Jahre später hat meine Mutter wieder geheiratet. Sie lebt jetzt mit einem Wertpapieranalysten in La Jolla. Die drei haben es mit vereinten Kräften geschafft, mich zum Therapiefall zu machen. Bis ich es dann irgendwann satthatte, für 375 Dollar die Stunde meine ›Emotionen zu verarbeiten‹.«

Er scherzte zwar, aber Rosie hörte trotzdem auf zu rudern und drehte sich um, damit sie ihn ansehen konnte. Eingehend musterte sie seine markanten Gesichtszüge und die eisblauen Augen. Sie versuchte, den einsamen kleinen Jungen in ihm zu sehen, der er einmal gewesen war, den Jungen mit zu viel Geld und zu wenig Liebe. »Tut mir leid für Sie, Mitch.«

»Das muss es nicht. Ist lange her – und nach Jahren auf der Analytikercouch habe ich eine ziemlich einfache Lösung für meine Probleme gefunden.«

»Wirklich? Und verraten Sie mir auch, welche?«

»Dieser Job«, sagte er. »Dinge aufbauen. Es ist unglaublich, wie klein und bedeutungslos die eigenen Probleme plötzlich werden, wenn man keine Zeit mehr hat, über sie nachzudenken. Ich hatte mich sowieso nie richtig wohl in der Rolle des überprivilegierten, jammernden Oberschichtenkindes gefühlt«, fügte er selbstironisch lächelnd hinzu.

»Sie meinen das tatsächlich ernst, oder?«, fragte Rosie ungläubig. »Sie halten Ihre Arbeit wirklich für die Lösung!«

»Rumsitzen, Däumchen drehen und meine Gefühle verarbeiten war jedenfalls keine.«

»Aber was, wenn Sie nichts mehr zu tun haben? Was dann?«

»Darüber brauche ich mir keine Sorgen zu machen. Ich habe genug Eisen im Feuer, um mich beschäftigt zu halten, bis ich eines Tages umkippe.«

»Macht Ihnen das nie zu schaffen? Der Gedanke ans Umkippen?«

»Nein.«

Sie drehte sich wieder nach vorne, verwirrt und irgendwie traurig über das, was sie gerade von ihm erfahren hatte. »Kommen Sie, wir fahren zum President Channel«, sagte sie. »Ein Jachthafen würde das Verkehrsaufkommen da sicherlich verstärken. Wir sollten uns dort umsehen.«

Sie paddelten in einem gemütlichen Rhythmus. Das Sommerwetter machte das Wasser klar und fast bewegungslos, und das Licht konnte bis in drei Faden Tiefe vordringen.

Rosie spürte, wie sich die leichte Brise in ihrem Haar verfing, und legte den Kopf in den Nacken, versuchte, all das in sich aufzunehmen. Es war herrlich, alles hier, die Auen und Marschen, die bis zum Meeresrand hinabreichten, die Schiffe, die träge an ihnen vorbeiglitten, die Schwärme von Alken und Kormoranen, die an den Bergflanken nisteten, die dunklen Schatten der Fischschulen, die unter dem Kajak vorbeizogen.

Sie weigerte sich, sich runterziehen zu lassen von dem, was Mitch ihr erzählt hatte, dass er seine seelische Gesundheit unablässiger harter Arbeit zu verdanken hatte.

Wenn das tatsächlich die Lösung sein sollte, dann war sie selbst dem Untergang geweiht.

Der Gedanke, nach Seattle zurückzukehren und sich dem demoralisierenden Prozess der Arbeitssuche zu unterwerfen, deprimierte sie sogar noch mehr. Sie hatte gerne gelehrt. Sie war gut darin, anderen etwas beizubringen, aber in den letzten Jahren hatte sie das Gefühl gehabt, dass die Wände der Vorlesungssäle immer enger um sie zusammenrückten. Jetzt, wo sie einen glitzernden Kanal im Puget Sound entlangglitt, begriff sie, was ihr gefehlt hatte. Die Feldarbeit. Draußen auf dem Meer zu sein, nicht eingepfercht in einen Hörsaal. Lebensräume statt Laborproben zu studieren.

Einen Feldjob zu ergattern war aber sogar noch schwieriger, als an einen Lehrstuhl berufen zu werden. Klar, sie hätte die Möglichkeit, sich bei einem der öffentlichen Meereszentren oder Aquarien zu bewerben, doch sie fühlte sich in Gegenwart eingesperrter Lebewesen immer klaustrophobisch. Alternativ konnte sie sich als Saisonarbeiterin probieren und bei Mermaid Whale Watching Expeditions Touren gegen Trinkgeld anbieten. Das Trinkgeld war gar nicht mal übel, wie sie gehört hatte. Vor allem wenn die Guides einen Bikini trugen.

Die bloße Vorstellung ließ sie schaudern, also schüttelte sie sie ab, weil sie sich davon nicht den Tag vermiesen lassen wollte. Sie glitten weiter durchs Wasser. Ihr Schweigen war noch immer so einvernehmlich wie vorhin am Strand. Rosie fragte sich, woran das lag, warum sie sich so entspannt und wohl in Gegenwart dieses Mannes fühlte, der so anders war als sie, der nichts an sich heranließ.

In der Ferne, vor der Küste von Waldron Island, waren direkt unter der Wasseroberfläche Schatten zu erkennen.

»Ist es das, was ich denke?«, fragte Mitch leise.

Sie nickte. Die Begeisterung über ihre Entdeckung ließ ihr Herz heftiger schlagen. »Man weiß von drei Walschulen, die in dieser Gegend zu Hause sind. Die Gruppe dort vorne besteht aus etwa zwanzig Individuen.« Einige Rückenfinnen brachen durch die Wasseroberfläche, und Rosie stockte der Atem.

»Machen wir ihnen Angst?«, fragte Mitch.

»Nicht wenn wir langsam fahren und entspannt bleiben.«

»Werden sie versuchen, uns aufzuessen?«

»Solange wir nicht leichter zu fangen sind als ein Lachs, nein.«

Je näher das Kajak herankam, desto mehr schwarz-weiße Wale sahen sie. Es waren vor allem Weibchen mit Kälbern in verschiedenen Altersstadien.

»Wow«, sagte er. »Da schau mal einer an. Die sind ja gemustert wie riesige Golfschuhe.«

»So kann man das natürlich auch sehen.« Rosie würde sich niemals an der Schönheit der Orcas sattsehen können. Sie liebte ihre Färbung, ihren engen Familienzusammenhalt, ihre Mäuler, die zu einem ständigen Lächeln verzogen zu sein schienen, und ihr präzises, zielgerichtetes Jagdverhalten.

»Hey«, sagte Mitch, »schauen Sie mal – whoa!«

Ein riesiges Weibchen schoss aus dem Wasser und brach nur wenige Meter vom Kajak entfernt wieder durch die Oberfläche. Hohe Fontänen spritzten in die Luft und durchnässten das kleine Boot und seine Insassen von Kopf bis Fuß.

»Oh … mein … Gott«, rief Mitch. »Haben Sie das gesehen? Der war ja so groß wie ein Reisebus!«

Rosie betrachtete die Schaumspur, die der Wal auf der Wasseroberfläche hinterlassen hatte, und plötzlich fühlte sie sich überwältigt. Sie war machtlos dagegen, konnte sich einfach nicht zusammenreißen. Und auch wenn sie Mitch den Rücken zuwandte, würde sie nicht vor ihm verbergen können, wie ihre Stimmung kippte. Sie legte das Paddel auf die Spritzdecke über ihrem Schoß und senkte den Kopf, wünschte sich, dass dieser Monat ewig währte, dass sie nicht in ihr wahres Leben zurückkehren müsste.

»Hey, was ist los?«

Mitch klang vage misstrauisch und auch ein bisschen verängstigt.

»Ich … es ist einfach … so schön«, stammelte sie und kam sich dabei unendlich dumm vor. Sie versuchte, die Kontrolle trotzdem nicht zu verlieren.

»Sie meinen den Wal?«

»Alles. Einfach alles.«

»Da bin ich ganz Ihrer Meinung, Rosie. Aber hey, reißen Sie sich doch bitte ein bisschen zusammen. Es macht mich nämlich verdammt nervös, wenn die Leute emotional werden.«

Sie hörte ihn unter seiner Spritzdecke herumkramen, dann reichte er ihr ein marineblaues Bandana-Tuch.

»Hier, Rosie. Bitte nicht weinen.«

Seine Geste machte alles nur schlimmer. Er murmelte ungeduldig etwas vor sich hin, paddelte los und steuerte das

Kajak in Richtung des nächstgelegenen Ufers. Nur wenige Augenblicke später setzte das Boot auf Grund, und Mitch stieg aus. Dann entfernte er die vordere Spritzdecke, die sie schützte, und umfasste ihre Schultern, um ihr beim Aufstehen zu helfen.

»Besser?«, fragte er und nahm ihr das Bandana aus der Hand. Unbeholfen wischte er ihr damit die Tränen von den Wangen.

Sie schluckte, der Kloß in ihrem Hals wollte jedoch nicht verschwinden. »Ach Mitch«, sagte sie und ließ sich gegen ihn sinken. Sie spürte, wie er die Arme um sie legte. »Wahrscheinlich werden Sie mir nicht glauben, doch das ist mein schönster Tag seit sehr langer Zeit. Und all das habe ich nur Ihnen zu verdanken.«

»Hey«, unterbrach er sie hastig, »*Sie* waren es, die mich zum Kajakfahren gezwungen hat.«

»Aber *Sie* sind der Grund, aus dem ich überhaupt hier bin.« Sie war kurz davor, es ihm einfach zu erzählen, die ganze Geschichte, wie sie trotz ihrer harten Arbeit ihren Job verloren hatte. Bevor es dazu kam, wurde sie von ihren Tränen überwältigt, ohne dass sie genau hätte sagen können, warum. Sie vermutete, dass es mit dem Kontrast zwischen der funkelnden Herrlichkeit dieses Tages und dem schäbigen Chaos zusammenhing, zu dem ihr Leben geworden war.

Armer Mitch. Sie hätte ihm gerne eine Erklärung für ihr Verhalten gegeben, aber sie konnte es nicht mal sich selbst erklären. Sie war sich auch gar nicht sicher, ob sie es überhaupt wollte. Also schmiegte sie sich einfach an seine bemerkenswert Trost spendende Brust und ließ es bleiben.

7. Kapitel

Das Klirren der Gläser und das Gluckern in der Weinflasche waren zunächst die einzigen Geräusche, die man im Esszimmer der Rainshadow Lodge hörte. Die letzten Abende hatten sie sich Gerichte vom Feinkostladen unten im Ort liefern lassen, die, liebevoll in kleine Kartons verpackt, von einem schlaksigen Teenager in einem alten Kombi geliefert wurden. Wie sonst auch richtete Mitch alles auf dem charmant zusammengewürfelten Geschirr an, dann schenkte er den Wein ein, einen Jahrgangsburgunder, den er aus seinem privaten Weinkeller in Seattle mitgebracht hatte.

Anschließend wartete er. Und wartete.

Sein Magen knurrte, und seine Gedanken schweiften umher. Er konnte einfach nicht aufhören, an Rosie zu denken. Als ihm das klar wurde, stutzte er. War es überhaupt schon jemals vorgekommen, dass er seinen Gefühlen so vollständig nachgegeben hatte? Wenn ja, dann erinnerte er sich nicht daran. Sie hatte sich nach dem Erlebnis mit den Walen an ihn sinken lassen, als würde das Gewicht der Welt auf ihren Schultern lasten. Außerdem hatte sie ihm gestanden, dass der Tag mit ihm ihr schönster seit Langem gewesen war.

Das machte ihn höllisch nervös. Bisher hatte ihm niemals jemand so etwas gestanden.

Große Gefühlsbekundungen weckten Unbehagen bei ihm. Nach Rosies Geständnis hatte er sie eine Weile ungeschickt umarmt, dann hatte er sie von sich geschoben. »Es freut mich, dass Sie Ihre Arbeit mögen«, hatte er gesagt.

Selbst jetzt noch zuckte er zusammen bei dem Gedanken daran, wie lahm das geklungen haben musste. »Kommen Sie, es war ein langer Tag. Lassen Sie uns wieder zur Lodge fahren.«

Sie hatte genickt und war vor ihm zurückgewichen. »In Ordnung. Es tut mir leid. Ich wollte mich nicht so vor Ihnen gehen lassen, aber in letzter Zeit stand ich unter ziemlichem Druck.«

Auf dem Rückweg hatte sie sich in Schweigen gehüllt, eine Ruhe ausgestrahlt, die er auch *in* ihr hatte wahrnehmen können, als würde sie die Welt um sich herum nicht einfach nur beobachten, sondern ihren Kern, das Wesen, erfassen. Er fragte sich, ob ihr bewusst war, wie außergewöhnlich diese Fähigkeit war. Vermutlich nicht. Was einem leichtfiel, empfand man nie als etwas Besonderes.

Das leise Knarren einer Stufe warnte ihn vor. Er stellte die Weinflasche ab und beobachtete, wie Rosie das Esszimmer betrat. Sie hatte gebadet, das Haar hing ihr in feuchten Strähnen den Rücken hinab, und sie strahlte eine so durch und durch feminine Weichheit aus, dass es fast schon wehtat. Sie war barfuß und trug das rote Kleid und auf den Lippen ein schüchternes Lächeln.

»Na?«, sagte er und rückte ihr einen Stuhl zurecht. »Haben Sie Hunger?«

»Wie ein Löwe.«

Als sie sich setzte, hatte er den kurzen, fast unbezwingbaren Impuls, seine Hände auf ihre Schultern zu legen, um über ihre goldbraune Haut zu streichen und ihre Wärme zu spüren.

Er tat es nicht. Dass er sie im Arm gehalten hatte, war schon verwirrend genug gewesen. Es war besser für ihn, Abstand zu wahren. Er nahm ihr gegenüber Platz und reichte ihr den Nudelsalat.

»Danke«, sagte sie und probierte. »Der ist wirklich gut.«

»Ja, was für ein Glück, dass es auf der Insel einen guten Feinkostladen gibt. Hier, das Rosmarinhühnchen müssen Sie unbedingt ebenfalls probieren.«

Sie nahm einen Bissen, lächelte anerkennend und bemerkte: »Ich nehme mal an, dass Sie nicht kochen können.«

»Hin und wieder erwischt man mich beim Braten eines Steaks, aber das war's dann auch schon. Es gibt hier übrigens ein Fischrestaurant, das recht gut sein soll. Wir sollten es mal ausprobieren.«

»Ich bin ziemlich talentiert in der Küche«, sagte sie. »Irgendwann werde ich mal für Sie kochen.«

»Abgemacht.« Er hob sein Weinglas, um den Deal zu besiegeln.

Gerade als er anfing, sich in ihrer Gegenwart wieder wohlzufühlen, legte sie ihre Gabel ab, beugte sich vor und sagte: »Mitch, wegen heute Nachmittag …«

»Machen Sie sich keine Gedanken«, unterbrach er sie.

Als sie sich mit ernster Miene noch weiter vorbeugte, begann das kleine Goldkreuz um ihren Hals sich an seiner Kette zu drehen.

»Ich mache mir keine Gedanken. Ich wollte Sie nur wissen lassen, dass ich meinem Job zwar mit Leidenschaft nachgehe, dass meine Professionalität darunter aber nicht leidet. Darauf können Sie sich verlassen.«

»Niemand hat Ihre Professionalität infrage gestellt«, erwiderte er, es entsprach der Wahrheit. Ja, sie hatte ihn erschreckt, sie war auch nicht das, was er erwartet hatte, doch die Arbeit, die sie bis jetzt geleistet hatte, verriet, dass sie ein Vollblutprofi war. Er grinste. »Ihre Leidenschaft ist letzten Endes eine Art Bonus.«

Sie lehnte sich zurück und seufzte tief. Das Kreuz verschwand im Schatten ihres Dekolletés. Das Ding trieb ihn in den Wahnsinn.

»Freut mich, dass Sie das so sehen. Ich hatte Angst, dass Sie mich für melodramatisch halten.«

»Mit Drama kann ich umgehen«, log er.

»Gut. Wenn man aus einer Familie kommt, die so groß ist wie meine, lernt man ziemlich schnell, wie man sich in den Mittelpunkt stellt. Ansonsten könnte es nämlich passieren, dass man einfach übersehen wird.«

Er sah sie über den Tisch hinweg an, musterte ihre sinnliche Figur, die leuchtenden Farben, das bezaubernde Lächeln. »Ich bezweifle, dass Sie jemals übersehen werden, Rosie.«

Danach aßen sie eine Weile in einvernehmlichem Schweigen. Später, als sie nur noch an ihrem Wein nippten, besprachen sie den Ablauf des folgenden Tages.

»Ich finde, wir sollten schnorcheln gehen«, sagte Rosie.

»Um was genau zu suchen?«

»Das wissen wir, wenn wir es gefunden haben.«

Mitch hatte nicht mehr geschnorchelt, seit er ein Kind gewesen war und ihn seine Eltern in ein Sommerzeltlager auf Kauai abgeschoben hatten. Das Wasser in der Bucht war kalt, doch er erinnerte sich daran, wie unerschrocken sich Rosie in die Fluten gestürzt hatte. »Okay«, sagte er. »Wollen wir morgen Abend dann auswärts essen?«

Kurz blitzte ihr unverwechselbares Lächeln auf, doch es verschwand so schnell, wie es gekommen war. »Ähm, lieber nicht. Ich habe nicht viel Gepäck dabei und fürchte, ich habe nichts Passendes zum Anziehen.«

»Das Kleid hier ist doch perfekt.«

»Aus Männersicht vielleicht. Aus Frauensicht ist es kein Restaurant-Kleid.«

»Sie könnten sich mal unten im Ort umsehen. Es gibt ein paar Läden und Boutiquen auf der Insel.«

Die meisten Frauen, die er kannte, waren sofort Feuer und Flamme, sobald es um Shopping ging, aber Rosie fixierte weiter ihren Teller.

»Ich geh nicht gerne einkaufen.« Sie schob ihr Weinglas von sich.

Plötzlich bekam er ein ganz und gar ungutes Gefühl. *Verdammt.* Aus genau solchen Gründen verkomplizierte er sein Leben nicht mit Beziehungen. Sie bedeuteten einen ständigen Tanz auf dünnem Eis. Man wusste nie, wo das nächste Loch lauerte.

»Rosie? Was ist das Problem? Jetzt mal ehrlich.«

Sie trommelte mit den Fingern auf dem Tisch herum und wich seinem Blick aus.

»Ich bin gerade nicht so gut bei Kasse.«

Ah. Endlich mal etwas, womit er sich auskannte. Nicht, dass er jemals persönliche Erfahrungen mit finanziellen Engpässen gemacht hätte, doch wenn es um Geld ging, war er in seinem Element. »Wie schlecht ist ›nicht so gut‹?«, fragte er.

»Der Vorschuss für diesen Job ist für meine Kreditkartenabrechnung draufgegangen. Die Bank hat mich noch nicht angerufen, um mir mitzuteilen, dass ich den Dispo überzogen habe, aber ich schätze mal, ich bin nahe dran.«

»Können Sie das nicht anhand Ihres letzten Kontoauszugs nachvollziehen?«

Sie brach in schallendes Gelächter aus. »Der war echt gut!«

»Hab ich etwas Witziges gesagt?«

Sie ließ sich gegen die Stuhllehne sinken und nippte an ihrem Wein. »Vermutlich werden Sie jetzt gleich vom Glauben abfallen, aber ich würdige meine Kontoauszüge keines Blickes.«

Sie stieß den Satz in einem Atemzug hervor und hielt ihre Serviette wie einen Schild vor sich. Im ersten Moment dachte Mitch, dass sie scherzte, doch dann begriff er, dass das nicht der Fall war. Nicht mal ansatzweise.

»Sie kontrollieren die Zahlungsein- und -ausgänge nicht?«

»Nö, tut mir leid, da muss ich passen.«

»Sie brauchen sich nicht bei mir zu entschuldigen. Es ist Ihr Leben. Aber verdammt noch mal, halten Sie das nicht für ein bisschen verantwortungslos?«

»Manchmal, ja. Doch sobald ich beschließe, dass ich mich um meine Finanzen kümmern sollte, finde ich irgendeine Ausrede. Ich sage mir immer, dass ich eines Tages irgendwie wieder auf Kurs komme, bislang hat sich dieser Tag allerdings nicht blicken lassen.«

»Ich könnte Ihnen helfen«, hörte er sich sagen. Noch während er sprach, hätte er sich am liebsten in den Hintern getreten, das Angebot lohnte sich jedoch alleine schon für ihren Gesichtsausdruck.

»Tatsächlich? Ich meine, das wäre wirklich viel verlangt …«

»Nein, gar nicht, das ist kein Problem. Nach dem Abendessen zeigen Sie mir einfach alle Unterlagen, die Sie bei sich haben, wir trinken einen Port und sorgen für ein bisschen Ordnung.«

»Vermutlich brauchen Sie etwas Stärkeres als Portwein, wenn Sie den Zustand meiner Buchführung sehen.«

Er lachte. »Wie schlimm kann es schon sein?«

»Ihr Kontostand beträgt neun Cent«, sagte Mitch eine Stunde später.

Rosie faltete bedächtig die Hände auf der Tischplatte. Das war eigentlich nicht der Moment, um Mitch sexy zu finden, perverserweise tat sie es trotzdem. Mit seinem dichten Haar, das völlig zerzaust war, weil er so oft mit den Fingern hindurchgefahren war, seiner Hornbrille auf der Nasenspitze und den bis zu den Ellenbogen hochgekrempelten Hemdsärmeln sah er sündhaft gut aus. Fast hätte sie ihm verziehen, was er gerade herausgefunden hatte, nämlich dass sich ihr Wert auf ganze neun Cent belief.

»Sind Sie sich sicher?«, hakte sie vorsichtig nach.

»Ich habe alles doppelt und dreifach geprüft. Es fehlen zwar eine Menge Unterlagen, aber ausgehend von dem, was mir vorliegt, halte ich die Zahl für ziemlich realistisch.«

»Neun Cent.« Sie trank einen Schluck Portwein. Nachdem sie die erste Flasche geleert hatten, waren sie auf einen interessanten Whidbey Island Port umgestiegen. Rosie war sich noch nicht ganz schlüssig, ob er ihr schmeckte, wenigstens half er ihr dabei, die Sache mit den neun Cent etwas besser zu verkraften. »Ich schätze, so wie meine Buchführung aussieht, hab ich nicht mehr verdient«, sagte sie und lächelte schuldbewusst. In der Vergangenheit hatte sie schon häufiger harte Zeiten durchlebt, aber sie war jedes Mal auf den Füßen gelandet. Also warum hatte sie dieses Mal plötzlich Angst? Lag es daran, dass sie hart auf die dreißig zuging und nun erwachsen war? Oder hatte es damit zu tun, dass sie so oft auf ihr Glück hatte vertrauen können, dass jetzt nicht mehr viel davon übrig sein konnte?

Mitch durchstöberte den Stapel aus Abrechnungen und Kontoauszügen, den sie ihm überreicht hatte. Als sie auf die Insel aufgebrochen war, hatte sie einfach alles in eine alte Schuhschachtel gestopft.

»Und was ist mit Ihren anderen Konten? Sind die in ähnlich schlechter Verfassung?«

Rosie konnte nicht anders, sie musste wieder lachen. »Sind Sie bereit für den nächsten Schock?«

Er nahm die Brille ab und massierte sich die Nasenwurzel. »Legen Sie los.«

»Ich habe keine anderen Konten. Das ist alles.«

»Sehr witzig, Frau Doktor.« Er tippte wahllos auf den Tasten seines Taschenrechners herum.

»Das ist kein Witz, Mitch.«

Langsam schob er die Brille wieder nach oben. Eine einzelne Haarsträhne hing ihm in die Stirn wie bei einem der Beach Boys, und Rosie musste an die Songs denken, die ihre Eltern immer beim Autofahren gehört hatten, als sie noch klein war.

»Wollen Sie damit sagen, dass das hier Ihr gesamter irdischer Besitz ist?« Er fing an, mit einem Bleistift herumzuspielen, und rollte ihn zwischen den Handflächen hin und her.

»So ziemlich, ja. Ich hatte mich am Pensionsfonds der Uni beteiligt, aber da ich dort nur zwei Jahre lang angestellt war, dürften meine Ansprüche sehr gering ausfallen. Außerdem komme ich an das Geld auch gar nicht ran, bis ich in Rente gehe. Und falls doch, müsste ich alles zurückzahlen, sobald ich jemals wieder einen Lehrauftrag ergattere, und … oh.« Sie schlug sich eine Hand vor den Mund, es war jedoch zu spät. Der Stift in Mitchs Händen zerbrach in zwei Hälften.

»Moment mal. Ich dachte, Sie sind Angestellte an der UW?«

»War ich auch. Ich habe nicht gelogen.«

»Aber jetzt sind Sie es nicht mehr?«

Sie wollte seinem Blick ausweichen, diesen leuchtend blauen Augen, seinen kontrollierten, fein gemeißelten Zügen, doch sie zwang sich, seine Frage zu beantworten. Im

Lügen war sie noch nie gut gewesen, sie hatte keinerlei Talent dazu. »Ich bin weggekürzt worden. Ja, ich glaube, so haben sie es bezeichnet. Mein Department hat einfach nicht genug Zuschüsse erhalten, um Lehrkräfte wie mich weiterbezahlen zu können.« Sie rang sich ein Lächeln ab. »Sie sehen, es war ein Geschenk des Himmels, dass ich Miss Lovejoys Anzeige entdeckt habe. Meine Wohnung hätte ich sowieso aufgeben müssen.«

Er legte die Bleistiftstückchen weg. »Ich komme gerade nicht mehr so ganz hinterher. Sie sagen also, dass Sie neun Cent auf dem Konto, keinen Job und keine Wohnung haben?«

»Ja, das ist eine ziemlich gute Zusammenfassung«, erwiderte sie und fragte sich, ob er absichtlich so grausam war. »Nur das Auto haben Sie vergessen.«

»Oh, stimmt. Außerdem besitzen Sie ein fahruntüchtiges Auto.«

Sie glaubte gerade, einen Anflug von Sarkasmus in seiner Fassungslosigkeit wahrzunehmen, da verblüffte er sie, indem er sagte: »Und trotz allem sind Sie so ungefähr die glücklichste, ausgeglichenste Person, der ich jemals begegnet bin.«

»Mal abgesehen von meinen Finanzen, versteht sich.«

»Ja, davon mal abgesehen. Ich kapier das einfach nicht, Rosie. Warum sind Sie nicht völlig panisch?«

Sie stützte einen Ellenbogen auf dem Tisch ab und legte nachdenklich das Kinn in die Hand. »Würde Panik denn etwas an meiner Situation ändern?«

»Nein, aber …«

»Also warum sollte ich panisch werden?«

Er starrte sie lange wortlos an. Sie kam sich vor wie ein besonders exotisches Tier im Zoo, eines, das er noch nie gesehen hatte. Es war offensichtlich, dass er nicht recht wusste, was er von ihr halten sollte.

»Ich glaube einfach, dass Panik in diesem Fall eine angemessene Reaktion wäre. Oder wenigstens ein gewisser Anflug von Stress.«

»Irgendetwas wird sich schon für mich ergeben, Sie werden sehen.«

»Wie können Sie in Ihrer Situation nur so ruhig bleiben?« Er ordnete die Unterlagen und den Ordner mit den Kontoauszügen zu einem Stapel.

»Mitch, verstehen Sie doch. Ich bin die Tochter von Apfelbauern. Ich habe fünf Geschwister. Glauben Sie, dass ich magere Zeiten nicht aus meiner Kindheit kenne? Mehltau, Pilzbefall, Feuer – hatten wir alles. In manchen Jahren lief es sogar *zu* gut, und die Ernte fiel so üppig aus, dass der Marktpreis in den Keller sackte. Ich schätze, ich habe von klein auf gelernt, dass es nichts bringt, wegen Geld in Panik zu verfallen. Ich bin dankbar, dass ich gesund bin, dass ich studieren durfte, dass ich eine Familie und meine Hunde habe.« Sie warf den beiden Chihuahuas, die sich auf der Häkeldecke zusammengerollt hatten, die sie vorsorglich auf dem Sofa ausgebreitet hatte, ein Lächeln zu.

»Und was, wenn der Tag kommt, an dem Sie sich kein Hundefutter mehr leisten können?«, stichelte er. »Ich weiß, dass diese Zwerge da nicht viel fressen, aber irgendetwas müssen sie essen.«

»Und was soll ich Ihrer Meinung nach tun?«, schoss sie zurück. »Sie um eine Gehaltserhöhung anhauen?«

»Sie könnten damit anfangen, sich in Zukunft etwas mehr für Ihre Finanzen zu interessieren.«

»Richtig. Damit ich so glücklich und ausgeglichen werde wie Sie, Mitch Rutherford?«

»Was, zur Hölle, soll das denn jetzt bitte heißen?«

Sie sprang auf, verschränkte die Arme unter den Brüsten und begann auf und ab zu laufen.

»Sie haben alles Geld der Welt«, sagte sie aufgebracht. »Und wenn Sie so weitermachen, haben Sie bald auch alles Geld der kommenden Welten. Sie können sich alles kaufen, was Sie haben wollen. Überall leben, alles tun, was Sie wollen. Und was machen Sie? Sie arbeiten. Und wenn Sie mit der Arbeit fertig sind, arbeiten Sie noch ein bisschen mehr. Das ist alles, was Sie tun, Mitch. Mal ehrlich. Finden Sie wirklich, dass so ein erfülltes Leben aussieht?«

Seine Miene wurde einen Hauch finsterer, ansonsten rührte er sich nicht.

»Ich errichte Dinge. Gebe Menschen Arbeit. Ich würde nicht behaupten wollen, dass so ein verschwendetes Leben aussieht.«

»In dieser Hinsicht nicht, nein«, gab sie zu. Sie wusste, dass sie jetzt besser hätte aufhören sollen, es war jedoch zu spät. Ihr Mund war schneller als ihr gesunder Menschenverstand. »Aber es gibt noch etwas anderes, was ein Mensch braucht. Ein *Innen*leben.« Sie blieb stehen, baute sich vor ihm auf und musterte ihn durchdringend. Irgendetwas an ihm brach ihr das Herz. Er hatte die gleiche hypnotisierende Wirkung wie die Sonne. War so stark wie ein Baum. Und doch spürte sie, irgendwo tief in ihm, etwas Zartes, Zerbrechliches. Etwas, das sie hegen und pflegen wollte.

Nicht er. Verlieb dich nicht in ihn. Er liegt ganz und gar daneben, und zwar mit allem.

»Wenn ich Sie ansehe, Mitch«, sagte sie, »sehe ich jemanden, der vollkommen leer ist. Ich glaube, irgendetwas fehlt Ihnen.«

»Dann sehen Sie wohl nicht sonderlich gut, mir geht es nämlich prächtig.«

342

»Ach, ist das so? Ich will Sie ja nicht beleidigen, doch ich muss Ihnen trotzdem sagen, dass Sie sich nicht nur mit Oberflächlichkeiten abgeben sollten.«

»Und woher wollen Sie wissen, dass ich das tue?«

»Ich … ich weiß es eben. Mir entgeht nicht, wie geschickt Sie mit Geld und Ihrem Unternehmen umgehen. Wie organisiert und effizient Sie sind. Aber wenn Sie auf den heutigen Tag zurückblicken, welcher Moment war für Sie am wichtigsten?« Sie hob eine Hand, um ihn vom Sprechen abzuhalten. »Denken Sie nicht über die Antwort nach. Sagen Sie mir einfach, welcher Augenblick der wichtigste war.«

»Der, in dem ich Sie im Arm gehalten habe«, platzte er heraus.

8. Kapitel

Mitch konnte nicht glauben, dass er das gerade wirklich gesagt hatte.

Rosie offensichtlich auch nicht, denn ihre Wangen überzog auf einmal das hübscheste Rot, das er jemals gesehen hatte.

»Das war nicht die Antwort, die ich erwartet habe.«

Er beeilte sich, seinen Ausrutscher zu überspielen. »Sie müssen zugeben«, sagte er lachend, »dass Sie viel weniger Angst einflößend sind als ein Killerwal.«

»Na, da bin ich aber erleichtert«, erwiderte sie. »Ich hatte mir deswegen nämlich schon Sorgen gemacht.«

»Immerhin geben Sie endlich zu, dass Sie sich manchmal doch Sorgen machen.«

Sie faltete die Hände. »Mitch, was ich gerade gesagt habe, tut mir leid. Das war wirklich unangebracht. Ich bin überhaupt nicht in der Position, Ihre Lebensentscheidungen zu kritisieren. Das ist eine meiner schlechtesten Angewohnheiten, und ich befürchte, dass ich mit meiner Einschätzung auch noch völlig danebenlag.« Zögernd nahm sie wieder am langen Tisch aus Ahornholz Platz. »Und? War es so?«

»War was wie?«

»Lag ich daneben? Wer weiß, vielleicht haben Sie ja ein Häuschen in der Vorstadt, sind Diakon in der Kirche und leisten jede Woche ehrenamtliche Arbeit.«

»Und was, wenn ich Ihnen sage, dass das tatsächlich alles zutrifft?«

Sie lächelte schelmisch. Mittlerweile gefiel ihm ihr Lächeln viel zu gut.

»Tut es das denn?«

»Nein.«

»Hm, wieso nur habe ich mir das schon gedacht?«

»Glauben Sie, das sind Dinge, die ich mir wünschen sollte?«

»Vielleicht nicht genau in dieser Form. Aber ein Mensch braucht Kontakt zu anderen Menschen. Und zwar nicht nur Geschäftskontakte.«

»Wofür?«

»Weil man sonst nicht … ansonsten ist man nicht mehr als Ihr Computer da.« Sie wies auf das schlanke Thinkpad auf dem Tisch.

»Mein Computer ist außerordentlich glücklich.«

»Mitch …«

»Okay, okay, ich weiß ja, was Sie meinen. Aber ich habe Sie beauftragt, um eine Umweltstudie durchzuführen, und nicht, um mich zu therapieren.«

»Tja, genau deswegen sind wir hier.« Sie wies auf den Unterlagenstapel. »Und was machen Sie? Frühjahrsputz in meiner Buchhaltung, um den ich nicht gebeten habe.«

»Dann sind wir ja quitt. Wir haben uns beide in Angelegenheiten eingemischt, die uns nichts angehen.« Er schnappte sich einen neuen Bleistift. »Tun Sie mir einen Gefallen, Rosie. Lassen Sie sich von mir ein paar Tricks zeigen, wie Sie geschickter mit Ihrem Geld umgehen. Es ist wirklich keine Zauberei, und Sie werden sich dadurch auf lange Sicht besser fühlen.«

Sie beäugte ihn skeptisch. »Können Sie dafür garantieren, Mr. Rutherford?«

»Jawohl, Dr. Galvez.«

»Na gut. Unter einer Bedingung.«

Er nickte, zum Teil aus Dankbarkeit, weil sie seinen Kommentar über die Umarmung nicht weiter thematisierte. »Und welche?«

»Sie erlauben mir, Ihnen etwas beizubringen, was ich gut kann.«

»Und was soll das sein?«

»Verrate ich Ihnen noch nicht. Sie werden mir einfach vertrauen müssen.« Sie schlug die Beine unter, stützte die Ellenbogen auf den Tisch und beugte sich zu ihm vor. »Und jetzt zeigen Sie mir, wie ich Ordnung in meine Finanzen bringe, Sie Zahlenzauberer.«

Die folgenden zwei Stunden gingen sie ihre Kontoauszüge und Belege mit minutiöser Genauigkeit durch. Er musste feststellen, dass College-Dozenten in den ersten Berufsjahren lächerlich wenig verdienten und dass dieses lächerlich Wenige zu einem Nichts zusammenschrumpfte, sobald man nicht perfekt haushaltete. Außerdem musste er feststellen, dass Rosie trotz allem ein glücklicher Mensch war, und das erstaunte ihn sogar noch mehr. Wenn seine Finanzen so ausgesehen hätten wie ihre, hätte er sich die Pulsadern aufgeschnitten, und zwar der Länge nach.

»Was ist das hier für ein Vermerk?«, fragte er und hielt ihr einen Kontoauszug hin.

»Oh, da habe ich meinem ältesten Neffen Geld geliehen. Der kleine Schnörkel da bedeutet, dass er es nicht zurückzahlen muss.«

»Sie haben eine ganze Menge solcher Kringel in Ihren Unterlagen«, merkte er an.

»Ich habe ja auch eine große Familie.«

»Aber Sie sind doch nicht für sie alle verantwortlich.«

Rosie seufzte, als wäre er schwer von Begriff. »Wir kümmern uns eben umeinander.« Sie deutete auf einen weiteren

Posten im Kontoauszug. »Da habe ich Eddie Geld geliehen, damit er sich Werkzeuge kaufen kann, die er zur Landschaftsgestaltung braucht. Letztes Jahr hat er sein eigenes Unternehmen gegründet. Falls ich mal Hilfe brauche, wird er für mich da sein.«

Mitch fragte sich, wie es sein mochte, zu wissen, dass man eine Familie hatte, die einen auffing, wenn man ins Straucheln geriet. »Wird er auch da sein, wenn Ihr Monat hier auf der Insel vorüber ist?«, fragte er spitz.

Sie schürzte die Lippen. »Wenn ich ihn brauche, ja. Aber so weit wird es gar nicht kommen.«

Er wedelte mit dem Kontoauszug vor ihr herum. »Neun Cent, Rosie.«

»Neun Cent plus der exorbitante Betrag, den ich wegen der Vereinbarung mit Ihnen bekomme.«

»Ist er denn so exorbitant? Davon hat mir Miss Lovejoy gar nichts erzählt.«

Sie kramte eine Weile in der Kiste, dann zog sie den Vertrag hervor. Mitch ging die wenigen Seiten durch, die mit Miss Lovejoys feiner Handschrift übersät waren und nur so vom fragwürdigen Talent seiner Sekretärin troffen, sich ungebeten überall einzumischen und ihre Kompetenzen zu überschreiten. Als exorbitant hätte er Rosies Honorar nicht bezeichnet, aber jetzt, wo er wusste, was sie bislang verdient hatte, war klar, dass sie es so empfinden musste.

»Und?«, fragte sie.

»Alles bestens. Ich habe Miss Lovejoy darum gebeten, eine Koryphäe zu beauftragen, und das hat eben seinen Preis. Ich will, dass bei diesem Projekt alles glattläuft.«

Rosie warf ihm einen gerührten Blick zu. »Oh Mitch, danke.«

Eigentlich hatte er sich in Sachen Komplimente immer für

ziemlich unbegabt gehalten, aber Rosie schien ihn trotzdem zu verstehen.

Als er erneut die Kontoauszüge durchblätterte, rutschte ein gefaltetes Blatt Papier zwischen den Seiten hervor. Er klappte es auf. »Wissen Sie«, sagte er und verspürte einen Anflug von Verzweiflung, »eins der wichtigsten Prinzipien bei der Buchhaltung besteht darin, dass man seine Gehaltsschecks zügig bei der Bank einreicht.«

Sie riss ihm den schmalen Streifen aus der Hand. »Mein Scheck vom Juni! Den habe ich seit Ewigkeiten gesucht.« Ihre Augen begannen zu strahlen. »Dann bin ich ja doch nicht ganz so pleite.«

Mitch legte ein leeres Blatt vor sich. »Und jetzt zeige ich Ihnen, wie Sie dafür sorgen, dass das auch in Zukunft so bleibt.« In der nächsten Stunde erstellte er einen Finanzplan für sie. Reich würde sie damit zwar nicht werden, doch wenn sie sich daran hielt, konnte sie immerhin über die Runden kommen. Rosie machte eine konzentrierte Miene und lauschte seinen Ausführungen. Ihre Aufmerksamkeit freute ihn auf seltsame Weise – seltsam, aber gut.

»Sie haben recht«, sagte sie schließlich, während sie den Finanzplan noch einmal durchlas. »Ich will zwar nicht, dass Sie recht haben, aber es ist nun mal so.« Sie schauderte, lächelte jedoch nach wie vor. »Wissen Sie, ich finde es ein bisschen gruselig, dass ich von jetzt an Verantwortung für meine finanzielle Situation übernehmen muss.«

»Ich kann mir weiß Gott Schlimmeres vorstellen.«

»Geld macht mich nicht glücklich«, sagte sie in dringlichem Tonfall. »Das habe ich schon vor langer Zeit festgestellt.«

»Aha«, erwiderte er. »Jetzt kommt also die Wahrheit ans Licht. Im zarten Kindesalter wurden Sie durch große Geldbeträge bleibend traumatisiert. Was ist passiert? Sind Sie als Baby von einem Millionär in einen stickigen Geldsack gestopft worden?«

»Sehr witzig.«

Ihre dunklen Augen, in deren Tiefe ein Feuer zu glühen schien, konnten nicht verbergen, dass sein Spott sie verletzt hatte. Zerknirscht legte Mitch eine Hand auf ihre. Er fühlte sich unwohl. Ständig diese Berührungen, dieser ganze zwischenmenschliche Austausch. »Tut mir leid. Spaß beiseite, Rosie, Sie haben scheinbar wirklich ein Problem mit dem Thema. Und ich frage mich, warum. Ich will es wissen.«

Sie starrte auf ihre aufeinanderliegenden Hände, studierte sie aufmerksam, als wolle sie seinem Blick ausweichen.

»Ich verliebe mich einfach zu schnell. Und zu heftig.« Die Skepsis musste ihm anzusehen sein, denn sie fügte hastig hinzu: »Wirklich wahr! Drei Mal in den letzten sechs Jahren. Heißt das, dass ich eine Schlampe bin?«

»Natürlich nicht. Sie sagen doch, dass es Liebe war. Trotzdem verstehe ich nicht, was das mit Ihrer Einstellung zu Geld zu tun hat.«

»Jedes Mal dachte ich, das ist er. Mein Prinz auf einem weißen Ross. Bis dass der Tod uns scheidet und so weiter und so fort.«

Ihre Worte berührten einen empfindlichen Punkt bei ihm, von dessen Existenz er bisher gar nichts geahnt hatte. Gleichzeitig empfand er einen völlig unsinnigen, nagenden Neid. Ja, er wusste, dass es unmöglich war – und ja, er wollte ihr Prinz auf dem weißen Ross sein.

»Aus Ihrem Tonfall schließe ich«, sagte er, »dass es kein einziges Mal funktioniert hat.«

»Richtig.« Sie zog ihre Hand weg und rieb sich die Schläfen, als hätte sie plötzlich Kopfschmerzen bekommen. »Und jedes Mal war das Geld schuld. Irgendwann wurde es wichtiger als die Beziehung. Bei Rudy war es eine Beförderung, die er nicht ausschlagen konnte. Er hat mich sitzen lassen, weil ich nicht alles stehen und liegen lassen und mit ihm nach Fargo ziehen wollte. Rafael hat sechzehn Stunden am Tag gearbeitet, manchmal sogar mehr. Nicht mal Betteln hat geholfen. Und Ron – Gott, was habe ich Ron geliebt.«

»Erzählen Sie einfach, wie es ausgegangen ist.« Mitch wollte keine Details über diese Loser hören.

»Hm, na ja, erinnern Sie sich an die riesige Abhebung auf den Kontoauszügen vom letzten Jahr?«

»Die, wegen der Ihnen acht Schecks geplatzt sind? Klar.«

»Das war Rons Abschiedsgeschenk.«

»Er hat Sie ausgenommen?«

»Hmhm.«

»Wow, wirklich ein echter Prinz.«

»Hören Sie auf damit, ich komme mir sowieso schon dumm vor.« Sie fing an, in einer weiteren Schachtel herumzustöbern, die sie mit nach unten gebracht hatte. »Richtig schön war mein Leben eigentlich immer nur, wenn ich pleite war.«

So wie im Moment? wollte er fragen. Er wollte es tatsächlich, stattdessen sagte er: »Ich glaube, Sie betrachten das vom falschen Blickwinkel aus. Sie behaupten, dass Geld Sie nicht glücklich machen kann, aber das müsste auch heißen, dass Geld Sie nicht traurig machen kann.«

»Im Grunde heißt es nur, dass ich die Finger von Männern lassen sollte, denen Geld wichtig ist.« Sie holte eine CD aus der Schachtel. »Okay, jetzt bin ich an der Reihe. Schließlich schulde ich Ihnen einen Gefallen.«

»Wieso?«

»Weil Sie meine Finanzen in Ordnung gebracht haben.« Sie lief zur Stereoanlage, schaltete sie an und legte die CD ein.

»Und was genau wollen Sie jetzt in Ordnung bringen?«, fragte er argwöhnisch.

»Ihre Prioritäten.«

Rosie rollte den Teppich in der Mitte des Wohnzimmers auf, wandte sich lächelnd zu ihm um und streckte die Hände nach ihm aus. Er zog eine finstere Miene. »Was haben Sie vor?«

In diesem Augenblick begann die CD zu laufen, und Salsamusik dröhnte durch den Raum. »Der Macarena«, rief Rosie über den wummernden Beat hinweg.

Mitch machte das Zeichen gegen das Böse und gab ein nervöses Lachen von sich. »Oh nein, vergessen Sie's! Ich tanze nicht. Nie.«

»Feigling.« Sie bewegte die Hüften zu dem treibenden Rhythmus und kam betont langsam quer durch den Raum auf ihn zu.

»Es ist ganz leicht«, sagte sie lockend. »Jeder kann das.«

»Tut mir leid, Frau Doktor.« Er versuchte, den Coolen zu spielen, obwohl der Anblick Rosies kreisender Hüften sein Blut längst zum Kochen gebracht hatte. »Ich muss passen.« Er schaffte es einfach nicht, den Blick von ihr loszureißen. Sie war hypnotisierend, eine Vision in Feuerrot, die Flamme aus dem Herzen des Feuers, dort, wo es am hellsten loderte – wunderschön, strahlend, faszinierend. Und heiß. *Oh Gott, brennend heiß.*

Sie bewegte sich jetzt dicht vor ihm, fast berührte sie ihn. Ihre Wärme wurde zu seiner Wärme. Er konnte den Rhythmus spüren, der nicht mehr aus den Boxen, sondern direkt aus Rosie zu entspringen schien. Sie ließ die Hüften kreisen, ihr Dekolleté zeigte den Ansatz ihrer schimmernden Brüste, und ihre bloßen Füße tappten über den Holzboden. All das brachte ihn halb um den Verstand.

»Jetzt kommen Sie schon hoch, Mitch«, sagte sie, und ihre Worte klangen wie Gelächter.

Er fragte sich, ob die Zweideutigkeit Absicht gewesen war. War sein Zustand etwa so offensichtlich?

Sie nahm seine Hände. »Hey, Macarena!«, sang sie mit. Gleichzeitig versuchte sie, ihn vom Stuhl hochzuziehen. »Jetzt kommen Sie schon. Ich wollte auch nicht über meinen Kontostand reden, aber ich hab es trotzdem getan, weil ich nett zu Ihnen sein wollte. Und nun raten Sie mal. Ich habe tatsächlich was gelernt.«

Sie beugte sich nach vorne, sodass ihr Wahnsinnsdekolleté nur Zentimeter vor seinem Gesicht schwebte.

»Also können Sie jetzt versuchen, nett zu mir zu sein. Vielleicht lernen Sie dabei ja auch was.«

Sie zog erneut an seinen Händen, und Mitch stand auf wie die Schlange zur Musik des Schlangenbeschwörers. Er ließ sich in die Mitte des Raums ziehen. Rosie tanzte bei jedem Schritt, bewegte sich zum Dröhnen des Basses, zum verspielten Geschmetter der Blasinstrumente.

»Okay«, sagte sie, als sie auf der Mitte der Tanzfläche angekommen waren. »Sind Sie bereit?«

Sie schien überhaupt nicht zu merken, wie dermaßen er neben sich stand.

»So bereit, wie man sein kann«, antwortete er schwach.

»Toll! Machen Sie jetzt einfach genau dasselbe wie ich.«

Der schnelle spanische Gesang erfüllte das ganze Haus. Die Augen halb geschlossen, legte Rosie erst die eine, dann die andere Hand auf ihre Hüften.

Mitch versuchte, es ihr nachzumachen.

»Gut«, sagte sie, »aber Sie sollten nicht dastehen wie ein Klotz. Kommen Sie, fühlen Sie den Rhythmus!« Sie drehte den Bass hoch. »Spüren Sie ihn?«

»Schätze schon.«

»Okay, neuer Move.«

Sie wiegte ihren Körper weiter im Takt der Musik, berührte erst ihre eine, dann die andere Schulter, sodass sie sich selbst umarmte. Die Haltung vertiefte ihr Dekolleté, und Mitch konnte seinen Blick unmöglich davon abwenden, während er unbeholfen den Tanzschritt nachahmte.

Als sie ihm die nächste Sequenz zeigte, wusste er, dass er es mit einer Meisterin ihres Fachs zu tun hatte. Wenn es um den Macarena ging, machte dieser Frau keiner etwas vor. Sie war ein wahr gewordener feuchter Traum, und er benahm sich so tölpelig und steif wie GI Joe.

»Sie sehen aus wie Al Gore auf einem Metal-Konzert. Jetzt machen Sie sich mal locker.«

Nachdem sie ihm noch ein paar Arm- und Beinbewegungen gezeigt hatte, die er sich vermutlich niemals würde merken können, warf sie ihm ein Lächeln zu, aus dem Toleranz und Mitgefühl sprachen und so etwas wie freundliche Herablassung.

»Und? Wie fühlt sich das an, Sie Zahlenzauberer?«

Nach einer eiskalten Dusche. »Wie fühlt sich was an?«

»Die Komfortzone zu verlassen. Zu etwas gedrängt zu werden, das Sie nicht wollen?«

»Ich kann das hier einfach nicht«, jammerte er. »Und ich verstehe nicht, was es bringen soll.«

»Aha, Beweis erbracht.« Sie warf ihm ein geheimnisvolles, wissendes Lächeln zu.

Und da verstand er. Genauso musste sie sich gefühlt haben, als er ihre Bankunterlagen durchging.

»Sie spüren den Rhythmus einfach nicht«, fuhr sie fort. Dann glomm etwas in ihrem Blick auf. »Sie haben zu wenig Verbindung, Mitch. Los, ziehen Sie die Schuhe aus.«

Ihm war klar, dass Protest zwecklos war, also streifte er seine Gucci-Loafers ab und schleuderte sie in die Ecke. Der Boden vibrierte unter seinen Fußsohlen, nach und nach durchdrangen die Schwingungen des Beats seinen Körper. Er fühlte sich leichter, lockerer. Vielleicht brachte es ja doch etwas. Er versuchte sich erneut an der Schrittkombination.

»Sie haben es raus.« Rosie strahlte vor Freude. »Ich wusste, dass Sie es schaffen.«

Kein Wunder, dass Sie sich so schnell verlieben, Rosie.

»Okay und jetzt die Arme dazu.« Sie rief ihm Anweisungen zu und machte ihm die Bewegungen vor. »Hüfte, Hüfte, Schulter, Schulter.«

An dieser Stelle versaute er es, er schaffte es einfach nicht, die Hände mit dem Rhythmus zu koordinieren. »Rosie …«

»Nicht aufgeben«, ermunterte sie ihn. »Sie haben es schon fast geschafft. Hier.« Sie stellte sich mit dem Rücken an seiner Brust vor ihn. Ihren Körper an seinem zu spüren, der schwindelerregende Duft ihrer Haut, die Zartheit ihrer Schultern … er war vollkommen überwältigt. Sie nahm seine Hände. »Hören Sie nicht auf, die Füße zu bewegen. Sehen Sie? Sie fühlen es, das ist gut.«

»Allerdings, ich fühle so einiges«, stieß er durch zusammengebissene Zähne hervor, aber sie schien das gar nicht mitzubekommen.

»So, jetzt gehen wir die Sequenz zusammen durch. Hüfte, Hüfte …«

Es war so verdammt leicht, wenn sie ihm dabei half, seine Hände an die richtigen Stellen zu legen. So leicht, dass er den Kopf in den Nacken legte und lachte. So leicht, dass er immer noch weitertanzte, als sie ihn losließ und sich von ihm entfernte.

Gott. Tanzen. Wer, zum Teufel, hätte gedacht, dass sich das so gut anfühlte?

»Jetzt schau sich das mal einer an«, rief sie überschwänglich, während sie mit ihm mittanzte. »Sie sind ja ein Naturtalent. Hey, Macarena!«

»Hey, Macarena«, sang er ein bisschen schief, doch das spielte im Augenblick überhaupt keine Rolle. Mitten im Wohnzimmer zu einem nicht enden wollenden Salsa-Beat zu tanzen hätte ihn eigentlich nicht mit einem so völlig absurden Erfolgsgefühl erfüllen sollen, aber es war nun mal so. Oh ja, verdammt, so war es.

»Sie sind echt heiß, *jefe*«, sagte sie fröhlich lachend und wirbelte im Kreis herum.

»Ich bin mir nicht sicher, ob ich schon bereit bin für die schwierigen Schritte.« Er hielt sie mitten in der Drehung fest. Bei der unerwarteten Berührung schnappte sie nach Luft. Ihre Verwirrung gefiel ihm. Ihm, der es so gerne vorhersehbar hatte, gefiel es, sie aus dem Konzept zu bringen. Und es gefiel ihm, sie zu berühren, ihren weichen, nachgiebigen Körper, der auf jeden kleinen Impuls reagierte.

Als der Teil mit den Schultern und den Hüften wieder anfing, drehte er den Spieß um. Diesmal gab er die Bewegungen vor. Sie warf ihm einen erstaunten Blick zu, machte aber mit, wiegte ihren kurvigen Körper und gab sich ganz seiner Führung hin. *Hingabe. Oh ja.* Genau die wollte er von ihr.

Als der Song leiser wurde, hielt er sie fest und drückte Rosie gegen ein Bücherregal. Seine Hände folgten weiter dem verklingenden Rhythmus: Schulter, Schulter, Hüfte, Hüfte … Und als der Tanz endete und das nächste Lied noch nicht begonnen hatte, da berührten sie einander immer noch, standen immer noch aneinandergedrängt da und atmeten heftig in die Stille. Mitch spürte, wie ein Schweißtropfen langsam seinen Rücken hinabbrann, und er bemerkte, dass Rosies Gesicht gerötet und feucht war von der Anstrengung. Ihre vollen Lippen waren ihm so nah, dass er glaubte, ihre Beerensüße schmecken zu können.

Das nächste Stück auf dem Album war eine spanische Ballade. Die sehnsuchtsvollen Klänge schienen sich um seine Nerven zu schlingen, kitzelten und verspotteten ihn so lange, bis er sich näher zu Rosies schimmernden Lippen hinabbeugte und den Duft ihres Badeöls und ihres Shampoos einatmete. Er war nahe dran, beinahe am Ziel, schmeckte sie fast schon …

»Hey, Mitch«, sagte sie und lachte hell. »Ich glaube, jetzt haben Sie's wirklich kapiert.«

Ehe er sie aufhalten konnte, war sie unter seinem Arm hindurchgeschlüpft und eilte zur Stereoanlage, um sie abzudrehen.

Er wandte sich zu ihr um. Ihre hastige, nervöse Abfuhr ärgerte ihn, auch wenn er wusste, weshalb sie es getan hatte und dass es besser so war.

Er wiederholte einen Satz aus dem Lied und fragte: »Was bedeutet das?«

Nun wirkte sie sogar noch distanzierter.

»Ich werde deinen Körper im zarten Licht der Morgenröte verehren«, übersetzte sie. »In Mexiko war das ein Riesenhit.«

Sein Blick ging auf Streifzug über ihren unglaublichen Körper, der seinem gerade so nahe gewesen war. »Verständlich.«

»Ja. Also, danke für die Hilfe mit meinen Finanzen. Es ist schon spät.« Sie nahm die CD aus der Anlage und stopfte hastig ihre Sachen in die Schachteln zurück.

Mitch sah zu, wie sie die Treppe hinauflief, und fragte sich, ob sie spürte, dass er auf den Saum ihres kurzen roten Kleides starrte, der bei jedem Schritt die Rückseite ihrer Oberschenkel streifte.

»Gute Nacht, Rosie«, murmelte er.

9. Kapitel

Der Blick aus dem Fenster am nächsten Morgen fühlte sich für Rosie an wie eine emotionale Bruchlandung. Regen. Eine Wasserwand, um genau zu sein. Dabei hatte sie sich doch darauf verlassen, dass sie den Tag in sicherem Abstand zur Rainshadow Lodge verbringen würde. Sehr sicherem Abstand, und zwar von Mitch Rutherford. Nach dem vergangenen Abend brauchte sie Distanz, Zeit zum Nachdenken.

Nicht, dass man ein Genie sein musste, um zu kapieren, was gerade passierte. Sie verliebte sich in ihn. Sie, die beschlossen hatte, dass sie mit Männern nichts mehr am Hut haben wollte. Sie, die selbst erklärte Junggesellin Nummer eins, tat es schon wieder. Sie verliebte sich in den falschen Mann.

Sie sah ihre alles andere als üppige Garderobe durch und fand einen angemessen altbackenen Jogginganzug, langweiliges Grau, bedruckt mit dem grausigen golden und lilafarbenen Husky-Logo der University of Washington. Perfekt für das plötzlich so scheußliche Wetter. Sie band ihr Haar zu einem Pferdeschwanz hoch, zog ein Paar Turnschuhe an und ging nach unten. Sie war fest entschlossen, in Sachen Mitch Rutherford stark zu bleiben.

Es spielte keine Rolle, dass er wusste, wie man sie festhalten musste, wenn sie weinte. Es spielte keine Rolle, dass es ihm nichts ausmachte, wenn sie über ihn lachte. Es spielte keine Rolle, dass er der niedlichste Tollpatsch war, mit dem sie jemals getanzt hatte. Und es spielte keine Rolle, dass der bloße Gedanke an seine Lippen ihren IQ um fünfzig Punkte sinken ließ.

Sie war seine Mitarbeiterin, nicht seine Freundin. Seine Angestellte, nicht seine Geliebte. Und sie beide wussten ganz genau, was besser für sie war.

Als sie sich zu ihm ins Wohnzimmer gesellte, musste sie feststellen, dass er zwei Latte macchiatos gemacht hatte und ein knisterndes Feuer im großen Hauptkamin.

Alle guten Vorsätze, die sie in ihrem Zimmer gefasst hatte, verflüchtigten sich. »Das ist ja gemütlich«, sagte sie, in der Hoffnung, ihre schwindende Entschlossenheit war nicht allzu offensichtlich. »Perfekt für das Wetter heute.«

»Dasselbe dachte ich auch. So viel zum Thema Schnorcheln.« Er saß am Tisch, seine Hornbrille auf der Nase und das *Wall Street Journal* vor sich ausgebreitet. »Haben Sie gut geschlafen?«, fragte er, als sie ihm gegenüber Platz nahm.

»Toll«, log sie. In Wahrheit hatte sie stundenlang wach gelegen und in Gedanken wieder und wieder den Augenblick durchlebt, in dem das Liebeslied angefangen hatte. »Hey, haben wir heute nicht einen Termin mit dem Spezialisten für Schutzdämme?«

»Stimmt.«

»Und wann treffen wir ihn?«

Mitch blickte auf. »Inselzeit«, erklärte er einfach.

»Dann kommt er also nicht?«

»Nein. Er hat heute Morgen aus Eastsound angerufen und meinte, dass das Wetter entschieden zu stürmisch sei, um die Überfahrt zu riskieren.«

Sie trank einen Schluck von ihrem Latte. Er war perfekt, fester Schaum, warmer, nussiger Kaffee. »Sieht ganz so aus, als hätten Sie sich dran gewöhnt«, sagte sie.

»Ich kann ja sowieso nichts dagegen tun. Man hat gar

keine Wahl. Es bleibt einem nur, nach ihren Regeln zu spielen.«

Fast hätte sie ihm geglaubt, doch dann nahm er die Zeitung hoch, und drei zerbrochene Bleistifte kamen darunter zum Vorschein. »Oh Mitch, es tut mir leid. Das muss Sie in den Wahnsinn treiben.«

»Ich werd's überleben, Dr. Galvez.«

Sie lächelte und holte sich eine Banane und Joghurt aus der angrenzenden Küche. »Vielleicht sollte ich die Gutachten heute noch mal durchgehen«, sagte sie, wobei sie einen Blick nach draußen warf, dann setzte sie sich zu ihm. Das Fenster zum Strand mit der verschnörkelten Bleifassung rahmte einen Tag ein, der von Minute zu Minute finsterer wurde. Regen und Nebel waren so dicht, dass selbst der Steg nicht mehr zu erkennen war.

»Was gibt es an einem Tag wie diesem sonst auch zu tun?«, fragte Mitch.

Sie stützte das Kinn in eine Hand und musterte die langen Buchreihen in den Regalen an den Esszimmerwänden. Die Standuhr schlug neun, im Kamin knisterte das Feuer.

»Da wäre schon etwas, was ich gerne machen würde.«

»Und was?«, fragte er und spielte dabei mit einem zerbrochenen Stift herum.

»Ich hätte Lust, dieses alte Haus zu erkunden.«

»Und was hat das mit dem Projekt zu tun?«

»Rein gar nichts, *jefe*«, antwortete sie verstimmt. »Tut mir leid, ich vergaß das zu erwähnen.«

»Schon gut, *mir* tut es leid. Da das Wetter sowieso verhindert, dass wir rausgehen, können Sie sich gerne Freizeit nehmen. Tun Sie, wonach Ihnen der Sinn steht.«

»Danke, das hatte ich vor«, sagte sie und machte sich auf den Weg in die Küche.

»Was genau wollen Sie denn eigentlich erkunden? Es war jahrelang nur ein Sommerhaus. Ich glaube nicht, dass Sie auf etwas Wertvolles stoßen werden.«

Sie stellte ihre Tasse im Spülbecken ab und warf die Bananenschale weg. »War hier nicht irgendwo eine Taschenlampe?«

»Unter der Spüle«, sagte er. »Bedienen Sie sich.«

Tatsächlich fand sie sogar ein Dutzend davon, sie entschied sich für die größte. »Und was machen Sie heute?«, fragte sie.

Er klopfte auf seinen Laptop. »Wir befinden uns im Informationszeitalter. Ich kann mich den ganzen Tag über beschäftigen.«

Sie warf ihm ein ironisches Lächeln zu. »Glückwunsch.« Dann schaltete sie die Taschenlampe ein und folgte einem schmalen Flur zur Kellertreppe. Als sie die Tür öffnete, die in die Dunkelheit hinabführte, seufzte sie erleichtert. Das Frühstück war gut gelaufen. Sehr gut sogar. Sie waren beide höflich, aber emotional neutral geblieben. Genauso wie es sein sollte.

So umfassend die Renovierungen am Haus auch gewesen waren, den Keller hatten die Besitzer vernachlässigt. Vorsichtig lief Rosie die Treppe hinunter. Die Stufen knarrten bei jedem Schritt, und sie musste sich unter den Spinnweben durchducken, die die Decke drapierten wie ein Baldachin. Der nasskalte Geruch von altem Zement durchdrang die Luft. Das Kellergewölbe bestand aus vier Räumen, die durch massive Rohholzwände voneinander getrennt wurden. Die erste Box war leer, jedenfalls abgesehen von einem Heer an Spinnen. Schaudernd trat Rosie zurück und spähte in die nächste Kammer, in der sich ein Wirrwarr aus abgenutzten Gartenmöbeln türmte. Der dritte Raum enthielt

Werkzeuge, die sogar noch älter waren als die Gartenmöbel, der letzte war wieder leer. Gerade als sie die Brettertür schließen wollte, streifte der Lichtstrahl der Taschenlampe etwas in der hinteren Ecke, das schwach glitzerte. Neugierig ging sie auf Zehenspitzen näher. Sie hatte keine Ahnung, warum sie sich so heimlichtuerisch benahm, aber es kam ihr trotzdem richtig vor. Sie fand ein wackliges Weinregal, das über und über mit Spinnweben bedeckt war. Darin lagen ein halbes Dutzend Weinflaschen. Vorsichtig zog sie mit Daumen und Zeigefinger eine der Flaschen heraus und hielt sie in den Strahl der Lampe.

Ungläubig betrachtete sie den Inhalt, der sich in eine wässrige und eine schleimige Hälfte geteilt hatte. Bis auf eine befanden sich alle im selben Zustand. Rosie nahm die vielversprechend aussehende Flasche mit nach oben.

Mitch saß stirnrunzelnd an seinem Computer, und als sie die Bibliothek betrat, blickte er auf.

»Und? Haben Sie etwas Interessantes gefunden?«, fragte er.

»Möglicherweise ja.« Sie holte ein Papiertuch aus der Küche und wischte den Staub von der Flasche. »Was ist das hier Ihrer Meinung nach?«

Er stand auf und sah ihr über die Schulter. »Das Etikett ist handgeschrieben. Schmuggelware aus den Zwanzigern. Ich wette, der wurde während der Prohibition illegal hergestellt.«

»Ob er wohl noch trinkbar ist?«

»Das können wir ja heute Abend herausfinden.«

»Sie wollen ihn trinken?«

Er zuckte die Achseln. »Warum nicht?«

»Weil er nicht uns gehört.«

»Wer es findet, der darf es behalten. Sagt man das nicht so?«

»Wahrscheinlich ist er sowieso nicht mehr gut.«

»Wenn er umgekippt ist, gibt es eben nur trocken Brot.«

Sie lachte und knipste die Lampe aus. »Wie Sie meinen. Ansonsten war da unten nichts. Jedenfalls so gut wie nichts. Ich dachte, ich nehme mir als Nächstes den Dachboden vor.«

»Tun Sie sich keinen Zwang an. Ich habe übrigens eine Sturmlaterne gefunden. Die gibt besseres Licht als die Taschenlampe.« Er ritzte ein Streichholz an und entzündete den Docht in der Laterne, die daraufhin in einem weichen goldenen Lichtschein erstrahlte.

»Danke, Mitch.« Rosie verließ die Küche, und er setzte sich zurück an den Tisch.

Und schon wieder hatten sie es geschafft, ganz normal miteinander umzugehen. Am vergangenen Abend waren einfach ein bisschen die Pferde mit ihnen beiden durchgegangen, wahrscheinlich weil sie so blöd war, zusammenzubrechen und in seinen Armen zu weinen. Außerdem war sie völlig euphorisch gewesen, weil er ihr geholfen hatte, ihr desaströses Finanzchaos zu beseitigen. Heute war zwischen ihnen alles ausgeglichen, seicht wie das neblige Licht draußen.

Sie stellte einen kleinen Tritt unter der Deckenklappe im Flur im dritten Stock auf und zog an dem Seil, das an der Falltür zum Boden hing. Eine Leiter glitt durch die Öffnung herunter. Nachdem sie hinaufgestiegen war, sah sie sich um. An den Giebelseiten des Hauses befand sich jeweils ein halbkreisförmiges Fenster. Graues Tageslicht sickerte in den von Spinnweben überzogenen Raum. In der Mitte ragte der Feldsteinkamin empor. Dank des Feuers, das Mitch gemacht hatte, gab er angenehme Wärme ab, die mit dem Glühen der Lampe eine kuschelige Atmosphäre erzeugte.

Der Inhalt des Dachbodens war viel interessanter als der des Kellers. Rosie fühlte sich wie in einem Antiquitätenladen oder auf einem Flohmarkt. Überall türmten sich antike

Möbel, Weidenkörbe, herumliegendes Spielzeug und runde Pappschachteln, die ihre Neugier weckten. In einem Stapel vergilbter Bücher aus den Zwanzigern kam ihr nur ein einziger Titel bekannt vor: *Der Scheich* von Edith Maude Hull. Sie stöberte in den Sachen herum, fragte sich, woher sie kamen und wer sie verwendet hatte. Was für ein Paar war es gewesen, das das Himmelbett als Ehebett benutzt hatte? Wer hatte in dem zerschrammten Schaukelstuhl sein Baby gestillt? Wer hatte das verblasste Notre-Dame-Banner aufgehängt? Welches Kind hatte mit dem rostigen Kreisel gespielt? Welche Frau hatte *Der Scheich* gelesen und von einem exotischen Liebhaber geträumt?

Die Stunden verstrichen, während sie den Dachboden durchstöberte und sich von den alten Erinnerungsstücken in ferne Orte und vergangene Zeiten versetzen ließ. Ihre beiden Lieblingsentdeckungen waren ein uralter Schiffskoffer mit knarrenden Scharnieren und ein großes Victrola-Grammofon, in dessen Schublade ein Stapel Schallplatten lag. Sie blies den Staub von den Plattencovern und ging die Titel durch. *Stars in My Eyes, Picture Me Now, Harvest Moon Waltz.* Sie alle klangen eigenartig und altmodisch. Rosie entschied sich für *Dancing in My Dreams* und befreite die Platte an ihrer Hose von Staubfetzen. Sie legte sie auf den Plattenteller, kurbelte mit dem Hebel, um den Apparat in Gang zu setzen, und ließ die Nadel auf den Drehteller sinken. Zu ihrer Freude knirschte es im trompetenförmigen Horn, dann erklang ein kitschiges, aber seltsam charmantes Lied. *I see you dancing in my dreams …*

»In meinen Träumen kann ich dich tanzen sehen«, trällerte sie leise mit.

Zum Klang der Musik öffnete sie den Schiffskoffer und ging den Inhalt durch. Ein brüchiger Fächer aus vergilbten

Elfenbeinplättchen. Ein Paar Spitzenhandschuhe. Ein Damenmieder. Ein niedliches gestreiftes Hemdchen samt kurzer Hose, vermutlich ein Badeanzug. Hüte, Schuhe – alles, was eine Dame aus vergangenen Zeiten für einen Sommer am Meer gebraucht hätte. Als sie ein golden schimmerndes Seidenkleid fand, war es ihr nicht möglich zu widerstehen. Sie musste es anprobieren.

Rasch streifte sie ihre Jogginghose ab. Zuerst legte sie das Mieder an. Der alte Chambraystoff strich zart und knisternd über ihre Haut. Er fühlte sich seltsam sinnlich an, auf eine Weise erregend, die sie nicht erklären konnte. Dann, ganz vorsichtig, um die Nähte nicht zu beschädigen, schlüpfte sie in das Seidenkleid. Es passte wie angegossen und schmiegte sich an ihren Körper. Das Korsett war mit winzigen Bernsteinperlen verziert, und die tief angesetzte Taille ließ den Rock weich fallen, sodass er um ihre Beine schwang.

Rosie kam sich vor wie ein kleines Mädchen, das Verkleiden spielte. Also hörte sie auf, fachliches Interesse an ihren Entdeckungen vorzugeben, und stürzte sich mit voller Begeisterung in ihre Aufgabe. Sie löste das Band, das ihr Haar hochgehalten hatte, und setzte sich einen entzückenden Hut mit einem zerzausten Federbausch auf, der ihr in die Stirn fiel. Es folgten Schnürschuhe und die dünnen Spitzenhandschuhe. In einem pockennarbigen Rasierspiegel begutachtete sie das Ergebnis. Sie sah überhaupt nicht mehr aus wie sie selbst, sondern wie ein Mädchen aus alten Zeiten, getaucht in den gelben Schein der Sturmlaterne, gekleidet in zarte Seide und Spitze. Das Licht fing sich in den Perlen, die Hutkrempe umrahmte ihr Gesicht.

Sie kurbelte das Grammofon an und spielte das Lied erneut ab. Mit geschlossenen Augen wiegte sie sich zur Musik und ließ ihrer Fantasie freien Lauf. Sie dachte daran, wie sie am Abend mit Mitch getanzt hatte. Wie er sie fast geküsst hätte. Sie stellte sich ein Leben vor, in dem sie ihn hätte gewähren lassen können, in dem sie keine Angst vor den Konsequenzen haben müsste. Und nach einigen Minuten träumte sie einfach nur noch von Mitch und malte sich aus, sie wären ein Paar. Sie hörte die liebliche Melodie des Lieds durch das raue Kratzen klingen, das die Jahre in die Schallplatte geprägt hatten. Sie hörte den Regen aufs Dach prasseln, hörte das Rauschen des Windes unter dem Dachvorsprung.

Und dann hörte sie Mitch Rutherfords Stimme.

»Für wen tanzen Sie denn, Rosie? Sie sehen so aus, als wären Sie meilenweit weg.«

»Oh!« Sie riss die Augen auf und erstarrte mitten in der Bewegung. »Verdammt.« Sie spürte, wie sie feuerrot anlief. »Gott, ich muss so albern aussehen.«

Mitch kam durch den Raum zu ihr und trat in den goldenen Kreis der Sturmlaterne. Er wirkte gleichzeitig amüsiert und mitleidig.

»Vielleicht sehen Sie auch einfach nur hübsch aus.«

Sie blinzelte überrascht, dann wurde sie noch röter. »Ich fand diese ganzen Sachen so bezaubernd, ich konnte nicht anders, als sie anzuprobieren …«

»Rosie.«

In einer unfassbar zärtlichen Geste legte er die Finger auf ihre Lippen und brachte sie so zum Schweigen. Das Lied auf dem Grammofon endete, und die Nadel stieß dumpf gegen das Etikett.

»Du musst dich nicht erklären«, fuhr er leise fort.

Dann nahm er seine Finger von ihren Lippen und ließ sie einen ihrer Arme hinabgleiten, die ganze Innenseite entlang. Am Handgelenk hielt er inne, direkt über ihrem Puls. Über ihrem Puls, der plötzlich raste.

»Muss ich nicht?«, flüsterte sie und griff nervös hinter sich, um die Nadel von der Schallplatte zu heben.

»Nein.«

Er lachte leise, ein seidiger Klang, der die Stille durchbrach.

»Nach dem Macarena gestern finde ich gar nichts mehr albern.«

»Oh.« Sie gab ein kurzes, angespanntes Lachen von sich. Ja, sie war nervös. Weil er dastand und so entspannt und perfekt wirkte wie ein Werbemotiv für ein Golfresort. Und weil sie ihn mit einer Heftigkeit wollte, die an Wahnsinn grenzte.

»Schätze, das lag an mir.«

»Hmhm.«

Er trat einen Schritt näher, und jetzt konnte sie seine Wärme auf ihrer Haut spüren. Die empfindlichen Knospen ihrer Brüste begannen zu kribbeln, und ihr fiel ein, dass sie unter dem Kleid und dem Mieder nichts anhatte.

»Und was hast du noch gefunden?« Er nahm den Schallplattenstapel hoch und ging ihn durch. »Ich leg die hier mal auf.«

Sie schluckte. »Sicher?«

»Sicher was?«

»Sicher, dass du deine Arbeit vernachlässigen willst, um alte Platten anzuhören?«

»Ts, ts, Rosie. Du hast doch selbst gesagt, dass Arbeit allein nicht glücklich macht. Ich versuche einfach nur, ein bisschen glücklich zu sein.«

Als er sich umdrehte und das Grammofon ankurbelte, beobachtete Rosie wie gebannt die fließenden Bewegungen seines Arms und flüsterte: »Es funktioniert.«

»Was?«

»Ähm, nichts.«

Das Lied entpuppte sich als Walzer. Mitch wandte sich zu ihr um und reichte ihr die Hände. »Darf ich bitten?«

»Ich kann keinen Walzer tanzen.«

»Ich auch nicht. Dann haben wir ja ausnahmsweise mal etwas gemeinsam.«

Sie lachte, und plötzlich verflog ihre Nervosität, und sie fing an, Spaß zu haben. »Da ich sowieso schon verkleidet bin, kann ich genauso gut so tun, als wäre ich jemand, der Walzer tanzen kann.«

Er nahm ihre Hand und legte den anderen Arm um ihre Taille. Ein paar Schritte taumelten sie etwas unbeholfen herum. »Du vergisst wieder, auf den Takt zu achten«, schimpfte sie lachend. »Wir kriegen das hin, wenn du einfach nur den Rhythmus fühlst. Eins, zwei, drei. Eins, zwei, drei …«

Nach einer Weile funktionierte es tatsächlich. Vielleicht war es kein perfekter Walzer – einen Preis hätten sie damit sicherlich nicht gewonnen –, aber sie bewegten sich zusammen im Takt der Musik, und das war es schließlich, worauf es beim Tanzen ankam. Herum und herum ging es quer über den Boden, der Regen trommelte auf die Schindeln, das Grammofon ließ ein Lied erklingen, das seit Jahrzehnten niemand mehr gehört hatte. Für Rosie war dieser Augenblick wie Magie, wie ein Traum oder ein Märchen.

Als das Stück endete, hatte Mitch sie in die hintere Ecke des Dachbodens geführt, dorthin, wo die Schatten tief waren und das alte Himmelbett stand. Rosie spürte, wie sich einer der Bettpfosten in ihren Rücken drückte, und plötzlich war all das gar nicht mehr so lustig. Es war wie am Vorabend, als das Verlangen sich bemerkbar machte und durch ihren Körper dröhnte und sie gespürt hatte, wie sie fiel, wie sie kopfüber in ihre Gefühle für Mitch Rutherford taumelte. Sie befahl sich, sich aus seiner Umarmung zu winden, irgendeine

Ausrede zu erfinden. Stattdessen stand sie einfach nur da und spürte, wie seine Hände ihre Arme hinaufglitten und sich um ihre Schultern schlossen, dann, ganz langsam, fast schon beschwörend, wieder hinunterstrichen. Wie sie ihren Nacken massierten, ihre Schulterblätter, ihren Rücken.

»Da sieh mal einer an, Frau Doktor«, sagte er, und seine Stimme war rau vor Verlangen. »Ich glaube, Sie sind nackt unter diesem Kleid.«

»Und ich glaube«, flüsterte sie und fiel und fiel und scherte sich kein bisschen mehr darum, »dass du mit deiner Vermutung vollkommen richtigliegst.«

Von da an ging er mit seiner Verführung äußerst zielgerichtet und sachlich vor. Mit fokussierten und doch gemächlichen Bewegungen entfernte er die Nadel aus ihrem Haar und ließ den Hut auf den Boden segeln. Als Nächstes zog er ihr langsam und mit fast klinischer Präzision die Handschuhe aus, erst den einen, dann den anderen. Schließlich legte er die Fingerspitzen an ihr Gesicht und hob es an, sodass sie ihm in die Augen sehen musste.

»Ich will dich«, sagte er. Sein Tonfall war neutral, sein Blick aber intensiv.

»Ich weiß. Und ich will dich auch.«

»Das hatte ich gehofft.«

Seine Lippen verzogen sich zum kürzesten Lächeln, das sie jemals gesehen hatte, und dann, so langsam, dass sie vor Ungeduld fast aufgeschrien hätte, beugte er sich herunter und küsste sie.

Der Kuss war alles, was sie sich erträumt hatte. Nein, er war besser als das. Die tagelange unwillkommene Verlockung hatte ihren Appetit geweckt. Sie war so bereit für diesen Kuss, dass sie aufstöhnte und nach mehr verlangte. Während sie die Weichheit seiner Lippen erkundete, spürte sie die

Härte seiner Brust unter ihren Fingern, ließ ihre Hände seine Arme und Schultern, dann seinen Rücken hinabgleiten. Sein Hemd spannte sich warm und straff über festen Muskeln.

Obwohl sie sich wünschte, dass dieses Szenario niemals endete, löste Mitch sich irgendwann von ihr. Sie gab einen unterdrückten Protestlaut von sich, doch er lachte nur, leise und weich. Es waren die erotischsten Laute, die sie jemals gehört hatte, dann verblüffte er sie, indem er vor ihr auf die Knie ging, langsam und kontrolliert und dabei unendlich sexy, unwiderstehlich. Er zog ihr einen Schuh aus, hielt die Ferse in der Hand, während er die Schuhbänder löste, und setzte ihren nackten Fuß auf dem Dielenboden ab. Dasselbe wiederholte er mit dem anderen Fuß, aber anstatt ihn abzustellen, küsste er den empfindlichen bloßen Spann.

Rosie suchte Halt am Bettpfosten, als Mitch seine Finger ihre Beine hochgleiten ließ, unter den Kleidersaum, höher und höher. Dann folgten seine Lippen, seine Zunge tanzte über ihren Knöchel, ihre Wade, ihre Kniekehle. Als er sich aufrichtete, war sie kurz davor, ihn anzuflehen, nicht aufzuhören.

Gleichzeitig fragte sie sich panisch, ob es nicht besser wäre, darüber zu reden, alles auszudiskutieren. Es zu planen und eine bewusste Entscheidung zu treffen, wie Erwachsene, wie sie es waren, es tun sollten.

Dass er eine Hand unter dem hauchzarten Rock ihres Kleids behielt, war keine große Hilfe. Genauso wenig wie der Umstand, dass sich ihre Beine plötzlich anfühlten, als wären sie aus Butter. Als sie sich hilflos aufs Bett zurücksinken ließ, klammerte sie sich so fest an Mitch, dass sie am Ende beide darauf lagen, sprachlos vor Verlangen.

In dem Moment, als er auf ihrem Rücken einen nach dem anderen die Knöpfe des Kleides öffnete, wusste sie, dass sie beide sehr wohl darüber nachgedacht hatten. Sie *hatten* eine

Entscheidung getroffen. Schon gestern hatten sie beschlossen, dass sie sich lieben würden – nur dass keiner von ihnen es bemerkt hatte. Sie waren mit dem Kajak in eine einsame Bucht gefahren. Und sie hatte in seinen Armen geweint.

Später am Abend hatten sie ihre Entscheidung dann gefestigt, indem sie Dinge miteinander geteilt hatten, die ihnen wichtig waren. Sie hatte ihm ihre Finanzen überlassen – in jeglicher Hinsicht eine Geste tiefsten Vertrauens –, und er, der niemals tanzte, hatte mit ihr getanzt.

Und nun, in diesem Augenblick, wäre jede Unterhaltung, jede Diskussion überflüssig. Also versuchte sie es nicht einmal, sondern schlang die Arme um seinen Nacken, musterte das Leuchten des diffusen Laternenlichts auf seinem verträumt wirkenden Gesicht, sah ihm tief in die Augen und sagte: »Jetzt.«

Einen kurzen Moment lang wirkte er entzückend unbeholfen und vollkommen verwirrt, so als hätte er doch noch mit einer Zurückweisung gerechnet. Sein Zögern verblasste jedoch schnell, und er stand auf, zog sie auf die Beine und nahm den Staubschutz vom Bett. Darunter kamen bestickte Kissen und vergilbte Leinenwäsche zum Vorschein, die nach alten Lavendelsäckchen dufteten. Er teilte den federleichten Stoff des Kleids und sah zu, wie es ihren Körper hinabglitt und um ihre bloßen Füße floss wie flüssiges Gold. Dann öffnete er die Schleife des Mieders, zog es Zentimeter für Zentimeter herunter.

Sein Gesichtsausdruck – sein kontrolliertes, diszipliniertes Geschäftsmanngesicht – verriet ihr alles, was sie wissen musste. Der kleine Laut, der von irgendwo tief aus seiner Kehle drang, war ein größeres Kompliment als sämtliche Schmeicheleien zusammen, die sie so oft von ihren gaffenden Studenten zu hören bekam.

Als er seine Kleidung ablegte und sie in die Arme nahm, loderte das Bewusstsein um seine Nähe bei ihr auf wie ein Waldbrand. Sein Körper war von Natur aus athletisch. Sie hatte noch nie etwas an aufgepumpten Männermuskeln finden können; für sie hieß das nur, dass sie es mit jemandem zu tun hatte, der viel zu viel Zeit auf sein Äußeres verwendete. Ein oberflächlicher Zeitvertreib, dem etliche ihrer Studenten nachgingen.

Mitch war ein Mann, mit dem es das Schicksal gut gemeint hatte – vollkommener Knochenbau, gute Gene. Die Leidenschaft, die sich während der letzten Tage bei ihr angestaut hatte, ließ ihn in ihren Augen wie einen Gott wirken.

Sie sanken aufs Bett, und der Duft fadenscheiniger Stoffe und trockener Blumen umfing sie. Rosie fand all das betörend und erotisch – das alte Leinen auf ihrer nackten Haut, Mitchs Hände, die langsam über ihren Körper strichen, hinunter und wieder hinauf, in Kreisen um ihre Brüste. Sie spürte seine Finger in ihrem Nacken, auf ihrem Rücken. Er legte den Kopf dicht neben ihren und flüsterte einen Vorschlag in ihr Ohr, von dem ihr ganz schwindelig wurde. Dann küsste er ihren Hals dort, wo gerade noch seine Hand gelegen hatte, und glitt immer weiter nach unten, wobei er sie federleicht küsste. Seine zarten Berührungen waren von einer solchen Sinnlichkeit, dass es ihr den Atem raubte.

Was das Vorspiel betraf, war er so erfindungsreich, wie er im Alltag konventionell war. Sie fühlte sich überwältigt und vielleicht sogar ein klein wenig betrogen, weil er ihr zuvor nicht den kleinsten Hinweis darauf gegeben hatte. Wie hätte sie ahnen sollen, dass er im Bett ein Scheich war? Ein Scheich in Nadelstreifen. Ja, genau das war er, so wie er sie berührte, streichelte und neckte. Sie war besessen vom Drang, seinen Körper zu erkunden, ihn wirklich kennenzulernen. Sie liebkoste und küsste jede Stelle, die sie erreichte, ließ ihn ihre Sinne überfluten und fühlte sich dabei so wohl und mit ihm verbunden und erregt, dass sich alles um sie zu drehen schien.

Endlose Minuten, eingesponnen in honigsüßes Verlangen, verstrichen, und als sie sich schließlich vereinigten, schmiegten sie sich aneinander wie feuchte Seide. Die Empfindungen rauschten mit unaufhaltsamer, pulsierender Wucht an die Oberfläche. Sie klammerte sich an seine Schultern, schrie seinen Namen und spürte, wie die Zuckungen ihrer Muskeln seinen Höhepunkt auslösten. Es folgte ein Augenblick, nur ein Atemzug, ein Herzschlag vollkommenen Schocks, dann ließ er sich fallen, hielt sie, küsste sie lange und träge, wie auch ihre Körper einander küssten, süß, aber mit einer Lust, die so verzehrend war, dass es an Schmerz grenzte.

Rosie konnte sich nicht bewegen, und mit Mitch auf ihr war selbst das Atmen schwierig. Normalerweise war das eine peinliche Situation, der Oh-Gott-was-habe-ich-nur-getan-Moment, doch die Reue blieb aus. Rosie lag einfach nur da und genoss die schwere Wärme seines auf ihr ruhenden Körpers.

Nach einer Weile begann er, sie in seinen Armen zu wiegen. Sie musterte die alten parfümierten und mit Schleifen zugebundenen Kissen, eins bestickt mit den Worten einer Braut an ihren Bräutigam: *Für dich, für immer.* Der liebevoll verzierte Bezug duftete nach Rosen und schien erfüllt vom Versprechen einer wunderbaren Liebe. Bei dem Anblick stiegen ihr Tränen, ganz und gar alberne Tränen, in die Augen. Hastig blinzelte sie sie weg, und Mitch stützte sich gleichzeitig auf, um sie lange und leidenschaftlich zu küssen. Es war dieser Kuss, der eine Tür bei ihr öffnete. Weil er so unerwartet kam und von Herzen.

Als Mitch sich aus ihr zurückzog, sah sie, wie er ein Kondom abstreifte. Sie war verwirrt, denn sie konnte sich nicht erinnern, dass er eine Pause gemacht hatte, um es aufzuziehen, aber sie war dankbar, dass er es getan hatte. Es war typisch für ihn, dass er so besonnen war. So rücksichtsvoll. Und immer gut vorbereitet.

Er zog die Shorts und seine Twill-Hose an, dann, ein kleines Lächeln auf den Lippen, setzte er sich auf den Bettrand. »Du siehst wunderschön aus«, sagte er weich.

Plötzlich wurde ihr ihre Nacktheit bewusst. Rosie zog einen alten Quilt über sich. Der zarte Stoff gab eine Duftwolke nach Zedernholz und Lavendel frei.

»Also«, fuhr er fort und strich ihr eine Haarsträhne aus dem Gesicht. »Ist das hier der Anfang der grauenvoll peinlichen Phase?«

»Ich fand es viel zu schön, um es jetzt schon zu bedauern.«

»Genauso geht es mir auch, Frau Doktor.«

10. Kapitel

Später an diesem Nachmittag hörte es auf zu regnen, und überall blieben reingewaschenes Licht und frisch leuchtendes Grün zurück. Rosie, die am Kaminfeuer *Der Scheich* gelesen hatte, blickte aus dem Fenster und lächelte. »Die Sonne ist wieder rausgekommen.«

Mitch nahm den Blaupausenstift, den er sich hinters Ohr geklemmt hatte, und wedelte damit herum. »Ich habe vergessen, Abendessen beim ›Deli‹ zu bestellen.«

Rosie legte das Buch beiseite und streckte sich wohlig. Er konnte den Blick nicht von ihr lösen. Den ganzen Tag schon hatte sie diese sinnliche Ausstrahlung gehabt, zerzaust und wundgeküsst. Sie hatte es ihm schwer gemacht, sich zu konzentrieren, irgendwie hatte er dennoch eine Menge geschafft. Erstaunlich.

»Wir kochen uns einfach selbst was«, sagte sie. »Vergiss nicht, dass wir eine tolle Flasche Wein haben, die wir dazu trinken können.«

»Aber wir haben doch gar nichts, was wir kochen könnten.«

»Dann gehen wir eben in die Stadt und kaufen ein.«

»Das ist ein weiter Weg.«

»Wir brauchen nicht zu laufen.« Sie nahm seine Hand und führte ihn nach draußen zum alten Kutscherhaus, das als Garage diente. »Beim Stöbern habe ich das hier gefunden.«

Es war ein Tandemfahrrad, an den Felgen leicht verrostet, ansonsten aber in akzeptablem Zustand.

»Ich bin seit zwanzig Jahren nicht mehr Rad gefahren«, gestand er.

»Oh, das überrascht mich ja wahnsinnig«, erwiderte sie trocken und schob das Fahrrad auf den Kiesweg vor der Lodge. »Steig auf. Angeblich verlernt man das ja nie.« Sie selbst nahm auf dem vorderen Sattel Platz. »Bereit?«, fragte sie über die Schulter.

»Schätze schon.«

Sie fuhren los, etwas holprig anfangs, doch dann fanden sie einen gemeinsamen Rhythmus und glitten über die ebene Asphaltstraße. Der tiefe Wald aus altem Baumbestand glänzte feucht und erfüllte die Luft mit dem erdigen Duft immergrüner Pflanzen. Das Sonnenlicht, das durch die Zweige der massiven Sitkafichten und Zedern gefiltert wurde, schimmerte in diesigem Grün.

»Das ist so schön«, rief Rosie ihm zu. »Ist es nicht schön hier?«

Für einen Augenblick unterbrach er das Studium ihres Pos und betrachtete den Wald. Wegen ihrer Begeisterung nahm er die wilde Pracht der Umgebung wahr, als würde er sie zum ersten Mal sehen, das Glitzern der Regentropfen auf den üppigen Farnen, das satte Rot der Erdbeerbaumblüten, den Fasan, der sich majestätisch von einer Lichtung erhob, und die blauen Himmelsfetzen zwischen dem Blätterbaldachin. Sie brachte ihn dazu, über all das nachzudenken, es zu würdigen.

»Ja«, sagte er schließlich, während er beobachtete, wie der Wind mit ihrem Haar spielte. »Ja, das ist es.«

Im verschlafenen Inseldorf gab es einen Jachtausrüster und den Delikatessenladen, einen Souvenirshop und einige kleine Boutiquen, außerdem einen winzigen, aber gut sortierten Lebensmittelladen. Rosie bestand darauf, lauter Dinge zu kaufen, die er noch nie in seinem Leben verwendet hatte, ein

Bündel Koriander, frische Garnelen, Maismehl, dazu Tomaten und Zwiebeln von einem lokalen Bauern, eine Limette sowie ein Pfund Butter. Als Dessert entschied sie sich für Rainier-Kirschen. Zusätzlich erstand sie einen Stapel Postkarten, die sie an ihre Familie schicken wollte.

Eine Stunde später stand sie in der Küche, laute Salsamusik erfüllte den Raum, und Rosie hackte, schnippelte und brutzelte herrisch, veranstaltete eine Riesensauerei und erzeugte dabei Düfte, bei denen ihm das Wasser im Mund zusammenlief. Er war zur Küchenhilfe degradiert worden, deckte anschließend den Tisch und verzog sich dann an den Kamin. Um acht kam Rosie zu ihm ins Esszimmer. Sie sah entzückend zerrauft und ein bisschen selbstzufrieden aus.

»Wie wär's, wenn du jetzt den Wein öffnest, *jefe*?«

Sie trug einen Stapel selbstgemachter Tortillas auf, gegrillte Garnelen und Gemüse, Sour Cream und Salsa. Als er die Flasche öffnete, zerbröselte der Korken.

»Der Moment der Wahrheit«, sagte er und schenkte einige Schlucke ein. Er schnüffelte erst daran, dann probierte er. Überrascht reichte er das Glas an Rosie weiter. Nachdem sie gekostet hatte, zierte ein rubinroter Tropfen ihre Unterlippe.

»Köstlich!«

»Finde ich auch.« Er füllte sein eigenes Glas, anschließend seinen Teller mit verführerischen Gerichten. Sein Gaumen jubelte über die pikanten Garnelen und die würzigen, warmen Tortillas. »Mein Magen singt gerade spanische Liebeslieder.«

»Oh bitte, versuchst du dich jetzt plötzlich als Poet?«

»Sie sind eine Frau mit vielen Talenten, Dr. Galvez«, erwiderte er und neigte anerkennend sein Glas in ihre Richtung.

Sie lachte. »Während alle anderen gelernt haben, wie man mit Geld umgeht, habe ich eben kochen gelernt.«

Es war ein angenehmes, geerdetes Gefühl, zusammen eine Mahlzeit einzunehmen, für die sie gemeinsam eingekauft, die sie gemeinsam zubereitet hatten. Sie aßen langsam, genossen die Speisen und den Wein und die Gesellschaft des jeweils anderen. Selbst das Tischabräumen hatte etwas Vertrautes, Häusliches an sich, und als sie fertig waren, holte Rosie die Schüssel mit den gelbroten Rainier-Kirschen aus dem Kühlschrank.

»Bereit für den Nachtisch?«, fragte sie.

Es passierte schon wieder, sie sah einfach unerträglich hinreißend aus.

»Klar«, sagte er. »Ich könnte was Süßes vertragen.«

»Es ist schön draußen. Wir sollten sie auf der Veranda essen.«

Er drückte sie an den Tresen und nahm ihr die Schüssel aus der Hand. »Oder wir essen sie im Bett«, sagte er und küsste sie.

»In deinem oder meinem?«, fragte sie nur.

Rosie hatte noch nie in ihrem Leben so interessante Erfahrungen mit Kirschen gemacht.

In den folgenden Tagen musste Mitch einsehen, dass er einiges von Rosie lernen konnte. Er hatte nie verstanden, was die Leute daran fanden, im Gras herumzuliegen und die Wolken vorüberziehen zu sehen – bis Rosie kam. Er hatte noch nie einen Drachen steigen lassen – bis Rosie kam. Er hatte noch nie zugesehen, wie eine Spinne ein Netz webt – bis Rosie kam.

Sie brachte ihm bei, den Moment zu leben. Sie überredete ihn, barfuß am Strand spazieren zu gehen, in der Dämmerung den Grillen zuzuhören, mitten am Tag ein Nickerchen in der Hängematte zu machen. Von Rosie lernte er die Kajakrolle und wie man eine Fischschule ausfindig macht, wie man Tortillas zubereitet und eine Gänseblümchenkette bastelt.

Bis Rosie kam, hatte er nicht gewusst, was innere Freiheit bedeutete.

Streng genommen ist sie gar keine Angestellte, sagte er sich, wenn er sie in den folgenden Tagen liebte, denn er hatte immer großen Wert darauf gelegt, sich nicht mit seinen Mitarbeiterinnen einzulassen.

Rosie war Auftragnehmerin, das war etwas völlig anderes.

Er klammerte sich an diesen Unterschied, weil er die Affäre wollte, mehr als er jemals zuvor irgendetwas gewollt hatte.

Nach ihrem Tanz auf dem Dachboden begann eine idyllische Zeit. Ja, sie erledigten ihre Arbeit, aber auf einmal fühlte sich alles verändert an. Ein magischer Schimmer schien jeden Moment zu überstrahlen, und wenn Rosie bei ihm war, erfüllte ihn ein Gefühl der Euphorie.

Er erklärte ihr, wie er arbeitete, und sie zeigte ihm, wie sie spielte. Gemeinsam saßen sie am blank gescheuerten Ahorntisch, und er half ihr, ihren Lebenslauf im Internet hochzuladen, damit sie sich nach einem neuen Job umsehen konnte. Im Gegenzug nahm sie ihn mit zum Schwimmen, zum Angeln, zum Wolkengucken, zum Muschelsammeln. Sie machten ausgedehnte Ausflüge mit der Bayliner und gingen in abgelegenen Buchten vor Anker, wo sie sich auf dem offenen Deck liebten.

Er gab den Versuch auf, sein Bedürfnis nach ihrer Nähe zu verstehen, seinen Hunger nach ihr. Er hatte seit jeher eine gesunde Libido gehabt und schöne Frauen zu schätzen gewusst, doch mit Rosie war alles anders. Sie berührte ihn auf einer Ebene, an die noch nie zuvor jemand herangekommen war. Sie brachte ihn zum Lachen, und manchmal machte sie ihn sogar wütend. Aber immer, immer weckte sie bei ihm die Leidenschaft. Und eines Tages, als sie gerade in einem knallorangeroten Bikini aus dem Badehaus kam, bewaffnet mit einer Kiste voller Schnorchelausrüstung, begriff er, dass er zum ersten Mal in seinem Leben einer Frau begegnet war, die die Macht hatte, ihm das Herz zu brechen.

Die Tage gingen ineinander über wie goldene Bänder aus sinnlichen Augenblicken, erfüllt vom vertrauten Lachen, das nur Liebende miteinander teilen können. Die Nächte schienen aus weichem schwarzen Samt gewebt zu sein, und es kam ihm vor, als schliefe die ganze Welt bis auf Rosie und ihn, während sie, zwei ruhelose Liebende, wach blieben bis in die tiefsten Stunden vor dem Morgengrauen.

Sie redeten über alles, ihre lärmende, unbezähmbare Familie und die Seltenheit von Kanadakranichen, über seine einsame Kindheit, ihre Vorliebe für Liebesromane und ihre Abneigung gegen Filme mit Barbra Streisand. Alles schien wichtig zu sein. Von der richtigen Menge Schaum in einem Latte macchiato bis hin zu den Lieblingshundekeksen der Chihuahuas hatte alles Bedeutung.

Als die dritte Woche halb vorüber war und sie nebeneinander auf der Hollywoodschaukel auf der Veranda saßen, klingelte das Telefon. Das Geräusch erschreckte Mitch, denn fast niemand auf der Insel rief jemals zurück. Er ließ Rosie, die verträumt vor sich hin schaukelte, allein und nahm das Gespräch an. Als der Anrufer bat, mit Dr. Galvez sprechen zu dürfen, machte sich leichte Beunruhigung bei ihm breit.

Er brachte Rosie den Apparat nach draußen und ging dann wieder hinein, um Brandy für einen After-Dinner-Drink zu holen. Als er ihr leises Gemurmel durch die Fliegengittertür hörte, runzelte er die Stirn. Er genoss all das viel zu sehr, das Betrachten von Sonnenuntergängen, das lange Ausschlafen, ihre Stimme von der Veranda herüberklingen zu hören.

Seattle – die geschäftige Großstadt, die ihm früher so starke Energie verliehen hatte – erschien ihm jetzt grau und bleich. Er konnte nicht mehr glauben, dass er so viele Jahre zufrieden in einem Hochhaus gelebt hatte. Selbst wenn es um sein Leben gegangen wäre, hätte er nicht sagen können, welche Farbe die Wände seiner Wohnung hatten.

Seltsam, denn in diesem Haus kannte er die Farben jedes Raumes, und dabei war er noch nicht mal einen Monat hier.

Er schenkte den Brandy in zwei Cognacschwenker und trug sie nach draußen. Rosie saß noch auf der Hollywoodschaukel und telefonierte. Sie trug ihr rotes Kleid und hatte ein Bein untergeschlagen, das andere ließ sie über den Holzboden streifen, während sie die Schaukel immer wieder anstieß.

»Danke, Dr. Olsen«, sagte sie. Auf ihren Zügen lag ein leicht perplexer Ausdruck. »Ich werde mich bis zum Monatsende entscheiden.« Sie hörte kurz zu, dann verabschiedete sie sich und legte auf.

Mitch reichte ihr den Brandy. »Neuigkeiten?«

Sie nahm einen Schluck und noch einen. »Das war ein Jobangebot.«

Er hatte den Eindruck, etwas in ihm zog sich schmerzhaft zusammen und ein Gefühl der Enttäuschung schwappte durch seinen Körper. Wahrscheinlich hatte sie gerade einen Traumjob auf den Florida Keys oder vor dem Great Barrier Reef angeboten bekommen. Jetzt brauchte er selbst einen Schluck Brandy.

»Und?«, hakte er nach, nachdem er getrunken hatte.

Sie schenkte ihm ein breites Lächeln. »Und Sie sind ein Genie, Mr. Rutherford. Dr. Olsen hat meine Zeugnisse im

Internet gesehen. Er will, dass ich für die Puget Sound Underwater Biosphere arbeite. Es steckt viel Geld dahinter, das Projekt wird von mehreren Unternehmen finanziert. Ich bin gerade ein bisschen überwältigt.«

Er kniete sich vor die Schaukel. »Das ist in Seattle, richtig?«

»Genau. Beim Pier einundsiebzig.«

Mitch stellte sein Glas ab und umfasste mit beiden Händen Rosies bloßen Fuß auf dem Boden. Dann beugte er sich vor und küsste sie auf das glatte, gebräunte Knie. »Und? Wirst du zusagen?« Er schob den Saum ihres Kleids hoch und strich mit den Lippen über die Innenseite ihres Oberschenkels.

Sie keuchte auf. »Klingt nach ... klingt nach einem tollen Job.«

»M-hm.« Er entblößte ihre Oberschenkel. Seit sie miteinander schliefen, hatte sie die ziemlich erfreuliche Angewohnheit angenommen, auf Unterwäsche zu verzichten. Der heutige Abend bildete keine Ausnahme. Mitch quälte sie noch ein bisschen mit seinen Berührungen, dann wagte er sich weiter vor, dorthin, wo ihr Körper am wärmsten war, und entlockte ihr damit einen ungewollten kleinen Schrei. Und da begriff er, was ihn so zu ihr hinzog, es waren ihre Hilflosigkeit und ihre Offenheit für ihn und dass sie ihn gleichzeitig doch völlig in der Hand hatte. Die Hollywoodschaukel brachte sie in eine ungewöhnliche und gerade deswegen aufregende Position. Als er es nicht länger aushielt, hob er Rosie hoch, tauschte den Platz mit ihr und setzte sie sich rittlings auf den Schoß. Mit einem rücksichtslosen, harten Stoß drang er in sie ein. Rosie legte den Kopf in den Nacken, er drückte seine Lippen auf ihre Kehle und auf das Tal zwischen ihren Brüsten. Die ruckartigen Bewegungen der Schaukel verhalfen ihm rasch zu einem heftigen Höhepunkt.

Rosie berührte zart seine feuchte Stirn, dann küsste sie ihn. Sie schmeckte nach Brandy und einem Hauch salzigen Schweißes. Er wollte sie für immer so festhalten, wollte vergessen, dass sich ihre Zeit auf der Insel dem Ende zuneigte, dass sie einen Job annehmen und er sich neuen Projekten zuwenden musste.

»Also«, sagte sie und lachte atemlos, »willst du mehr über dieses Jobangebot wissen oder nicht?«

Er stand auf und schob eine Hand hinter ihren Rücken, um den Reißverschluss ihres Kleides zu öffnen. »Später, okay?«

Sie seufzte hilflos und unfassbar sexy.

»Später.«

Mitch hatte es bisher nicht als besonders berührend empfunden, mit jemandem zu schlafen, aber mit Rosie verspürte er dabei eine Süße, für die er keine Worte fand. Er störte sich nicht mal an den Chihuahuas, die ihm noch immer keinen Funken Respekt entgegenbrachten, obwohl er sie am Fußende des Bettes liegen ließ, wo sie sich zusammenrollten. Rosie war der Inbegriff von Vertrautheit, so weich und warm und schlafzerzaust, wenn sie leise seufzte und sich völlig ungezwungen und behaglich an ihn kuschelte. Sobald er sie in den Armen hielt, ihren Duft einatmete und das kühle Flüstern der Laken auf seiner Haut spürte, schien sich seine Seele zu entspannen, zu glätten. Er hatte so etwas noch nie erlebt, diese absolute Ruhe, die vollkommene Zufriedenheit, die es bedeutete, einfach den Augenblick zu leben.

Immer wieder verbot er sich, sich daran zu gewöhnen, sich zu wünschen, dass all das niemals aufhören würde, doch seine Seele achtete nicht darauf.

Keiner von ihnen erwähnte die Tatsache, dass es ihre letzte Woche im Sommerhaus war, und doch überschattete diese traurige Wahrheit jeden Augenblick mit einem feinen Gespinst aus Verzweiflung. Sie liebten sich noch häufiger als vorher, manchmal schafften sie es nicht mal durchs Frühstück, ohne auf der Sitzfensterbank oder dem verschlissenen, altmodischen Sofa im Esszimmer übereinander herzufallen.

So mancher heiße Nachmittag wurde unterbrochen von einem Schäferstündchen im prallen Tageslicht, wenn die Sonnenwärme und die Abgeschiedenheit des Sommerhauses sie erregten und angenehm träge machten.

Als ihr letzter Tag Feldarbeit anstand, hatte Mitch einen Entschluss gefasst. Er kannte Rosie Galvez zwar erst einen Monat, trotzdem war sie ihm näher als irgendjemand sonst auf der Welt. Er wusste, dass er sie brauchte, dass sie ein Teil seines Lebens sein musste.

Seit dem Anruf aus der Biosphären-Einrichtung hatte sie noch zwei weitere interessante Angebote erhalten, eins in Alaska, eins in San Diego. Und da ihm jedes Mal, wenn er sich ein Leben ohne Rosie vorstellte, ganz schlecht wurde, wollte er sie bitten, die Stelle in Seattle anzunehmen.

Anders konnte er sich die Zukunft nicht mehr vorstellen.

Rosie hatte schon lange aufgehört zu versuchen, sich nicht in Mitch zu verlieben. Als sie das Kajak mit der Ausrüstung für die finale Gebietsstudie belud, summte sie leise vor sich hin und erlaubte sich, die berauschende Freude auszukosten, die es mit sich brachte, wenn man sein Herz an jemanden verlor.

Ja, er war ein nüchterner Geschäftsmann. Genauso wie all die anderen Männer, die sie bis jetzt enttäuscht hatten. Und ja, sobald sie ins echte Leben zurückkehrten, würde das mit ihnen vermutlich ein Ende haben. Sie hatte sich in den Rain-shadow-Lodge-Mitch verliebt, den Mitch, der zu alten Schallplatten tanzte und sie auf der Verandaschaukel liebte und ihre Hunde mit im Bett schlafen ließ.

Seattle-Mitch war ein anderer Mensch. Ein Mensch, der ein Millionen-Dollar-Unternehmen leitete, achtzehn Stunden am Tag arbeitete und von seiner Sekretärin an den Geburtstag seiner Mutter erinnert werden musste.

Sie fügte sich in die Notwendigkeit, Mitch gehen zu lassen, weil es niemals funktionieren würde, in Seattle mit ihm zusammen zu sein. Außerdem war das Jobangebot in San Diego sowieso zu gut, um es abzulehnen.

Als Mitch aus dem Haus kam, gebräunt und lächelnd und bereit, mit dem Kajak in See zu stechen, beschloss sie, dass diese Neuigkeit warten konnte. Seit einigen Tagen sah er anders aus als zuvor. Er hatte angefangen, Shorts anstelle von langen Stoffhosen zu tragen und T-Shirts statt Polohemden. Er wirkte entspannt. Glücklich.

Das Sommerhaus hatte ihn mit seiner Magie verzaubert.

»Wohin soll es gehen, Skipper?«, fragte er gut gelaunt, als sie auf den Hauptkanal hinauspaddelten.

»Am besten drehen wir einfach eine letzte Runde. Vielleicht zur anderen Seite der Bucht. Die, die wir auslassen mussten, als es geregnet hat, falls du dich erinnerst.«

Er drehte sich zu ihr um und warf ihr ein Grinsen zu, für das sie am liebsten sofort das Kajak an den nächsten Strand gezerrt hätte, damit sie über ihn herfallen konnte.

»Wie könnte ich diesen Tag vergessen«, sagte er.

Während sie in die Bucht hinauspaddelten, dachte sie weiter über Seattle nach. Vielleicht, ganz vielleicht …

»Hey, Rosie, guck doch mal! Hast du so etwas schon mal gesehen?«

Mitch wies mit dem Paddel auf eine Felszunge im seichten Wasser. In den Gezeitenbecken tummelten sich Seesterne, Muscheln und Seeigel. Einige zerrupfte Nester aus Pflanzenfasern schmiegten sich ins Sumpfgras am Ufer.

»*Madre de Dios*«, flüsterte sie unterdrückt. »Ich kann nicht glauben, dass du das entdeckt hast.«

»Was entdeckt? Ich habe was entdeckt?«

»Das sind Nester von Kanadakranichen«, erklärte sie. »Die meisten Biologen bekommen so etwas ihr Leben lang nicht in freier Wildbahn zu Gesicht.«

»Cool. Machst du ein paar Bilder?«

Sie hatte die Kamera schon gezückt. »Die Population liegt bei nur 27.000 weltweit«, sagte sie fasziniert. »Das hier ist eins ihrer Brutreviere.«

»Verdammt, Rosie, sind wir gut oder was?«

Als sie sich später am Abend liebten, war Rosie so bereit für ihn wie immer, doch sie war ungewöhnlich schweigsam.

»Denkst du an morgen?«, fragte er und küsste sie auf die Schläfe.

Sie schmiegte sich an seine Schulter. »Ja.«

»Wir wussten, dass dieser Monat enden wird.«

»Richtig.«

»Rosie, ich habe nachgedacht.«

»Und?«

»Ich wollte dich etwas fragen.«

Sie erstarrte und hielt den Atem an. Plötzlich wünschte Mitch, er hätte ihr Gesicht sehen können. *Gott, befürchtet sie etwa, dass ich ihr einen Antrag machen will?*

»Es geht um deine Jobangebote.«

»Was ist damit?«

»Hast du schon eine Entscheidung getroffen?«

»Nein, ich bin mir bisher nicht sicher.«

Aus einem ihm unbekannten Grund hörte er an dieser Stelle auf weiterzusprechen. Er wollte sie nicht drängen, wollte nichts erzwingen, was noch nicht sein sollte. So war er nun mal nicht und Rosie offenbar auch nicht, denn sie seufzte auf ihre entzückende Art und glitt in den Schlaf hinüber, ohne ein weiteres Wort zu sagen.

»Wir sollten uns besser beeilen, wenn wir die Fähre um fünf Uhr fünfundzwanzig erwischen wollen«, sagte Mitch, während er die letzten Gepäckstücke auf die Bayliner trug.

»Ich bin so weit«, sagte Rosie.

Sie sah hinreißend und auch ein wenig nervös aus, wie sie dastand und sich auf die Schenkel schlug, um die Hunde zum Dock zu rufen.

»Ich hoffe, dass ich einen Mechaniker finde, der mein Auto repariert«, sagte sie.

»Das habe ich schon erledigen lassen. Gleich nach deiner Ankunft.«

Sie lächelte, doch um ihre Lippen lag ein melancholischer Zug. Als die Chihuahuas an Bord waren, half sie ihm beim Ablegen. Langsam entfernte sich das Boot vom Anlegesteg.

Rosie stand im Führerraum und sah zu, wie die Rainshadow Lodge immer kleiner wurde. Mitch legte den Leerlauf ein und ging zu ihr, umarmte sie von hinten und schmiegte sein Gesicht in ihr Haar.

»Sieh dir nur das Haus an«, sagte sie. »Wie aus einem Märchenbuch.«

Sie hatte recht. Das alte viktorianische Sommerhaus leuchtete hell auf dem grünen Hügel, und das weiße Verandageländer glänzte in der Nachmittagssonne.

»Rosie«, sagte er und drehte sie zu sich um, »was hier geschehen ist, war für uns beide etwas Besonderes. Etwas, von dem ich nicht möchte, dass es endet.«

»Mitch …«

»Warte, lass mich ausreden. Ich habe lange darüber nachgedacht. Und ich bin zu dem Entschluss gekommen, dass ich dich weiter sehen will.«

Als sie lächelte, bebten ihre Lippen fast unmerklich.

»Weißt du eigentlich, wie gern ich das hören wollte?«

»Weißt *du* eigentlich, wie viel Angst ich davor hatte, es auszusprechen?«

Ihr Lächeln wurde fester, und sie berührte zart seine Wange, dann ließ sie die Hand sinken. »Ich muss den Papierkram fertig machen.«

»Ich dachte, du hättest das längst erledigt und wir können demnächst mit der Arbeit am Hafen loslegen.«

»Ähm, ich … ich hab noch ein paar Dinge anzufügen.« In einer ruckartigen Geste zog sie den Kopf ein.

Mitch durchzuckte eine düstere Vorahnung. Sie benahm sich seltsam, so als ob sie etwas vor ihm verbarg. »Rosie?«

»Wir sollten uns besser beeilen.« Sie lächelte nervös. »Du musst doch rechtzeitig auf die Fähre.«

»Sicher. Die Fähren sind so ziemlich das einzig Pünktliche hier in der Gegend.« Er grinste und stieg die Leiter zur Brücke hoch. »Schätze, solche Dinge sind mir nicht mehr so wichtig. Ich könnte mich glatt an die Inselzeit gewöhnen.«

Sie verschwand im Salon, ohne auf seine Worte zu reagieren, und nahm den dicken Ordner zur Hand, in dem sie die Unterlagen über die Studie abgelegt hatte. Erst nachdem sie den Kanal erreicht hatten, begriff Mitch, dass sie ihm keine Antwort gegeben hatte.

Der Anblick des Fährhafens in Eastsound traf Rosie wie ein Schock. Nach einem Monat mitten im Nirgendwo war sie nicht vorbereitet auf den Lärm, den das Schmettern der Schiffshörner und das Dröhnen von Stereoanlagen verursachten, auf Abgase und kochenden Asphalt oder den Gestank von Fastfood, der sie begrüßte, als sie sich mit ihrem Käfer in der Autoschlange vor der Fähre einreihte. Sie wünschte sich, einfach die Fenster hochkurbeln und verschwinden zu können, aber das war nicht möglich. Mitch wartete.

Während sie ihr Auto geholt und sich angestellt hatte, war er ihren Abschlussbericht durchgegangen. Mittlerweile dürfte er also die Wahrheit kennen.

»Sei kein Feigling, Rosalinda«, schimpfte sie und kurbelte die Autofenster herunter, damit den Hunden nicht zu heiß wurde. »Die Suppe musst du jetzt auslöffeln.«

Mitch stand am Dock, das weißgelbe Wasserflugzeug hinter sich. Der Pilot wartete bereits im Cockpit, trank Mountain Dew und spielte an den Geräten herum. Als er den Käfer kommen hörte, blickte Mitch auf. Rosie konnte ihm ansehen, dass er den Bericht gelesen hatte.

»Nett von dir, dass du mir keinen Hinweis gegeben hast«, empfing er sie. Seine Stimme klang scharfkantig vor Wut.

»Mitch …«

»Schätze, du hättest mir nicht früher sagen können, dass du vom Bau des Hafens abrätst.«

»Ich bin erst gestern zu einer eindeutigen Entscheidung gekommen.«

»Na klar. Du arbeitest in Inselzeit. Du machst alles nur dann, wenn dir danach ist.«

Sie spürte, wie ihre Wangen rot wurden. Er hatte jedes Recht der Welt, wütend zu sein, trotzdem fühlte sie sich in die Ecke gedrängt. »Mitch, ganz ehrlich, ich dachte, und zwar bis gestern, dass deine Pläne keinen bedeutsamen Einfluss auf die Natur haben würden. Aber als wir den Brutplatz gefunden haben, wusste ich, dass das Risiko einfach zu hoch ist.«

»Herrgott, Rosie! Wenn du dieses Projekt ruinierst, setzt du das Überleben der Inselbewohner aufs Spiel. Arbeitsplätze, zahlende Touristen …«

»Wenn du die Natur zerstörst, wird sowieso niemand mehr die Insel besuchen wollen.«

»Ich will nichts zerstören, verdammt noch mal, ich will etwas *aufbauen*. Du hast die Pläne doch gesehen. Du weißt, dass ich vorsichtig vorgehen werde. Wir werden alles Menschenmögliche tun, um die Auswirkungen auf die Umwelt zu minimieren. Wir kriegen das schon hin.«

Sie zwang sich, ihm in die Augen zu sehen. Ihm, dem Mann, der ihr Herz und ihre Hoffnungen in der Hand hielt, und sie spürte, wie beides in tausend Scherben zersprang. Fest entschlossen, nicht in Tränen auszubrechen, schluckte sie schwer und sagte: »Es gibt eben Dinge, die einfach nicht zusammenpassen, Mitch. Ganz egal, wie sehr man sich bemüht.«

Dann wandte sie sich ab und ging davon, ohne sich noch einmal umzublicken, obwohl es sie jeden Funken Kraft kostete, den sie in sich trug.

11. Kapitel

»Davon geht die Welt nicht unter«, sagte Miss Lovejoy und reichte ihm einen Stapel Post.

Mitch blickte von seinem Schreibtisch auf und blinzelte in das schräg einfallende Licht der Oktobersonne. Sonnenschein war rar zu dieser Jahreszeit, doch der Altweibersommer hatte beschlossen, Seattle einen Besuch abzustatten. Er hatte das unbändige Verlangen, seine Krawatte zu lockern, den Hemdkragen aufzuknöpfen und die Arbeit für den Rest des Tages liegen zu lassen.

»Wovon geht die Welt nicht unter?«, fragte er zerstreut. Er war genervt von seinen eigenen Gedanken. Der Mann, der aus der Rainshadow Lodge zurückgekehrt war, war ein anderer als der, der Seattle verlassen hatte. Anstatt sich auf sein Unternehmen zu konzentrieren, durchlebte er seltsame Zustände, in denen ihm nach sonderbaren Dingen zumute war – frivole Dinge zumeist, wie zum Lunch zu gehen und einfach nicht mehr wiederzukommen. Oder die Lachstreppe im Aquarium am Hafen zu besuchen. Oder Fallschirmsegeln über der Elliot Bay zu gehen. Oder sich einen Chihuahuawelpen zuzulegen.

»Das Einschreiben hier. Der Stempel stammt von Spruce Island.«

Er versuchte so zu tun, als wäre er die Ruhe selbst, als er den Brief nahm. Der Absender war die Investorengruppe, die den Inselhafen hatte finanzieren wollen. »Toll«, murmelte er düster. »Vermutlich versuchen sie mich zu verklagen, weil ich es nicht geschafft habe, die Baugenehmigung zu bekommen.« Zu seinem Erstaunen löste die Aussicht auf einen Rechtsstreit keine erwähnenswerten Panikgefühle bei ihm aus. In letzter Zeit hatten Geschäftsfragen für ihn nicht mehr dieselbe Bedeutung wie früher. Rosie hatte ihnen ihre Bedeutung gestohlen, so wie sie ihm sein Herz gestohlen hatte.

Er überflog den Brief und riss die Augen auf. »Ich fress 'nen Besen.«

»Was ist? Gute Nachrichten?«

»Sie wollen sich auf ein anderes Projekt konzentrieren, das weitaus mehr Arbeitsplätze schaffen wird als der Hafen.«

»Wirklich? Und was soll das sein?«

»Whale-Watching-Kajaktouren. Dafür brauchen sie keine Hafenanlage.« Er betrachtete die dreiseitige Hochglanzbroschüre, die mit im Umschlag gelegen hatte. Sie war übersät mit hinreißenden Abbildungen von der Insel, darunter auch ein Schnappschuss der Rainshadow Lodge. Seltsamerweise war auf dem Bild ein kleines Tier zu sehen, das ihn verdächtig an einen Chihuahua erinnerte. »Das ist ja ein Zufall«, murmelte er.

»Was?«

»Ach, eines der Fotos hier kam mir für einen Augenblick bekannt vor.« Sein Blick fiel auf das Impressum am unteren Rand der Broschüre. *Dieses Projekt wird teilweise von der Underwater Biosphere Foundation finanziert.*

»Geht es Ihnen gut, Mr. Rutherford?«, fragte Miss Lovejoy.

»Ja, ja, nur ein seltsamer Zufall. Dieses neue Unternehmen dankt einer Organisation, die Dr. Galvez einen Job angeboten hat.«

»Das ist kein Zufall. Sie hat den Job hier in der Stadt angenommen.« Miss Lovejoy warf ihm einen unschuldigen Blick zu. »Wussten Sie das denn gar nicht?«

Seine Kehle wurde auf einmal staubtrocken. Er hastete zum Wasserspender, um sich etwas zu trinken zu holen. »Nein, das wusste ich nicht. Ich dachte, dass sie das Angebot aus San Diego annimmt.«

»Vielleicht sollten Sie sich persönlich bei ihr bedanken. Hätte sie sich das mit den Whale-Watching-Touren nicht ausgedacht, würden die Investoren Ihnen wahrscheinlich die Butter vom Brot klagen.« Miss Lovejoy warf einen Blick auf ihre Uhr. »Wenn Sie sich beeilen, erwischen Sie sie auf der Fähre um zwanzig vor fünf. Sie wohnt in einem Bungalow auf Bainbridge Island.«

»Woher, zur Hölle, wissen Sie das alles?«

»Wenn ich Ihnen das jetzt erkläre, verpassen Sie die Fähre.«

Er war schon halb aus der Tür. Im Empfangsbereich machte er einen kurzen Zwischenstopp, um das frische Blumenbouquet von Miss Lovejoys Tisch zu klauen, dann schoss er aus dem Büro. Im Aufzug legte er Krawatte und Jackett ab. Er wusste, dass er sich würde beeilen müssen. Die Pendlerfähre über die Bucht vor Seattle fuhr einige Blocks vom Gebäudekomplex entfernt ab. Er rannte den gesamten Weg, und zum ersten Mal seit Wochen hatte er das Gefühl, das einzig Richtige zu tun.

Nachdem er Rosie so lange völlig falsch eingeschätzt hatte.

Noch während er dem Kassierer einen Geldschein hinschob, suchte er mit dem Blick den Menschenstrom ab, der sich die Gangway entlang auf das wuchtige dreistöckige Boot zuwälzte. Er drängte sich durch die Pendlerschar – ungeschminkte Frauen in Birkenstocklatschen, die ihre Kinder zu Hause unterrichteten und heute eine Feldstudie in der großen bösen Stadt durchgeführt hatten; Anwälte, die in den Kanzleien am Ufer arbeiteten; Künstler, die ihre Staffeleien mit sich schleppten. Alles Menschen, die gerne mitten im Nirgendwo lebten.

Während er von der Brücke aus zusah, wie die Autos auf das untere Fährendeck strömten, verfestigte sich der Eindruck, dass Miss Lovejoy sich geirrt hatte. Rosie war nicht auf dem Schiff.

Schließlich hörte er es.

Nur leise anfangs, dann immer lauter.

Salsamusik.

Er sah hinunter zu den Autos, die auf die Fähre fuhren, und entdeckte den orangeroten Käfer, der an Bord kroch und im Bauch des Schiffes verschwand. Während er hinunterlief und beobachtete, wie Rosie in der Nähe des Bugs parkte, hämmerte sein Herz so heftig wie der aggressive Beat der Musik. Als er zu ihr ging, spürte er die Stufen unter seinen Füßen nicht.

Er näherte sich dem Wagen, und Freddy und Selena begannen, wie verrückt zu kläffen. In dem Moment, als er an die Fahrerseite trat, blickte Rosie zu ihm auf.

Sie hatte gerade eine Kaugummiblase fabriziert, die jetzt schwerelos auf ihren Lippen ruhte, während sie ihn geschockt anstarrte. Die Hunde verstummten, vielleicht weil sie sich erinnerten, dass er der tolerante Typ war, der sie mit im Bett hatte schlafen lassen.

Vorsichtig nahm er den Kaugummi zwischen Daumen und Zeigefinger und warf ihn über die Reling. Seine Brust fühlte sich auf einmal viel leichter an. »Ich habe mich gefragt«, sagte er und beugte sich zu Rosie hinunter, »ob wir nicht eine andere Beschäftigungsmöglichkeit für deinen Mund finden.«

Ehe sie antworten konnte, küsste er sie. Er spürte, wie sich ihre Lippen aus Protest verhärteten, wie sie dann kapitulierten und weich wurden, als er sie leidenschaftlicher erkundete. Nachdem er von ihr abgelassen hatte, saß Rosie noch eine Weile mit geschlossenen Augen da. Auf ihren Zügen lag Verzückung. Als sie ihn wieder anschaute, verdunkelte jedoch ein argwöhnischer Ausdruck ihren Blick.

»Was machst du hier, Mitch?«

Er überreichte ihr die Blumen. »Die sind für dich.«

»Danke.« Sie nahm ihm den Strauß aus der Hand. »Dann hast du wohl von den Kajaktouren erfahren.«

Er grinste. »Ja, gerade eben. Einfach brillant.«

»Du bist also gekommen, weil ich dir die juristischen Scherereien erspart habe?«

»Ja – nein, zur Hölle, Rosie.«

»Aber warum hast du dann bis heute gewartet?«

»Warum hast du mir nicht gesagt, dass du in Seattle bleibst?«

»Warum hast du mir nicht gesagt, dass dich das überhaupt noch interessiert?«

Frustriert öffnete er die Autotür, zog Rosie aus dem Wagen, warf die Tür zu und drückte sie dagegen. Es war ihm völlig egal, dass alle Welt sie beobachten konnte. »Mich interessiert alles, was dich betrifft, Rosie. Ich habe dich vermisst.«

»Ach, hast du das?«

»Ja. Und es tut mir leid, dass ich durchgedreht bin, als du das Projekt abgelehnt hast.«

»Tut es das?«

»Ja. Und ich liebe dich.«

»Ist das so?«

»Ja.« Er war selbst erstaunt, wie leicht es ihm fiel, diese Worte auszusprechen. Wie wahr und richtig sie sich anfühlten. »Ich hätte nie gedacht, dass ich jemals so für jemanden empfinden würde, aber du hast mein Leben verändert, Rosie. Ich schätze, dass ich dich deswegen in die Flucht getrieben habe. Mit dir war plötzlich alles anders, und das hat mir eine Höllenangst eingejagt.«

»Hat es das?«

»Ja. Doch dann habe ich festgestellt, dass es etwas gibt, das mir sogar noch mehr Angst macht.«

»Und was soll das sein?«

»Dich nicht bei mir zu haben. Ich brauche dich, Rosie.«

Plötzlich glitzerten Tränen in ihren Augen. »Wirklich?«

»Wirklich.«

»Junge, Junge.«

Die Tränen liefen über und hinterließen silbrige Spuren auf ihren Wangen.

»Bitte, Rosie. Nicht weinen.«

»Ich habe mir ständig gesagt, dass du einfach nicht zu mir passt. Du bist genau der Typ Mann, der mir immer wieder das Herz bricht.«

»Diesmal nicht. Diesmal bin ich genau der richtige Typ Mann. Ich habe mich verändert, Rosie. Ich lebe nicht mehr für die Arbeit. Du kannst alle fragen! Donnerstagabend war ich sogar Bowlen.«

Sie lächelte, doch die Tränen flossen weiter. »Frag mich mal nach meinem Kontostand. Los, frag!«

»Okay. Wie hoch ist dein Kontostand?«

»1.869 Dollar und vierundfünfzig Cent. Allerdings abzüglich des Fahrscheins, den ich gerade gekauft habe.«

Er küsste sie noch einmal, lange und leidenschaftlich, und sie taumelte gegen ihn. Es war ein Kuss, der sich absolut und vollkommen richtig anfühlte, so wie Heimkommen. Und dann tat Mitch etwas, von dem er nicht gedacht hätte, dass er es jemals im Leben tun würde. Ohne Rosies Hand loszulassen, sank er vor ihr auf ein Knie. Ein Teil von ihm registrierte, dass sich auf der Passagierbrücke hoch über ihnen eine kleine

Menschenmenge versammelt hatte, aber das war ihm egal. Es war an der Zeit, diesen Schritt zu gehen, und wenn ihm die ganze Welt dabei zusah, umso besser.

»Heirate mich, Rosie«, sagte er. »Bitte heirate mich.«

»Das würde ich ja gerne.« Sie zupfte an seiner Hand, sodass er wieder aufstand und zu ihr hinunterblickte. Und als er ihr in die Augen sah, begriff er, dass er es nie, niemals satthätte, sie in den Armen zu halten.

»Ich liebe dich nämlich«, fuhr sie fort.

»Dann sag Ja! Wir müssen nicht in meiner Wohnung leben. Ich ziehe auf die Insel, wohin auch immer du willst ...«

»Ja.«

In ihrer Antwort lag ein solcher Nachdruck, dass die Kehle ihm auf einmal ganz eng wurde. Das war er also, der große Sprung, und er fühlte sich so bereit dafür, dass er kurz davor war, laut zu platzen.

»Unter einer Bedingung«, sagte sie.

»Verdammt, Rosie, was immer du willst.« Den Mond, die Sterne, die Welt auf einem Silbertablett, er hätte ihr alles gegeben. Er hätte sich einfach so hingelegt und wäre für sie gestorben, wenn sie es gewollt hätte. »Alles.«

»Ich will, dass wir jeden Sommer wegfahren. Ich will für den Rest meines Lebens jeden August mit dir im Sommerhaus verbringen.«

– ENDE –

Informationen zu unserem Verlagsprogramm, Anmeldung zum Newsletter und vieles mehr finden Sie unter:

www.harpercollins.de

Susan Wiggs
Was mein Herz dir sagen will

Großmutter Lisette hatte ein Geheimnis, dessen ist sich die junge Witwe Camille sicher, als ihr eine Kiste mit vergilbten Aufnahmen in die Hände fällt. Kann es sein, dass ihr Großvater gar nicht ihr wahrer Großvater ist? Unterstützt von dem charmanten Historiker Finn, begibt sie sich auf dem malerischen Landgut ihrer Familie in der Provence auf Spurensuche. Dort erfährt sie nicht nur Unglaubliches über Lisette – in den wogenden Lavendelfeldern von Bellerive entdeckt sie auch, dass Finn der erste Mann sein könnte, den sie seit dem Tod ihres Gatten in ihr Herz lassen möchte.

ISBN: 978-3-95649-783-4
9,99 € (D)

Debbie Macomber
Das Muster der Liebe

Nach ihrem Sieg über den Krebs erfüllt Lydia sich ihren Traum und eröffnet ein Wollgeschäft. In ihrem Strickkurs lernt sie drei Frauen kennen, die – wie Lydia – alle mit einem Schicksalsschlag zu kämpfen haben. Masche für Masche, Faden für Faden arbeiten die vier gemeinsam an einem Zeichen der Hoffnung. Doch noch etwas anderes entsteht während ihrer Treffen zwischen Lachen und Weinen, Reden und Schweigen – das zarte, bunte Muster einer neuen Freundschaft.

ISBN: 978-3-95649-653-0
9,99 € (D)

Susan Wiggs
Versprechen eines Sommers

Manchmal hält das Leben ganz überraschend eine zweite Chance für uns bereit.

Camp Kioga – der Name weckt in Olivia Erinnerungen an die unbeschwerten Sommer ihrer Kindheit, den Duft von Pinien und das klare Wasser des Willow Lake. Doch der einstige Sommersitz der reichen New Yorker ist inzwischen völlig verwildert und zugewachsen. Um ihn für die große Familienfeier der Bellamys im Sommer

ISBN: 978-3-95649-685-1
9,99 € (D)

wieder herzurichten, engagiert Olivia den örtlichen Bauunternehmer. Und kann es nicht glauben, wer da mit einem Mal vor ihr steht: Connor Davis, ihre Jugendliebe. Ihre Gefühle füreinander sind nie wirklich erloschen, auch wenn sie sich damals gegenseitig sehr verletzt haben. Gemeinsam schaffen sie es, dem Camp neues Leben einzuhauchen – und geben sich dabei ein Versprechen, das weit über das Ende des Sommers hinaus halten wird.

Debbie Macomber
Die Maschen des Schicksals

Was gibt es Besseres, als über
dem leisen Klappern von
Stricknadeln Ängste, Sorgen
und Sehnsüchte mit seinen
Freundinnen zu teilen? Niemand kennt die Maschen des
Schicksals besser als Lydia,
Besitzerin des Wollgeschäfts
„A Good Yarn", und sie will
den drei Frauen in ihrem
Strickkurs unbedingt hel-
fen. Gemeinsam entrollen
sie ihren Kummer wie die
Wollknäule zu ihren Füßen,
und erschaffen daraus etwas
Neues, Einzigartiges: ein un-
zerreißbares Band der Freundschaft
und einen roten Faden für ihr Glück.

ISBN: 978-3-95649-652-3

9,99 € (D)